ノンフィクション

# 軍艦「矢矧」海戦記

## 建築家・池田武邦の太平洋戦争

井川 聡

潮書房光人社

# 軍艦「矢矧」海戦記——目次

写真提供／池田武邦・著者・雑誌「丸」編集部・National Archives
図版作成／石橋孝夫・佐藤輝宣

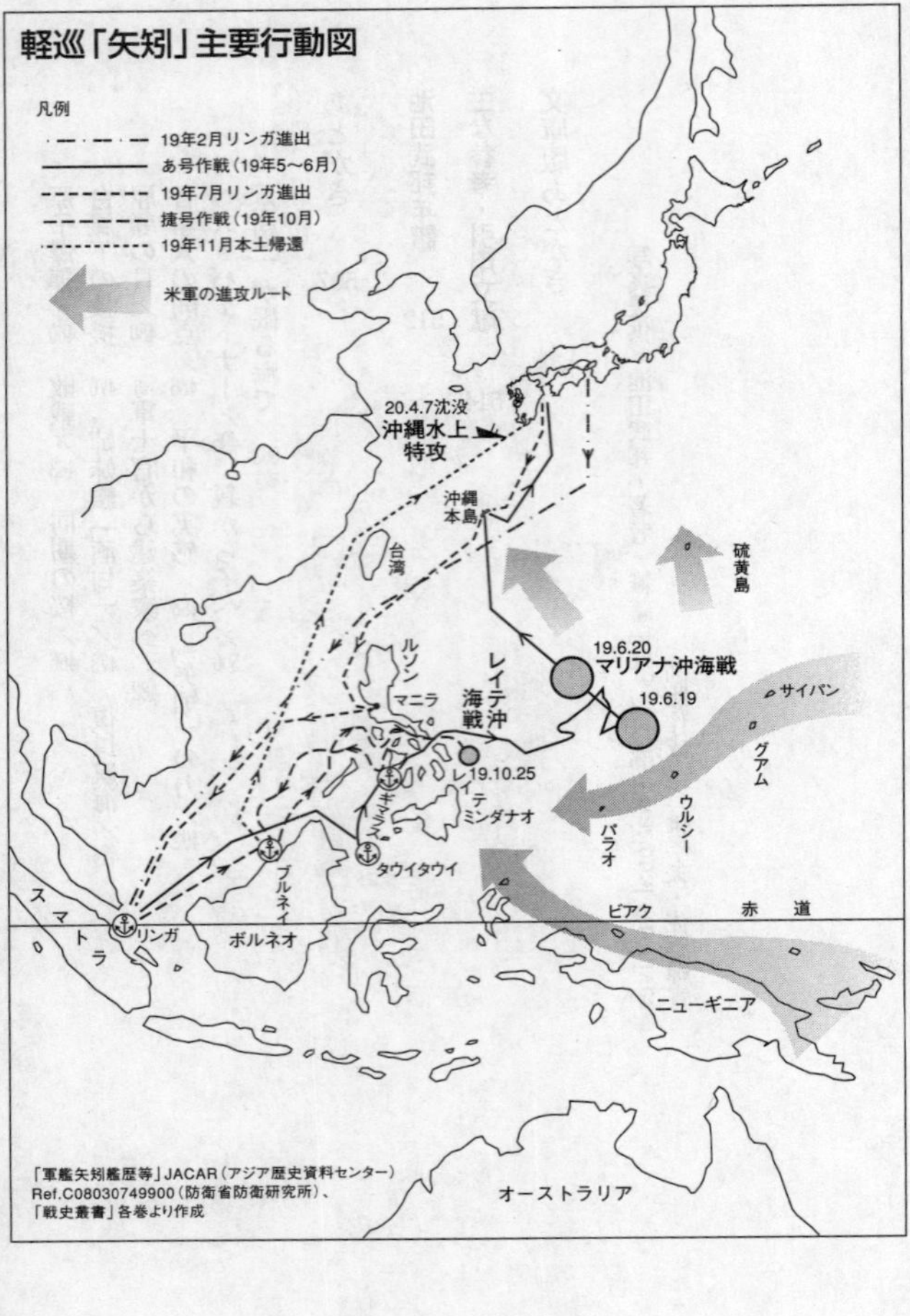
軽巡「矢矧」主要行動図
凡例
19年2月リンガ進出
あ号作戦（19年5〜6月）
19年7月リンガ進出
捷号作戦（19年10月）
19年11月本土帰還
米軍の進攻ルート
20.4.7沈没
沖縄水上特攻
沖縄本島
台湾
硫黄島
ルソン
マニラ
レイテ沖海戦
19.6.20
マリアナ沖海戦
19.6.19
サイパン
グアム
19.10.25
レイテ
ギマラス
ミンダナオ
パラオ
ウルシー
ブルネイ
タウイタウイ
スマトラ
リンガ
ボルネオ
ビアク
赤道
ニューギニア
オーストラリア
「軍艦矢矧艦歴等」JACAR（アジア歴史資料センター）
Ref.C08030749900（防衛省防衛研究所）、
「戦史叢書」各巻より作成

# 軍艦「矢矧」海戦記

## 建築家・池田武邦の太平洋戦争

マリアナ沖海戦、レイテ沖海戦、沖縄海上特攻で散華された英霊に捧げる

# プロローグ

## 超高層から茅葺へ

エレベーターで地上に降り立つと、一面銀世界だった。

昭和四十九年（一九七四年）二月、東京・新宿。仕事を終えた池田武邦は、ワイシャツの袖をまくったまま外に出た。建築家。働き盛りの五十歳。

素肌の腕に粉雪が落ちては溶ける。冷たいはずなのに、どうしたことか、そう感じない。皮膚の感覚がまるでないのだ。池田は天を仰ぎ、放心していた。ぶるっと体が震えた。

次の瞬間、ハッ、と気づいた。

「おれは、大きな間違いを犯していた！」

池田は全身雪まみれになりながら、言いようのない解放感に包まれた。

「そうだ、人間は自然の一部だったんだ……」

吐息が真っ白だ。深い心の安らぎを感じた。

池田は大正十三年（一九二四年）一月十四日、海軍士官池田武義の四男として生まれた。湘南中学から江田島の海軍兵学校（七十二期）に進み、当時最新鋭の軽巡洋艦「矢矧《やはぎ》」に乗り組んだ。マリアナ沖海戦、レイテ沖海戦、沖縄海上特攻に出撃。「百パーセント生きて戻ることはない」と思っていた海から奇跡的に生還した。

昭和二十一年四月、東京帝国大学第一工学部建築学科に進学。卒業後、建築家の道を選んだのは、「荒廃した日本を一日も早く復興させたい」という気持からだった。

海軍式の合理主義によって、建築業界の古い体質の変革に取り組んだ。質のいい規格品をつくり、それを量産して組み合わせる方法で、用途に合わせたビルを建てていった。一定の規格品でつくられたピアノが、無限の音楽を奏でるように。

昭和三十五年、霞が関ビル（三十六階建て）の設計に着手。引き続き、京王プラザホテル（四十七階建て）、新宿三井ビル（五十五階建て）を設計し、超高層建築の黎明期を開いた。

昭和四十二年、仲間とともに日本設計事務所（現・日本設計）を創立。後に社長、会長を務めた。

新宿三井ビル五十階に構えた日本設計のオフィスは、地上二百メートル。雪を降らせる雲は百五十メートルのところにあり、文字通り「雲の上の人」となった。温度、湿度、照度はセンサーで「最適」にコントロールされ、暑からず寒からず。大東京を眼下におさめ、富士山、筑波山をのぞむ眺望にも満足していた。

池田は、「便利で機能的な生活」という建築家としての一つの目標を達成し、得意の絶頂にあった。その慢心を、粉雪がやさしく溶かした。

「最先端の技術を駆使し、人間にとって一年中快適な環境を作り出す。その理想的と思っていた環境が実は大きなストレスになっていた。人工的な環境の下では、人間は決して安らぎを得ることはできない。自分のやってきたことは目先の合理主義だった」

かつては、ちょっとした気象の変化も見逃さない「海の男」だったが、戦後復興、高度経済成長と息つく間もなく走り続ける中で、その感性を失いかけていた。

吹雪の夜を境に、池田は建築理念を百八十度転換した。現代の文明社会そのものに疑問を抱き、「自然に対する作法」を重視する都市計画家に生まれ変わった。

自然の水辺を生かした「長崎オランダ村」（長崎県西海市）、続いて環境未来都市といわれる「ハウステンボス」（同県佐世保市）を設計した。琵琶湖や鞆《とも》の浦（広島県福山市）、鵜養（秋田市）の環境保全にも先鞭をつけた。

建築家としての集大成は平成十三年に完成した長崎県西海市の自宅である。大村湾を抱き込む腕のような形をした岬・琵琶ノ首鼻。その突端に、茅葺の家を建てた。周囲の緑に見事に溶け込んだ日本家屋。武邦の「邦」と妻、久子の「久」を一字ずつとって「邦久庵」と名付けた。

## 鎮魂の海

邦久庵には、船の甲板に見立ててつくった板張りのテラスがある。

「デッキ」と、池田は呼んでいる。

デッキの「舷側」には二人乗りボートがくくりつけてある。思い立ったらすぐに漕ぎ出せる。

目の前に広がる大村湾は小魚が透けて見えるほど、澄んでいる。しかし、それはただ美しいだけの海ではない。湾は針尾瀬戸から外洋に出て、東シナ海、太平洋へとつながっている。そこは、池田たちが死闘を繰り広げた戦場である。

兵学校七十二期のクラスメートは六百二十五人。うち三百三十五人が戦死した。

「クラスメートの半数以上がこの海に眠っている。艦船勤務者も、飛行機の搭乗員も」

波間を見つめながら、池田はつぶやく。

運命によって生死を分けた戦友たち。寄せては返す、静かな波音は、祖国の礎となった友への葬送曲だ。

マリアナ沖では最新鋭空母「大鳳《たいほう》」が、レイテ沖では戦艦「武蔵《むさし》」が、沖縄特攻では戦艦「大和《やまと》」が沈むのを目の当たりにした。

「戦後、クラスメートが調べて分かったことですが、同期の中で、マリアナ、レイテ、沖縄特攻の三大海戦すべてに参加したのは僕一人でした。クラスの中ではもちろんですが、現在生存中の日本人の中で日本海軍の艦船の臨終に最も多く立ち会った体験者というあまり有り難くないことにもなりそうです」

池田は、「矢矧」が誕生（完成）してから死ぬ（沈没）まで、ずっと乗艦していた。

「矢矧」は海の狼といわれた駆逐艦を率いる水雷戦隊の旗艦で、戦闘中、池田は常に全体状況が把握できる艦橋にいた。

形あるものは、いつか滅ぶ。盛者必衰。しかも、破滅は突然訪れる、というのが歴史の教えるところだ。

池田は、「矢矧」艦橋で、明治以降の日本の近代化の象徴ともいうべき「日本海軍」の臨終に立ち会ったのである。

もしかすると、天から、「歴史の証言者」として「矢矧」に遣わされたのかもしれない。

昭和二十年四月七日、大和以下、連合艦隊最後の出撃となった沖縄特攻では、一時間四十九分の戦闘で三千七百二十一人の命が失われた。この戦いで、日本海軍の象徴的存在だった「大和」は轟沈した。「矢矧」も沈んだ。

池田はこの日を、自分の「命日」だと言っている。

「その後の人生は余生。超高層にチャレンジしたことも、ハウステンボスプロジェクトに携わったことも、すべて……」

池田の戦争体験は、その鮮烈さと濃密さにおいて、平和な時代の一生涯に値する。否、それ以上の重みを持っている。

池田は、戦後の世間の変わり様に落胆し、長いこと、自らの体験を語るのを控えてきた。

しかし、今は、口をつぐんだままでいることへの危機感の方が勝っている。このままでは、わが国は自らの文化に誇りを持ち、新しい時代に立ち向かっていくことができなくなるのではないか。

「僕の小さいころは、囲炉裏をかこんで、おじいちゃんが孫たちに武勇伝を聞かせてくれたものだ。子供たちは目を輝かせ、拳を握りしめて聞き入っていた」

池田はデッキの奥にある囲炉裏端に腰を下ろし、語り始めた。

戦後、封印してきた物語を――。

# 第一章　江田島精神

昭和18年春、海軍兵学校35分隊の１号生徒たち
（前列中央が池田、撮影：小灘利春）

## いごっそうの血

いごっそう。

土佐人気質を代表する言葉である。

頑固、一徹、強情、偏屈、意地っ張り、つむじ曲がり……。

近い言葉はたくさんあるが、どれもぴったりではない。利害得失を度外視し、不利益と分かっていてもひるまず、自己の信念に従って動く。そんな気風だ。

例えば、幕末の志士・坂本龍馬、東洋のルソー・中江兆民、ライオン宰相・浜口雄幸、ワンマン総理・吉田茂――彼らは、土佐人でありながら、自己の利益、土佐の利益になど目もくれない。国の行く末のみを案じ、行動した。

池田武邦も、その系譜に連なっている。

本籍・高知県。両親は根っからの土佐人である。

父、武義は明治十五年、高知県香美郡徳王子村（現・香南市）、母、登志は明治二十三年、香美郡岩村（現・南国市）に生まれた。

武義は、地主で村長だった池田勝信の長男。海軍兵学校三十二期で、山本五十六の同期。日露戦争、第一次世界大戦を経験した。登志との縁談があったころは、海軍大尉だった。

登志は、山本賢一郎の末娘。異母兄妹の長兄、忠秀（文久二年生まれ）は貴族院議員、農工銀行頭取をしていた。

小学校卒業後、上京した登志は、広尾の忠秀邸からミッションスクールの女子学院に通学した。

父方の祖父勝信、母方の祖父山本賢一郎はともに知名の士であり、村民が建立した頌徳碑が今も残っている。

「両親が生まれたのは、土佐藩が高知県に変わって間もないころ。親父が通った小学校の校長先生は坂本龍馬の同志で、龍馬と一緒に明治維新をやったグループだったらしい。祖父、祖母もみんな土佐人。その子孫なので、僕も高知と言われてもぴんと来ない。土佐っていう呼び方のほうが郷里という感じがします」

大正十二年九月一日、関東地方をマグニチュード8の大地震が襲った。

池田家は神奈川県鎌倉市で被災した。自宅が倒壊し、登志は落ちてきた屋根の下敷きになった。が、幸い軽傷で、お腹の中にいた池田も九死に一生を得た。

水雷戦隊駆逐隊司令だった武義は旅順にいたが、震災救援のため急遽、横須賀に帰ってきた。

しかし、家族とはすれ違いだった。登志は独り、妊娠六ヵ月の身重の体で四人の子供の手を引き、横須賀まで歩き、軍艦に乗り、静岡市鷹匠町に落ち着いた。池田はこの避難先で産声を上げた。

満一歳の時、一家は、武義の転任に伴って九州・佐世保に移った。居宅は佐世保市万徳町の佐世保川沿いにあった。

二歳の時、再び本州へ戻り、神奈川県藤沢市に落ち着く。武邦はここで、藤沢小、湘南中へと進む。

一家は、海軍士官であった武義の職業柄、勤務地を転々とし、太平洋戦争が終わるまで郷里に住むことはなかったが、家庭での両親の会話は、土佐弁だった。

池田が幼少期を過ごした藤沢の自宅でも、何かと土佐のことが話題になった。食卓には鰹節が絶えなかった。初鰹の季節、登志は裏庭で麦藁を焚いて鰹の切り身をあぶり、

「たたきにはこれが一番」

と、ほほえんだ。大形のウルメも、しばしば土佐から送られてきた。炭火で焼くと、ふっくらとし、油をしたたらせた。

親類は母方、父方を問わず、入れ代わり立ち代わり来訪し、泊まっていった。食卓に、土佐の土産と言葉があふれ、家中に野太い笑い声が響いた。

「小学生のころ、夏休みは必ず土佐で過ごしました。両親は藤沢にいて、僕ひとりでね。お袋が東京駅まで送ってくれました」

滞在先の祖父勝信宅は海岸から約二キロ。庭先に立つと、連絡船が見えた。裏山には先祖代々の墓があった。

祖父の跡を継いで家を守ったのは、武義の弟だった。その子供、つまり、武邦の従兄弟が、

夏休み中の遊び相手だった。

「田んぼでドジョウをすくったり、海でエビを捕ったり、山にカブト虫を捕りに入ったり、用水池で泳いだり。実に楽しかった」

ある夏、田舎に向かう途中、台風に遭遇した。連絡船は欠航、汽車も途中で止まった。助けてくれたのは、旅人のおじさんだった。

「隣にいたおじさんが僕の手を引いて、宿屋に連れて行ってくれて、一緒に一晩泊まったんです。翌日、波が静まって連絡船が出ることになり、おじさんは僕を船に乗せ、そこで別れた。今じゃ考えられないけど、あのころは周りの大人が皆、子供を助けてくれたものです」

子供が被害者となる痛ましい事件が相次ぐ昨今とは、時代状況がずいぶん違っていたようだ。

「僕はおじさんの名前を聞いて、後で、お袋に報告した。お袋はすぐに御礼の手紙を書いていた。そんな社会、環境でしたね」

## 父、池田武義

池田は、武義が四十三歳の時に生まれた。四男だった。

長兄、武一は大正元年、次兄、武信は同三年、姉の登美は同六年生まれ。同九年生まれの兄、武彦は夭逝していた。

「兄たちは親父に叱られたこともあったようですが、僕にはそういう記憶がない。歳の離れた末っ子で、孫のような感じでしたからね。よく一緒に海に出かけて、泳ぎを教えてもらいました」

兄二人は大正デモクラシーの申し子だった。「軍人にはなりたくない」と言って、ともに早稲田大学に進学した。

武邦はそんな兄たちの影響を受けつつも、武義の跡を継いで兵学校へ進んだ。武義が「兵学校へ行け」と勧めたわけではない。時代の要請とか、国家への忠誠心とか、そういうことでもない。ごくふつうに自然な気持で、父と同じ道をゆく、と小学校のころから決めていた。

「親父にあこがれていたのだと思う。親父は軍人というよりも武人という感じで、子供心に、武士とか武士道というものに引かれていましたから」

池田の人生航路に大きな影響を与えた父、池田武義について少し記しておこう。

海軍兵学校三十二期。クラスメートには山本五十六、嶋田繁太郎、吉田善吾、堀悌吉らがいる。

武義は明治三十七年十月、例年より二ヵ月早く兵学校を卒業した。この年の二月、日露戦争が始まったからだ。

七十二期の池田も太平洋戦争中に繰り上げ卒業しており、親子で似たような境遇だが、戦場での体験は全く違ったものだった。

武義は、練習航海、宮中拝謁を終えるや、少尉候補生として前線に送られた。明治三十八年一月二日、装甲巡洋艦「常磐《ときわ》」に着任。五月二十七日、対馬海峡でロシア・バルチック艦隊を迎え撃った。

武義の回顧録によると、指揮を任されたのは前部三インチ砲台。射程距離五千メートル。撃つチャンスはさほど多くはなかったが、数回、射程内に敵艦をとらえ、射撃した。

武義にとって日本海海戦は、

「全体の印象として大相撲を見ているような感じだった」

という。

一方、装甲巡洋艦「日進《にっしん》」に乗り組んでいた山本五十六はこの海戦で、左手中指と人さし指を吹き飛ばされている。

「大相撲観戦と負傷。まったく違った戦争体験が、二人の後々の人生に大きく影響している」

と、池田は見る。

「山本五十六が日米開戦に反対し、戦争という外交の最終手段に極めて慎重な態度を取り続けたのは、戦争の現実を身をもって知ったからではないか。負傷したことが彼の戦争観を決定づけたのではないか」

池田はそう推測する。

「僕も、目の前で人が死んだり、艦が沈んだりする体験をして初めて、それまで抱いていた戦争に対するイメージが全然違ったものになった。末端にいて、勝った、勝ったと言っている人にこの感覚は分からない。日米開戦前夜、海軍が開戦にノー、と言えなかった遠因は、全く艦が沈まなかった日露戦争の体験にあるのかもしれません」

大正三年（一九一四年）八月、第一次世界大戦勃発。日英同盟下、英国は商船を偽装したドイツ仮装巡洋艦撃破のため、日本に対独参戦を求めてきた。

帝国海軍は、ドイツ海軍勢力を太平洋から駆逐。ドイツ東洋艦隊の根拠地・青島を攻略、ドイツ領南洋諸島を次々に占領した。さらに、英国の求めに応じ、インド洋、南シナ海、地中海、オーストラリア、ニュージーランドに特務艦隊を派遣し、英国通商路の防衛に当たった。

武義は、第二特務艦隊の駆逐艦「桃」艦長として地中海に遠征した。当時の地中海は、ドイツ潜水艦と仮装巡洋艦が出没し、英国の海上補給路は危機にひんしていた。

第二特務艦隊とドイツ潜水艦の戦闘は三十六回に及び、うち十三回は敵に有効な攻撃を加えたとされる。日本側の損害は駆逐艦二隻損傷。戦死者七十三名は、マルタ島の英国海軍墓地に葬られた。

大正七年（一九一八年）五月、「桃」は、当時、魔の海と恐れられたケープ・ホーン沖で雷撃を受けた英運送船の乗組員八十人全員を救助し、沈没寸前の運送船をマルタ基地まで曳航するという活躍をした。マルタ基地の英国将兵は熱狂して出迎えたという。

武義は、こうした武勇伝を、家族には一切語らなかった。口数少なく、穏やかな武人だった。池田の知る武義の戦歴は、実家を整理していて講演録や回顧録をめくって見た程度にとどまっている。

武義が昭和四十五年に九十三歳で亡くなる直前、池田は、

「戦争の話を直接聞いておこう」

と、思い立った。

体調を崩して床についていた武義が語った話で、印象に残っているものは次の二つだという。

「ロシアの艦が沈んで、泳いでいる水兵たちを見た。哀れな姿だった。負け戦をしてはだめだ、と思った」

「第一次大戦の地中海遠征後、戦勝国としてドイツを視察した。配給に長蛇の列ができていた。皆みすぼらしい格好だった。これが敗戦国民か。負けるとこうなるんだと思った」

第一次大戦後は、戦艦「伊勢」、同「扶桑」艦長を歴任。昭和初めの軍縮時代に予備役に編入され、日露戦争時の連合艦隊旗艦で記念艦となっていた「三笠」の監督に就任した。

「僕がレイテ（沖海戦）から帰った時、三笠で記念撮影したことを覚えている」

その「三笠」も太平洋戦争の敗戦によって米軍に接収され、ダンスホールになった。現在は横須賀市の三笠公園に「記念艦」として復活、一般公開されている。

## 海へのあこがれ

身長百七十三センチ、体重六十四・五キロ。剣道三段。海軍兵学校時代の池田武邦は筋肉の引き締まった美丈夫である。

「この体をつくったのは兵学校。子供のころは全然違っていた」

少年時代は、虚弱児童で、よく熱を出したり、風邪をひいたりした。母登志はしばしば、心配してバス停で池田の帰りを待った。武義は、逆上がりのできない池田のために自宅の庭に鉄棒を作った。

武義は、

「器用な人間は貧乏になる」

と教えた。

ぶきっちょだった池田は、その言葉を励みにして、勉学に、スポーツに、コツコツと努力を重ねた。目標は江田島の海軍兵学校。英国のダートマス、米国のアナポリスとともに名をはせた世界の三大海軍士官養成機関である。入学試験は旧制中学のトップクラスでも難しいとされ、旧帝大以上の狭き門だった。

海軍士官は、白手袋と短剣に象徴されるように、スマートでモダンで青少年の人気の的でもあった。

「要するに、だれもがあこがれるところを目指したというわけです」

もう一つの志望理由は、海、である。

「海を見ていると心が躍る」

池田はそんな少年だった。

「海に行くと、本物しか通用しない。階級とか社会的地位とか、そんなものは何の意味もない。必要なのは自然に対する的確な判断と対応だけ。表面をいくら磨いてきれいにしても、中が錆びていたらそれっきり。錆びたビスは台風で吹き飛ぶ。自分の身を守るには、目に見えないところをきっちりしていなければならない。格好よく、着飾ってもだめ。そこが、陸の上——軍隊では娑婆って言ってましたが——と違う」

池田はまず、昭和十四年（一九三九年）八月に七十一期の試験を受けた。湘南中四年生、十五歳の夏だった。

「早生まれ（一月）だったし、四年から入ってもハンデキャップが大きすぎると思っていたので、小手調べのつもりで受験しました」

予定通り不合格。

本番の七十二期の入試は翌年八月、全国各地の中学などで実施された。池田は横須賀の海軍施設で受験した。

入試科目は、英語、数学、国語、漢文、理科、地理、歴史、作文。これを三日間かけて行なう。毎日、受験生のほぼ半分が落とされる。池田は最終日まで残り、面接を受け、吉報を待った。

十月、藤沢の自宅に電報が届いた。

「カイヘイゴウカク　イインテウ（海兵合格　委員長）」

十六歳の秋である。

この年、昭和十五年は紀元二六〇〇年。二月十一日、全国十一万の神社で大祭が行なわれ、七月には満州国皇帝溥儀《ふぎ》が奉祝に来日。九月には日独伊三国軍事同盟が締結されている。池田が合格電報を受け取った十月には、天皇陛下が同盟成立を神に報告、加護を祈られている。太平洋戦争突入まで一年と二ヵ月。池田は、国際情勢の怪しい雲行きの中を、江田島に向かう。

## 赤煉瓦の学舎

「海軍兵学校こそ、わが人生一番の経歴です」

池田武邦が意気揚々、広島県江田島にやって来たのは、昭和十五年（一九四〇年）十二月。湘南中の制服姿で、藤沢から列車、呉から船と乗り継いで来た。

正門は、松風薫る校庭東側の江田島湾の桟橋。しかし、ここが使われるのは卒業式の時だけ。池田は、陸側の裏門から入った。勝海舟の筆による表札が掲げられていた。

校庭に足を踏み入れる。芝生に囲まれた敷地には塵一つ落ちていない。そのまぶしいばかりの緑の中に、はっと息をのむような美しい学舎が目に飛び込んできた。

古鷹山を背景に、東西に延びる二階建ての赤煉瓦の洋館。明治二十六年（一八九三年）建造の生徒館であった。長さ百四十四メートル。外壁にはコリント式の付け柱が並び、モダンな印象を与えている。赤煉瓦はすべて英国から運ばれてきたという。

階上中央を監事部とし、階下中央に生徒応接所、診察所、信号兵詰め所。左右対称の両側には、講堂、生徒展覧所、生徒温習所などがあり、生徒寝室には西洋式寝台が備えられていた。現在は海上自衛隊幹部候補生学校、第一術科学校として使われ、東京駅と並ぶ赤煉瓦建築の文化財である。

海軍兵学校が東京・築地から江田島へ移転したのは明治二十一年（一八八八年）。以来、太平洋戦争敗戦まで、大日本帝国海軍の中枢は江田島から巣立った。

最初の卒業生は十五期。「杉野はいずこ」の歌で知られる軍神広瀬武夫、二・二六事件で辞職した首相岡田啓介、ロンドン軍縮会議全権の財部彪ら。二年後には日本海海戦を勝利に導いた名参謀、秋山真之（十七期）が卒業している。

秋山は入校時の成績は五十三人中十四番。しかし、翌年には三番となり、最上級生（四年）のころは一番、あとは卒業まで首席を通したという。

「ハンモックナンバー」とは、この卒業時の成績のことだ。

池田は、入校時、六百二十五人中百三十八番。翌年には二十八番に大躍進し、卒業時は三十五番だった。

「兵学校が体質に合っていたんですよ。最初は学力だけの評価ですが、体力、人格、動作なども評価されますから」

通常、兵学校に入ると「生徒」と呼ばれ、四年間の教育を受ける。卒業後、「少尉候補生」となり、練習艦隊に乗り組んで遠洋航海を行ない、帰国後、実戦部隊の艦艇に配属され、卒業一年後に「少尉」に任官する。

池田ら昭和十五年（一九四〇年）入校の七十二期生の教育カリキュラムは、かなり短縮された。戦時下とあって実戦教育が優先され、昭和十八年（一九四三年）九月に繰り上げ卒業し、第一線に駆り出された。

「入校時、既に戦時色は強くなっていましたが、まさか一年後に開戦するとは思ってもみませんでした」

と、池田は振り返る。

昭和十八春、白の事業服姿で同期生と並んで撮った写真が残っている。写真の中央で腕組みした池田は、自信に満ちた顔をしている。

従来の教育期間より短い江田島生活。

それでも、池田にとっては、「人生一番の経験」であった。

## 最後の四号生徒

海軍兵学校では、入校したばかりの一年生を「四号生徒」、二年生を「三号生徒」、三年生を「二号生徒」、最上級の四年生を「一号生徒」と呼ぶ。

ただ、池田ら七十二期は、昭和十六年三月末に一号（六十九期）が卒業したため、最下級生のまま三号に上がった。以来、教育期間短縮により、四号は終戦まで「欠号」となる。つまり、池田ら七十二期六百二十五人は、兵学校最後の四号生徒となったのである。

「僕らが卒業した後、教育内容は一層短縮され、フネも飛行機もないのに生徒数だけめちゃくちゃに増やしました」

「最後の卒業生」は七十五期。それ以降の新入生は三千人を超えた。七十六期三千五百七十人、「最後の江田島生徒」となった七十七期は三千七百七十一人。針尾分校で学んだ「最後の兵学校生徒」といわれる七十八期は四千四十九人。池田らは、かろうじて伝統の少数精鋭教育を受けた世代とも言えるだろう。

兵学校の教育システムの基本は「分隊」である。「一—四号」を縦の線とすると、「分隊」は横の線にあたる。兵学校生活は、学年ごとの授業以外、寝起き、食事、自習、水泳、短艇競技まですべて、この分隊単位で行なわれる。

分隊には一—四号生徒が等分に配置され、一個分隊四十—五十人で構成。分隊数は、生徒数が年次を追って増えたため、最下級の四号の人数で決まった。例えば、池田武邦ら七十二期は六百二十五人だったので、四号生徒は一個分隊にそれぞれ十三人ずつ。分隊数は合計で四十八個分隊だった。

自分が何分隊に所属するかは成績で決まる。成績一番が一分隊、二番が二分隊、三番が三分隊……四十八番が四十八分隊。そして四十九番の生徒が一分隊、五十番が二分隊という具合になる。

各分隊の成績トップの者を「先任」と呼ぶ。さらに、その中の、一号の先任を「伍長」、次席を「伍長補」と呼ぶ。

その上に、「分隊監事」がいる。分隊監事は、中尉、大尉クラスの若手教官、エリート中のエリートが務める。生徒にとっては、「兄貴分」であり、「親父」的存在でもある。

池田は入校時の成績が百三十八番だったので、四―三号時代は四十二分隊の三席。二号の時は二十八分隊の先任に躍進、一号の時は三十五分隊の伍長を務めている。

前述したように、同じ分隊には、一号から四号までの各学年に同成績の人間がいる。池田が四号の時の四十二分隊で言えば、池田と同じ三席の生徒が、三号、二号、一号にもいた。これらを「対番」と呼ぶ。対番は、兄弟の関係である。一号は二号の、二号は三号の、三号は四号の対番生徒の面倒を見る。

兵学校では、こうした学年の縦の線と、分隊の横の線がしっかりと結び合い、それが卒業後の実戦でも大いに役立った。

右も左も分からない四号生徒の頼みの綱は、三号の対番生徒である。対番に恵まれると、手取り足取り世話を焼いてくれる。池田は当時を振り返って言う。

「僕は対番生徒に恵まれた。試験問題を教えてくれたおかげで、成績がぐんぐん上がり、お陰で伍長にまでなれた。しかし、その先輩は卒業後、霞ヶ浦航空隊で事故に遭い、プロペラで首を切って殉職してしまった……」

## 恐怖の姓名申告

北は倶知安中、南は台北一中、東は水戸中、西は朝鮮大田中……。全国から集まった弱冠十五―十六歳のエリートたち。

まずは、身体検査である。素っ裸にされて検査を受けた後、一人一人に、褌、作業衣、帽子、靴、第一種軍装、第二種軍装など一式が支給された。皆、郷里から大きな荷物を抱えて来ていたが、中学の制服や着物など着衣を含め、本、カメラなど、持ってきた私物はすべて送り返された。

あこがれの短剣を腰に、入校式に臨んだピカピカの四号生徒。

その直後――、優等生のプライドは木っ端微塵に叩き潰される。

「四号生徒は二階に集合」

と、号令がかかった。

どやどやと階段を駆け上がっていく四号たち。池田も駆け足で二階へ向かった。

「なんだーッ、その昇り方は」

階上で、腕組みをした一号生徒がいきなり、池田を怒鳴りつけた。隣の分隊の伍長だ。

「やり直せー」

「はいッ」

駆け下りて、もう一度駆け上がる。

「貴様ーッ、兵学校の階段は昇る時は二段ずつと決まっているんだ。知らんのか。やり直せー」

「はいッ」

今後は、二段飛びで駆け上る。

「姿勢がなっとらーん。もう一回」

「はいッ」

「だめだ、だめだ。やりなおーし」

「もう一回」

何度、繰り返せば気が済むのか。池田は、へとへとになった。

ようやく解放されて一階の自習室に入る。

二号、三号はすでに着席している。池田ら四号は上級生と対面する形で、教室の前に並んで立たされた。

最上級の一号たちが、四号の周囲を取り巻く。双眼が異様な光をたたえている。今にも飛びかかりそうな猛禽類の目だ。

「姓名申告始め」

田舎から出てきたばかりの四号生徒は、緊張した面持で申告を始める。

「神奈川県立湘南中学出身、池田……」

言葉を遮って、一号生徒が寄ってたかって怒声を浴びせる。

「声が小さーい」

「聞こえなーい」

ドンドン、と床を踏み鳴らす。

「だめだ、だめだ」

竹刀を振り回し、床をバシバシと打ちつけて威嚇する。

「やり直せ」

「はいッ」

「神奈川県立湘南中学出身、池田武邦ッ」

「貴様、兵学校をなめてるのかー」

「ここは娑婆とは違うぞ」

海軍用語で、娑婆とは世間一般を指す。

「江田島精神をたたき込んでやる」

ガツン、いきなり鉄拳制裁である。

「もう、一回」

「はいッ」

「よーし、次ィ」

一号生徒の威圧に怖じ気づく四号。

「全然聞こえん」

「もういっかーい」

「はいッ」

「貴様、なまっとるぞ」

「腹から声出せー」

「キサマーッ」

鉄拳が飛ぶ。

バシッ、バシッ。

訓練を受けてない四号生徒が、腹の底から声を出すのは難しい。のど先でがなることしかできない。少しでも反抗的な態度を見せれば、何度も殴られる。

一号たちはこうして、十人余りの姓名申告に一時間以上かけるのだった。

兵学校でよく歌われた「兵学校三勇士」の歌詞には次のような一節がある。

　夢も束の間夜嵐吹けば
　姓名申告凄面揃い
　足の震えを何としよう
　お国なまりがうらめしや
　我等兵学校の三勇士

「入校当初は、えらいところに来たもんだと思った。でも、これは儀式なんだと、だんだん分かってきました。一号生徒の演技なんです。理不尽なことを言って娑婆っ気を抜くのが目的だったのです」

池田は先輩から言われた「ひげを剃れ」という言葉も忘れられないという。

「大人の世界に入ったんだと思ってね、うれしかったです。姓名申告も一つの区切り、通過儀礼なんですよ」

　その池田が一号になり、三十五分隊の伍長というポジションになった時のことだ。笑い上戸だったせいもあるが、姓名申告の時、池田はクラスメートたちのド迫力の「演技」に、思わず吹き出してしまった。

「伍長補の中田（隆保）君が竹刀を手にして、実に恐ろしかった。一生懸命演じているが、おかしくてね。いやー悪かった」

　と頭をかく池田。この伍長の「不祥事」は、余程の事件だったらしく、卒業時の寄せ書きにも記されている。

### 武人の教育

　入校初日から、ガツンと一発食らった四号生徒たち。しかし、先輩たちのシゴキは、それで終わったわけではない。連日連夜、続くのだった。

　生徒館の一日は〇六〇〇（午前六時）、暁闇を破って鳴り渡る起床ラッパで始まる。

　朝一番の躾は起床動作。

「布団に皺がある」

「枕が汚れとる」

　とか何とか言われて制裁を食らう。

　布団の畳み方から、階段の昇降、敬礼の仕方まで、やたら難癖をつけられる。

きれいに畳んだはずの寝具が、朝の体操から戻ると、ぐちゃぐちゃになっていることもある。先輩たちの仕業とは分かっている。しかし、先輩の言うことには理屈抜きで従わなければならない決まり、である。何度も何度もやり直すしかない。

起床、寝具整頓、洗面、体操、日課手入れ……。四号はいつも、走っている。考える暇などない。

朝食をすませると、〇七五五に定時点検。

続いて課業整列し、教室に向かって行進。午前中は四十五分の授業が四コマ、午後は訓練・体育。

一七三〇、夕食。

一八三〇〜二一〇〇まで自習。

「毎日、くたくた。でも不思議なことに、無我夢中でこういう生活を続けているうちに、だんだん慣れてきて要領がつかめるのです。無駄のないスマートな動作の基本が身に付いてくるんです」

池田はしみじみ言う。

戦場では理屈など言ってはおれない。理不尽の連続である。兵学校の先輩たちは、後輩に、戦場で生き抜く知恵、すなわち「型」を教えているのだった。

「現在、兵学校の姓名申告と同じことをやっているのが、福井県の曹洞宗総本山、永平寺です。入門の許しを求めて山門に立つ若い修行僧をコテンパンに痛めつけて、娑婆っ気を抜いている。あれ、もしかして兵学校出身者がやってるんじゃないか、と思うほど似ている」

池田はまた、こう指摘する。

「危険な状況下で部下を統率するには心の修練が必要。兵学校教育は内面的かつ自主的で、禅の修行に似ている」

兵学校は英海軍に倣って優秀な海軍士官を育てようとしただけでなく、伝統的な日本武士をつくろうとしていた。

武士は、火急に際し即座に対応できなければならない。いつも意識が覚醒し、戦いに備えていなければならない。そのためには、腹の据わった「構え」が必要だった。構え、とは言い換えれば、型、基本、である。一見、理不尽に思えることを身体の中に徹底的にたたき込んで、型をつくっていく。

兵学校は、武士や禅僧と同様、体づくりと自己形成によって瞬時に脳が最大限に活性化した状態に持っていくことのできる人間をつくろうとしたのだった。

夜の自習止め五分前、「G一声」のラッパが静寂な生徒館に響き渡ると、生徒たちは一斉に書物、ノートを机の中に収める。

当番の一号生徒が、「五省」を読み上げる。他の生徒は、これに合わせて黙唱し、その日一日の自らの言動を反省する。

一、至誠に悖《もと》るなかりしか

一、言行に恥づるなかりしか
一、気力に欠くるなかりしか
一、努力に憾《うら》みなかりしか
一、不精に亘《わた》るなかりしか

五分間の瞑想。生徒たちは慌ただしかった一日の終わりに自問自答し、自戒し、人格陶冶に務める。

二一三〇、堅いベッドの中で、消灯ラッパを聞く。間延びした音色に哀愁を感じつつ眠りに落ちる。

江田島健児

「スマートで、目先がきいて几帳面、負けじ魂、これぞ船乗り」——。帝国海軍士官を象徴する言葉である。昭和十五年末、江田島にやってきた池田武邦は海軍兵学校で心身共に鍛えられ、日一日、あこがれの海軍士官へ近づいていた。

「一番多感な時期に、鉄を真っ赤にして、たたくようなものだった」

と、池田は当時を回想して言う。

ひょろひょろした少年が、みるみるうちに筋骨隆々の肉体と日焼けした精悍な面構えに変わっていく。

「最初の一年は地獄、二年目は責任のない無風地帯、三年になると何かにつけて競技、競走の推進役」

熊本県人吉の出身で、後に海軍少将となった高木惣吉（四十三期）は江田島生活を、そう説明する。

月日は流れ、地獄の四号時代を駆け抜けた生徒たちは、いつしか要領を覚えた三号、二号、そして責任ある一号へ。「修正」という名の鉄拳制裁も、やられる立場からやる立場に変わる。

「あれは、殴る方が大変なんだよ。手が痛くってね」

池田は、修正を否定しない。

「殴る方も殴られる方も後腐れはない。理屈抜きの制裁に最初は反発もあるが、世の中そんなもの。いちいち反抗しても始まらない。論理を超えた世界で、修養をしていると思ったらいい。今は何でも理屈で説明しようとする。その分、肌や体を通して何かを覚える、体得するという経験が大きく欠落しているのではないか」

池田はそう指摘し、

「兵学校では常に人格が尊重されていたし、精神的にはひじょうに充実していた」

と振り返る。

兵学校は座学に加え、集団訓練のカリキュラムも充実していた。

湘南で育った池田は、水泳は得意だった。

「水泳の時、未熟者は赤い帽子をかぶる。僕らは白帽、それにレベルが上がるごとに筋が入る。僕は三本筋だった。名誉なことだったね」

長野など山国出身の生徒は、相当な努力でハンデを克服しなければならない。彼らは午後三時からの自由時間に特別訓練を受け、半年後には、全員一マイル遠泳を泳ぎ切れるまでになった。

こうして個人個人に合わせたメニューでトレーニングを積ませるのも兵学校の流儀だった。圧巻は短艇(カッター)訓練だろう。

厳冬下での訓練では、櫂を握る指が凍え、分隊対抗の十マイルの宮島遠漕では尻が擦り剝けた。

「夏休み前の仕上げに江田島湾内を周回する訓練から戻ると、皮はボロボロ。久しぶりに郷里に帰るのに、せっかくのハンサムボーイもすごい顔になったものです」

厳島の弥山登山では足が棒になった。これも分隊対抗で、チームワークが物を言う。一人でも遅れると、全員が迷惑を被る。そうならないよう、上級生は下級生に対し、就寝前のベッドでも屈伸や腹筋運動をさせて鍛え上げた。

野外演習、退却戦の苦しさも忘れられない。

「今では想像もできないトレーニングですが、これらすべて激戦に耐えられる体力と精神力を養うためのものでした」

江田島一番の思い出は何だっただろうか――そう問うと、池田だけでなく、多くの兵学校卒業生が、毎週土曜の午後に行なわれた「棒倒し」を挙げる。

全校生徒が白旗の奇数分隊と赤旗の偶数分隊に、さらに、それぞれが攻撃軍と防御軍に分かれる。当直幹事の、

「進め」

の号令。続いて、攻撃軍は指揮官の一号生徒を先頭に、二号、三号の順で、敵防御軍に突入する。

「ウオーッ」

というなり声と地響きをあげて、突進する生徒たち。

この時ばかりは、上級生も下級生もない。殴り、けり、引きずり、がむしゃらに棒に肉薄する。

乱闘また乱闘。

勝敗は大抵一、二分で決まる。これを三回行なう。試合後の爽快さは格別だった。

この日本独特のスポーツのすさまじさは、英国海軍から派遣されていた教師たちをも驚かせたらしく、昭和十七年に英国で刊行された『英人が見た海軍兵学校』には、

「棒倒しは戦闘時間が長くなると危険をはらむ競技である」

との記述が見える。

棒倒しが終わった後、土曜の夜から日曜日の夕方までは自由時間となる。池田は、この時間を利用して行なう巡航帆走が「最高の楽しみ」だったという。

カッターに乗り、食糧を積み込み、クラスメートたちと江田島から海へ出る。行く先は決まっていない。自分たちの判断で、思い思いの時を過ごすのだ。

無人島で一晩過ごしたこともあれば、嵐に遭遇して時間までに帰れなくなったこともある。

先述のクラスメート中田隆保（一号時代に伍長、伍長補のコンビを組んだ）は沖に出ると、得意の美声で「湖畔の宿」を歌ったものだ。

いつの間にか潮が引いて、座礁という「事故」を起こすこともあった。

生徒たちは、こうして自然の厳しさ学び、マニュアルにないことへの対処法を身につけていく。

「今思うと、あれも重要な訓練だった」

こうした毎日を通して兵学校の先輩、後輩、同期は、家族のような深い絆で結ばれていくのだった。

ところで――。

伸び盛り、食い盛りの兵学校生徒は、いつも空腹だった。

「練兵場で、だれかの訓話を聞いている最中、生徒館の大理石の柱が羊羹に見えてね。あれが羊羹だったらいいのになあ、と。そのくらい腹が減ってましたね」

池田のクラスメートに東郷平八郎元帥の孫、良一がいた。もともと一年上の七十一期だったが、落第して池田と同級になっていた。

「実家が逗子で、家が近いので休暇の時は一緒に遊んでいました。人が良く、銃剣道が得意なスポーツマンでした。その彼が、よく間食をして懲罰を受けていたのを覚えています。それでも平気な顔をしてましたよ」

空腹を満たした休日の夕暮れ、生徒たちは練兵場に集まり、歌をうたう。軍歌演習である。

「この時間に一人でも遅刻しようものなら、全員駆け足です」

クラスメートの大半は、外出先で腹いっぱい食べて帰った。

「中には食い過ぎて吐く奴がいてね、自己管理ができとらん、と制裁をくらうこともありました」

とまれ、全員そろったら一様の白の作業衣で二重の輪になる。そして、左手に歌詞の書かれた冊子を高々と掲げ、ぐるぐる行進しながら合唱するのだった。

生徒たちは、皆と声を合わせ、練兵場の土を踏み鳴らしながら、歌う。あの時うたった曲は、何年経っても忘れることはない。池田は今も、ヨットで海に出ると、「江田島健児の歌」を大声で歌っているという。

## 開戦の朝

池田武邦が兵学校に入校して一年の間に、日本と米国を隔てる太平洋の波は次第に高くなり、やがて猛り狂い始めた。

「腰抜け」とののしられながらも、堂々と対米戦反対論を説いてきた軍人が次々に中央から去っていった。

「米英を相手に戦っても必ず負ける。日独伊三国同盟は亡国につながる」

そう主張してきた海軍次官山本五十六が連合艦隊司令長官に転補されるに至り、日米関係は後戻りできない局面に入った。

海上に移った山本は、反戦論をぴたり、とやめた。

昭和十六年十一月九日、山本は海兵同期の親友、堀悌吉に一文を書いた。

「個人としての意見と正反対の決意を固め、その方向に一途邁進の外なき現在の立場は誠に変なもの也。之も命というものか」

山本は覚悟を決めた。

一方、米国は、ハルノートという名の最後通牒を日本側に突きつけた。

「抜け」と迫ったのだ。

矢は弦を放れた。

十二月八日、開戦。山本は将兵に訓電した。

「本職と生死を共にせよ」

主戦派も反戦派も、今はもう、皆、まなじりを決して洋上にあった。わが国は有史以来の大戦争に突入したのだ。

その日、江田島では――。

早暁、七十一期、七十二期、七十三期の全校生徒が白い息を吐きつつ、駆け足で校庭に集

合した。整列した全校生徒を前に、教頭が、

「戦争が始まった」

と告げた。

「ああ、これで冬休みはなくなる……」

池田は、喉元にこみあげて来る言葉をぐっ、と飲み込んだ。

「あの朝の紫色の空、今もはっきりと目に浮かびます。古鷹山に彩雲がかかっていました」

入校して一年。十二月に入ってからは指折り数えて待っていた休暇は、あっさり消えた。

「兵学校生徒にとって夏と冬の休暇は一番の楽しみでした。学校では先輩に殴られていても、家に帰ると、皆がちやほやしてくれましたからね。郷里に戻った生徒は、優秀な後輩をリクルートするため、鼻高々で出身中学にデモンストレーションに行ったものです」

ああ、天国から地獄とはこのことか。空き腹を抱え、冬休み返上のわが身を嘆く兵学校生徒たち。彼らの前途には、いや応なく、怒濤の海に漕ぎ出していく運命が待ち受けていた。

この日夕方午後五時には、校長の草鹿任一中将が再び全校生徒を大講堂に集めた。

草鹿は「宣戦布告の御詔勅」を奉読し、訓示した。

「諸子は、素より武人として若き血潮が湧き立つのを覚えるであろう。校長もそうである。今や我々はこの心持ちをもっていわゆる打てば響くが如き、生き生きしたる気分の下に堅き決心覚悟を新たにして武人の本分に必死の努力をなすべき秋である」

そのうえで、草鹿は以下の二項を生徒たちに言い渡した。

一、あくまで落ち着いて課業に精進せよ
二、敵襲に対し常住不断の気構えを持て

## 井上成美校長着任

昭和十六年十二月八日。

日米開戦によって楽しみにしていた冬休みがすっ飛び、池田武邦ら兵学校生徒が階段から転げ落ちたようなショックを受けたころ――。

のちに草鹿任一校長の後任として兵学校に赴任してくることになる第四艦隊司令長官井上成美中将は、南洋トラック諸島にいた。

「トラ トラ トラ」

旗艦、巡洋艦「鹿島」の通信室が真珠湾奇襲成功の電報を傍受した。

「万歳、万歳」

作戦室の参謀たちが叫ぶ。通信参謀飯田秀雄中佐は井上に奇襲成功の電報を届け、

「おめでとうございます」

と笑顔で言った。井上は、飯田をキッとにらみつけて怒鳴りあげた。

「バカヤロー」

井上は海兵三十七期。同期生には「任《じん》ちゃん」こと草鹿任一のほか、後に最後の連合艦隊

司令長官となる「鬼瓦」こと小沢治三郎がいる。

卒業成績百七十九人中二番。「カミソリ」と呼ばれた切れ者で、米内光政海相、山本五十六次官時代の軍務局長として、対米関係が悪化していく中、日独伊三国同盟締結反対の先頭に立った。

半藤一利は『昭和史』（平凡社刊）の中で次のように書いている。

〈米内・山本・井上トリオは、外部に対してだけでなく、内側に対しても頑強でした。断固として三国同盟に反対で、下剋上を押さえつつ、いわゆる海軍本来である対米英協調の方針を貫きました。

考えれば、このトリオの反対のなされている時が、昭和史のまだ常識的というか賢明というか、かろうじて正常を保っている時であって、これ以後、狂いはじめてゆくのです〉

井上の真骨頂は航空本部長時代の昭和十六年一月三十日、海軍大臣あてに提出した建白書「新軍備計画論」に示されている。

井上成美中将

要旨は次のようなものだ。
「アメリカと戦争して負けるのがいやなら航空軍備の徹底的拡充をはかりなさい。それなしに現況のままで対米戦に突入したら、帝国陸海軍は全滅し、日本全土がアメリカに占領されるようなことが起こりますよ」
四年後の我が国の運命を見事に言い当てている。しかし、戦史叢書『ハワイ作戦』には、井上のこの考えが結局だれにも受け入れられなかったと記してある。

井上には、対米英戦には日本の独立を守るという大義名分がなく、いずれ負けるから、やってはいけないという確固たる信念があった。こうした歯に衣着せぬ発言がたたり、井上は開戦四ヵ月前に中央を追われ、第一線に出された。

開戦前、小沢治三郎が南遣艦隊司令長官としてサイゴン行きの命を受け現地に向かう途中、連合艦隊旗艦「長門」に山本五十六を訪ねた。

この時、山本は小沢の転任あいさつを聞くのもそこそこに、

「どうしてオイ、井上を大臣にしないのかなァ。井上でないとだめだ。井上なら東條（英機）と堂々と渡り合えるんだ」

と、いかにも残念そうに語ったという。

井上はその後、太平洋洋上から内地に戻され、江田島にやって来る。

最前線で戦死した山本と対照的に、三年九ヵ月の太平洋戦争中、二年近く内地で命をつないだ井上は、その後、再び海軍省に戻り、海軍次官、軍事参議官となって米内内閣の終戦工作に奔走し、日本を破滅の危機から救う。

教え子の一人である生出寿（海兵七十四期）は著書『反戦大将 井上成美』（徳間書店）に、〈最後の海軍大将井上成美は、日本を救った特筆すべき人々の一人としてあげられると思う〉

と記している。

この井上が四艦隊長官時代の通信参謀飯田秀雄を従えて、第四十代兵学校校長として江田島入りしたのは昭和十七年十一月十日のことだ。前校長草鹿任一はラバウルの第十一航空艦隊司令長官に転補された。

「井上校長が着任されたのは、僕らが二号生徒の時でした。教育参考館に掲げられていた歴代提督の写真を全部外し、東郷元帥を神様扱いしてはいけない、と言われたのが強く印象に残っています」

池田は当時を振り返る。

教育参考館は、東郷元帥の遺髪、勇士の遺品、艦船模型などを展示、先輩たちの偉業を静かに思う神聖な場所で、その内壁を飾るのが歴代大将六十六人の額入り写真だった。

井上はそれを一瞥するや、

「全部下ろしてしまえ」

と命じた。なぜか。

井上が戦後、教え子たちに語ったところによると、

「大将といっても海軍のためにならないことをやった人もいるし、また、先が見えなくて日本を対米戦争に突入させてしまった、国賊と呼びたいような大将もいる。こんな人たちを生徒に尊敬せよ、とは私には到底いえない」

ということらしい。

井上の着任時、江田島には七十一期、七十二期、七十三期の三クラス約二千百人が在校していた。ところが、着任四日後には、七十一期五百八十一人が、井上と深く接する間もなく約三年の教育課程を終えて卒業する。七十一期生はこの後、クラスヘッドの田結保以下、半数以上が戦死する。

二週間後には七十四期が入学してきて、在校生は約二千五百人になった。こうして、池田ら七十二期、続く七十三期、七十四期が、井上から直接薫陶を受ける世代となる。

池田の記憶によると、

「井上さんは着任早々、自ら陣頭指揮をとられた珊瑚海海戦の話をされた」

という。池田らは、洋上から戻ったばかりの校長から、戦場の空気をかぎ取ろうと真剣に話に聞き入った。

珊瑚海海戦は昭和十七年五月七日、八日に、日米が互角の兵力で戦った海戦である。史上初の空母機動部隊同士の対決でもあった。

日本側の戦果は、空母「レキシントン」大破（後に艦内爆発で沈没）、空母「ヨークタウン」小破、駆逐艦、オイルタンカー各一隻撃沈。損害は、空母「翔鶴」中破、小型空母「祥鳳」、駆逐艦各一隻沈没。ニューギニア・ポートモレスビー基地を攻略しようとしていた日本の輸送船団は作戦を中止して引き揚げた。

この結果、戦術では日本が勝ったが、戦略ではポートモレスビー攻略を阻止した米軍の勝ち、と評されるが、振り返れば、太平洋戦争中の海戦の中でも指折りの勝ち戦であった。一ヵ月後のミッドウェー海戦の惨憺たる有り様とは比べようもない。

井上は、現場指揮官である第五航空戦隊司令官原忠一の判断を尊重し、第一回攻撃だけでやめ、第二回攻撃をしなかった。敵を知り、己を知り、彼我の戦果を見て、「これでよし」と見切りをつけたのだ。

しかし、軍令部や連合艦隊司令部は、井上を激しく非難した。「腰抜け」「弱虫」「頭がよすぎて戦は下手」「井上は学者だ、軍人ではない」などと、ののしった。

江田島でも、「またも負けたか四艦隊」という言葉が一種の節をつけてささやかれるほどになった。井上はそれほどまでに、疎ましがられ、憎まれていた。

池田らは、その井上が、まさか兵学校校長としてやってくるとは思っていなかったし、いきなり珊瑚海海戦の話をするとは夢想だにしなかった。

井上は生徒たちに、

「私のとった攻撃中止の措置は、軍令部においてたいへん不評判であった。しかし、機動戦というものは、サッと行ってサッと引き返すべきものである。後方には何がいるか分からない。ぐずぐずしてはいけない」

と語った。

「わざわざ着任の時に、率直にこんな話をしてくれる人は他にはいないだろう」

と池田は感心したという。

「井上校長の話を聞いて、僕らは、珊瑚海海戦がまったく敵情がわからない中での戦いだったということを知り、衝撃を受けました。これまで漏れ伝わってくる話は勇ましい話ばかりで、わが海軍はやってるぞ、と思っていましたが、内情はそうではなかったのです」

池田はこの時、

「情報をきちんととらないと、作戦はうまくいかない」

ということを痛感したという。

## 人間尊重の精神

太平洋戦争開戦後も、江田島では、草鹿任一校長の指示通りに淡々と課業が行なわれ、生徒たちは少しも動揺するところがなかった。

井上成美校長が着任してからは、当時としては異例とも言える自由な空気が注入され、「別天地」の様相さえ見せた。

戦時下の士官教育は、会津戦争の白虎隊のように純真無垢な即戦力を育成するムードに流れやすい。井上はそういう考え方に断固反対した。

「目先のことにとらわれるな。状況の大きな変化が起きた時に、自らの判断で対処できる人材を育てるんだ」

と公言してはばからなかった。

海軍中枢からの教育改革要求に対しては、

「私は米作りの百姓です。中央でどんな米が入用か知りませんが、青田を刈ったって米は取れません」

　と言って、突っぱね続けた。

　例えば、英語教育。決戦下、ただ一つの方向に進んでいる帝国にあって、英語は敵性語であり、使う人間は非国民だった。教育現場から英語の授業は消え、陸軍士官学校はすでに昭和十五年から入試科目から外していた。

「英語が苦手な秀才が海軍を敬遠して陸軍に逃げる」

　海軍兵学校も危機感を抱いて英語廃止を検討していた。教官百五十人のうち、廃止反対はわずか六人。しかし、井上は頑として受け付けなかった。

「優秀な生徒が陸軍へ流れるというのなら、流れて結構。外国語一つ真剣にマスターしないような人間は帝国海軍では必要としない。本職は校長の権限において入学試験から英語を廃することを許さない」

　そう断じた。さらに、

「実社会へ出てすぐ目先の役に立つような教育は丁稚《でっち》教育であって、兵学校が丁稚の養成を教育目標にするのは不見識」

　と口癖のように言い、軍事学中心に傾きがちの風潮を許さなかった。

　この点については、池田も、

「戦時下ではありましたが、軍事教練も英語も戦前と変わりなくやっていた気がします」

　と回想する。

もう一つの例は、軍人勅諭。池田には、兵学校で軍人勅諭を暗記させられた記憶がない。

「中学校でも覚えさせられたので、兵学校に行ったらさんざんうるさく言われるだろうと覚悟していたのに何もなかった。あんなものを暗記するなんてナンセンスという感じでしたね」

井上着任の四日後、一号の七十一期五百八十人が卒業、池田ら七十二期が最上級生になったことは先に触れた。二週間後には七十四期が入校、在校生は二千五百人にふくれあがった。日々、生徒の動きをじっと観察していた井上は、

「気に入らぬ。皆、目がつり上がっている。張り切りすぎだ」

と分析し、

「もっと遊ばせてやれ。一日に一度でもよいから心の底から笑う時間を与えるように」

と教官たちに指示した。井上の考えでは、教室で習ったことが自由時間に楽しく遊んでいるうちに意識の深いところへ下りていって、本当に自分のものになるというのだった。

軍事学より基礎学中心。杓子定規にならず、心豊かな紳士を養成する。そこには、日本中どこを探しても見られなくなってしまった人間尊重の精神があった。

こうした井上の指導で、兵学校は決戦下にあっても「正気」を保ち続けた。池田は言う。

「兵学校は確かにある方向性を持った教育機関です。しかし、生徒は十人十色だった。終戦と同時に割腹する奴もいれば、戦争中からこんなばかなことやってられるかという奴もいる。それぞれがその人なりの信念を持っていて、堂々としていました」

周囲の雑音に惑わされず、目先の利益に左右されず、将来、日本の土台となるような人材を育てる。井上の骨太方針が成果をあげたことは、その後の歴史が証明している。

戦後、多くの兵学校卒業生が復興の原動力となったのは他言を要しない。我が国超高層建築の先駆者となった池田もその一人だろう。池田の環境問題への取り組みや、百年後、千年後を見据えた未来都市「ハウステンボス」建設にも、その影響を認めることができる。

「井上さんは『日本は負ける。戦後のことを考えなければならない』と思っていて、それを兵学校で行動に移したのだと思います」

## 歴史が審判する

「僕らは、井上さんの話ぶりから、海軍の中枢にいてよく物が見えていたのに、戦争を止めることができなかった無念さ、を感じ取ったものです」

池田は兵学校時代を振り返って言う。

井上が一年九ヵ月、兵学校長をしている間に、時代の歯車はギシギシとうなりを上げて急速回転していた。

昭和十八年九月十五日、池田ら七十二期生六百二十五人は二ヵ月繰り上げ卒業し、実施部隊へ。同年十二月一日には、本土決戦の特攻クラスといわれた第七十五期三千四百八十人が入校。四ヵ月後の昭和十九年三月二十二日には、七十三期九百二人が二年四ヵ月という最短教育期間で卒業し、戦地へ赴いた。

この九日後の三月三十一日、山本五十六の後任の連合艦隊長官古賀峯一が戦死。六月十九日には、池田も参加したマリアナ沖海戦で日本海軍は大敗した。七月七日、サイパンが陥落。グアム、テニアンも落ちた。

政局も慌ただしい。

昭和十九年七月十八日、東條英機内閣が総辞職。同月二十二日、小磯国昭・米内光政連立内閣成立。

当時は、現役の軍人しか陸海軍大臣になれない。米内は予備役から現役復帰して副総理格の海軍大臣となった。海軍省教育局長高木惣吉が、

「次官はどうされますか」

と尋ねた。米内は、

「(現職は)一夜にして放逐する」

と答えたという。意中には、井上成美しかなかった。

七月二十六日、江田島の校長舎に海軍省から電話が入った。

「大臣がお会いしたいそうです」

秘書官が井上に告げた。

二十九日、米内と井上は、京都・都ホテルで、二人きりで会談した。

「おい、やってくれよ」

「私の政治嫌いはご承知でしょうに」

「お前しかいないんだよ」

世の中は、「一億玉砕」に向けて突き進んでいた。国民は、それが日本民族の誇るべき道だと信じていた。井上は、もはや江田島の「米づくりの百姓」ではいられないことを自覚していた。

「大臣、一日も早く戦をやめましょう。一日遅れれば、何千万の日本人が死ぬ」

井上は米内に、「大和民族保存」のため速やかに終戦すべきだ、と迫った。

米内は即座に同意した。

これを受け、井上は、高木に終戦工作の研究を命じる。

井上は、次官発令を生徒の夏休暇が明ける八月五日まで待ってもらい、いったん江田島へ戻った。

七月三十日、兵学校練兵場東の千代田艦橋。

井上は白の第二種軍装で立ち、七十四、七十五期の教え子約四千人を前に言った。

「海軍中将井上成美、海軍次官に任ぜられ、本日退庁」

生徒たちの敬礼に、いつものように端正な答礼をする。両の眼に生徒たちの姿を焼き付けるようにしてきびすを返し、タッタッタッと艦橋を駆け下り、兵学校を後にした。

教官たちには次のような言葉を残している。

「離職に当たって誰しも言うような、大過なく職務を果たすことができた、などとは言わない。私のやったことがよかったか、悪かったか、それは後世の歴史が審判するだろう」

池田はすでに戦地あり、この場には立ち会っていない。戦後も、再会の機会はなかった。
「戦後の井上さんは近所の子供たちに英語を教えながら清貧の生活を貫き、表に出ることはありませんでした。教え子たちの差し入れも一切受け取らず、送り返していたそうです」

## さらば江田島

話が前に進みすぎた。昭和十八年九月十五日に筆を戻したい。

この日、池田武邦ら海軍兵学校七十二期生徒六百二十五人は卒業式を迎えた。予定を二ヵ月早めての卒業だった。

このころ、南太平洋ソロモン諸島を巡る攻防は消耗戦の様相を呈し、一線に立つ士官が不足していた。池田らは一刻も早く、戦地に向かわねばならなかった。ちなみに、池田の父武義も日露戦争のため兵学校を二ヵ月繰り上げ卒業している。池田が卒業式を終えて初級士官教育のため乗り込んだ練習艦は、父の最後の乗艦、戦艦「伊勢」だった。不思議な因縁である。

卒業式は大講堂で、天皇陛下御名代の高松宮殿下の臨席を仰ぎ、厳かに行なわれた。軍楽隊の演奏に乗って、成績上位十一人の卒業生が順に、宮様の前に進み出て、お付き武官から恩賜の短剣を拝受する。

式には、海軍大臣の代理として、澤本頼雄次官も出席していた。澤本は海兵三十六期。のちに大将となり、呉鎮守府長官を経て終戦時は軍事参議官。短剣を受領した生徒の中には、

昭和18年９月、海軍兵学校卒業を目前にした35分隊の72期生たち
（後列左から２番目が池田、撮影：小灘利春）

澤本次官の息子、澤本倫生（成績は三位）もいた。

式典後、池田らは真新しい少尉候補生の制服に袖を通し、祝宴会場へ。会場には、結び昆布、勝栗、スルメ、赤飯、冷酒が並んでいる。式はテンポよく進む。

しばしの歓談を終えると、恩賜短剣組を先頭に、隊列を整え、別れの行進だ。在校生、教官が整列して見送る。

昭和十五年十二月一日、裏門から思い思いのいでたちで入校してきた七十二期生たちが、二年半の教育期間を経て、たくましい体と引き締まった面構えの青年になって、正門から巣立っていく。校長の井上成美は、敬礼する少尉候補生たち一人一人をしっかりと見据え、答礼した。

江田島湾では、戦艦「扶桑」が濛々と煙を上げながら、池田ら候補生の乗艦を今や遅しと待っていた。池田らは、表桟橋から内火艇に分乗し、「扶桑」に乗り移る。軍艦マーチが高らかに響く。

在校生が見送りのため総員、短艇で漕ぎ出る。

「櫂上げ」

続いて、

「帽振れ」

「扶桑」は滑るように湾を出てゆく。軍楽隊の演奏が、軍艦マーチから、スコットランド民謡「オールド・ラング・ザイン」に変わる。

この伝統を、七十二期生の卒業を機に廃止してはどうか、という意見が若手教官から出された。理由は、「敵性音楽だから」だった。判断を求められた井上は、

「名曲は名曲、時代や作曲者の国籍など関係ない」

と一蹴したといわれている。

さらば江田島。

万感胸に迫るものがあるが、海軍の別れは、手を握り合うことも、肩をたたき合うこともない。ともにグラウンドをかけ、棒倒しに汗を流し、歌をうたいながら歩いた仲間たちも、ただ、挙手の礼をして帽を振るばかりであった。

池田は、自らの江田島時代を振り返って言う。

「戦争はだれのせいにもできない。しても仕方がない。実に理不尽なもの。自然も同じだ。台風をだれのせいにもできない。兵学校はそれらに臨む修行の場であり、精神修養の期間だ

った と思います」

太平洋戦争真っ只中、文字通り疾風怒濤の海へ漕ぎ出す前の、貴重な二年半であった。

## 怒濤の海へ

戦艦「扶桑」で江田内を出港した池田ら七十二期生は、柱島《はしらじま》泊地で、戦艦「伊勢」「山城《やましろ》」、練習艦「八雲《やくも》」、軽巡洋艦「龍田《たつた》」に分乗し、早速、候補生教育に入った。

この時、艦隊勤務となったのは三百七人。三百十一人は飛行学生となり、呉から特別列車で霞ヶ浦海軍航空隊に向かった。池田は、「伊勢」に乗艦、瀬戸内での実習に入った。

当時、「伊勢」は、後部二基の主砲塔を撤去して飛行甲板とし、フロート付きの水上機を搭載する航空戦艦に改造されていた。ミッドウェー海戦でまさかの大敗を喫し、空母四隻、航空機二百八十五機、兵員約三千五百人を失った海軍は、航空戦力増強に全力を傾けていた。「伊勢」大改造もその一環だった。

ただし、池田が「伊勢」に乗り込んだ時、甲板に飛行機はなく、大量の軍需物資が山積みされていた。陸軍部隊の南方への物資輸送を兼ねた実習だったからだ。

「戦時下だから仕方ありませんが、作戦の一部に便乗して練習航海をする、という感じでしたね。卒業後の遠洋航海、これが楽しみで兵学校に入ったのに」

しかし、今は華やかな実習を期待するわけにはいかなかった。

「残念ながら、外国航路はすべて敵の海。内海である南洋トラック島までを往復するだけでした」

昭和十八年十月十四日、「伊勢」「山城」「龍田」に空母「隼鷹《じゅんよう》」を加えた練習艦隊は、五隻の駆逐艦に護衛されてトラックへ向かった。

豊後水道を抜けると、嵐になった。

「それは、すごいしけで、戦艦がこれほどがぶるとは思いませんでした」

池田によると、船の揺れ方は、駆逐艦、巡洋艦、戦艦でそれぞれ違うという。

「同期の一人がすぐに船酔いしてハンモックでぐったりしていたのを覚えています」

「伊勢」のデッキで作業中の水兵一人が波にのまれ、行方不明になった。護衛駆逐艦が一時間ほど捜索したが、見つからなかった。いきなりの洗礼が、池田の前途を暗くした。

「航海中は、天測をずいぶんやらされました。これがその後、役に立ちました」

トラック島には、戦艦「大和」「武蔵」をはじめとする連合艦隊が集結していた。

この年の四月十八日には、連合艦隊司令長官山本五十六が戦死、戦局挽回は非常に難しくなっていたが、勢揃いした連合艦隊を目の前にして、池田は正直、

「頼もしい」

と思った。

「自分もこの連合艦隊の一員になったんだ」

と素直に喜んだ。

「それも最初に参加したあ号作戦（マリアナ沖海戦）で、この大艦隊も飛行機がなければ無

力だと思い知ることになるのですが……」

帰投中、豊後水道に入る日の朝、「伊勢」の後に続いていた「隼鷹」が敵潜水艦の魚雷攻撃を受けた。「隼鷹」はこの後、「龍田」に守られ、遅れて呉軍港に入港した。

「沈みはしませんでしたが、出港直後の水兵の事故といい、『隼鷹』の被雷といい、将来を暗示するような出来事でした」

### 油断大敵

一ヵ月の練習航海を終え、呉で退艦した池田武邦ら少尉候補生は特別列車で東京入りした。昭和十八年十一月十七日早朝、品川駅着。その足で、明治神宮に参拝した。

十八日には、海軍省で、嶋田繁太郎大臣の訓示を受け、芝の水交社で大臣主催の祝賀会に参加した。ここで、全員そろっての記念撮影があった。同期が一堂に会するのは、これが最後となる。

十九日午前、皇居に参内し、天皇陛下に拝謁。宮中賢所へ参拝し、戦利品を陳列した「振天府」を拝観後、一斉にそれぞれの新任務へと散った。

池田は第一線に出る直前、父武義に連れられて、永野修身軍令部総長と嶋田繁太郎海軍大臣に会っている。武義は当時、横須賀の記念艦「三笠」監督をしていた。

「永野さんは父と同郷の高知県出身の先輩、嶋田さんは父と兵学校の同期（三十二期）。そういうよしみで、息子を海軍最高指導者の二人に引き合わせたというわけです。お二人とも同じ赤レンガ（海軍省の建物）にいたのですが、お会いした時の印象はひじょうに対照的でした」

海軍省の建物は霞ヶ関にあった。現在の農林水産省、外務省の道路向かいである。

池田は、武義に伴われて、まず大臣室に入った。

いささか緊張した面持であいさつをする。嶋田はイスから立ち上がって黙って聞いていた。

「嶋田さんは胸を張って反り返り、なんとなく威張った感じでした」

続いて、軍令部総長室へ。

「永野さんは高知の先輩だ」

武義が紹介する。池田があいさつをすると、座ったままうなずき、ぽつりと一言、

「とにかく油断大敵だ」

といった。

表情が暗く、何か大きな荷物を背負っているような感じを受けた。

「兵学校では、『油が切れたらは艦は動けなくなる。油がなくなったら大変だ』と繰り返し教えられた。演習でも、艦長は油の残量をしょっちゅう気にした。そういう直接的な意味でよく油断大敵という言葉を使っていた。しかし、永野さんは、そういう油不足のことを言ったのではないと思う。何かすごく身にしみたような言い方だった。ミッドウェーの敗戦がよほどこたえていたのではないでしょうか」

永野の「油断大敵」という言葉はこの後長い間、池田の頭から離れなかった。後に、池田

が軽巡洋艦「矢矧」に乗艦して出撃したレイテ沖海戦、沖縄海上特攻では、艦隊の油不足が、作戦行動に大きな影を落とすことになる。

## 矢矧艤装員を命ず

「矢矧艤装員を命ず」――。

練習航海の後、新任地の辞令を受け取った池田武邦は欣喜した。「矢矧」といえば、帝国海軍が誇る最新鋭艦。しかも、池田がかねてから志望していた水雷戦隊の旗艦となる軽巡洋艦である。

「あのころは飛行機が人気で、僕も最初は航空が第一志望でした。しかし、兵学校在校中に岩国航空隊で行なわれた操縦テストで適性がないと判断され、水雷戦隊を志望していたんです」

戦艦のような大型艦ではなく、比較的小型の艦を希望したのは、

「スピードが速いこと、それに、大きなフネだと、偉い人がたくさん乗っていて何かとやりにくいだろうから、駆逐艦とか軽巡が良かったのです」

という理由からだった。そんな池田にとって、駆逐艦部隊を率いる「世界最速」の軽巡「矢矧」への乗艦は、願ってもないことだった。

「矢矧」は、佐世保工廠のドックで最後の艤装中だった。

戦況は、風雲急を告げていた。池田らが宮中に赴いた昭和十八年十一月十九日、米軍は機

動部隊の総力を挙げて中部太平洋の要衝ギルバート諸島に襲いかかった。二十四日にマキン、二十五日にはタラワの守備隊が玉砕した。

池田は急ぎ、竣工目前の「矢矧」が待つ佐世保へ向かった。同期五人が一緒だった。その中で卒業成績が一番の池田は、まとめ役の「先任」だ。

佐世保では、技術も人生経験もずっと「上」の先輩たちが、部下として待っているだろう。池田は、両肩に責任の重みをずしりと感じていた。

「まだ十九歳。それでも社会は僕らを海軍士官とみていた。行動、態度、精神。部下に対し、社会に対し、命に代えてもきちっとしなければ。そんな気持でした」

佐世保工廠は現在、佐世保重工業（ＳＳＫ）佐世保造船所になっている。池田が「矢矧」に着任する少し前には、超弩級戦艦「武蔵」がドックに入っていた。「矢矧」の隣では、特殊攻撃機「晴嵐《せいらん》」搭載の特型潜水艦が艤装中だった。

溶接の青い火花が飛び、リベットを打ち込む音が腹に響く。突貫工事の後、池田らは艦内に一室をもらい、そこのベッドで寝起きすることになった。

十二月に入ると、沖での艤装が始まった。陸に上がる時は、内火艇を使った。

「砲術長が指導官で、我々はその指示で動いた。少尉候補生はどこそこを見てこい、という具合に指示を出すのです」

池田は、砲術長の言いつけで、要塞化した佐世保の町を見て回った。

艤装が終わると、同期五人、それぞれの配置が決まった。池田は「航海士」になった。

「ほかのフネでも先任が航海士になっていたようです」

航海士になってからは、航海長に命じられて佐世保鎮守府水路部に、海図を取りに行く機会が増えた。現在の海上自衛隊佐世保総監部の一角だ。

「水路部にいたお嬢さんが美人で、いまでも顔を覚えている。通うのが楽しみでした」

受領する海図は、シンガポールを中心に、南方のものが多かった。

「南方に出撃するのだろうか」

「矢矧」が白波を蹴立てて出撃する日は近い。

「我が意を得たり」

池田は勇躍していた。

わずか一年四ヵ月後に、この最新鋭艦が海の藻屑となろうとは夢にも思っていなかった。

ましてや、帝国海軍が消えてしまうとは——。

# 第二章　マリアナ沖海戦

マリアナ沖海戦時、米機の攻撃を回避する小沢艦隊本隊。中央は空母「瑞鶴」

## 極秘扱いの艦

これから、池田武邦が生涯をともにした巡洋艦「矢矧《やはぎ》」の物語を書いていく。

筆者は取材を始める前に、長崎県佐世保市の東公園を訪ねた。そこには、明治二十五年に開設された我が国唯一の海軍共同墓地があり、太平洋戦争終結までに亡くなった軍人・軍属約十七万柱の御霊が祭られている。

東郷平八郎元帥の銅像前を通り過ぎ、慰霊碑が立ち並ぶ区画へ。

「軍艦矢矧戦没者慰霊碑」の前に立ち、手を合わせる。碑文にはこう記してある。

〈矢矧は昭和十八年末に完成し、第十戦隊旗艦としてマリアナ沖海戦、レイテ沖海戦に参加。昭和二十年四月七日、戦艦大和率いる海上特攻隊に、第二水雷戦隊の旗艦として参加。大和直衛輪形陣の先頭を航行中、魚雷を受け航行不能となり、沈没した。戦死者四百四十六人〉

公園管理室には、「矢矧」の模型が展示してある。戦後五十年の慰霊祭で、池田が寄贈したものだ。

「『矢矧』は日本海軍最後の新鋭巡洋艦でした。しかし、その名はほとんど国民は知らない……」

というより、知らされなかった。

昭和十六年の開戦以降に進水した軍艦は、すべて機密保持のため極秘とされた。昭和十七年十月に進水した「矢矧」も例外ではなかった。

「『矢矧』の名も、国のために戦死した『矢矧』乗り組みの英霊も、一切が秘密にされ、『矢矧』の一生は終わったのです」

「矢矧」は、昭和十四年の軍備補充計画により、水雷戦隊の旗艦とする目的で建造が始まった阿賀野《あがの》型軽巡洋艦の三番艦である。

阿賀野型は、「阿賀野」「能代《のしろ》」「矢矧」「酒匂《さかわ》」の四隻からなる。艦型をできるだけ小さくし、運動性を大きくするとともに、通信設備を強力にしたのが特徴だ。駆逐艦の先頭に立って敵陣に突入する必要から、魚雷兵装も重視された。軽巡洋艦としては理想的なフネだった。

しかし、竣工したころには、計画時に考えたような戦闘は起こらず、もっぱら対空戦闘を強いられた。「矢矧」の就役当時にすでに戦局は悪化しており、対空戦の戦訓から、対空機銃兵装の強化を中心とした手直しが繰り返され、竣工後も機銃が増強された。二十一号電探（レーダー）も搭載、大半の舷窓を閉塞していた。

「実に軽快なフネでした。が、スピードと攻撃力を上げるために、防御力を犠牲にしていた、という感は否めません。この点、零戦の開発思想と共通するものを感じます」

と池田は言う。

【軽巡洋艦「矢矧」】

乗員定数七二六名

基準排水量六、六五二トン

全長一七四・五メートル

全幅一五・二メートル

速力三五ノット

〈兵装〉

十五センチ主砲連装三基（六門）

八センチ長砲身高角砲連装二基（四門）

二十五ミリ機銃三連装二基、同連装四基（一四梃）

六十一センチ魚雷発射管四連装二基（八門）

射出機一基

水上偵察機二機、

数字を並べてみてもイメージの沸かない方が多いだろう。スケールを分かっていただくために、海上自衛隊の最新型イージス護衛艦「あたご」と比較してみよう。

【護衛艦「あたご」】

軽巡洋艦「矢矧」。阿賀野型３番艦として昭和18年12月29日に竣工。
写真は竣工10日前の12月19日、公試時の撮影

基準排水量七、七〇〇トン
全長一六五メートル
全幅二一メートル
速力三〇ノット
〈兵装〉
イージス装置一式
対空・対潜ミサイル垂直発射機
二十ミリ機関砲二基
百二十七ミリ単装速射砲一基
ヘリ一機

イージス艦とほぼ同じ大きさながら、よりスマートで、軽快だったということがお分かりだろう。

「矢矧」の戦歴を略述しておく。

初陣となったマリアナ沖海戦（昭和十九年六月）では、第十戦隊旗艦として駆逐艦八隻を率いて、第一航空戦隊の護衛任務についた。

この時は戦隊の対潜能力不足もあり、残念なが

ら、空母「大鳳《たいほう》」「翔鶴《しょうかく》」を米潜水艦に撃沈されるという不名誉な事態を招いた。が、その後は、米空母艦載機が多数襲来したものの、全力で対空戦を展開し、空母「瑞鶴《ずいかく》」を爆弾命中一発にとどめて、守りきっている。

この海戦後、「矢矧」は二十五ミリ機銃を四十八梃にまで増やした。十三号電探、二十二号電探も装備した。

さらに、第十戦隊は、秋月型防空駆逐艦を残して空母機動部隊から離れ、戦艦、重巡を中心とした第二艦隊（栗田艦隊）に配属される。

レイテ沖海戦（昭和十九年十月）では、駆逐艦六隻を率いて、戦艦「金剛《こんごう》」「榛名《はるな》」の直衛に当たった。レイテ湾を目指して進撃中、サマール島東方で、砲戦の末、米駆逐艦を撃沈した。米空母群にも魚雷攻撃を敢行したが、遠距離だったため、命中させることはできなかった。

レイテ後は、魚雷攻撃を主任務とする第二水雷戦隊旗艦となる。

内地に帰還後、二十五ミリ機銃をさらに十梃増やして計五十八梃（竣工時十四梃）とし、全身ハリネズミのような姿になった。そして沖縄海上特攻を迎えるのである。

なお、一番艦（ネームシップ）の「阿賀野」は、昭和十九年二月十七日、トラック島北方で潜水艦の雷撃を受け、沈没。「能代」は、同年十月二十六日、ミンドロ島南方で雷爆撃により、沈没。「酒匂」だけが、終戦時、無傷で残った。

しかし、その「酒匂」も、復員船として就役後、ビキニ環礁のアメリカ原爆実験に供せられて沈没する。池田は戦後、この「酒匂」に乗り組み、復員業務に当たった。

「僕の乗ったフネは、結局二隻ともアメリカに沈められた」

そう振り返る時の池田は、いつも遠くを見つめ、無念の表情を浮かべるのだった。

## 吉村艦長

昭和十八年十二月二十九日に竣工した「矢矧」は、同日、佐世保鎮守府籍に入り、第三艦隊第十戦隊に編入された。艤装員長吉村真武大佐が正式に初代艦長となった。

吉村について、池田は、

「戦後、価値観が百八十度変わった中で、全く変わらなかった人物の一人」

と評する。

福岡・修猷館《しゅうゆうかん》中学出身の海兵四十五期。昭和十九年十二月まで「矢矧」艦長を務め、マリアナ沖海戦、レイテ沖海戦を経て戦艦「榛名」艦長に転出、終戦を迎えた。

無口で、飾らず、威張らない。それでいて温かい。酒が大好きで、いわゆる「飲んべえ」。戦争にはめっぽう強い。

「レイテ沖海戦は、吉村艦長のお陰で生き延びることができたというくらい、的確な指示を出す人でした」

敗戦で無一文になった。妻と二人、下宿屋のようなところを間借りし、達筆を生かして、ガリ版刷りの筆耕をしながら糊口をしのいでいた。池田が一升瓶を抱えて訪ねると、狭い部屋に喜んで迎え入れた。

「卑屈になることも、虚勢を張ることもない。世の中すっかり変わったのに、その風格は艦長時代とまったく変わらない。素晴らしいと思いました」

「矢矧」艦長に着任する前、吉村は駆逐隊司令としてガダルカナル撤収作戦を成功させている。米軍の裏をかき、多くの陸軍部隊を無傷で帰還させた奇跡的な作戦だった。

池田はこの事実を、戦後、本を読んで初めて知った。

「自らの手柄話など何もしない。本物の武人でしたね。こんなトップに恵まれて本当に良かった」

池田は感謝するのだった。

池田の父、武義が駆逐艦長時代の乗組員の一人だったという接点もあった。

吉村艦長だけでなく、艤装員として着任していた乗組員たちも、それぞれの職務を任命された。池田と一緒に「矢矧」乗り組みとなった同期は、伊藤比良雄、安藤末喜、鈴木敏旦、旭輝雄の四人。先任の池田が先例にならい、「航海士」となった。

上官である航海長には、川添亮一少佐（海兵六十一期）が任命された。川添は池田と同様、最後まで「矢矧」に乗り組むことになる。

同期の伊藤は右舷高角砲指揮官、安藤は機銃群指揮官、鈴木は水雷士、旭は甲板士官の勤務についた。安藤、鈴木、旭の三人はその後、退艦して新任務についた。このため、マリアナ沖海戦後の「矢矧」乗り組みの七十二期は、伊藤と池田の二人だけとなる。その伊藤も、レイテ沖海戦で戦死。沖縄海上特攻時は、池田一人になる。
なお、駆逐艦「桑《くわ》」に乗り組んだ鈴木はオルモック輸送作戦で戦死。「マル四」（震洋）水上特攻艇部隊を率いて鹿児島県喜界島にいた安藤と、ジャワ防備隊にいた旭は、それぞれ現地で終戦を迎えた。

乗組員は十二分隊に編成された。

一分隊　主砲
二分隊　高角砲・機銃
三分隊　同右
四分隊　電探・測的
五分隊　水雷
六分隊　通信
七分隊　航海
八分隊　主計・医務・工作・運用
九分隊　電機
十分隊　飛行科
十一分隊　機械
十二分隊　缶

池田ら少尉候補生の生活の場は、第一士官次室（ガンルーム）。室長（ケップガン）は、高射長大森正人大尉（海兵七十期）となった。

当時、軍艦の士官室は、分隊長以上の士官室、兵学校を出た中尉、少尉、少尉候補生の第一士官次室、兵隊出身の特務士官（中尉、少尉）の第二士官次室に分かれていた。沖縄出撃の前には、池田もケップガンに「昇格」する。

## 我慢が仕事

冬の玄界灘は、しけがきつい。

昭和十八年十二月二十九日、公試運転中の巡洋艦「矢矧」は木の葉のごとく、波に翻弄されていた。

新任航海士の池田武邦は艦橋に立ち、ぐっと腹に力を入れ、波間を見つめている。額に脂汗が浮いている。不覚にも胃の内容物が食道を上がってきそうになる。記念すべき初航海で、船酔いとは。

「船には強いはずだったのに……」

これまでの自信は見事に打ち砕かれた。

「たくさんの部下が見ている。やっぱり新米だ、と蔑まれてはいけない。吐いたら恥だ」

嘔吐しそうになるのを気力で抑え、顔だけは涼やかな表情を保たせている。

海軍士官は、サムライと同じだ。「我慢が仕事」だと、自らに言い聞かせる。土佐武士の系譜に連なる池田は顔面蒼白となりながらも、歯を食いしばり、背筋を伸ばして懸命に耐えた。

この日、「矢矧」が公試運転で見せた機動力は、池田を大いに満足させたのだが、同時に船酔いという洗礼も受けることになろうとは思わなかった。

戦艦などの大きなフネと違い、「矢矧」は航海長の下に航海士がただ一人。業務は多忙を極める。航海長をアシストして、操舵、見張り、信号、さらには敵潜水艦スクリューの水中聴音まで行なう。

池田が、船酔いの不意打ちを受けたのは、チャートボックスで位置確認をしている時だった。

玄界灘を抜けると、艦は狭く危険な関門海峡に入る。状況によっては、すぐさま投錨しなければならない。

「万事、抜かりなくやらねば」

緊張とストレスが「酔い」に追い打ちをかける。

「ん、もういかん」

平然としているのにも限界が来た。素早く周囲を見回し、ゴム引きの洗面袋を取り出して、ゲロッとやった。後は知らぬ顔だ。

艦は、やがて関門海峡を抜け、周防灘に出る。海はうそのように穏やかになった。

池田はこの後もしばらく、船酔いに悩まされ、

「かなりプレッシャーになった」

と述懐する。

フネでは、食べることが何よりの楽しみだ。なかでも、夜食の「お汁粉」や「ソーメン」の時間は一番の娯楽ともいえるものだった。

「僕はフネががぶって食べられないのに、同期の安藤君（機銃群指揮官）は全然酔わず、ペロペロッと食べている。うらやましかったですね」

池田によると、軍艦の揺れは旅客船のそれとは全然違うという。

「波と一体化しているというか、嵐の中に入ると、フネがひしゃげてしまうんじゃないかと思うほど。爆弾でやられているのか、波浪なのか分からないほど激しい音とともにフネが歪む」

ある日、海軍の先輩である父、武義に聞いた。武義は、

「うん、おれにもあった」

と素っ気なく答え、

「船酔いは、ちっとも恥ずかしいことではない」

と言った。なんと、かのネルソン提督も海軍に入った時は、停泊中の船内でも船酔いをしていたという。池田は、

「なんだ、みんな同じなんだ」

と急に気が楽になり、やがて船酔いのことは頭から消えた。

「レイテ（沖海戦）の後、台風の中を艦橋まで波にのまれそうになりながら内地に帰投したことがあるけど、その時も平気だった。慣れ、だね」

船酔いどころではなくなったとも言える。

昭和二十年四月まで、十九歳から二十一歳までの間に体験した激闘で、池田は、

「自分でも驚くほど成長した。まるきり違う人間になった」

と振り返る。船酔いで苦労していたなんて、嘘のようだった。

### 「矢矧」発進

周防灘で最大戦速を出す試験を終えた「矢矧」は、翌十九年一月四日、ついに佐世保工廠のドックを出た。内海で試験航海を繰り返しながら、特命が下るのを待った。

一月十日、徳山に回航し、瀬戸内海西部で整備訓練を行ない、準備は完了した。

二月四日、呉出港。

「舫《もやい》を離せ」

前甲板の艦長伝令が叫ぶ。

艦上に出撃ラッパが鳴り渡り、錨を巻き上げる音が聞こえる。艦尾に渦を残し、「矢矧」は静かに前進を始める。

五日、洲本着。翌六日、洲本発。

初めて日本本土を離れ、南下してゆく。次期作戦に備え、油の豊富なリンガ泊地を目指す。南下に際して、「矢矧」は、空母「翔鶴」「瑞鶴」の護衛に当たった。両艦は、真珠湾攻撃、珊瑚海海戦で活躍した歴戦の正規大型空母。ミッドウェー海戦で、「赤城」「加賀」「蒼龍」「飛龍」を失ってからは、機動部隊の中心となっていた。のちに、「翔鶴」はマリアナ沖海戦で、「瑞鶴」はレイテ沖海戦で沈む運命にある。が、今は、堂々たる連合艦隊の主力艦。戦艦「大和」「武蔵」にも匹敵する頼もしい存在だった。航海士池田武邦は身の引き締まる思いで、「矢矧」艦橋から太平洋の波間を見つめていた。

二月十三日、シンガポールに入港。

「当時、シンガポールは日本占領下。昭南《しょうなん》と呼んでいました」

十八日、昭南の南八十カイリのリンガ泊地に入った。

リンガ泊地は、西にスマトラ島、周りを小群島に囲まれた海域。ふだんは無風、沈黙の海で、近くにはパレンバンの油田があり、内地ではすでに枯渇しつつあった燃料もふんだんに補給することができた。敵航空機の空襲圏外でもあり、敵潜水艦の奇襲を受ける心配もなかった。艦隊は、広々とした海で、安心して存分に訓練に励むことができた。

ただし、赤道直下の炎熱地獄。甲板で目玉焼きができるほどの熱さだった。

二月二十三日、第十水雷戦隊司令官として、木村進少将が駆逐艦「秋月」から「矢矧」に移乗。「矢矧」は駆逐艦十四隻を率いる旗艦となった。

池田の持ち場である「矢矧」艦橋は、司令部機能が加わって、にわかに、にぎやかになり、同時に緊張感も高まった。

司令部要員は以下の通りである。

首席参謀　南六右衛門中佐
砲術参謀　朝田一利少佐
機関参謀　入谷清明少佐
通信参謀　吉村一友大尉
通信参謀付　庄司清七兵曹長

この時期、リンガ泊地には、内地や中部太平洋など各方面から、軍艦が集結していた。戦局挽回のための再結集、再訓練のためである。

三月一日、連合艦隊は、この地で大編成替えを行なった。第二艦隊と第三艦隊で第一機動艦隊を編成、小沢治三郎中将が司令長官に任命された。

リンガ泊地では、この小沢司令長官の指揮の下、三ヵ月にわたり、訓練が続いた。夜戦、対空戦、対潜水艦戦。さらには、標的を曳いての実弾射撃、魚雷発射訓練。

「昭和十九年二月から五月にかけて文字通り、月月火水木金金。自信が持てるまで、昼夜を分かたぬ激しい訓練に明け暮れました」

錬度、士気は、日を追うごとに高まっていく。それは、日露戦争中、東郷平八郎長官率いる連合艦隊が、鎮海湾で、バルチック艦隊来攻に備えて行なった猛訓練を彷彿とさせるものだった。

夜、ガンルーム(士官次室)に帰ると、それぞれの持ち場から戻った同期五人がいた。日焼けした顔が頼もしい。

「兵学校を卒業したばかりの僕らにとっては、厳しい中にも楽しい毎日でした」

この時期、池田らの最大の楽しみは、修理補給を兼ねての昭南島「半舷上陸」であった。月に一度、シンガポール・セレター軍港に入港。フネは旧英国海軍のドックに入り、船底に付着したカキ殻を取る。この間、乗員は「休養」を取る。待ちに待った自由時間だ。

「一時間ほど歩いて街へ出る途中に、自動車会社のフォードがあった。英国から接収していた車に乗り、シンガポール市内をドライブした思い出があります」

池田ら七十二期のクラスは車の運転ができた。機関科の教官が車を兵学校に取り寄せ、自由時間に練習したのだという。

「でも、フォード車のハンドルを握るのは初めて。確かサイドギアでバックの入れ方が分からず、前進あるのみ、で乗り回していました」

## リンガ泊地

南洋の落日は壮観だ。海を銀色にきらめかせて、熟れきった太陽が音をたてるように落ちていく。残照が艦影を紫に染める。

昭和十九年春、赤道直下、炎熱のリンガ泊地。

目の前に超弩級戦艦「大和」「武蔵」がいる。歴戦の「長門」もいる。三月七日に竣工したばかりの世界最大の空母「大鳳」もいる。小沢治三郎中将直率の第一機動艦隊である。

「すげえなあ」

池田武邦はその威容にしばし見とれ、武者震いした。

第一機動艦隊の陣容は次の通りである。

〈第一機動艦隊〉

司令長官　小沢治三郎中将

第三艦隊　小沢長官直率

第一航空戦隊（小沢長官直率）

空母「大鳳」「瑞鶴」「翔鶴」

戦闘機八〇　戦闘爆撃機一一、艦上爆撃機七九　艦上攻撃機四四

第二航空戦隊（城島高次少将）

空母「隼鷹」「飛鷹」「龍鳳」

戦闘機五三　戦闘爆撃機二七、艦上爆撃機四〇　艦上攻撃機一五

第三航空戦隊（大林末雄少将）

空母「千歳」「千代田」「瑞鳳」

戦闘機一八　戦闘爆撃機四五　艦上攻撃機二七
第十水雷戦隊（木村進少将）
軽巡「矢矧」以下駆逐艦九隻　水上偵察機二
付属部隊として重巡「最上」以下駆逐艦八隻　水上偵察機五

第二艦隊　栗田健男中将
第一戦隊（宇垣纏中将）
戦艦「大和」「武蔵」「長門」　観測機六
第三戦隊（鈴木義尾少将）
戦艦「金剛」「榛名」　水上偵察機四
第四戦隊（栗田中将直率）
重巡「愛宕」「高雄」「摩耶」「鳥海」　水上偵察機八
第五戦隊（橋本信太郎少将）
重巡「妙高」「羽黒」　水上偵察機四
第七戦隊（白石万隆少将）
重巡「熊野」「鈴谷」「利根」「筑摩」　水上偵察機一六
第二水雷戦隊（早川幹夫少将）
軽巡「能代」以下駆逐艦九隻

昭和19年5月、マリアナ沖海戦を控えたリンガ泊地の第一機動艦隊。左から重巡「愛宕」「高尾」「鳥海」、その奥に軽巡「能代」、右端は空母「大鳳」

補給部隊　給油船一一隻　護衛駆逐艦四隻
その他　海防艦三隻

従来にはみられなかった空母中心の部隊。圧巻である。帝国海軍が戦艦を母艦警戒に使うのは、大きな発想転換だった。

この方式がミッドウェーでとられていたら、戦局の展開も変わっていたかもしれない。

また、小沢長官は、司令長官であると同時に、第三艦隊長官と第一航空戦隊の司令官を兼ねた。指揮系統の一本化である。

池田もこの堂々たる機動部隊の一員として、リンガ泊地にいた。

「戦場に行くんだ、という戦意がみなぎって興奮状態でしたね。戦後調べてみて、米軍側はこの倍の陣容だったと知りましたが、あの時は、味方のフネしか見たことがありませんでしたから、この艦隊が負けるなんて、とても思えませんでした」

池田は、水雷戦隊の旗艦「矢矧」の航海士。艦の行動計画を立て、安全に運行させるのが、その任務だった。日々、司令塔にあたる艦橋に立ち、小沢長官座乗の「大鳳」から発せられる旗旒信号を授受し、機敏に駆逐艦部隊へ伝達する。

信号旗は、艦橋わきの旗甲板に常備され、いつでも素早く取り出して上げられるようになっている。旗は、AからZまでの長方形の文字旗二十六枚、1から0までの細長い三角形の数字旗十枚、ほかに四枚の計四十枚。

例えば、P旗。青地を白四角で抜いた旗が一旒、マストに翻ると、「本船本日出航ス」の合図である。旗を何枚か組み合わせて掲げることで、二万五千もの言葉を話すことができる。

当時は、GPS（全地球測位システム）といった便利な機器は、ない。艦位測定は、太陽と星、頼み。天測によって短時間のうちに艦の位置を正確にはじき出す。

移動時は、ちょっとした浮遊物も見逃さず、水中聴音器で異常音を探知しながらの航海だった。戦闘記録の付け方を学び、航跡自画器の扱いにも慣れなければならなかった。

初陣を前に、池田は一心不乱、技量向上に努めた。

## あ号作戦

昭和十九年三月十五日。池田武邦は少尉に任官した。

五月に入ると、一期後輩の七十三期の少尉候補生が着任してきた。「矢矧」にも数人が配置され、ガンルームは途端ににぎやかになった。

「僕らは子分ができて、気持にゆとりが出てきました。しかし、七十三期は十分な訓練をする間もなく戦場に放り出されることになったので、苦労したと思います。気の毒でした」

戦況は刻々と悪化していた。

わが軍は昭和十七年以降、アメリカとオーストラリアの遮断を目指した。

ガダルカナル島の攻防戦をはじめ、ソロモン諸島方面での海戦、空戦を繰り返したが、ついに後退を余儀なくされた。

以後、最後の力をふりしぼって防御しなければならないラインは、マリアナ、カロリン諸島とフィリピンを結ぶ線となった。この一線が破られれば、南方資源地帯を維持できなくなり、日本本土を守ることも難しくなる。

逆に、連合軍からみれば、マリアナを手中に収めることが、日本の死命を制することにつながる。このころ登場した米陸軍の戦略爆撃機Ｂ29をマリアナに配備できれば、その長大な航続距離から、日本全土を爆撃圏内に入れることができたからだ。

敵の主攻方面をマリアナと判断したわが軍は、マリアナ、カロリン、西部ニューギニアを結ぶ線を絶対国防圏として、防御陣地構築に全力を傾けた。特に、マリアナ諸島のサイパン、テニアン、グアムを重点的に防備した。

山本五十六の戦死後、連合艦隊司令長官に就任した古賀峯一は、米軍がマリアナ諸島に迫ると予想し、決戦準備に取りかかった。その作戦計画立案の途上、不幸な事件が起こる。古賀長官の遭難である。

昭和十九年三月三十、三十一の両日、米機動部隊の艦載機がパラオに殺到し、猛襲を加えた。

現地で作戦指導にあたっていた古賀長官は、三十一日夜、幕僚とともに二式大艇二機に分乗し、パラオを脱出、フィリピン・ミンダナオ島のダバオへ向かった。

闇夜の先に低気圧があった。二式大艇は、雷雲に突入した。長官機は、風雨に翻弄されたうえ、落雷を受けて炎上、墜落した。

山本長官の戦死に続く、古賀長官の事故死に、連合艦隊は重苦しい雰囲気に包まれた。新長官に親補された豊田副武は、古賀路線を引き継いでマリアナ死守の作戦計画をまとめ上げた。

これが、「あ号作戦」である。

五月三日、大海指第三七三号をもって、作戦方針が発令された。

第一

わが決戦兵力の大部を集中して、敵の主反攻正面に備え、一挙に敵艦隊を覆滅して、敵の反攻企図を挫折せしむ

一、すみやかにわが決戦兵力を整備して、おおむね五月下旬以降、中部太平洋方面より比島並びに豪北方面にわたる海域に於いて敵艦隊主力を捕捉、これが撃滅を企図す

二、以下略

これを受けて編制されたのが、空母艦載機四百五十機を搭載した第一機動艦隊だった。司令長官小沢治三郎は、旗艦「大鳳」に、各級指揮官を集め、訓示を行なった。

一、損害を顧みずに戦う
二、対局上必要ならば、一部の犠牲は止むをえない
三、通信連絡が思わしくない場合、指揮官の独断専行を許す

小沢は、人命の消耗を極端に嫌う人だったが、来るべき決戦には「犠牲を辞さない」という強い覚悟がうかがえる。

小沢の胸中にあった戦法は、わが軍の艦載機の航続距離が、米軍のそれに勝っている所に着目したものだった。すなわち、

「機動部隊は、敵母艦の航空攻撃圏外（アウトレンジ）から、大航空兵力で先制攻撃を行なう」

これが、ポイントだった。

「五月二十七日の海軍記念日を期して、あ号作戦を決行する、と聞かされ、いやが上にも緊張が高まりました」

と池田は振り返る。

ところが、米軍の侵攻は予想よりも遅く、出撃は約一ヵ月延期されることになる。

## タウイタウイ

少尉に任官したばかりの池田が赤道直下、スマトラ東岸のリンガ泊地で日夜訓練に励み、たまの休暇をシンガポールで楽しんでいたころ、米軍を主力とする連合軍は、着々とマリアナ侵攻作戦を練っていた。

昭和十九年三月から四月にかけて、米軍はパラオをたたき、ニューギニア北部を襲った。米軍の大攻勢の前に、わが軍の守備隊はジャングルに潜んで防戦するしかなかった。多くの将兵が飢えと病気で倒れた。

戦機熟す。

リンガ泊地の艦隊もついに錨を上げる時がきた。

小沢治三郎率いる第一機動艦隊は、昭和十九年五月十一日未明、リンガ泊地を発進した。軽巡洋艦「矢矧」も、艦尾に渦をつくり、慣れ親しんだ泊地を後にした。兵学校を卒業後、月月火水木金金の猛訓練を経ての初陣に、池田は気持をたかぶらせていた。

「リンガ泊地での九ヵ月は、『矢矧』航海士として実務上の十分な自信をつけるうえで、必要かつぎりぎり十分の月日でした」

艦橋で、行く手に目をこらす池田は、わが部隊を「無敵艦隊」と信じて疑わなかった。

「矢矧」の所属する第十戦隊の司令官は木村進、艦長は吉村真武。三次にわたるガダルカナル撤退を成功させた名コンビだった。

部隊は途中訓練を行ないながら、十四日夕、スール諸島南端、セレベス海に臨むタウイタウイ泊地に入った。

昭和19年5月、タウイタウイ泊地の第一機動艦隊旗艦・空母「大鳳」（手前）。左上は翔鶴型空母、右上は戦艦「長門」

タウイタウイは、北をタウイタウイ島、東西南の三面を低い環礁に囲まれた天然の泊地だった。わが水上部隊は、ここをマリアナ決戦に備えた前進基地とした。

この泊地には難点があった。

瀬戸内海・柱島錨地ほどの広さしかなく、艦隊訓練ができなかったのだ。

「外洋で空母艦載機の発着訓練をする予定でしたが、米潜水艦が徘徊していてできない。そこで、駆逐艦が二隻ずつ交代でリーフの外に出て哨戒していた。ところが、その駆逐艦が逆に、潜水艦の雷撃で相次いで沈められるという事態に陥ったのです」

池田のクラスメートも犠牲になった。六月七日、「早波」が撃沈され、西田和夫少尉が戦死。六月十日には、「谷風」が撃沈され、重傷を負った真崎三郎少尉が翌十日、戦死した。真崎は、兵学校で成績優秀の恩賜組だった。

相次ぐ悲報に、池田は衝撃を受けた。

「これは大変なことだ」

初めて、現実の戦争の恐ろしさを思い知った。

タウイタウイ周辺には陸上基地もなかった。空母艦載機の搭乗員たちは約一ヵ月の待機期間中、ほとんど訓練ができず、錬度を高めることができなかった。

ベテラン搭乗員なら、さほど技量が落ちることもなかっただろうが、わが海軍は既に、珊瑚海、ミッドウェー、南太平洋で、優秀な搭乗員の多くを失っていた。艦爆隊員の命中率をみると、昭和十六年の開戦当時は六十~百パーセントだったが、このころは十パーセントにまで落ちていた。

それだけに、急速養成すべき搭乗員が訓練できなかったのは、痛かった。決戦を前に、戦力の消耗がボクシングのボデーブローのように効き、足元をぐらつかせていた。

これが、マリアナ沖での空戦に大きく影響することになる。

## アウトレンジ

連合軍のマリアナ諸島攻略作戦は、昭和十九年六月六日、欧州戦線で始まったノルマンディー上陸作戦に呼応して展開された。

総兵力十二万七千五百。総指揮は、ハワイのニミッツ太平洋艦隊司令長官がとった。その指揮下に、旗艦「インディアナポリス」座乗のスプルーアンス提督が、ターナー提督の統合攻略部隊とミッチャー提督の機動部隊の二部隊を統括していた。

ミッチャーの艦隊は六月九日、マーシャル諸島のメジュロ環礁を出撃、西へ向かった。十一日、艦載機がサイパン、テニアン、グアムを襲い、日本の基地航空部隊をたたく。

タウイタウイ泊地では、十一、十二日と、戦況を冷静に見つめていた第一機動艦隊司令長官小沢治三郎が、幕僚と各級指揮官を旗艦の空母「大鳳」に集めた。

十二日の最後の訓示で、小沢は、

「今回の決戦が失敗すれば、小沢部隊は残存しても存在意義はない」

と述べ、背水の陣の決意を示した。

十三日午前九時、小沢部隊主力はタウイタウイを出港。燃料補給のため、フィリピン中部のパナイ島とネグロス島の中間にあるギマラス泊地へ向かった。

回航中、「大鳳」の対潜直衛機の艦攻「天山」が着艦に失敗し、二度三度とジャンプしてバリケードを破り、飛行甲板上で整備中だった艦攻に激突した。この事故で、一機炎上、五機が大破。整備員ら数名が死亡した。

搭乗員の錬度不足に不安を抱かせる事故だった。「大鳳」の運命を暗示するかのような出来事でもあった。

「『大鳳』は、訓練が十分でなかったように思う」

池田は無念の表情で振り返る。「大鳳」はこの後、池田の目の前で沈むのである。

十四日、ギマラス着。

十五日、七万一千人の米軍大部隊がサイパンに上陸を開始。

ここに来て、ようやく、連合艦隊司令長官豊田副武が立ち上がった。

「あ号作戦決戦発動」下令。続いて、

「皇国ノ興廃此ノ一戦ニ在リ　各員一層奮励努力セヨ」

の激励電を発した。

同日、小沢部隊はギマラスを出て、ルソン島とサマール島に挟まれたサンベルナルジノ海峡を通過し、太平洋に出た。

この海峡には、瀬戸内海のように小島が群集しており、機動部隊は単縦陣の長い一列になって抜けていった。それを、二隻の米潜水艦が潜望鏡で監視していた。

潜水艦は緊急電を発した。

「有力なる敵部隊がサンベルナルジノ海峡を通過中」

受電したスプルーアンス提督は、ターナー、ミッチャー両提督と作戦会議を開き、下令した。

「敵の意図は、サイパン上陸部隊への攻撃と見られる。これを阻止、撃破すべし」

日米は、東西から、じりじりと間合いを詰めつつあった。

この戦いに参加した日本軍艦隊は、小沢治三郎中将率いる第一機動艦隊。空母九、戦艦五、重巡洋艦十一、軽巡洋艦二、駆逐艦二十九、母艦艦載機は約四百三十機。

対する米軍はミッチャー中将率いる第五十八任務部隊。正規空母七、軽空母八、戦艦七、重巡洋艦八、軽巡洋艦十三、駆逐艦五十九、母艦艦載機は約九百機。

空前のスケールである。まさに、東西の激突であった。

人工衛星から俯瞰すれば、関ヶ原に布陣した東西両軍のように見えたかもしれない。

だが、当時は偵察衛星などない時代である。一目瞭然に洋上に展開する敵の様子を知ることは不可能だった。日米は互いに各艦から索敵機を放って、点と線をつなぎ、面を描いて敵状を把握するしかない。
十六、十七日、小沢部隊は東進しながら全艦艇の洋上補給を行なった。
陣容を整えた部隊は、白波を蹴立てて一路サイパンへ突進する。

六十数隻の大艦隊が空母を囲うように輪形をつくり、大海原を東進していく。それは、昭和十六年十二月の開戦以来の威容だった。

十七日夜、天皇陛下のお言葉が部隊に伝達された。

「この度の作戦は国家の興隆に関する重大なるものなれば、日本海海戦の如き立派なる戦果を挙ぐるよう作戦部隊の奮励を望む」

小沢部隊第一戦隊の宇垣纏司令は、日記に、

「感激の極」

と記した。

初陣の池田は「矢矧」の艦橋でまなじりを決していた。

六月十八日払暁。小沢艦隊から索敵機が次々と発艦した。

天気は晴朗。どこまでも広がる青い海。

昼前、三群の米機動部隊が、小沢部隊の東三百七十カイリを西進していることが判明した。

米側の索敵機は、小沢艦隊を発見していない。「大鳳」の司令部はにわかに緊張した。

が、小沢は慎重だった。

「まだ、距離がある」

今から発進しても、目標に到達するのは夕刻となる。帰艦は夜だ。小沢は、搭乗員の夜間着艦訓練が不十分なことを知っていた。

「今攻撃を強行すれば、せっかく帰ってきても相当の犠牲を覚悟しなければならない」

小沢は翌朝、米機動部隊との間を三百カイリに詰めてから、全攻撃機の大編隊で攻撃する決意を固めた。

開戦当初、日米の空母戦力は日本が優勢だった。しかし、マリアナ沖海戦前夜の戦力比は逆転していた。小沢は劣勢な戦力で敵に勝つ方法を考えなければならなかった。

小沢が目をつけたのは、わが軍の艦載機が敵の艦載機よりも航続距離が長いことだった。それは、敵の攻撃圏の外から攻撃することができることを意味した。

アウトレンジ戦法である。

それは、自分たちは全く攻撃を受けることなく一方的に敵を攻撃する。まさに必勝の策であった。首尾良くいけば、敵を殲滅することも不可能ではない。

米戦史研究家のモリソン博士は言う。

「あの時、米軍機動艦隊上空は完全に無防備であった。小沢の攻撃隊がもし六月十八日午後に攻撃を始めていたら、米側は大損害を受けていたであろう」

しかし、歴史にイフはない。

すでに各艦は、「哨戒第一配備」についていた。池田は決戦を前に「大鳳」から発せられる信号を、見つめている。

乗員は戦闘服の第三種軍装に、ゲートルを巻いた。食事は、戦闘配食の握り飯だ。

敵将はミッドウェー海戦時の指揮官スプルーアンス提督。

「今度こそ、ミッドウェーのお返しだ」

全軍の血は炎と燃えていた。

紺碧の太平洋を圧して進む大艦隊。舷側に砕ける波濤。ギラギラと照りつける太陽。その陽もやがて傾き、小沢艦隊は、無線封止を解いた。

米太平洋艦隊司令部（ハワイ）の高周波方向探知機が午後六時三十分、続いて翌十九日午前零時十五分、小沢艦隊の位置をとらえた。

「第一機動艦隊（小沢艦隊）の位置、北緯十三度、東経百三十六度。グアムから六百カイリ以内」

サイパン沖で上陸部隊支援の機動部隊を率いるミッチャー提督は、スプルーアンスに無線電話で攻撃許可を求めた。

「敵の処理を開始してよろしいか」

だが、スプルーアンスもまた、小沢と同様に攻撃許可を与えなかった。

「空母部隊が近くにいないとサイパン上陸部隊が危険な目に遭うかもしれない」

スプルーアンスは戦略目標として、日本機動部隊の撃滅より、サイパン、テニアン、グアムのマリアナ諸島占領を優先していた。今は上陸を始めたばかりのサイパンの防備を手薄にするわけにはいかず、ミッチャーの艦隊がマリアナ諸島から遠くへ誘い出されるのを避けなければならなかった。

ミッチャー艦隊はサイパンの沖合を行ったり来たりしながら時を待った。

太平洋戦争中最大の艦隊決戦となる天下分け目のマリアナ沖海戦。両軍将兵は、フィリピンとマリアナ諸島の間の太平洋上で、はちきれんばかりの緊張の一夜を明かした。

## 攻撃隊発進

決戦の朝が来た。

昭和十九年六月十九日、月曜日。小沢治三郎中将率いる第一機動艦隊は、計四十四機の索敵機を夜明け前の大空に射出した。

午前六時三十四分、第一報が入った。

〈敵機動部隊見ゆ。大型空母一、戦艦四、その他十数隻。サイパンの二十六度、百六十カイリ〉

続いて、大型空母四の追加電が入り、午前八時四十五分には、さらに新たな情報が入った。

〈敵発見。大型空母三、戦艦五、その他十数隻。グアムの南西七十カイリ〉

小沢艦隊は、マリアナ諸島西方に展開する米部隊のほぼ全容をつかんだ。敵はまだ、我が方を発見していない。

雨を含んだ暗雲がたれ込め、時折、スコールが見舞う。が、なんとか攻撃隊の発艦はできる。かくして、「全艦発進せよ」の命は下った。

空母部隊に、

「発艦始め」

のラッパと信号が発せられた。

カッカッカッ、と飛行甲板に搭乗機に向かう乗員の靴音が響く。続いて、轟々たるエンジンの始動音。

九隻の空母から第一次攻撃隊の、爆装零戦六十八、零戦七十九、天山艦攻四十一、彗星艦爆五十三の計二百四十一機が次々に発進してゆく。紺碧の洋上を敵艦隊目指して殺到するのだ。

敵のレーダーに捕捉されるのを防ぐため、低高度で進撃。敵からの距離百キロまで迫ったところで高度を上げ、上空より急降下攻撃を行なう計画だった。

昭和19年６月19日、空母「千代田」で出撃準備中の爆装零戦

　この時、小沢司令長官座乗の旗艦「大鳳」を発艦した彗星艦爆の一機が、「大鳳」の右舷海上に雷跡を発見した。とっさに急降下、体当たりして自爆。搭乗員二人が壮烈な戦死を遂げた。

「大鳳」艦橋には、一瞬不吉な予感も走ったが、作戦遂行に支障はない。幕僚たちは、おおむね楽観ムードに包まれていた。

「矢矧」艦橋では、先任参謀南六右衛門中佐がニコニコ顔でつぶやいた。

「作戦通りだな」

　池田も、声には出さないものの、「順調に進んでいるな」と思った。

　味方機の航続距離の長さを生かし、敵機の攻撃圏外から攻撃を仕掛けるアウトレンジ戦法。だれもが、小沢のとったこの戦法の成功を確信していた。

「これでミッドウェーの借りを返せる」

と、ほくそ笑んでいた。

　敵の攻撃圏外にあるわが艦隊は安全なはずだった。後は、味方の戦況報告を待つばかりだ。

が、敵は意外なところから現われ、わが空母群に痛恨の一撃を加えたのだった。

## 「翔鶴」沈没

伏兵は海中に潜んでいた。

午前十一時二十分、ヤップ島沖。空母「翔鶴」が突如として米潜水艦の雷撃を受けた。発射された魚雷六本のうち四本が命中、火災が発生した。濛々と黒煙を上げ、火炎が艦橋をなめている。護衛についていた「矢矧」の目の前での出来事である。

「矢矧」の艦橋で、「翔鶴」の様子を観察していた木村進司令官が、つぶやく。

「あんなに走ってはいかん。もっとスピードを落とさないと、排水が追いつかなくなるぞ」

「矢矧」は、すぐさま救助に向かう。敵潜水艦に爆雷攻撃を加えながら、「翔鶴」に近づく。

航海士の池田は、旗艦「大鳳」や配下の駆逐艦と、発光、旗旒信号のやりとりをしながら、艦位を正確にはじき出す作業に忙殺されていた。

「一秒たりとも休むことなく神経を張り巡らせていました」

「翔鶴」は、すでにその巨体を大きく傾けていた。

「これ以上近づくと危険だ。接舷はできない」

臍《ほぞ》をかむ池田。「矢矧」はなすすべもなく「翔鶴」の周りを旋回しながら見守るしかなかった。

「真珠湾攻撃以来の歴戦の空母が、あの頼もしい大空母が、燃えている……」

池田は目の前で悶え苦しむ「翔鶴」の姿を凝視していた。

浸水によって傾斜は一層大きくなった。

次の瞬間、ガターンと昇降リフトが落ち、激しい炎が上がった。飛行甲板に脱出した乗組員たちが、巨大な滑り台を転がるように落ちていく。

「飛行甲板にはつかまるところがなく、皆ずるずると、火災を噴出しながら大きく口を開けているリフトの穴に虫けらのように落ち込んでいきました」

火攻め、水攻め。壮絶な光景に池田はショックを隠しきれなかった。初陣の昂ぶっていた気持も一瞬のうちに暗転した。

「自分のフネにもいつ潜水艦が向かってくるか分からない」

不安と緊張が高まった。

「翔鶴」の傾斜はさらに大きくなり、立ち上がったような格好になり、海中に突っ込んでいった。艦首から沈んだか、それとも艦尾から沈んだかは、はっきりしない。

「水雷長の手記には、バウ（艦首）から突っ込んで艦尾が立ち上がるような格好になり、スクリューが見えたとありますが、僕は、艦首が持ち上がるように傾斜が深まり、艦尾から沈んだという、はっきりとした印象を持っています」

と池田は言う。

甲板から乗組員が群れをなして海中に落ち込み、午後二時一分、「翔鶴」は視界から消えた。

「矢矧」は、内火艇、カッターなどすべてを出して、乗組員の救助に当たった。「翔鶴」艦長は、池田の兵学校時代の生徒隊幹事松原操大佐だった。救助隊から、「松原艦長を救え」との声が上がった。

内火艇で駆けつけた池田の一期後輩の少尉候補生浅野康が、松原を見つけ、助け上げようとした。松原は、

「おれは最後だ」

と叱責した。松原は、艦と運命を共にすべく、ロープで自分の体を艦橋の側柱にくくりつけていたが、艦の急傾斜でロープが切れたのだという。

「矢矧」の上甲板は百人以上の救助者であふれた。咳き込む者、油と煙で真っ黒になった者、恐ろしく焼けこげ、息も絶え絶えの者――。目をそらしたくなる。

「これが戦争なんだ」

それまで、戦とは威厳に満ちたものだと思い描いていた池田は、戦場の現実に打ちのめされた。

松原が艦橋に昇ってきた。「矢矧」艦長吉村真武大佐に借りた服に着替えていた。二人は同期（海兵四十五期）だった。

松原は、木村に言った。

「司令官、申し訳ありません」

木村はひとこと、

「ご苦労でした」

と言った。その後、松原は終始無言だった。

池田は、松原が兵学校教官時代、七十二期生に常々、「死に場所を誤らないようにせよ」と語っていたのが印象に残っていた。

それだけに、

「こちらから声をおかけするのも気の毒な感じでした」

と振り返る。

「翔鶴」と運命を共にした池田のクラスメート（海兵七十二期）は四人。小尾清彰、野村繁、三田道、森茂樹。

小尾は二号生徒の時、同じ二十八分隊だった。

七十三期の少尉候補生は十人が亡くなっている。

「生か死か。それは、運命というほかはない。自分はたまたま助けられた。それは自分の意志とは関係ない。自分はただ生かされているに過ぎない」

池田はそういう思いを強くした。

夕闇迫るころ、「翔鶴」の攻撃機が帰ってきた。が、母艦はもういない。数機が「矢矧」の上空をむなしく旋回している。信号員が探照灯で、信号を送った。

「『瑞鶴』に着艦せよ」

攻撃機は、翼を左右にバンクさせて飛び去った。

【空母「翔鶴」】

昭和十六年八月、横須賀海軍工廠で竣工。

二万五千六百七十五トン、全長二百五十七・五メートル、搭載機七十二。

真珠湾攻撃、ラバウル作戦、セイロン島攻撃作戦等に参加。

昭和十七年五月八日、珊瑚海海戦で「瑞鶴」と協同して米空母「レキシントン」「ヨークタウン」を大破させた。

同年十月二十六日、南太平洋海戦で米空母「ホーネット」を撃沈。

昭和十九年六月十九日、マリアナ沖海戦で沈没。三年足らずの命だった。

## 「大鳳」爆沈

「翔鶴」が艦影を没し去って間もなく、今度は、小沢司令長官座乗の旗艦「大鳳」が突然、大爆発を起こした。午後二時三十二分のことだ。

不沈艦といわれた最新鋭空母がなぜ――。

悪夢の始まりは六時間以上前の午前八時十分にさかのぼる。それは、第一次攻撃隊が発進した直後だった。

哨戒網をくぐった米潜水艦「アルバコア」が、「大鳳」めがけ、魚雷六本を発射した。そのうち一本を上空で発見した彗星艦爆が急降下、体当たりして防いだことは先に触れた。実は、この時、別の一本が「大鳳」の艦底部の軽質油庫に命中していた。

しかし、艦内には、何らの異状も認められなかった。戦闘にも支障はなく、この後、何事もなかったかのように、第二次攻撃隊を発進させている。魚雷一本程度でぐらつく艦ではなかった。

「ワレ航行ニ差シ支エナシ」

の信号を「大鳳」から受け取っていた「矢矧」の池田も、まったく心配していなかった。そのうち、「翔鶴」の救助に忙殺され、気にも留めていなかった。この時、「矢矧」と「大鳳」の距離は二～三キロというところだった。

悲劇は静かに進行していた。魚雷によって損傷したタンクからガソリンが漏れて気化し始めた。「大鳳」艦内では、タンクから漏れるガソリンの臭気を抜くため、換気栓を開放して作戦行動を続けた。それが裏目に出た。

ガソリンと重油性ガスが艦内に充満、それに電動送風機の火花が引火し、爆発したのである。

厚い装甲を施した飛行甲板が下からの爆発を押さえ込んだため、爆発圧力はさらに高まった。甲板は小山のように盛り上がって二つに割れ、乗組員を圧殺した。目もくらむような閃光が上がった。艦内は阿鼻叫喚の灼熱地獄と化した。

防御力を誇り、敵攻撃機からの戦闘にはめっぽう強いはずの「不沈空母」が、たった一本の魚雷によって、誘爆を引き起こし、やられた。

小沢長官以下、機動部隊司令部は、救命艇で脱出し、駆逐艦「若月」に、さらに重巡洋艦「羽黒」に移乗した。移乗が完了して間もない午後四時二十八分、「大鳳」は最後の爆発を起こして左舷に急傾斜し、艦尾から沈んだ。

さっきまで、「翔鶴」の救助に当たっていた「矢矧」は、今度は「大鳳」の乗組員救出に当たった。

無数の死体が海月のように漂い、流れ去っていく。乗組員二千百五十人のうち、助かったのは約五百人。池田武邦の同期も二人が戦死した。高木滋男、鶴田功の両名である。

池田ら七十二期生徒の主任指導官だった「大鳳」飛行長入佐俊家中佐も艦と運命を共にした。

「敵潜水艦にすれば、大手柄ですよ」

池田は、「翔鶴」「大鳳」をあっという間に屠った敵潜水艦の戦果の大きさを強調する。

「マリアナ沖海戦、レイテ沖海戦で、味方は司令長官が乗ったフネを海戦早々に潜水艦にやられた。このエピソードはあまり語られていないが、その影響は実に大きかった」

マリアナ沖で、わが海軍機動部隊が思い描いていたのは、空母同士の華々しい決戦であった。ところが実際には、潜水艦によって、二隻の正規空母を失ったのである。

「マリアナ以来、僕らは敵潜水艦にビクビクするようになった」

その理由は、

「水中聴音機を使って、潜水艦のスクリュー音を察知するのは極めて困難だったから」

である。池田は、

「魚雷音は分かっても潜水艦の音は実に聞きづらい。味方の艦の音と混じって、ほとんど聞こえなかったといってもいい」

と証言する。

池田は戦後、米軍には、日本海軍の潜水艦がバケツをたたいて進んでいるようによく聞こえていた、という話を聞いて驚倒したという。

【空母「大鳳」】

昭和十九年三月七日、神戸川崎造船所で竣工。

二万九千三百トン、全長二百六十・六メートル、搭載機六十一。

わが国空母発達史の頂点に位置する艦で、飛行甲板に七十五ミリの甲鉄を張って五百キロ爆弾の急降下爆撃に耐える防御力を施し、対魚雷防御にも最善を尽くした。竣工後、直ちに機動部隊の旗艦となり、リンガ泊地において、小沢長官が将旗を掲げた。

昭和十九年六月十九日、初陣のマリアナ沖海戦で、ヤップ島沖に没す。

誕生から百日余の短い生涯だった。

## 大空戦

さて、紺碧の太平洋を進撃して行った第一次攻撃隊二百四十一機にはどんな運命が待ち受けていたのだろうか。

マリアナ沖、彼我の距離六百キロ。小沢部隊に呼応して連合軍を撃砕するはずだったマリアナ諸島の基地航空部隊の戦力は、米軍の空襲によって既に千六百機から百五十機にまで激減していた。あ号作戦の成否は、すべて小沢機動部隊の戦いにかかっていた。

小沢司令長官がとった必勝の策、アウトレンジ戦法は今のところ順調に進んでいる。

「してやったり」

と内心思っていたのは、「矢矧」艦上の池田一人だけではなかった。

ところが――。

この好調な滑り出しに落とし穴があった。

日本軍機動部隊を発見できないままでいた敵は、その保有戦闘機四百五十機すべてを母艦群の上空防御にあてていた。否、防御用に待機させておくしか方途がなかった。なんという巡り合わせであろうか。わが攻撃隊は、その防御網のまっただ中に突入してしまったのである。

敵戦闘機グラマン「ヘルキャット」は、わが攻撃隊に上空から覆い被さるように襲いかかってきた。編隊はたちまちバラバラになり、小回りのきかない艦爆、艦攻隊は低空へ、低空へ、と逃げまどう。ヘルキャットはそれを狙いすまして、ダダダダダッと機銃掃射を浴びせていく。

日本軍機は次々と火だるまとなって墜落した。

「全軍突入せよ、全軍突入せよ」

指揮官機は悲壮な無電を繰り返す。

だが、攻撃隊は背後から襲ってくるヘルキャットをかわすのに必死で、なかなか敵艦に近づくことができない。

追い討ちをかけたのが、ＶＴ信管だった。

米艦船の高角砲弾に内蔵された新兵器で、近接信管とも呼ばれる。砲弾の信管に簡易レーダーを埋め込み、目標物を外れても一定の範囲内に目標物が入れば起爆する仕組みだ。目標を直撃しなくても、砲弾の破片によって目標物にダメージを与えることができる画期的な装置だった。

なんとか敵の防御網をくぐり抜け、敵機動部隊の上空に達した日本軍機も、ＶＴ信管を避けることはできなかった。弾幕の餌食となった味方は数えきれない。

結局、第一次攻撃隊で母艦に帰還できたのは、九十二機だった。

敵に与えた損害は、

　空母「バンカーヒル」に至近弾一

重巡「ミネアポリス」に至近弾一

戦艦「サウスダコタ」に爆弾命中一

戦艦「インディアナ」に機体ごと炎上しながら突入

とわずかだった。

第二次攻撃隊八十三機にも見るべき活躍はなく、帰還したのは三十九機だった。

敵に与えた損害は、

空母「バンカーヒル」に至近弾二

空母「ワスプ」に至近弾一

にとどまった。

昭和十九年六月十九日の一日の攻防で、わが軍は二百四十三機を失った。これに対し米軍の喪失機はわずか十機だったという。（注・双方の喪失機数には諸説あるが、おおむね同じような数）

米軍パイロットはこの日の空戦を、「マリアナの七面鳥撃ち」と呼んだ。そこまで侮蔑されるいわれはないが、なぜ、そんな結果を招いたかは検証しておく必要があるだろう。指摘しておきたいのは、零戦を筆頭に格闘戦には優れていたはずの日本軍機の弱点である。米軍はこの弱点を徹底的に突いた。

まず、格闘戦にならぬよう、一騎打ちを避け、日本機一機に対し、複数であたり、一撃離脱の戦法を取った。

さらに米軍は、背後から襲いかかり、パイロットや燃料タンクを狙った。日本軍機には、パイロットの防護も燃料タンクの防弾も施されていなかったからだ。

「零戦や『矢矧』はまったく同じ思想でつくられていた」

池田が述懐するように、日本軍の飛行機やフネは、運動性能を高めるため、軽量化を図ったため、著しく防御力を欠いていた。簡単にいえば、攻撃重視、防御軽視である。

日本軍機の操縦席の背後に防弾装置がないため、後方から撃たれると、銃弾が背もたれを貫通してパイロットに命中した。燃料タンクを狙われると火だるまになって墜落した。

これに対し、米軍機は背もたれに厚い鉄板を入れていたので、銃弾はパイロットに達しなかった。燃料タンクにも防弾装置が施され、弾を撃ち込んでも炎上することはなかった。

また、日本のパイロットは、不時着しても救助がなく、漂流して鮫に食われる者も続出した。一方、米軍は、空中戦が予想される海域に、あらかじめ救助の潜水艦を派遣していた。

撃墜された米軍のパイロットは何度も現場復帰したが、日本は熟練パイロットが減り続けた。機体はもろく、技量不足のため空中戦に敗れ、さらに死んでいく。日本軍はそんな悪循環に陥っていた。

こうした中で小沢が選択したアウトレンジ戦法について、防衛研修所戦史室編纂の戦史叢書『マリアナ沖海戦』は、次のように記している。

〈この戦法は無理で、もっと近くから発進すればよかったとの批判があり、確かにそうすればある程度戦果をあげ得たであろう。

しかし、当時海軍の首脳者はほとんどこの戦法を最良の方法と信じており、小沢が本戦法を用いたのは、搭乗員の錬度の実情をある程度認識しながらも、劣勢な兵力をもって勝った

めの手段はこれ以外にないと確信したためで、いわゆる死中に活を求める心境であったものと思われる〉

## 「矢矧」主砲、火を噴く

六月十九日午後四時二十八分、小沢治三郎司令長官は、大爆発を起こした空母「大鳳」から重巡洋艦「羽黒」に移乗し、その艦橋から、沈みゆく「大鳳」をじっと見つめていた。

翌二十日、小沢長官は、旗艦を「羽黒」から空母「瑞鶴」に移した。全軍を指揮するのに、「羽黒」の通信施設は不備だったからである。

小沢はすぐさま、残存機を再編成して、再び米機動部隊へ攻撃をかけることを企図した。が、残存航空兵力は百二十七機で、うち可動機は百機に過ぎない、との報告を受け、やむなく再攻撃の日を翌二十一日に延期した。

一方、米軍側は、なかなか日本艦隊を発見できないでいた。執拗に索敵機を飛ばし、小沢機動部隊を見つけたのは、六月二十日の午後四時だった。

「この時間から攻撃隊を発進させれば、帰艦は夜になる」

ミッチャー提督は、一瞬ためらった。が、自らを鼓舞するように首を横に振り、命じた。

「全機発進せよ」

戦闘機八十五、艦爆七十七、艦攻五十四が大空に舞い上がる。

この米攻撃隊が小沢機動部隊の上空に殺到してきたのは日没直前だった。これが、わが軍にとっては、最初で最後の対空戦闘となった。

一七五〇（午後五時五十分）、陽が沈みかけた水平線上に、ケシ粒ほど敵攻撃機が見えてきた。黒点はみるみる大きくなっていく。

「撃ち方始めー」

わが前衛部隊の砲門が一斉に開く。褐色の炸薬煙が風に流れ、曳光弾が条をなして夕焼け空に吸い込まれていく。

池田は、後続する本隊の「矢矧」艦橋で、前衛部隊が放つ弾幕を望見していた。ほどなく、敵機は本隊に迫ってきた。輪形陣の中心「瑞鶴」めがけ、突っ込んでくる。ジュラルミンの胴体が夕映えにキラキラとまぶしい。

ズドーン。

「矢矧」の主砲が初めて火を噴いた。艦全体が揺さぶられるような衝撃だ。

高角砲の射撃音が間断なく響く。

「敵機、わが方に向かってくる」

見張員の絶叫。

「最大戦速！」

川添亮一航海長の命令。

各艦必死で防戦しつつ、退避行動をとる。

見張員「左四十五度、敵艦爆四機、敵機、急降下ーッ」
航海長「トーリカージ」
操舵員「取り舵四十五度」
艦首がわずかに左に旋回しかけた。次の瞬間、敵艦攻が海面すれすれに迫ってくる。
航海長「面舵、イッパーイ」
吉村艦長「急げーッ」
操舵員「面舵三十度」
素早い転舵で、艦は右旋回し、敵機を回避した。
航海長「ヨーソロー」
今度は雷撃機が魚雷を投下してきた。
吉村艦長「雷跡をよく見よ」
甲板員「雷跡一本、右舷すれすれに通り抜ける」
この直後には、
「左舷前方、爆弾落下」
の報告。しかし、水柱が上がっただけで被害はなかった。
大坪寅郎少尉候補生（海兵七十三期）は、艦橋前部の機銃群指揮官として無我夢中で指揮棒を振るっていた。「矢矧」をかすめて飛んでいく敵機に向かって叫ぶ。

多かった。

曳光弾が弧を描いて大空に吸い込まれていく。が、なかなか命中しない。

初陣の機銃兵の中には、「撃ち方やめ」の命令が耳に入らず、引き金を引いたままの者も多かった。

米軍機の主目標は空母群だった。最初に襲われたのは、足の遅い油槽船だった。「玄洋丸」「清洋丸」がたちまち被爆、炎上した。

続いて、空母「千代田」「瑞鶴」にも爆弾が浴びせられたが、両艦の航行に支障はなかった。が、空母「飛鷹」は雷撃機の魚雷一本を受け、航行不能となり、漂流中、潜水艦の攻撃を受けて沈没した。

わが軍も猛烈な反撃を行なった。各艦の砲が一斉に火を噴き、敵機をなぎ倒した。残存する零戦四十四機も果敢に応戦し、敵機を次々に撃墜した。

夕闇が迫ると、敵機は一斉に引き上げていった。

静寂が支配する。

この日、「矢矧」が発射した弾数は、主砲十八発、高角砲百三十発、機銃五千二百発。初戦闘の戦果、被害はともにゼロだった。

この夜、マリアナ沖は、満天の星だった。小沢機動部隊は波しぶきを上げながら、黙々と明朝の会合点に向かって進む。晴れ渡った空とは対照的に、池田ら将兵の胸中には、どんよりとした不安が広がりつつあった。

池田は「矢矧」の戦闘記録を書き終えた。あとは、航跡自画器に注視し、その調整に余念がない。

一時間ごとに、機関参謀入谷清明少佐が機関科に燃料の残量を問い合わせる声が耳に入る。

「この残量では夜戦は無理だな」

池田はそう思った。

**海ゆかば**

六月十九日から二十日にかけてのマリアナ沖海戦の結果は、次のようなものだった。

▽日本軍

沈没　空母「大鳳」（十九日）

　　　空母「翔鶴」（十九日）

　　　空母「飛鷹」（二十日）

小破　空母「瑞鶴」

　　　空母「隼鷹」

　　　空母「龍鳳」

　　　空母「千代田」

戦艦「榛名」
重巡「摩耶」
艦上機損失　三百七十八機

▽連合軍
小破　空母「バンカーヒル」
戦艦「サウスダコタ」
戦艦「インディアナ」
重巡「ミネアポリス」
艦上機損失　百二十機

鍛えに鍛えた全戦力を投入しての完敗——。

小沢長官は、傷ついた「瑞鶴」艦上で、身じろぎもせず思案していた。

米空母を一隻も沈めることができず、逆に「大鳳」「翔鶴」「飛鷹」の空母三隻を失った。航空兵力も消耗し尽くした。

出撃時に四百機以上を有した機動部隊の航空兵力は、零戦二十一機、爆装零戦九機、天山艦攻六機、彗星艦爆六機、九九式艦爆九機、九七式艦攻十機の計六十一機に激減していた。

小沢部隊が機動部隊としての戦力を喪失したのは明白だった。これは、精鋭を誇ってきた日本空母部隊の終焉以外の何ものでもなかった。小沢は、断腸の思いで引き揚げを決意した。

二十日午後八時、第二艦隊長官栗田健男に下命。

「夜戦の見込みなければ、速やかに北西方に避退せよ」

さらに、連合艦隊司令長官豊田副武に打電。

「明朝前衛ニ協力スベキ機動部隊航空兵力殆ド消耗セリ」

絶対国防圏を死守するために構想された「あ号作戦」は、かくして終わった。

二十一日午後、小沢部隊は、沖縄回航を開始した。

沖縄回航中、沖縄本島の東方海上で、水葬が行なわれた。

巡洋艦「矢矧」が救助した「翔鶴」乗組員の水葬は、日没五分前に始まった。非番の全員が右舷舷側に整列する。

川添航海長が、

「両舷前進微速」

を命じると、艦の速力がゆるやかに落ちる。

信号兵たちが、「海ゆかば」のラッパを吹く。全員甲板に向かって挙手の礼。

微速で進む艦の後方甲板右舷で、甲板員がハンモックにくるんだ亡骸を、海中に投下する。

一体、また一体。亡骸は、薄暗がりの海に吸い込まれ、白く泡立つ航跡の上を遠ざかりながら、やがて海底深く姿を消した。

遺体を上甲板に運び出す時、海中投下の時、いずれも足を先にするのは、死人の霊魂が船へ戻って来ないように、との配慮だという。

太平洋戦争中、わが海軍が水葬礼によって、海に墓標を立てた英霊は数十万柱にのぼる。航海日誌に水葬を行なった日時、遺体投下地点の緯度経度が記入され、そこが永遠の墓場となった。

二十二日午後一時、「矢矧」は沖縄本島の中城湾に入った。

「負け戦というのは本当に惨めです。僕らは、救助されたのに途中で息絶えた人たちの水葬を行ない、海戦の現実をかみしめながら沖縄へと帰還した。中城湾に近づき、双眼鏡でのぞくと、沖縄独特の亀甲墓が見えたのをよく覚えています」

日米両機動部隊によるマリアナ沖の攻防は終わった。小沢機動部隊は、サイパン、テニアン、グアムのマリアナ各島で歯を食いしばり、救援を待ちわびていた守備隊の前に、その雄姿を見せることはなかった。

米軍がマリアナ諸島を手に入れれば、日本本土が超重爆撃機B29の行動半径に入る。マリアナ喪失が日本の命取りになることはだれもが知っていた。

事実、この後、東京をはじめとする各都市爆撃、広島、長崎に原子爆弾を投下したB29は、いずれも、マリアナの各飛行場から飛来している。

マリアナ諸島は孤立した。が、どうすることもできなかった。その後の悲劇は、史実が物語るとおりである。

海戦四日後の六月二十四日、大本営はサイパン放棄を決定。

七月三日、米軍は中心地ガラパンを占領した。

五日、現地指揮を任されていた中部太平洋方面艦隊司令長官南雲忠一中将は、洞窟内に設けた司令部から軍令部総長嶋田繁太郎に訣別電を送った。

六日、南雲は全将兵、軍属に対し、最後の訓示を行なった。

「今や止まるも死、進むも死。われらは大敵に最後の一撃を加え、太平洋の防波堤としてサイパン島に骨を埋めんとす」

真珠湾攻撃で、世界を揺るがす勝利を得、機動部隊の指揮官として殊勲をあげた南雲も、ミッドウェー海戦以後は悶々とすることが多く、海軍は彼を中部太平洋艦隊司令長官という比較的荷の軽いポストに置いた。それが裏目に出た。

内南洋の、いわば海軍のホームグラウンドで、安全なはずのサイパンが、あろうことか敵の集中攻撃の標的になった。

さらに、サイパンに上陸した米軍を叩きのめすはずの小沢機動部隊がまさかの敗退。

「六月十九、二十日」の海戦は、サイパン島の将兵、現地住民にとって呪われた日であった。

訓示が終わると、洞穴内で、南雲を囲み、司令部員全員で「海ゆかば」を斉唱した。ほどなくして洞穴内に銃声が響いた。

全員自決。サイパンの土となった。

サイパン失陥は、開戦以来戦争を指導してきた東條内閣を揺るがせた。東條は内閣改造で乗り切ろうとしたが、重臣たちは人心一新による戦局打開を上奏。東條内閣は七月十八日、総辞職に追い込まれた。

後継首班に指名されたのは小磯国昭朝鮮総督。海軍大臣には、退役提督の米内光政大将が異例の現場復帰を命じられた。

二十二日、小磯・米内連立内閣が成立。小磯首相は陸相を兼任せず、陸相には杉山元大将を任命した。参謀総長には梅津美治郎大将、軍令部総長には及川古志郎大将が就任。戦争指導体制は一新した。

が、戦況は、極めて深刻な状況にあった。サイパンに続いて、テニアン島が八月一日、グアム島が八月十日に陥落した。

戦後、池田は仕事や旅行で、サイパンや沖縄を何度か訪ねている。

「飛行機が現地上空に近づくと、胸騒ぎがするのです。それは今も変わりません。サイパンも沖縄も、結局救えなかった。多くの人が悲惨な戦いで亡くなった。そんな思いがあるからでしょうか……」

## 戦闘詳報

マリアナ沖海戦を顧みて池田武邦はこう語る。

「マリアナ沖海戦における初陣の体験は、海戦の実態を直視するこの上ない機会となり、その前と後では一皮も二皮も脱皮した。そして、その後のレイテ沖海戦を経て、確実に、一年前の自分とはまったく違う、何年も年を経たような人間に成長しているのを実感することになりました」

航海士の池田は戦闘中、目の前で沈没した空母「翔鶴」「大鳳」の乗組員救助に追われた。そうした混乱の中で、戦闘記録をつけるのも航海士の仕事だった。

「清書して戦闘詳報として司令部に提出するのですが、その前に記録を読み返して見ると、文字は乱れ、誤字脱字はあるは、ダブりはあるはで、恥ずかしい限りでした。自分では冷静なつもりでいても、やはり初陣、相当上がっていたんですね」

ところが、四ヵ月後、レイテ沖海戦（捷一号作戦）時の池田の戦闘記録は完璧だった。

マリアナでは直撃弾を受けることがなかった「矢矧」も、レイテでは集中攻撃を受け、艦全体が修羅場と化した。同期の伊藤比良雄中尉が機銃弾に倒れ、貫通した弾丸で艦橋は血の海となった。そんな中でも、冷静沈着に状況を把握し、的確に記録をとっていた。誤字脱字もなかった。

「とても同じ人間が書いたものとは思えません。レイテの時、僕は中尉になっていましたが、わずか四ヵ月前の少尉時代とでは十年も二十年も開きがあるほど覚悟と自信に差が出ていたのです」

さらに、その半年後の沖縄。

「沖縄特攻の時になると、映画の画面を見ているように敵味方の状況を把握することができ、ひとり一人の兵の動きまではっきりと見えていました」

そこには、練習航海の時、玄界灘のしけで船酔いしていた少尉候補生の面影も、被弾もしてないのに記録を取るのにあわてていた少尉の姿もない。

「まるきり別人ですね」

これは、実戦というものが、平時の訓練や鍛錬とは比較できないほど人間を成長させることの証左だろう。こうした経験を経た人間が、名艦長、名指揮官となっていくのである。

名艦長、名指揮官といえば、マリアナ、レイテで第十戦隊旗艦だった「矢矧」座乗の司令官木村進少将、「矢矧」艦長吉村真武大佐は絶妙のコンビだった。

二人は昭和十八年二月、ガダルカナル撤退作戦では、司令官、駆逐隊司令のコンビを組んだ。作戦は、敵の制空権下、敵艦隊が出没する海域を、月のない暗夜に隠密出動するというものだった。

二人はこの危険極まりない作戦を三度にわたり強行、飢餓に陥っていた計一万六百六十五人もの将兵を救出した。ガ島の米軍があっと驚いたのは言うまでもない。

池田は、

「この名コンビが『矢矧』艦橋で指揮をとられ、その艦橋で航海士として参加できたことは本当に恵まれていた」

と振り返る。

さらに、池田の直属の上司である川添亮一少佐は、支那事変中の上海・揚子江で、海軍中尉として部下十数人を率いて敵の銃砲下、抜群の武功があったとして金鵄勲章を受けた武人だった。

「本人はそんなことは一切口にせず、私が知ったのは戦後何十年もたってから、それも偶然に聞いたのでした」

池田はこうした名指揮官に囲まれ、彼らの言動を血肉としていったのだろう。池田はまた、

「『矢矧』が幸いだったのは、名指揮官を得て、初陣のマリアナ戦を生き延びたこと」

と指摘する。

「不沈空母という前評判の高かった『大鳳』が沈没したように、新鋭艦は初陣でやられることが非常に多いのです。乗組員の錬度が十分に上がっていないのが原因です」

事実、初陣を乗り切ると錬度が急に上がり、その後、精鋭になる艦は多かった。「矢矧」もその典型と言える。

「『矢矧』の錬度は、この後のレイテ沖海戦で最高潮に達しました」

# 第三章　レイテ沖海戦

昭和19年10月24日、シブヤン海で米空母機の攻撃にさらされる戦艦「武蔵」

## 史上最大の海戦

昭和十九年六月十九、二十日のマリアナ沖海戦で、まさかの敗北を喫した帝国海軍は、沖縄経由で瀬戸内海西部に帰投した。

この戦いで、海軍は中部太平洋の制海権、制空権を失った。一方、陸軍は七月四日、インド・インパール攻略作戦の中止を決定、八日から撤退を始める。こうしてわが国の絶対国防圏は、東西から崩れていく。

大本営がサイパンの失陥を公表したのは、七月十八日。国民は動揺した。準国土ともいうべき委任統治領が戦場になり、多くの同胞が戦火に倒れたのだから。

戦局は急迫した。勝ちに乗じた敵が、間髪を入れずに次の目標に向かってくることは容易に予想された。

マリアナ奪還を断念した大本営は、次期決戦正面を四つに区分し、「捷」号作戦計画を練った。

捷一号　フィリピン
捷二号　南九州・沖縄・台湾

捷三号　日本本土・小笠原
捷四号　北海道・千島

このうち最も可能性が高いのが捷一号だった。陸軍は早速、南方総軍司令部をシンガポールからマニラに移して、防衛強化に本腰を入れた。

陸海軍の総力を挙げてのフィリピン決戦。その作戦指導大綱には必死の思いが込められた。〈敵の決戦方面来攻にあたり、空海陸の戦力を極度に集中し、敵空母及び輸送船を求めてこれを必殺するとともに、敵上陸すればこれを地上に必滅す〉

こうした決意の下、フィリピン周辺海域で展開された海戦がレイテ沖海戦（日本側呼称は比島沖海戦）である。それは、フィリピン上陸のため、レイテ湾に集結した敵大部隊の撃滅作戦であった。

参加兵力は、日本側が七十七隻（六十六万トン）、米国側が百七十隻（百五十万トン）。米側は上陸用艦船を含めると九百隻近くになる。航空兵力は日米合わせて二千機を超えた。そのスケールの大きさは海戦史上空前のものだった。

真珠湾攻撃、ミッドウェー海戦、マリアナ沖海戦も大きなターニングポイントとなった戦闘には違いない。しかし、レイテ沖海戦の決定的意義は、それらをしのぐ。この海戦によって、日本海軍は組織的戦闘能力を失い、大日本帝国の戦争継続は不可能となったからだ。

世界史的には、古代、地中海でギリシャの覇権が確立するきっかけとなったサラミス海戦や、イギリスがナポレオンの野心をくじき、大帝国に発展する契機となったトラファルガー海戦に匹敵するだろう。

帝国海軍の作戦計画は、次の通りだった。


〈小沢機動部隊〉

空母「瑞鶴」「千歳」「千代田」「瑞鳳《ずいほう》」を基幹とし、航空戦艦「伊勢」「日向」、巡洋艦「大淀」以下防空駆逐艦数隻を含む機動部隊を本隊（司令長官小沢治三郎中将）としてルソン島東方海面を南下。比島の基地航空兵力と協力して敵機動部隊に打撃を与えるとともに、いわゆる「囮《おとり》艦隊」として敵の主力をひきつける。

〈栗田艦隊〉

その間に、戦艦「大和」「武蔵」「長門」「金剛」「榛名」、重巡「愛宕《あたご》」「摩耶」「高雄」「鳥海」「熊野」「鈴谷」「利根」「筑摩」「羽黒」「妙高」の計十隻と、軽巡「矢矧」を旗艦とする第十戦隊、同型艦「能代」を旗艦とする第二水雷戦隊を第一遊撃部隊（司令長官栗田健男中将）としてフィリピン群島の間を東進して太平洋側に出て北からレイテ湾に突入する。

〈西村艦隊、志摩艦隊〉

時を同じくして、戦艦「扶桑」「山城」、重巡「最上」、駆逐艦の第一遊撃部隊支隊（司令長官西村祥治中将）は、重巡「那智」「足柄」、軽巡「阿武隈」を旗艦とする第一水雷戦隊を含む第二遊撃部隊（司令長官志摩清英中将）と合同、ミンダナオ海よりスリガオ海峡を通って南よりレイテ湾に突入し、敵を粉砕する。

ひとまとめにしてしまうと、

「日本にはもう空母勢力はないに等しい。そこで小沢機動部隊は囮となって、米機動部隊を決戦場から引き離し、その間隙を縫って栗田艦隊以下がレイテ湾に突入、『大和』『武蔵』『長門』以下の戦艦の主砲で決戦を挑む」

ということになろう。

時代の主役はすでに戦艦から空母に移っている。それは開戦劈頭の真珠湾攻撃やマレー沖海戦で十分証明ずみだ。ところが、ミッドウェー海戦、マリアナ沖海戦の敗北によって、持ち駒を失ったわが軍には、戦艦部隊の突入というアナクロな作戦に国運をかけるしか選択の余地はなかった。

このレイテ沖海戦については、これまでにも数多くの戦記が書かれ、評論がなされている。気になるのは、結局レイテ湾に突入しなかった栗田艦隊の「謎の反転」へ向けられた批判である。「あの時はこうすべきだった」という後付けの講釈や論評、安直な反省や弁明が目につく。

しかし、出撃に臨んだ池田武邦の胸中には、作戦への批判や疑念など全く存在しない。ただ、忠烈な戦士として激流に身を投じていくのみだった。

池田は、出撃前の心境を次のように語っている。

「この作戦に、『矢矧』の航海士として参加できる喜びに血をわかし、肉を躍らせた。飛行機がないとはいえ、これだけの大艦隊。恐ろしいという気持は微塵もなく、ものすごく高揚していました」

## 決戦前の百日訓練

マリアナ沖での初陣を生き抜いた「矢矧」は、二月六日に豊後水道を出て以来、四ヵ月ぶりに内地に帰ってきた。内地は梅雨明け前だったが、乗員は久しぶりの上陸を楽しんだ。

マリアナ沖海戦からレイテ沖海戦までの間の「矢矧」の行動は次の通りである。

六月二十二日　沖縄・中城　補給
　　二十四日　柱島
　　二十九日　呉　電探、機銃増強
七月　十日　中城着　陸軍部隊揚陸
　　十二日　中城発
　　十四日　マニラ着
　　十七日　マニラ発
　　二十日　リンガ泊地　以後三ヵ月訓練

昭和19年10月中旬、リンガ泊地に停泊中の第10戦隊旗艦「矢矧」(手前)

八月十八日
　～二十四日　昭南（シンガポール）
十月　二十日　ブルネイ着　補給
　　二十二日　出撃

フィリピンでは、既に敗色が濃くなっていた。池田は当時をこう振り返る。

「内地からリンガ泊地に行く途中、あ号作戦（マリアナ沖海戦）前も、レイテ海戦前も、マニラに立ち寄り、陸軍の兵隊さんたちを下ろした。あ号の前はわれわれもマニラ市内を自由に外出できましたが、レイテの前は単独行動はできなかった。ゲリラが怖くてね。海戦の時も、島のあちこちに見張りの住民がいて、われわれの動きを米軍に通報していました」

陸軍部隊の揚陸を終えた「矢矧」は、決戦に備えて再び、赤道直下のリンガ泊地に入った。前後して連合艦隊主力のほとんどがリンガ泊地に集結した。

マリアナで負けて、陸軍部隊の輸送屋をやりながら、しかも取られたばかりのサイパンを横目に見ながらの南下。リンガに入ってきた時、将兵たちはいささか元気を失っていた。

しかし、猛訓練が再開されると、目が覚めたようにしゃきっとした。

マリアナ沖海戦は、空母同士の激突で、水上艦艇の出番はあまりなかったが、今度は違う。航空機の援護は期待できず、水上部隊の殴り込みに近い作戦になる。空襲での損害も出るだろう。

そのため、対空砲戦、対潜警戒、電測射撃、夜間水上戦、泊地突入、魚雷戦の訓練メニューが組まれた。各艦、各戦隊で訓練を実施し、その上に全艦隊の演習が積み上げられた。砲戦、魚雷戦、最後に駆逐艦の突撃。油は、パレンバンの大油田からの油輪送船によって無制限に供給された。

サイパン玉砕以来、敵は次なる戦略目標であるフィリピンへひた押しに押してくる。池田らは、

「今度は必ず勝ってみせるぞ」

と闘志を燃やしていた。乗組員の技量はめきめき上がり、自信がつくと、士気も上がった。

三ヵ月に及んだ猛訓練は、「百日訓練」と呼ばれたが、池田は、

「その密度は一年間にも相当した」

という。束の間の楽しみは、一時間の午睡と巡回映画、艦ごとの演芸大会だった。

「灼熱の海で、まさに血の滲むような訓練でしたが、洋上では形式ばったことは何もない。

毎日の生活は楽しかったですよ」

池田らが訓練に明け暮れていたころ、池田らを戦場に送り出した海軍兵学校校長井上成美は、江田島から海軍省の赤レンガに呼び戻されていた。

一度始めた戦争を終わらせるのは、並大抵ではない。行き着くところまでいくのが普通である。その戦争を、一刻も早く終わらせるため、海軍大臣米内光政が次官として起用したのだった。

海軍省は正面玄関の二階真上が大臣室、その右隣が書記官室、さらにその右隣が次官室だった。

首脳陣は毎朝、三階の軍令部作戦室に集まり、前日の戦況報告を聞く。夏の盛り、ほとんどが緑色折り襟の第三種軍装だったが、井上はいつも白詰め襟の第二種軍装だった。報告を受け、井上は、テキパキと短い指示を出していく。戦局は、井上が考えていた以上に悪化していた。

八月二十九日、井上は大臣米内に切り出した。

「この戦争はだめです。もう誰が何と言ってもだめです。このままでは国が滅びてしまいますから、私は戦争を止める研究を始めたいと思います」

米内は、

「うん、やってくれ」

と二つ返事だったという。

井上は、教育局長高木惣吉に終戦工作の研究を命じた。戦後、防衛庁戦史部のインタビューに、井上は繰り返し、

「大和民族の保存が念願だった」

と答えている。

昭和二十年に入って間もないころ、井上は海軍省記者クラブ「黒潮会」で会見に臨んだ。記者の一人が厳しい口調で質問した。

「一体、海軍はこの戦争をどうするつもりですか」

井上は威儀を正して言い放った。

「それは、和平です」

記者団は、あぜんとした。井上は、みな言いたくて喉まで出かかっているが、口に出せないことを、堂々と言い切ったのだ。

この言葉を記事にした記者はいなかった。掲載されれば、井上の命はなかっただろう。井上の一言は、記者クラブの沈痛なムードに光りをともしたと言われている。池田ら教え子たちが洋上にある時、恩師は内地にあって黙々と終戦工作に挺身していたのである。

## 捷一号作戦発動

昭和十九年九月十五日、リンガ泊地の軽巡洋艦「矢矧」艦上にある池田武邦は、中尉に進

級した。海軍兵学校を卒業して、ちょうど一年である。

この二週間後の九月二十九日、豊田副武連合艦隊司令長官は、司令部を千葉県木更津沖に停泊していた軽巡洋艦「大淀《おおよど》」から、慶応義塾大学の日吉分校に移した。捷一号作戦で、各方面の部隊を広範囲に指揮する必要と通信能力の関係からであった。

連合艦隊司令部が軍艦から陸上に移ったのは、日本海軍創設以来、初めてのことである。この措置については、「最後の決戦に、司令長官が陣頭指揮しないとは何事だ」という、不満の声があったとも聞く。第一線の士気に少なからず影響した点は否めないだろう。

残念なのは、戦線と司令部の距離があまりに離れ、前線の機動的な指揮ができなかったことである。

海軍省と慶応大の間で、地上の校舎を含めて海軍が使用する賃貸契約が結ばれたのは、この年の二月。連合艦隊司令部のほか、海軍総隊司令部、軍令部第三部（情報部）、航空本部、海軍省人事局などの中枢が集まり、敗戦までの約一年間、ここで、多くの作戦が立案、実行に移された。

キャンパス内の地下には二・六三キロにわたる壕が掘られた。地下壕は今も、横浜市港北区の慶応大日吉キャンパス残っている。

昭和十九年十月十七日、敵将マッカーサーは、レイテ湾口のスルアン島に上陸した。日本軍の猛襲を受けてフィリピンを撤退する時に残した、あの有名な、「アイ・シャル・

リターン」の言葉を、ついに実行に移したのだ。

マッカーサーがレイテに目をつけたのは、わが軍の防備が手薄だったからだ。

十七日午前六時五十分、スルアン島の海軍見張所は立て続けに平文の通信を打った。電文は、日吉の地下壕に移っていた連合艦隊司令部でも、戦艦「大和」でも受信された。

「敵、上陸準備中」

「敵は上陸を開始せり」

「天皇陛下万歳」

慌ただしい連絡の後、電文はぷっつり途絶えた。全滅したのだ。

連合艦隊司令部は、これを受けて捷一号作戦を発令した。

「第一遊撃部隊は速やかに出撃、ブルネイに進出すべし」

池田の乗る「矢矧」は第一遊撃部隊（栗田艦隊）の第十戦隊旗艦である。「矢矧」もついに、栗田艦隊の一員としてレイテ湾に突入することになったのだ。

〈第一遊撃部隊〉

司令長官　栗田健男中将

▽第一部隊（栗田中将直率）

第一戦隊（宇垣纏中将）

戦艦「大和」「武蔵」「長門」

第四戦隊（栗田中将）
　重巡「愛宕」「高雄」「鳥海」「摩耶」
第五戦隊（橋本信太郎少将）
　重巡「妙高」「羽黒」
第二水雷戦隊（早川幹夫少将）
　軽巡「能代」
　駆逐艦「早霜」「秋霜」「長波」「朝霜」「岸波」「沖波」「浜波」「藤波」「島風」
▽第二部隊（第三戦隊司令官鈴木義尾中将）
第三戦隊（鈴木中将）
　戦艦「金剛」「榛名」
第七戦隊（白石萬隆少将）
　重巡「熊野」「鈴谷」「利根」「筑摩」
第十戦隊（木村進少将）
　軽巡「矢矧」
　駆逐艦「浦風」「磯風」「浜風」「雪風」「清霜」「野分」
▽第三部隊（第二戦隊司令官西村祥治中将）
第二戦隊（西村中将）

戦艦「山城」「扶桑」
重巡「最上」
駆逐艦「満潮」「朝雲」「山雲」「時雨」

## ブルネイ進出

リンガ泊地。

昭和十九年十月十八日、午前二時、「矢矧」の艦内スピーカーが鳴った。

「明朝〇三〇〇、出撃」

将兵たちの緊張は一気に高まった。

捷一号作戦の発動だ。

マリアナ沖海戦での惨敗後、起死回生の反撃の時を待っていた将兵たちは、「時こそ至れ」と勇躍した。

寝室にいた航海士の池田武邦中尉はベッドから飛び起きた。戦闘服に身を固め、内ポケットに、両親から送られてきた鶴ヶ岡八幡宮の御守りをていねいに収める。

「よし、いくか」

気合を込め、寝室を出た。

池田は、薄暗い常夜灯のついている通路を抜け、海図室に向かった。錨関係の水兵たちが出港準備のため足早に前甲板へ向かっている。池田は海図・水路誌、信号書、艦隊運動程式、艦隊戦策をひと抱えにして、艦橋へと急ぐ。

艦橋では、通信参謀が子隊の駆逐艦の状況を眼鏡で確認している。信号員は何となく緊張した面持だ。暗闇の中で、計器の目盛りだけが夜光塗料の青白い光をともしている。密雲に遮られているのだろうか、空に星はない。池田は出港準備を整え、夜間視界に眼《ね》を慣らす。

航海長川添亮一少佐が艦橋に上がってきた。羅針盤の指度を確認し、子隊の状況を見て、出港針路を定める。

程なく、艦長吉村真武大佐、司令官木村進少将、先任参謀南中佐、砲術参謀朝田少佐、機関参謀入谷少佐らが次々と上がってきて、所定の配置についた。

真っ暗な艦橋が緊張感に包まれる。みな無言だ。正面の時計だけが、チクタク、チクタクと時を刻んでいる。

「〇三〇〇になりました」

当直将校が吉村艦長に報告した。

「錨揚げ」

艦長の令により錨が海底を離れた。

「右（右舷機）前進微速」

「トーリカージ」

漆黒の海にスクリューの渦をつくって動き出す「矢矧」。子隊の駆逐艦が一隻、また一隻と続く。

木村少将率いる第十戦隊は、旗艦「矢矧」を先頭に単縦陣となり、北上。ボルネオ島のブルネイ基地を目指した。

「艦相互は一切信号せず、灯火もつけず、すべては無言のうちに、しかも整然と隊形を保ちつつ進みました」

連日の出動訓練で、艦位測定の目標としてきた馴染みの島影が静かに後方に去って行く。池田は海図を広げ、そこに正確な艦位を記入していった。

この日、リンガ泊地を出撃した栗田艦隊の精鋭は三十九隻。第二水雷戦隊、第四戦隊、第五戦隊、第一戦隊、第十戦隊、第七戦隊、第三戦隊、第二戦隊の順に縦陣列で北進した。海を圧するような大艦隊である。墨のような海にまっすぐな航跡を残して進む「矢矧」艦上で、池田は言いしれぬ心の高ぶりを感じていた。

〇六〇〇、リオー水道を通過し、広々とした南シナ海に出た。内地時間より二時間遅く、午前六時は現地時間では午前四時である。まだ、夜の幕が艦隊の全貌を覆っている。海上は、とろりと油を流したように平穏だった。

「対潜警戒を厳にせよ。第一警戒航行序列となせ」

旗艦「愛宕」から初めて信号が上がった。各艦、占位運動を開始。縦陣列から、潜水艦攻撃を考慮した警戒航行序列となる。戦闘速力に増速され、艦首尾から蹴る白波が次第に大きくなる。

「一斉回頭之字運動始め、X法」

対潜警戒航法のジグザグ運動が始まった。甲板の見張員は受持区域を一片の浮流物をも見逃すまいと目を凝らす。水中聴音器室では、水測員が全神経を耳にかけたレシーバーに集中する。

敵潜水艦は最近、急激にその数を増し、わが方の損害も日に日に多くなっている。

「決戦場に到達する前に彼らの餌食となるわけにはいかない」

池田は、気を引き締めた。

〇八三〇、夜が明ける。強烈な熱帯の太陽がギラギラと洋上を照らす。最も危険な時間帯は過ぎた。波一つない白日下の対潜見張は、黎明時のそれよりは容易だ。

池田は川添航海長と交代し、食事をとるためガンルーム（第一士官次室）へ降りた。

ガンルームは、出撃前に可燃物を一切陸揚げし、ガランとしている。誰かの慰問袋に入っていた可憐な人形が、柱にぽつねんと下げてあるのが、わずかな心の慰めだ。

室長（ケップガン）は、池田の一期上の大森大尉。池田は室長補佐だった。メンバーは、同期の伊藤比良雄中尉、田中技術中尉、一期下の砲術士八田少尉、水雷士中本少尉、甲板士官松田少尉、電測士斉藤少尉、機銃群指揮官大坪少尉、機関長附鈴木少尉、庶務主任大迫少尉と予備少尉四人の十五人。

室内の空気は快活で、みな戦場に向かう興奮に紅潮した顔を輝かせ活気に満ち満ちていた。同期の伊藤とは兵学校卒業後、練習艦隊の時から苦楽を共にし、肝胆相照らす仲だ。無口で、職務に対する熱心さは人一倍であった。「矢矧」着任の時から右舷高角砲の指揮官を務め、射撃演習のたびに自ら研究した対空射撃の精度向上策を実施し、成果をあげていた。池田が食事に下りてきた時も、伊藤は、敵機グラマンに対する射表を独特の方式で作っていた。池田は、ほかの士官たちも作戦に対する各自の抱負を語り合い、話を弾ませている。

池田は、食事を終えると、艦橋に上った。海上に島影はない。四周、際限なく続く水平線で囲まれていた。

通信室にはさかんに作戦緊急通信が入電し、レイテの戦闘状況を告げてくる。池田は、超弩級戦艦「大和」「武蔵」以下、遊撃部隊の全砲門が火を吐いてレイテに突入するさまを想像しつつ、胸を躍らせながら電報を読んでいった。

## 艦隊を先導せよ

十月十九日。

栗田艦隊は、ブルネイ基地へ急いでいる。浮流物一つない海が果てしなく広がっている。艦首が波を切って進むのを、トビウオが忙しく左右へ避けて飛ぶ。太陽は強烈な熱で甲板を焦がす。

「矢矧」艦内では、間近に迫った戦闘に備え、それぞれの持ち場で、乗員各自の兵器の手入れに余念がなかった。入学試験を目前に控え、最後のチェックを行なう受験生の興奮にも似かよった気分だが、それよりは、はるかに深刻である。戦の勝敗と艦の運命と自己の生命とを兵器に委ねているだけに、皆、真剣そのものだ。

艦橋下部にある電波探信儀（レーダー）室では、測的長木金篠夫大尉（海兵七十一期）と電測士の斎藤少尉が徹夜で電波探信儀の調整をしていた。倉庫を改造した極めて狭い部屋は、電探を作動させると、その発熱により、室温四十度に達した。

近代科学の粋を集めた軍艦と軍艦との海戦。その科学戦の最先端をゆく電探は、敵に一日の長があった。わが決戦艦隊は、この差を追い抜かんとして日夜訓練を重ねてきた。

内地から送られてくる真空管の半分は途中で駄目になり、残り半分もほとんど規格通りになっていない。一つの真空管を換装し、調整するのにも非常な努力を要した。木金ら電探関係員は赤道直下の蒸し風呂のような電探室で、早朝から深夜まで訓練を続け、ついには、その精度が他艦を圧倒するまでになった。

が、ちょうど出撃の日になって故障したのである。直ちに修理調整にかかったが、なかなか思うように進まない。艦は刻々戦場に近づいているというのに。

木金は食事もろくにとらず、暑苦しい部屋で懸命の努力を続けるのだった。

十月二十日。

「先頭艦嚮導《きょうどう》せよ」

「矢矧」は、旗艦「愛宕」の信号を受けた。艦隊を先導してブルネイ湾へ入港する責任を負ったのだ。

池田は焦った。折からのスコールで天測ができないのだ。やむなく、昨夜の天測艦位から現在位置を割り出す。それに、風、潮流の影響を勘案した修正をかけて針路を決定した。

ボルネオの山脈を求めて七倍力の双眼鏡をのぞく。しかし、油を流したような海面の先は、スコールに覆われ、何も見えない。

木金が電探員にボルネオの山を電探測定するように命じた。昨夜十一時、ようやく電探の調整を終えていたのだ。池田は、無精髭をボウボウに生やしたままの木金に感謝した。

電探員が山の反射波を報告して来た。池田は早速、海図に山からの方位距離を記入する。先刻、はじき出した測定艦位とほぼ一致していた。

艦尾には、単縦陣に重巡が続き、さらに、「大和」「武蔵」以下の戦艦、駆逐艦が従って来る。

「この全艦隊の針路は、自分が昨夜の天測艦位から出したものなのだ」

池田は感動と同時に双肩にかかる責任の重さをひしと感じた。

「もし僕の艦位推定が違っていたら、艦長の不名誉となるとともに、艦隊の作戦行動にも支障を来すことになる」

池田は急に不安になり、双眼鏡を握りしめた。

予期していた方位にかすかに山の頂きが見えた。間もなく、スコールは上がり、ボルネオの山がくっきりとその雄姿を現わした。直ぐにコンパスを使って実測艦位を出す。推定艦位とぴったり合致した。池田は、ホッと胸をなで下ろした。

ブルネイ港口は、珊瑚礁で白く泡立って見える。入口は極めて狭い。しかも、敵潜水艦に対する防御機雷があり、港口通過時には正確な艦位と針路保持とを要した。

池田は刻々と艦位を測定記入し、修正針路を航海長に報告しつつ港口を通過し、錨地へ向かう。後続艦も続々と通過し、各々の指定錨地に入った。

艦隊の到着を待ち構えて油槽船が、直ちに横付けして燃料を補給し始めた。池田は海図台の上を整理してガンルームに降りた。

双眼鏡で岸辺を見る。リンガ泊地にあったのと同じような、椰子の葉で葺いた民家が点在している。海岸を現地住民が裸で歩いている。

「無表情だが、一体何を考えているのだろうか」

池田は、チラッと思った。

北側のラブアン島には、飛行場があり、零式艦上戦闘機が十機ほど翼を休めている。湾内には、わが艦隊が整然と錨を入れている。陽が西の水平線に沈み、夜の闇がわが遊撃部隊を包む。

池田は、二日間の航海の疲れを休め、明日からの大戦闘に備えるためガンルームの椅子に身を横たえた。

## 出撃前夜

十月二十二日。

一夜熟睡して、池田はすっかり疲労を回復した。

ガンルームを出て、艦橋へ上がり、作戦電報を読む。レイテの戦況は激烈の度を加え、索敵により、敵船団が続々押し寄せて来るのが手に取るように分かる。それに比して、迎え撃つべきわが基地航空部隊の消耗は激しく、実働機数は日に日に減っている。

「比島方面の海軍航空隊では、各隊の最も若い隊長として（兵学校時代の）クラスメートが奮闘している。電文を読みながら、息のつまるような緊張を感じました」

同期生は、遊撃部隊の各艦にも一人ないし三人が乗艦して戦闘配置についている。池田は各航空隊、各艦から発せられる電報を手にして、級友たちの奮戦ぶりを想像し、

「よーし、おれも同期の名誉のために職務を完遂するぞ」

と心に誓った。

一七〇〇、旗艦「愛宕」から信号が発せられた。

「指揮官参集せよ」

最後の打ち合わせである。「矢矧」も短艇を下ろし、第十戦隊司令官木村進少将、艦長吉村真武大佐、参謀らが「愛宕」へ移動した。

「愛宕」で、レイテ突入作戦の細部にわたる打ち合わせを終えた吉村艦長は、「矢矧」に戻ると、准士官以上を士官室に集めた。

吉村艦長は、まず、作戦全般の説明を行なった。

レイテ湾内には、戦艦数隻、重巡数隻、輸送船群ならびに小艦艇多数あり、空母もかなり出入りしているとのことだった。攻撃目標は輸送船団ならびに空母を第一とするよう決められたという。

吉村艦長は力強く言った。

「レイテ湾突入は第十戦隊が先頭を切ることに決まった。従って、『矢矧』は第一遊撃部隊の真っ先を行き、レイテに一番乗りをする」

航海士の池田はまさしく艦隊の道案内役となる。池田は、拳をぎゅっと握りしめた。

艦長は続けて、戦に臨む覚悟を述べた。

「我々は決して生還は期さない。諸子は各々の戦闘配置に今までの訓練の全力を発揮し、悔いを残さぬよう戦って最後の御奉公をしてもらいたい」

一同は、天皇陛下万歳を三唱し、酒杯を交わした。

この時、先任参謀の南六右衛門中佐が口を開いた。

「皆に報告しておく」

南はそう言って、今作戦に「神風特別攻撃隊」が出陣することを告げた。

「そうか、そこまでやらないといけなくなったのか」

万感胸に迫るものがあった。

「日本刀でピストルに立ち向かうようなもの。しかし、やるより仕方がないのだ」

池田の心は早くも戦場に飛んでいた。気力は、マリアナ沖海戦（あ号作戦）の時に比べ、何倍も充実していた。

「あ号の時は『矢矧』も僕自身も未完だった。しかし、レイテの時は、天測でもだれにも負けない自信があった。あ号での初陣の経験とリンガでのトレーニングのお陰で」

士官たちはアルミ製の食器に酒をなみなみと注ぎ、出陣を祝した。

「いよいよ、あす出撃だな」

池田はクラスメートの伊藤比良雄中尉と杯を重ねた。

「この時、僕らは互いにリンガ泊地を出る前に私品を整理し、他人に見られたくないものはひとまとめにして、どちらか後に生き残った者がそれを海中に投棄処分し、他の遺品を整理するよう約束していたのです」

伊藤は朗らかに言った。

「貴様が残ったらよろしく頼むぜ」

池田は、

「俺こそ頼むぜ。俺の荷物が少ないから例の件だけ処分してくれれば良いよ」

と笑顔でこたえ、後顧の憂いなく、出陣できることを嬉しく思った。

この後、分隊ごとに、「酒保開け」となり、兵員にも酒が配給された。艦内にぎやかに最後の別れの杯を交わす。

池田は士官室を出てガンルームに戻った。池田の部下の信号兵（航海幹部附）橋本兵曹、野口兵長が兵員用の湯呑に酒を入れて持って来た。

「航海士、大いにやります」

「航海士の健闘を祝して、これを持って来ました」

二人は、口々に言って冷酒を差し出した。

「有難う。今までずいぶんお前たちを叱って鍛えて来たけれど、これも皆明日の戦闘のためだ。頑張ってくれよ」

池田はそう激励して乾杯した。

「ハイ、頑張ります」

二人は元気よくこたえた。

「可愛い兵隊だなあ」

と側にいた伊藤が誰にともなく言った。

「二人とも全く純真な若い兵隊で、実に良く働いてくれた。常に部下に心の中で感謝していました」

しばらくすると、各分隊の先任下士官がガンルームに、分隊士を呼びに来た。分隊士を各分隊の居住区に招いて別杯を交わすためだ。

池田も航海科の居住区に行き、部下兵員と杯を交わす。池田の部下は三人の子持ちで三十六歳の井上上曹から、今年初めに入団したばかりの十七歳の川上上水まで総員五十二名。今生の別れの杯が、口から口へと回される。

ある者は故国に残した妻子を、ある者は愛する人を、またある者は母のこと、父のことを思った。

惜別の想いばかりではない。ある者は想像もつかぬ戦闘の興奮に気を張りつめ、ある者はただ飲み、歌い、愉快な気分に浸っていた。

池田は兵隊が持って来る酒杯を、一口ずつ受けては返した。恐らく生きて再びこの基地へ帰る者は、ほとんどないだろう。池田は知らぬ間に、かなりの量の酒を飲んでいた。しかし、不思議と酔わなかった。

レイテ出撃前夜の心境について、池田はこう回顧する。

「敵をやっつけて勝つというイメージはなかったが、相打ちくらいできるのではないか、と思っていた。やるだけやって、後は天命を待つ、そういう気持でしたね」

熱帯の夜。

艦内は夜になっても暑い。兵達は様々な思いを胸に、リノリウムの甲板に直に横になって休んだ。ハンモックは既に、総て防弾用マットに使われていた。

池田は、妙に頭がさえ、少しも眠くなかった。部下たちの寝顔をじっと眺める。皆、何とあどけなく愛らしい髭面なのだろう。

空は満天の星だ。

## 鋼鉄の山動く

十月二十二日、ボルネオ島ブルネイ基地。

栗田艦隊の旗艦「愛宕」のマストに、全軍出撃を示す濃青の旗流信号が上がった。

総勢三十九隻の大艦隊がレイテ湾目指して、ゆるやかな航進を開始した。戦艦七、重巡十一、軽巡二、駆逐艦十九。鋼鉄の山が一斉に動く、そんな表現がぴったりだった。

中将旗が四本、風にたなびいている。連合艦隊始まって以来のことだ。二万五千人の将兵たちは総員、戦闘服に身を固めている。

これだけの大陣容を整えるのに、わが国は幕末から数えて百年近く、あらゆる努力を傾けてきた。その威風堂々の雄姿は、池田武邦ら若人の熱血を沸かすのに十分だった。

「惜しむらくは航空兵力が絶対不可欠なる時に、わが部隊が一機の攻撃機をも有していないことだ。この裸の艦隊が目的を達成するには神風特攻隊の出撃もやむを得ないのか」

池田は戦況の悪化を痛感し、唇をぐっと噛みしめるのだった。

レイテ突入予定日は二十五日。部隊は、その速力によって進撃コースが決められていた。後発部隊は、第二戦隊の戦艦「扶桑」「山城」および重巡「最上」、駆逐艦「朝雲」「山雲」「満潮」「時雨」。これを西村祥治中将が率いる。

この西村部隊は、マニラを発進して来る第二遊撃部隊の第五艦隊（第二十一戦隊、第一水雷戦隊）と合同して、スリガオ水道の南からレイテ湾に突入する。有り体に言えば、これらは旧式鈍足のため分派し、南回りの最短距離でスリガオ海峡からレイテ湾を目指すというものだった。

前日の「愛宕」での打ち合わせの後、栗田長官は秘蔵のシャンペンを抜いて、艦隊幹部や参謀たちに振る舞った。この時、西村は、ひとり一人に近づいて、グラスを合わせていたという。

航空機の護衛もない鈍足部隊が敵の集中攻撃を受けることは火を見るより明らかだ。西村は、出撃前から全滅を覚悟していたのである。

「さ、乾杯だ」

そう言って話しかけてくる西村の笑顔の裏には、尽きせぬ今生の別れが込められていたという。

「われわれ第一遊撃部隊は分離した西村部隊を残し、一足先にブルネイを後にしました」

池田は「矢矧」甲板に出て、帽を打ち振り、西村部隊に別れを告げた。送る者も送られる者も、向かう戦場は同じだ。互いに、「しっかり頼むぞ」と、心中深く念じてレイテ湾での再会を祈るのだった。

第一遊撃部隊は、世界最大の超弩級戦艦「大和」「武蔵」をはじめ、戦艦三、重巡十、および水雷戦隊二隊よりなる大部隊だ。

ブルネイ基地が次第に遠ざかる。各艦艇は外洋に出ると、艦尾に波を立たせて、速力を上

ブルネイを出撃する栗田艦隊。手前より戦艦「長門」「武蔵」「大和」、重巡群

げた。

間もなく遊撃部隊は二隊となり、「愛宕」を旗艦とし、「大和」「武蔵」を主体とする第一部隊と、その後方に、「金剛」「榛名」を主体とする第二部隊が続く。

「敵潜水艦警戒」

「矢矧」に電報が入った。無電傍受によると、かなりの敵潜水艦がパラワン島西岸に散開していることが推定された。

艦隊は、対潜警戒航行序列となりジグザグ運動を開始した。艦内は、対潜哨戒第二配備となり、見張水測兵が厳重な対潜警戒を行なう。既に敵哨戒機の索敵線圏内に入っており、対空警戒も十分にしなければならない。

出港して四時間。池田は、艦橋の防空指揮所に昇った。対空戦闘の時の対空射撃指揮所であり、また戦闘航海における見張指揮所でもある。ちょうど、同期の伊藤中尉が見張指揮官の当直を終えたところだった。

池田が声をかけた。

「おい、いよいよだな」

「うむ、俺の高角砲は腕を撫してむずむずしているよ」

伊藤は、右舷一番高角砲の指揮官だ。

「今度の戦闘は何といっても味方に航空兵力がないから、レイテ到達までにきっと猛烈な空襲に会うぞ。貴様の腕をいくらでも発揮できる機会に恵まれるだろう」

池田が言うと、伊藤は腕組みし、遥かな水平線を見つめて黙ってうなずいた。この作戦が無謀であることは、十分承知していたけれども、波濤を蹴って進む大艦隊を見ていると、それは単なる杞憂に過ぎないと思えてしまう。

「われに戦艦『大和』あり、『武蔵』ありだ」

池田は、純血をたぎらせた。

## パラワンの悪夢

十月二十三日。

栗田艦隊は、米軍上陸部隊が雲集するフィリピン・レイテ湾を目指し、進撃を続けている。超弩級戦艦「大和」「武蔵」以下、帝国海軍が誇る戦艦、重巡洋艦が砲門を連ねた堂々たる航進である。

〈第一部隊〉

戦艦「大和」「武蔵」「長門」

重巡「愛宕」「高雄」「摩耶」「鳥海」「妙高」「羽黒」

軽巡「能代」
駆逐艦「早霜」「秋霜」「朝霜」「長波」「岸波」「沖波」「浜波」「藤波」「島風」

〈第二部隊〉
戦艦「金剛」「榛名」
重巡「鈴谷」「熊野」「利根」「筑摩」
軽巡「矢矧」
駆逐艦「浦風」「磯風」「雪風」「浜風」「清霜」「野分」

○五三〇、パラワン水道。
ボルネオの北方に細長くのびたパラワン島と、南シナ海の無数のサンゴ礁でできた新南群島の間の水路である。幅五十キロ、長さは五百キロ。黎明の海は、不気味な静けさに包まれていた。

「矢矧」は、既に総員戦闘配置についている。海中には、敵潜水艦がウヨウヨしているはずである。見張員は各自の見張り区域に目を凝らし、水中聴音員は、受聴器に全神経を集中していた。

池田は天測のため防空指揮所に上り、六分儀を手に星を探す。

その時——。

「魚雷音ッ」

と、伝声管に聴音員の声が響いた。同時に「矢矧」の左前方に占位していた栗田艦隊の旗艦、重巡「愛宕」の右舷に、サーッと火柱が上がった。続いて、グウーッと水柱が上がる。敵潜水艦の奇襲だ。

「愛宕」は、みるみるうちに傾斜し、煙突から黒煙を吐き出す。

「配置につけ、爆雷戦用意！」

「矢矧」は即応態勢を取った。駆逐艦が「愛宕」の周りに急行し、爆雷を投下し始める。

天測を終えた池田も、急いで艦橋に戻った。

すると間もなく、今度は、姉妹艦の「摩耶」の艦橋下部から火柱が上がった。

火薬庫が誘爆を起こし、「摩耶」はそのままぐんぐん海中に没してゆく。しばらくは、艦橋上部をわずかに出して浮いていたが、やがて跡形もなく消えた。

「何ということだ……」

池田は唇をかんだ。

海に放り出され、あちこちに漂っている「麻耶」の乗組員たちの間から、

「軍艦『摩耶』バンザーイ」

と叫ぶ声が聞こえてくる。

駆逐艦は敵潜水艦を制圧している模様だ。しかし、乗組員が多数泳いでいるため、爆雷投下はできない。駆逐艦「秋霜」が懸命に救出を行なっている。

七百六十九人を助け上げたが、艦長以下三百三十六人が戦死。戦死者の中には東郷平八郎元帥の孫で、海兵七十二期、池田と同期の東郷良一中尉も含まれていた。

一方、「愛宕」は、舵機をやられたらしく、同じ場所をぐるぐる旋回している。次第に速力を落とし、やがてその巨体を数千メートルの海底深く没した。

「愛宕」座乗の栗田健男司令長官以下、栗田艦隊司令部は駆逐艦「岸波」に移乗し、「愛宕」の乗組員も大部分が救助された。

艦隊は大混乱に陥りながらも、何とか隊形を整える。「摩耶」がやられてからは、一層厳重な警戒を行ないつつ航行を続けた。

ところが、この警戒制圧下、敵潜水艦は勇敢にも、三番艦「高雄」の舷側八百メートルに接近、さらに魚雷二発を命中させた。「高雄」は左舷側に傾斜した。

これらすべて、わずか十五分内外の出来事であった。栗田艦隊は、たちまちにして旗艦以下、重巡三隻を失った。まさしく、出鼻をくじかれた形だった。

出撃早々に旗艦がやられるのは、マリアナ沖海戦で、「大鳳」がやられた時とまったく同じパターンだ。

「またしても砲火を交えることなく、やられてしまった」

池田は、臍をかむ思いだった。しかし、士気はいささかも衰えていない。

「仇を討ってやる」

という意気込みで血をたぎらせていた。

「矢矧」の見張員は、どこから襲ってくるか分からない敵に対し、全神経を集中して海面を凝視し続けた。

太陽が、東の水平線を離れ、光を増してきた。栗田艦隊は陣形を立て直して黙々と前進を続ける。その後、「高雄」は辛くも沈没を免れ、艦隊から離れてブルネイ基地に帰投した旨、電報で知らせてきた。

パラワン水道に没した「愛宕」「摩耶」は開戦以来、獅子奮迅の活躍を見せた。両艦の戦歴を記しておく。

【愛宕】

その名は、京都府保津川北方にそびえる愛宕山から取った。山頂の愛宕神社は、鎮火の神として全国に末社を持っている。

昭和二年四月二十八日　呉工廠にて起工

昭和七年三月三十日　竣工

昭和十六年十二月四日～　第二艦隊に所属し、マレー、比島作戦等に参加

昭和十七年五月二十九日～　ミッドウェー作戦に参加

同年八月十一日～　トラック進出、南太平洋海戦、第三次ソロモン海戦等に参加

昭和十九年一月五日～　タウイタウイ進出、マリアナ沖海戦に参加

同年七月十日～　リンガ進出、レイテ沖海戦に参加

同年十月二十三日パラワン水道にて米潜水艦「ダーター」の雷撃を受け沈没

【摩耶】

神戸市北方にある摩耶山から取った名称。標高六百六十九メートル。六甲山に連なるハイキングコースがある。

昭和三年十二月四日　神戸川崎造船所にて起工

昭和七年六月三十日　竣工

昭和十二年八月二十日〜　日中戦争に参加、上海上陸作戦、華北作戦等に従事

昭和十六年十二月七日〜第二艦隊に所属し、太平洋戦争に参加。比島、蘭印作戦等に参加

昭和十七年五月二十六日〜　アリューシャン作戦に参加

同年八月十一日〜トラック進出、南太平洋海戦、第二次・第三次ソロモン海戦等に参加

昭和十八年三月二十三日〜　北方作戦に従事

同年九月十五日〜　トラック進出

同年十一月五日ラバウル沖で敵機の攻撃を受け被爆、中破。後に修理のため本土へ回航される

同年十二月二十一日〜　損傷の修理及び改修工事に着手、対空・水雷兵装を増強

昭和十九年四月二十一日～タウイタウイ進出、マリアナ沖海戦に参加
同年七月十日～リンガ進出、レイテ沖海戦に参加
同年十月二十三日　パラワン水道にて米潜水艦「デイス」の雷撃を受け沈没

## 「大和」に将旗揚がる

駆逐艦「岸波」は危険水域を脱したところで、戦艦「大和」に横付けし、司令部と「愛宕」の乗組員は、「岸波」から「大和」に移乗した。

時刻は、一六二三。再び、栗田が全軍の指揮をとる。パラワンの悪夢を振り払うように、「大和」の檣楼に高々と将旗が上がった。

艦橋の右舷端に栗田長官、左舷端に宇垣纏第一戦隊司令官。宇垣司令官は純白の第二種軍装を着ていた。栗田長官以下、司令部の参謀たちが防弾チョッキに身を固めているのと対照的だった。

二人の提督は顔を見合わせるや、短い会話を交わした。

「宇垣君、うまくやられたよ」

「なあに、こんなのは小手調べ、これからですよ」

「その通りだな」

そう答える栗田の声には張りがなく、心なしか気力を失っているように見えた。出撃前、デング熱にかかり、一応は治ったとはいえ、万全とは言い難い体調だった。そのうえ、「愛

宕」が沈没し、泳いだことが少なからず影響していたのだろう。

栗田は茨城県出身。海兵三十八期。駆逐隊司令、「金剛」艦長などを経て、水雷戦隊司令官などを歴任した根っからの船乗りだ。終戦時は海軍兵学校長だった。

昭和四十一年、栗田は、ともにレイテ沖海戦を戦った小沢治三郎中将を死の数日前に見舞っている。この時、小沢は目に涙をうかべ、やせ細った手をさしのべて無言のまま栗田の手を握って離さなかったという。

二人の男の胸中に去来したものが何であったのか、今となっては分からない。

さて、「愛宕」「摩耶」の生存者をそれぞれ「大和」「武蔵」に分乗し終えた艦隊は、編成を立て直し、手間取った時間を短縮すべく増速した。

南国の陽は落ち、夜の幕がとろりとした海面を包み込む。その中を、艦隊はミンドロ海峡へ向けて進んでいった。

栗田健男中将

日付が変わった。

十月二十四日、〇二〇〇。

海は静かだった。

宝石をちりばめたような夜光虫が、漆黒の海面に輝いている。内地の夜光虫よりずっと照度が高いようだ。

前途に黒く大きな島影がぼんやりと見えてきた。ミンドロ島だ。ハルコン山が輪郭を現わしてきた。海岸からいきなり屏風の如く空へそびえ立つ偉観だ。

「もう完全に列島線内に入ったな」

池田は気を引き締めた。

「きょう一日、島々の間を縫うようにして、列島を西から東へと突破するのだ」

〇三〇〇、

「航海士、少し休んだらどうだ。昼間は激戦になるぞ」

川添航海長が池田に声をかけた。池田は十八日にリンガ泊地を出撃後、ブルネイ基地で、一晩ガンルームで横になったほかは、夜もずっと艦橋に立ち通しだった。池田は、どんなに疲れても、下に降りて休む気にはなれなかった。

「この作戦こそ祖国の興亡を決するものだ」

そう確信しており、自分の全精力を出し尽くしてしまう決意だった。

池田は当時を思い出して言う。

「あの時は川添航海長もほとんど休んではいなかったと思います。神経を使うことは、私よりずっと多かったはずなのに。吉村艦長は、さらにそれ以上に、体力的にも精神的にも疲れていたはずでしたが、少しもその様な顔色を見せず、頑張っていました」

零式水偵発進

「今朝〇七三〇、一号機索敵発艦の予定」

司令部から命令が届いた。

「矢矧」の飛行甲板のカタパルト（射出機）上で、零式水上偵察機のエンジンが回り始める。排気管からはき出される青白い焔に、黒い人影が浮かび上がる。一号機に続いて二号機も、「〇八〇〇」に発艦の予定だ。対岸の島々に反響する試運転の爆音が腹に響く。

池田は、

「今日の戦闘の前奏曲だな」

と思った。

フィリピンの島々に黎明が訪れた。海は朝日に輝き、耶子の木が茂る島が、新鮮な朝の空気の中にくっきりと浮かび上がる。見慣れた瀬戸内海の景色とそっくりだった。濃い緑の中に真っ赤な煉瓦の屋根が見える。戦争の現実とはかけ離れた平和な楽園の風景だ。

池田は一瞬、甘美に酔った。

「遊覧船に乗り、こんな美しい景色を心行くまで眺めることができたら、どんなに素晴らしいだろう」

しかし今は、この島々こそ、危険極まりない代物だった。島影には敵の手先となっているゲリラが潜んでいて、われわれの行動を敵本部に密告するのである。

〇七〇〇、索敵哨戒に出発する一号機搭乗員が艦橋へ上って来た。

艦長、飛行長が索敵命令と細かな注意事項を伝達する。帰投点はミンドロ島、サンホセ飛行場である。

佐々木飛行少尉は索敵命令を受け終ると、池田の前にやって来て、航空図上に現在の艦位を記入した。佐々木は、

「航海士、これと一緒に行って来ますよ」

と言って胸をたたいた。胸のポケットには、肌身離さず持っている愛妻の写真が入っているのだった。

佐々木は予科練出身で、年は若いが、池田ら兵学校出の士官たちと気が合い、特務士官室にいるより、ガンルームにいる時間の方が多いくらいだった。ガンルームでは、池田らに新婚早々の愛妻の写真を見せては、笑わせてくれた。

池田は、佐々木飛行少尉と偵察員の川上飛行兵曹が艦橋を降りて行くのを見送りながら、心から彼らの武運を祈った。

〇七三〇、一号機発艦のため、「矢矧」は艦隊の列外に出て、風に立った。川添航海長は風速計を見ながら飛行機の射出発艦に適した風向風速になるよう操艦する。

「整備!」

飛行甲板から射出準備の整備を報告して来る。吉村艦長は風速計を確かめてから、

「発進!」

と鋭い号令を下した。

ドカン、という爆音とともに、佐々木操縦の一号機が射出される。一号機は、艦隊の上空

を旋回してから、ジュラルミンの機体を朝日に輝かせ、一路、東方太平洋上の索敵線へ向け飛び去った。

○八〇〇、二号機発進。

両機とも「矢矧」との通信連絡は良好であった。

## 対空三式弾炸裂

○九〇〇、栗田艦隊はミンドロ島最南端に至り、変針した。タブラス島との間の狭い水道を通過する航路に入る。

この先は、フィリピン中央部のシブヤン海だ。敵潜水艦が待ち伏せするには絶好の海面である。艦隊は警戒航行序列となり、潜水艦の攻撃を回避するジグザグ運動を開始する。

「ここで潜水艦の襲撃を受ければ、必ず損害を被るだろうな」

そう感じているのは、池田だけではない。しかし、だれも口にする者はいない。昨日の「愛宕」「摩耶」「高雄」の打撃が痛烈だっただけに、乗員たちは、「二度とやられんぞ」と肝に銘じ、見張りに徹していた。

一方、上空はといえば、既に敵の制空権内である。対空用電波探信儀は盛んに旋回して敵機を探知すべく電波を放っている。機銃員、対空見張員も今はもっぱら上空見張員に徹している。

と、その時、旗艦「大和」の檣上に発見信号が揚がった。

「百七十度方向上空、敵大型機」

　時刻は、一〇一〇。

「総員配置につけ！」

「矢矧」の艦内拡声器が叫んだ。乗組員たちは、カッカッカッと靴音を響かせ、脱兎のごとく各々の戦闘配置に散った。

「主砲、高角砲配置よし」

「水雷科、配置よし」

「内務科、配置よし」

「電探測的部、配置よし」

　たちまちにして、艦内各部の戦闘態勢が整う。

　池田は直ちに敵発見時刻、彼我の態勢等を戦闘記録用紙に記入する。

　航海士の任務は刻々の正確な艦位を測定、海図上に記入するとともに、艦長、航海長を直接補佐することだ。戦闘中は、戦闘経過の記録と合戦図の作製、信号授受の指揮等、艦橋諸要務をテキパキと処理しなければならない。どんな激戦中でも冷静な観測と沈着な判断とを要する。

　池田は双眼鏡で、「大和」の発見した敵大型機を見た。南方上空の雲間から、機体を太陽にキラリキラリと輝かせ、悠々と飛んで来る。

「なーんだ、たった一機か」

10月24日朝、シブヤン海の栗田艦隊。左より重巡「筑摩」「利根」、軽巡「矢矧」

池田はいささか気抜けした。だが、それは早計だった。この一機が、如何なる意義を持っていたかは、間もなく判明するのだった。

大型機はしばらく栗田艦隊の動向を観測した後、南方上空へ姿を消した。

「その場に休め！」

艦内は戦闘配置についたまま休めの姿勢となる。それも束の間、再び「大和」から艦隊宛信号が発せられた。

「百六十度方向、敵小型機四十機発見！」

「いよいよ来たぞッ」

「矢矧」艦上にも緊張が走る。

池田は再び双眼鏡を手に取る。戦闘機、爆撃機、雷撃機が五、六機ずつの編隊を組み、旋回しながら艦隊上空に近づいて来る。

機種は、グラマンF6F、グラマンTBF、カーチスSB2Cのようだ。みるみるうちに、肉眼ではっきりと見えるところまで接近して来た。

その時だ。轟然たる砲声が、シブヤン海の島々を震わしたのは。

それは、まさに天地を揺るがす鋼鉄の咆吼だった。「大和」「武蔵」の超巨砲から対空三式弾が射ち出されたのだ。

三式弾は、帝国海軍が開発した対空用榴弾だ。戦艦の主砲から発射し、敵攻撃機を編隊ごと吹き飛ばすのが目的で、花火弾とも呼ばれた。

「バッ」

「バッ」

三式弾は直径八百メートル、長さ千二百メートルの大傘を開いて敵機群の前方で炸裂した。が、敵は依然、飛翔を続けている。「大和」「武蔵」はすかさず、第二斉射を浴びせる。

最前端の六機編隊のうちの五機が、グラグラッと揺れた。そのうちの二機が、「ボッ」と火を吹き、白煙を吐きつつ、きりもみして墜落していった。動揺した敵は、編隊を解き、分散して艦隊の上空に飛来して来た。

敵機は、「大和」「武蔵」「長門」を基幹とする第一部隊に襲いかかった。第一部隊から一万メートルほど離れた「矢矧」などの第二部隊は、傍観する立場となった。

第一部隊の各艦は、猛烈な対空砲火を打ち上げ始める。

敵機は雲間から、サッと急降下して爆弾を投下し、素早く砲列の間を逃れて舞い上がる。

敵機の襲撃の主力は戦艦に向けられている。小さな黒い敵機が降下すると、次の瞬間、真っ白な水柱が艦を覆うばかりに盛り上る。

「命中したか」

と心配していると、その水柱の中から、ヌッとその巨大な雄姿が再び現われる。池田は、
何とも言えない安心と頼もしさを感じた。

耳をつんざく様な砲声と爆音とが入り乱れ、シブヤン海の空は炸裂する弾幕に彩られた。

海上には高速で右に左に転舵回避する艦隊。その交戦風景は、壮観の一言だった。

池田は、火を吐いて墜落する敵機を三機確認した。

## 「矢矧」の対空戦闘

池田は、間断なく続く戦闘を、「矢矧」艦橋で観測している。

第一部隊の重巡「妙高」の上空から、カーチスSB2Cがグーッと緩降下、腹に抱えていた魚雷を投下した。「妙高」の右舷中部をえぐるように水柱が上がる。

「いかん、命中したぞ」

池田は直感した。「妙高」の前方では、戦艦「長門」が火災を起こしている。

「矢矧」など第二部隊の砲員たちは、引き金に手を当てたまま、歯噛みしていた。

「一機でもこちらに向って来たら必ず射ち落とすぞ」

闘志をみなぎらせ、第一部隊の奮戦を見守った。

攻撃は約三十分続き、敵は全弾を投下し、東方に飛び去った。

「長門」の火災は間もなく鎮火した。「妙高」は右に傾き、速力が低下し、列外へ。「武

蔵」は、魚雷一発を受けたが、かすり傷程度にしか感じず、海面を重油の跡で黒く染めながら航進を続けていた。他の艦には、ほとんど被害はなかった模様である。

隊形を整えた艦隊は、タブラス島北方に至り、比較的広い海面に出た。ここで、対潜警戒航行序列から対空警戒航行序列の輪形陣に移行する。

乗員は皆、戦闘配置に就いたまま、半数ずつ昼食をとった。池田は、信号兵が持って来てくれた握り飯をほおばりながら、戦闘記録用紙を整理していた。

その時、

「飛行機の反射波、五十キロメートル、次第に近づく」

電探室から報告が上がって来た。

「敵機だ」

「配置につけ」

直ちに号令が下され、乗員たちは握り飯を口に押し込み、再び戦闘態勢へ。見張員は電波探信儀が捕捉した方向に注意した。

「二百二十度方向、敵小型三十機発見」

「大和」が緊急発見信号を掲げた。艦隊中、最も高い檣と優秀な眼鏡を多数に有する「大和」はさすがに敵発見も早い。

池田は発見時刻と方位距離を記入し、艦位を測定して航跡自画器を十万分の一にセットした。自画器は艦の航跡をそのまま縮尺して図面上に記していく器械だ。池田が戦闘記録の合戦図を作製するのに極めて大切なものだった。

艦橋の直ぐ下の作戦室に設置してあり、艦橋とは伝声管で連絡を取り合う。器械を操作するのは、斉藤兵曹だ。リンガ泊地での訓練で、池田は、斉藤を散々叱ってきた。

「戦闘中、重要な記事を航跡の上にその都度記入するのは、なかなか困難な作業。しかし、斉藤兵曹は私が言わんとするところをすぐに察し、やってのけた。私は彼のお陰で最も面倒な合戦図を手落ちなく書くことができた。実に朗らかで、叱りやすく、叱り甲斐のある部下だった」

その斉藤が伝声管で報告を上げてきた。

「自画器発動、用意よろし」

斉藤兵曹の声を聞いて、池田は、鉄兜のあご紐をグッと締め、耳に綿の栓をした。

敵編隊がぐんぐん迫ってくる。第一波とほとんど同数で、遠巻きにわが艦隊の射距離外を右に旋回し始めた。

「今度の敵の狙いは、われわれ第二部隊だ」

緊張で、手のひらがじっとり汗ばむ。

艦隊は増速、がっちりと輪形陣を組んで待ち構える。

敵機をぐっと引き付けたところで、再び、鋼鉄の咆吼だ。「大和」以下、戦艦組の巨砲が雄叫びをあげ、続いて重巡の砲身もグッと仰角を上げて、一斉に火蓋を切る。

敵編隊は、分散しつつ、わが頭上へやってくる。高角砲、機銃も狂ったように火を吹き、挑みかかる敵機に向けられた。一切は怒濤の如き砲声に震え、艦内の命令号令は、すべて視覚信号で行なわれた。

全艦隊は右へ左へと転舵しつつ自分を襲って来る敵機と交戦しながら、回避運動を行なう。

「右艦首、急降下！」

防空指揮所から見張員が急報して来た。

「面舵一杯！」

川添航海長は直ちに爆撃回避の転舵号令を下した。艦は大きく左へ傾斜し、旋回し始める。前部の機銃群は猛火を吹いて敵機に挑む。

「グワーン」

ものすごい音がして、艦がグラグラと揺れた。至近弾だ。艦橋に、ザザーッと水がかかる。池田は、油水で全身、墨をかぶったように汚れた。

敵弾は艦橋の真横、左舷約十メートルの所に落ちたらしい。左舷四番機銃員が爆弾片で二名倒れた、と報告が入る。舷側には無数の破孔が出来たらしい。

と、間もなく、

「雷撃機左九十度！」

見張員が叫び声を上げた。

池田が左舷を見ると、既に敵は「矢刎」を目指して襲撃態勢に入っていた。

「危ない」

池田は、既に回避のタイミングを失した、と思った。

「取り舵一杯！　前進一杯！」

川添航海長が羅針盤をぐっと握り、号令する。

砲員たちは汗を飛ばして弾を込め、発砲を続けた。

高角砲も機銃も一体となって撃った。砲員たちはほとんど敵機を見ることはない。ただ、おのれの戦闘配置を守ることに全神経を集中していた。

腹に響くような機銃や高角砲の発射音は聞こえても、自分の持ち場で働いていると、不思議と恐怖を感じることはない。

敵機は、その猛火にたじろいだのか、わずかに左へ機首をそらして魚雷を落とした。

間一髪。魚雷は、艦すれすれに白い航跡を残して過ぎ去った。

吉村艦長がホッとした表情を見せた。池田も胸をなで下ろす。

「もし、敵機が最初の態勢のまま魚雷を落としていたら、艦のドテッ腹に大きな穴が開き、我々の運命はどうなっていたかわからなかった」

まさに一寸先は闇、運命は一瞬の判断で左右される。今の今まで一緒に飯を食い、同じ命令を聞き、同じ艦上で戦っていた者も、わずかな位置の違い、ほんの一瞬の差で、生死を分ける。

第二波の攻撃はかくして約四十分で終わった。「矢矧」の被害は、戦死二名、負傷五名。

攻撃は、第一部隊の「武蔵」に集中していた。重油の跡が格好の目標となったらしい。左舷に魚雷三本を受け、二百五十キロ爆弾の命中二発、至近弾五発を浴び、やや艦首を下げて速力を落とし、次第に隊列から脱落しつつあった。

しかも、被雷の折の激しい震動で、主砲方位盤が故障し、旋回不能となり、主砲の一斉射撃ができなくなっていた。

艦隊は、シブヤン海の広い海面に入った。瀬戸内海の伊予灘くらいの広さである。束の間の静けさ。灼熱の陽が燦々と照りつけている。

「間もなく、第三波の襲撃があるだろう」

そう考えて間違いない、と池田は思った。

## 戦艦「武蔵」の最期

栗田艦隊が敵の第二波攻撃を撃退して一時間余りが過ぎた。艦隊は、シブヤン海のほぼ中央部、ロンブロン島の沖合に差しかかっていた。

突如、下部見張所の伝声管からかん高い叫び声が聞こえた。

「潜望鏡！　左三十度、千メートル」

上空にばかり気を取られていた池田は、急に足下に刃を突きつけられたような緊張を覚えた。左三十度に視線を走らせる。

なんと、直立した棒切れの様な潜望鏡が水面から顔を突き出しているではないか。

「面舵イッパーイ」

直ちに回避転舵の号令が下され、旗旒信号で敵潜発見を全艦に知らせる。同時に、駆逐艦に制圧を命じる。

間もなく、潜望鏡は水面下に没した。駆逐艦の爆雷攻撃が始まる。

そうこうしているうちに、シブヤン海南方の雲間から敵艦載機の襲撃第三波が現われた。足下から潜水艦、頭上から戦爆連合の挟み打ちだ。

敵機はわが艦隊の射程外で、獲物を求めつつ身構えている。

「何糞ッ　来たらたたき落とすぞ」

「矢矧」の銃砲員たちは、頭上八方に気を配り、敵の動静に全神経を集中した。

空気がピリッと振動する。上空にバッと白煙が上った。「大和」の主砲が対空射撃を始めたのだ。海上は一瞬にして再び百雷の轟きと砲煙とに覆われた。

池田は旗艦の信号に注意しつつ、艦橋下部の作戦室に必要事項を尋ね、僚艦の態勢、敵機の攻撃状況を時刻と共に記録紙に記入していく。

作戦室と艦橋との間の伝声管はわずか二メートル足らず。しかし、猛り狂う砲声は耳栓を吹き飛ばし、鼓膜を破らんばかりに吼えるので、喉をからして怒鳴らなければならなかった。

池田は後続艦の様子を見るため艦橋左舷の旗甲板に出た。

不意に体の平衡が失われ、倒れそうになった。同時に後部から、ズシンと腹にこたえる不気味な爆発音。

「ちくしょう、やったな」

思わず歯を食いしばる。海図台の上の筆記具が跳びはね、甲板上に散乱した。信号兵がはずみを喰らって三人重なって倒れた。直下地震に遭遇したような感じだ。

「後部兵員室直撃、舵機異常なし」

伝令が急報して来た。あと三メートル後方だったら、完全に舵機室をやられていただろう。

次の瞬間、

「艦尾急降下！」

後部見張員の絶叫が伝声管を伝って来た。

「面舵イッパーイ」

川添航海長が回避の転舵号令をかける。池田は艦尾上空を見た。爆撃機が既に急降下の態勢でぐんぐん頭上に襲いかかって来る。

ポツンと鳥の糞の様な黒いものを落とした。その黒点はグーッと脳天目がけて落ちて来るように見えた。

「爆弾だっ」

池田は何もすることができず、二度目の地震を食らった。眼前にバッと閃光が走り、顔をピシャッと平手で打たれたような感じがした。

続いて二度、艦橋左舷に大きく水柱が上り、艦がグラグラッと動揺した。一発は前甲板錨鎖庫、一発は艦橋左舷すれすれの至近弾だった。

作戦室からの伝声管で何か怒鳴っているのが耳に入った。管に耳を当てる。

シブヤン海で米空母機の第４波攻撃を受ける栗田艦隊第一部隊。左方の大型艦が「大和」

「航跡自画器のペンが跳び、故障しました」

と言っている。

「ただちに修理に全力を挙げろ」

池田は怒鳴った。至近弾の衝撃で、精密機器である自画器が壊れてしまったらしい。この大事に、大きな痛手だ。

前甲板は一面に破片が飛散している。錨鎖庫の右舷が無残に裂けている。戦闘速力の高速で走っているため、破口はだんだん大きくなり、前部が次第に海面下に沈んで行く。

応急員は転がるようにして、用具を持って錨鎖庫へ駈けつけた。

「水面直上、破孔直径四メートル、付近舷側に大小無数の破口あり。浸水危険」

応急員からの伝令は、艦橋にそう報告した。

戦闘の真っただ中、隣接防水区画への浸水を食い止める応急作業が必死で行なわれた。俊足自慢の「矢矧」の速力がガクンと落ちた。

僚艦もほとんどが多かれ少なかれ被弾し、傷

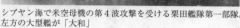

ついた様子である。池田は、

「敵は、われわれがこの戦場の海面に浮ぶ限り、何十回、何百回でも襲撃の手を休めないだろう」

と思った。

しかし、どんなに攻撃されようとも目的地レイテ湾に突入するまでは断じて艦を守り通さねばならない。

第三波が去った後、第四波は、一時間を待たずに襲ってきた。今度は、艦隊の陣形も立ち直らない状態での応戦となった。

「武蔵」がまたも集中攻撃を受けた。それは野生動物の世界と似ていた。ライオンも群れを離れた獲物を狙う。池田は言う。

「出撃前、『武蔵』は塗装の化粧直しをしたのです。それで目立っていた。敵は『武蔵』が旗艦だと思ったのかもしれません」

被雷四本。艦首が水面下に没した。

一五〇〇、栗田長官は、駆逐艦「清霜」「島風」を護衛に派遣、「武蔵」に対し、コロン湾に後退するよう命じた。

そこへ第五波。

敵は、わが艦隊に息つく間も与えない。機数はこの日最大の百機以上の猛襲だった。

「武蔵」の被雷は、さらに十本。合計十九本に達した。命中爆弾は十七発。

浅瀬に座礁を試みるも、すでに操艦不能。前のめりで漂流するのみだった。

しかし、彼の巨砲は最期まで空に向けられ、襲い来る敵機に荒れ狂う阿修羅のごとくすさまじい応戦を展開していた。

高角砲は吹き飛び、機銃座はひしゃげた。艦橋にいたものは全員戦死、艦上は、ちぎれた死体で埋まった。

「その姿はあたかも傷つける猛獣がその最後の息を引き取る瞬間まで戦い、反抗する時の壮絶さを思わせた」

と、池田は振り返る。

今、ここで「武蔵」を失うことは、わが遊撃部隊（栗田艦隊）の半分を失うに等しかった。

「武蔵」と「大和」はわが部隊の誇りであり、皆がその巨砲の威力をレイテ湾内で発揮することを願っていたからだ。

池田の目には、「武蔵」の姿が、最も強く大きな父親が、子供のためにその身を犠牲にして奮戦しているようにも見えた。子供たち（僚艦）は、重傷を負い、歩くことすらできなくなった父親を一生懸命に介抱し、いたわるように周囲で護衛していた。

第五波が引き揚げると、あたりは真空となったように静まり返った。

空を覆った砲煙はいつしか薄れ、鏡のように澄んだシブヤン海が、激戦を忘れたように美しい夕焼けを映す。暮色が濃くなり、もはや敵が攻撃してくる気配はなくなった。

池田は、

「敵艦載機は、夜間の母艦発着が困難なのだろう」

と思った。

断末魔の「武蔵」に最期の時が近づいていた。

一九三〇、「武蔵」の猪口敏平艦長は「総員退艦」を命じた。

一九三五、艦は突如、左舷側にぐらりと横転。艦首一番砲塔付近から真紅の火柱が立ち、大音響とともに艦影を海中に没した。

猪口艦長以下、士官三十九人、下士官兵九百八十四人の勇士が、「武蔵」とともにシブヤン海に消え去った。

池田は、「矢矧」の後方海上に二条の閃光が輝き、同時に太い火柱が上るのを見た。胸中は、次第に暗くなる海上のごとく暗かった。

さらにもう一つ、池田の心を曇らせた事件を記しておかねばならない。二十四日の長い一日が始まる朝、元気に別れを告げて飛び出して行った佐々木飛行少尉のことである。

佐々木が操縦する零式水上偵察機一号機は索敵哨戒に出て数時間後の、ちょうど昼食時ごろ、「矢矧」に無電を打ってきた。

「ワレ敵戦闘機三機ノ追従ヲ受ク」

一号機は、これを最後にぱったり連絡が途絶えたのだった。

空には星一つなく、低く暗雲が覆って来た。水気を含んだ風が冷え冷えと艦橋周囲の防御用の索具を打ち、マストは無気味なうなりをあげていた。

これから、池田らの前途には如何なる運命が待ち構えているのだろうか。神以外の何人も知ることはできない。
池田に与えられた任務は、遮二無二にレイテに突入し、生命ある限り敵に損害を与えることだった。

【戦艦「武蔵」】
一九三八年三月二十九日　三菱重工業長崎造船所で起工
一九四〇年十一月一日　進水
一九四二年八月五日　呉にて竣工
一九四三年二月十二日　連合艦隊の旗艦となる
この間、連合艦隊司令長官山本五十六が戦死
一九四三年五月十七日　山本長官の遺骨を乗せてトラック島を出撃
一九四四年五月四日　巡洋艦「大淀」に連合艦隊旗艦を譲る
六月十五日　マリアナ沖海戦参加
十月二十二日　レイテ沖海戦参加
十月二十三日　パラワン水道にて「摩耶」の乗組員を救助
十月二十四日　「摩耶」の乗組員を「島風」に移乗後、軍艦史上最多、空前の損害を受け炎上、沈没

▽歴代艦長は次の通り――
有馬馨（大佐）一九四二年八月〜

古村啓蔵（大佐）一九四三年六月〜

朝倉豊次（大佐）一九四三年十一月〜

猪口敏平（少将）一九四四年八月〜

## ハルゼーの突進

十月二十四日、フィリピン・シブヤン海。

栗田艦隊は五波にわたる計二百五十九機の猛襲を受けながらも、阿修羅の航進を続けている。戦艦五、巡洋艦十一、駆逐艦十五の戦力は、戦艦四、巡洋艦八、駆逐艦十一に減り、残存艦も皆、傷つき、速力を落としていた。

第五波の敵が引き上げて行ったのは午後三時三十分。

サンベルナルジノ海峡を抜けて太平洋に出て、レイテ湾に突入する前に、すでに七時間も費やしてしまった。

午後三時三十五分。

「大和」座乗の栗田健男司令長官は突如、命令を発した。

「全艦隊、一斉回頭！」

後々問題となる最初の「反転」である。栗田は、

「針路を西に取り、避退せよ」

と命じた。

「西」とは、レイテに背を向け、引き返すことを意味する。「矢矧」航海士、池田武邦は心配になった。

「ここで引き返したら、もやは燃料不足でレイテ湾には突入できなくなってしまうのではないか」

艦隊は敵襲により、とんだ道草を食い、かなりの燃料を消費していた。「矢矧」に着任する前、軍令部総長の永野修身がぽつりと言った「油断大敵」という言葉が思い出された。一方で、

「このまま突き進んだら、サンベルナルジノ海峡を通過する前に全滅してしまうかもしれない」

という不安も胸をよぎった。

栗田艦隊の第一戦隊司令官として「大和」艦橋にいた宇垣纏は、この時の心境を次のように記録している。

「大体に闘志と機敏性に不充分の点あり、と同一艦橋にありて相当やきもきしたり。保有燃料の考えが先に立てば、自然と足はサンベルに向ふこととなる」

青年士官の中には、

「帰るとはどういうことだ！」

と血相を変えて怒りをあらわにする者もいたという。

将兵たちの複雑な思いを乗せたまま、艦隊は「大和」を中心に、海をかき混ぜて百八十度、回頭した。栗田は既に、連合艦隊司令長官豊田副武に宛てて、

「このまま作戦を続行することは敵にほとんど損害を与え得ずしてわが艦隊の全滅となり、極めて不利である」

と報告。敵航空艦隊を制圧する時機を得て再挙を計り、一時戦場を避退する旨打電していた。

筆者は、引き返しではなく、一時的な緊急避難だったと思う。

午後三時三十五分といえば、日没にはまだ間がある。第六波、第七波の攻撃がないとは言い切れない。

このまま東進すれば、艦隊はサンベルナルジノ海峡に入る。海峡の狭隘部では、空襲だけでなく、潜水艦の待ち伏せも警戒しなければならない。

一体、敵は、どこにどれだけの空母を配置しているのか。敵情がまったく分からない中で、運動不自由な海峡に入るのは極めて危険である。ただでさえ、速力の落ちた艦隊である。全滅も覚悟しなければならない。

こうした観点から、栗田は、五波の攻撃終了直後に、反転・避退を決断したのではなかろうか。戦場での断を下すには一秒の遅滞も許されない。即断即行あるのみだ。

戦後、栗田の誤判断、勝負度胸の欠如などを責める意見が相次いだが、栗田自身は一切弁明をしていない。元報道班員で作家の山岡荘八のインタビューにも、さらり、と答えている。

「ほとんど夢中ですよ。ただ、やたら腹がすいていたのを覚えています」

英首相チャーチルは、著書『第二次世界大戦回顧録』にこう書いた。

「この戦場と同様の経験をした者だけが、栗田を審判することができる」

将兵たちは疲労の極限にあった。栗田も同じだったと思う。

戦争は錯誤の連続だという。事実、この反転は、敵将ハルゼーの誤判断を誘った。


米空母機動部隊を率いるハルゼー大将は腹を立てていた。ありったけの飛行機をつぎ込んで叩いているのに、栗田艦隊がなお、サンベルナルジノ海峡を突破し、レイテ湾へと向かう意志を変えない気配だからだ。

「ブル（猛牛）」の異名を取るこの提督は、マッカーサーの陸軍部隊を無事フィリピンに上陸させるとともに、日本海軍部隊を撃滅させる任務を負っていた。

旗艦「ニュージャージー」艦橋で、猛牛は顔をしかめ、うなった。

「日没までに全機を収容するには、攻撃はあと一回が精一杯だな」

脳中に焦りと困惑が広がっていた。

「それにしても、ジャップの空母は一体、どこにいるのだ」

そもそも、米国人には、飛行機の援護のない裸の艦隊の殴り込みなどという発想がない。

そんな不合理で非常識な戦法は、作戦上ありえないのである。

ハルゼーは、栗田艦隊の近くに必ず空母機動部隊がいると考え、それを見つけるのに躍起になっていた。

そこへ、「栗田艦隊の反転」の報が入る。帰投したパイロットの報告に、ハルゼーは小躍りした。

「栗田は壊滅的打撃を受け、ついに撤退したぞ」

畳みかけるように、別の索敵機が、フィリピン北方のエンガノ岬沖で小沢機動部隊を発見したと報告してきた。猛牛は、広げた海図を太い指で押さえて吠えた。

「われわれの行くべき所はここだ。全艦隊、直ちに北進せよ」

ハルゼーの機動部隊は飛行機を一機残らず空母に収容し、小沢部隊に向かって、全速力で北上を始めた。わが海軍首脳部が考案した苦肉の囮作戦成功の瞬間である。

前に書いたが、小沢治三郎司令長官率いる機動部隊（小沢部隊）は、見かけは四隻の空母を率いた堂々たる艦隊だった。だが、内実は艦載機計百八機という非力な部隊であった。

小沢長官は、発進させた飛行機をフィリピンの航空基地に着陸させるよう命じていた。帰艦する時には、母艦は沈んでいると見越していたのである。

かくして、小沢部隊は見事にハルゼーの艦隊を北方に誘い込むことに成功した。これによって、サンベルナルジノ海峡の出口は無防備となり、再反転した栗田艦隊は悠々、海峡を通過することが可能になったのである。

昭和19年10月25日、エンガノ岬沖で奮戦中の小沢艦隊旗艦・空母「瑞鶴」

この後、栗田艦隊は戦艦の巨砲を連ねてレイテ湾に迫る。驚愕した米海軍司令部は、

「ハルゼー艦隊いずこにありや。全世界は知らんと欲す」

との電文を発して、大混乱に陥るのである。

ハルゼーは日本海軍と因縁の深い人物である。略歴を簡単に紹介しておこう。

アナポリス海軍兵学校を六十二人中、四十三番で卒業。

明治四十一年、少尉の時に親善艦隊乗組員として来日し、東郷平八郎元帥を戦艦「三笠」艦上で胴上げした。

昭和十年、五十歳の時にパイロット資格取得。空母部隊の指揮官になるには、パイロット資格が必要だったからで、目的達成に必要な努力を惜しまない性格を現わしている。

昭和十七年四月には、日本本土空襲成功を

収めたドゥリットル隊を戦闘海域まで輸送。

昭和十八年四月には、山本五十六長官機撃墜作戦を指揮している。

日本軍との戦闘に際して、

「敵を殺せ！　もっと殺せ！　猿肉をもっと作れ」

など、暴言を繰り返したことでも知られる。

## 太平洋へ

シブヤン海は夕焼けに染まり始めた。栗田艦隊は、沈みゆく夕陽に向かって西進を開始した。海は穏やかで、一日中続いた敵襲がうそのように静かだった。

「矢矧」の艦橋で、池田は「捷一号作戦」全体の推移に不安を抱き始めていた。池田はこの日の猛烈な空襲から、

「フィリピン東方の太平洋上に予想以上の敵空母大部隊が待機している」

と判断していた。

「内地より出たわが空母艦隊（小沢機動部隊）はどうなっているのか」

という疑念も膨らんでいた。

小沢治三郎司令長官率いる機動部隊は、囮となって敵機動部隊を引きつけ、その間に栗田艦隊がレイテ湾に突入する、という手はずになっていた。

「小沢部隊の囮作戦が成功しているならば、今日のような連続的な敵の大襲撃はあり得ない

はずだが……。しからば不成功か」

さらに、夕刻までシブヤン海で足止めをくってしまったため、スール海を東進する第二遊撃部隊（西村艦隊）とのレイテ湾での合流も不可能になったと推察された。事実、西村艦隊がレイテ湾に突入しようという真夜中に、栗田艦隊はようやくサンベルナルジノ海峡を通過するのである。

精密なパズルのように構想された「捷一号作戦」の連携作戦は、栗田艦隊のシブヤン海での死闘によって崩れ去ろうとしていた。

海は、暮色を濃くしてきた。

一七一五、「大和」艦橋。

栗田長官は小柳富次参謀長に突然、言った。

「よし、もう引き返そう」

再反転して、サンベルナルジノ海峡を目指すことを命じたのだ。栗田は、驚きを隠せない幕僚たちに向かって繰り返した。

「いいんだ。行くんだ。針路、東」

決意は微動だにしない。

栗田の率いる艦隊は、大日本帝国が百年がかりで造り上げた全国民の血と汗の結晶である。根っからの船乗りである栗田は、そのことをだれよりもよく知っていた。今、この局面では、海峡突破、レイテ突進が、わが艦隊の最も効果的な運用と判断したに相違ない。

昼間の戦闘で殺気立っていた将兵たちは、異様な興奮をもってこの命令を受けた。

「よし、いよいよ明朝はレイテだ」

池田は夕映えの東方海上を見つめ、口元を引き締めた。

一八五五、「大和」「矢矧」は、豊田連合艦隊司令長官からの電文を受信した。

「天佑ヲ確信シ全軍突撃セヨ」

これは、最初の反転に対する返電だった。しかし、栗田艦隊は連合艦隊に言われなくとも既に再反転していた。

サンベルナルジノ海峡は、潮流の激しい難所である。二十三隻となった栗田艦隊は、漆黒の闇を突き、各艦千メートル間隔の長蛇の単縦陣で一気に海峡を通り抜けた。

「『矢矧』が先頭で通過し、緊張で身体がギューッと縮みました」

と池田は振り返る。

「しかし、敵襲はなく、拍子抜けでした」

この間、日付が変わった。

十月二十五日。

〇〇三〇、全艦通過。心配された潜水艦による攻撃も、空襲もなかった。

池田は、四ヵ月前を思い出していた。

六月十八日、マリアナ沖海戦に出撃した折、同じ「矢矧」で、この海峡を通過した。

「マリアナの時は、警戒と言っても潜水艦だけ。ずいぶん気楽だった。わずかの間にこんな

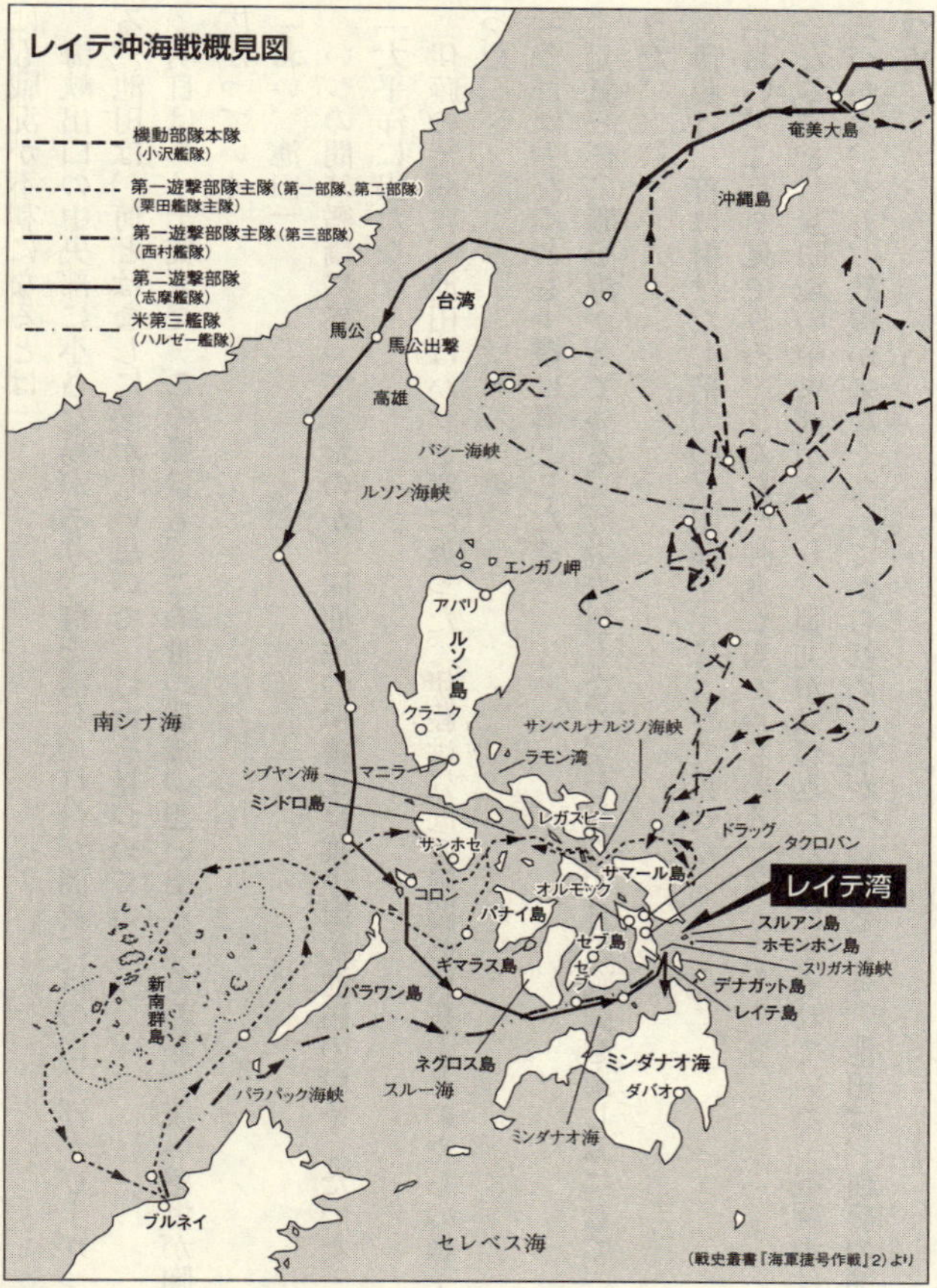
レイテ沖海戦概見図
機動部隊本隊
(小沢艦隊)
第一遊撃部隊主隊(第一部隊、第二部隊)
(栗田艦隊主隊)
第一遊撃部隊主隊(第三部隊)
(西村艦隊)
第二遊撃部隊
(志摩艦隊)
米第三艦隊
(ハルゼー艦隊)
奄美大島
沖縄島
台湾
馬公
馬公出撃
高雄
バシー海峡
ルソン海峡
エンガノ岬
アパリ
ルソン島
クラーク
南シナ海
サンベルナルジノ海峡
ラモン湾
マニラ
シブヤン海
ミンドロ島
レガスピー
ドラッグ
タクロバン
サンホセ
サマール島
レイテ湾
コロン
オルモック
パナイ島
スルアン島
ホモンホン島
セブ島
スリガオ海峡
ギマラス島
デナガット島
パラワン島
レイテ島
新南群島
ネグロス島
ミンダナオ海
ダバオ
パラバック海峡
スルー海
ミンダナオ海
ブルネイ
セレベス海
(戦史叢書『海軍捷号作戦』2)より

にも戦況が不利になるとは」
海峡出口の中央部に小さな島があり、灯を消した灯台が闇夜にほの白く浮かび上がってい
る。池田は、何とはなしに懐かしい思いで、灯台を見つめていた。
明日はレイテ突入だ。この風景も、この世の最後の想い出となるのか。淡い感傷が胸中に
広がっていく。
「おい、池田」
いつの間に艦橋に昇ってきたのか、同期生の伊藤比良雄中尉が池田の肩をたたいた。
「太平洋に出たな」
伊藤の笑顔に、池田はハッと我に返った。伊藤は昼間の戦闘の興奮がさめやらぬ様子で言
った。
「今日は少なくとも十機は落としたぞ」
元気一杯に眼を輝かせている。疲労の色もなく、むしろ明日の戦闘を楽しみにしているよ
うだ。
伊藤は、首に掛けた七倍力の双眼鏡を手にとって見せた。
「おい、これを見てみろ、こんなに弾丸が当たっている」
なるほど、双眼鏡の中央部がえぐれ、弾丸がはね返った方にまくれていた。戦闘中は全く
気づかず、夕方、敵機が来なくなってから初めて気がついたという。池田は、伊藤の顔を見
つめ、

「危なかったなア」

と言った。伊藤は平然としていた。

## 西村艦隊全滅

いよいよ敵艦隊の行動海面である。低くたれ込めた雲は、やがてスコールとなり、視界が閉ざされた。いつ、敵艦隊と遭遇するか分からない。

単従陣で海峡から抜け出た艦隊に、旗艦「大和」から、

「第一索敵航行序列に占位せよ」

と命令が出た。艦隊は横一列に千メートル間隔に並び、暗黒の太平洋をサマール島に添ってレイテ目指して南下する。

〇三〇〇、針路百八十度、速力十八ノット。「矢矧」艦橋は粛として声なし。

前日から修理中だった航跡自画器がようやく直った。ほの暗いランプに照らされ、艦の航跡を「チック、タック」と規則正しい音を立てて記録して行く。

艦橋上部の二十一号電波探信儀は、敵を求めて電波を発しつつ、ラッパ型の発信器をくるくると旋回させている。

見張員の眼は血走っている。決戦の時は、刻一刻、近づいている。

「電探異常なし」

「見張異常なし」

報告する伝令の声も緊迫の度を増す。

「後で知ることになるのですが、ちょうどこのころ、第一遊撃部隊支隊（西村艦隊）は、レイテ湾口で激戦の真っ最中だったのです」

池田は振り返る。

戦艦「扶桑」「山城」を率いた西村艦隊は、栗田艦隊に七時間遅れてブルネイ基地を出発、スルー海を通り、スリガオ海峡を抜けてレイテ湾の南から進撃した。

敵は、西村艦隊の作戦意図をすっかり見破っており、虎視眈々、レイテ湾内の全艦隊の砲列を並べ、魚雷艇を島陰に潜ませていた。

闘将西村祥治は、栗田艦隊より先に目的地に着いたことに胸をなで下ろしたに違いない。

「死に場所に遅れずにすんだ。面目がたった」と。

まず敵を引っかき回しておいて、栗田艦隊の突入を助ける。西村は栗田艦隊の到着を待たず、迷いもなく、雲集する敵の中へ一列になって突入していった。

スリガオ海峡突入前日、スルー海で戦闘中の西村艦隊旗艦・戦艦「山城」

敵戦艦、巡洋艦は全砲門を開き、魚雷艇の雷撃も激烈を極めた。海面が狭いため、大きな図体の「扶桑」「山城」は身動きもならず、戦闘わずか十分にして敵弾を受け、大火災を起こし、火薬庫が爆発した。

まずは、西村座乗の「山城」、続いて「扶桑」が轟沈。生存者はほとんどなかった。重巡「最上」以下駆逐艦もほぼ全滅。駆逐艦「時雨」だけが傷つきながら、かろうじて死地を脱し、ブルネイ湾にたどり着くのだった。

栗田司令部が西村艦隊のレイテ突入の電報を受信したのは「〇二〇〇」、西村艦隊全滅の報が後続の志摩艦隊から入電したのは「〇五二二」だった。

再び、「矢矧」。

〇四〇〇、針路百八十度、速力十八ノット。サマール島東方海上。レイテ湾口まで、あと六時間。

スコールの切れ間に、星がきらめく。素晴らしく美しい。死地に向かう栗田艦隊を天空から見下ろす星たちは、敵艦隊をもじっと見つめているのだろうか。

昨日の戦闘で大穴を開けられた右舷前部の応急処置がようやく終わったらしい。汗まみれの応急指揮官が眼だけをぎらぎら光らせて艦橋に上って来た。

「艦長、前部破孔の応急修理　完了しました」

「何ノットまで耐えられるか」

「二十八までは安全です。三十以上は無理です」

「三十以上出せなければ戦闘にならんぞ」

吉村艦長は、応急員たちの懸命の努力を知っている。これ以上の処置はできないことも分かっている。しかし、「矢矧」は水雷戦隊の旗艦として数時間後には敵と刺し違えなければならない。そのためには、三十ノットほしいのだ。

〇五〇〇、依然、針路百八十度、速力十八ノット。レイテへ向け南下を続けている。

総員戦闘配置につく。副直将校だった第四分隊士の加治木数浩兵曹長が、池田に申し継ぎをして弾火薬庫鍵箱の鍵を渡した。戦闘配置では航海士が副直将校の任務を行なうのだ。池田と敬礼を交わした加治木は三時間後、この世の人ではない運命にあった。

スコールが艦隊を覆う。視界極めて不良だ。

木村司令官、吉村艦長、参謀たちは皆、平静である。誰も一睡もしていない。しかし、ほとんど疲労を感じない。緊張している神経は、戦うこと以外の一切の感覚を感じないようである。

〇六〇〇、針路、速力、依然同じ。スコールのため天測不能。航跡自画器により、「〇六〇〇」の艦位を海図に記入する。

〇六三〇、サマール島沖の海面は次第に明るくなってきた。

スコールが上がり、水平線が朝焼けに赤く染まる。見張員の双眼鏡は、吸われるようにその水平線のある一点に向けられていた。

## 暁の遭遇戦

十月二十五日午前六時三十分、フィリピン・サマール島沖。真っ先に敵艦を発見したのは、巡洋艦「矢矧」だった。「矢矧」は、艦隊の索敵隊形における最左翼前端に占位し、敵に一番近いところにいたのである。

「マストらしきもの、左六十五度、水平線！」

艦橋上部の防空指揮所にいる見張員長の鋭い声が、伝声管を通して艦橋の静寂を破った。

「敵！」

木村司令官、吉村艦長以下幹部の双眼鏡が、一斉に左の水平線に向けられた。池田も七倍力の双眼鏡で水平線を見た。

「見える」

確かに敵艦船群だ。マストの数は六本。直ちに敵発見の信号を掲げ、「大和」に報告した。

「敵ラシキマスト見ユ、方位百十度、距離二万六千メートル」

マストに続いて、飛行甲板が見えてきた。飛行機が次々と着艦している。

「空母だっ」

「敵機動部隊だ」

「矢矧」艦橋は、求めてきた獲物にありついた喜びと興奮に包まれた。「大和」の艦橋も、オーッというどよめきとともに総立ちになったという。

「大和」は全艦に命令を発した。

「第十戦闘序列ニ占位セヨ。速力二十四節、最大戦速即時待機トナセ」

索敵隊形よりずっと密集した海上戦闘態勢だ。各艦総ての攻撃兵器を敵艦隊に向ける。待ちに待った敵艦隊との決戦。しかも、日の出直後の好条件での敵空母群との遭遇である。

「天佑我にあり」

艦橋にあるものは皆、「快哉」を叫び、幕僚に中にはうれし涙を流している者もいた。

「ありがたい」と、拝むように手を合わせている兵士もいた。

栗田司令部は、敵は正規空母六、七隻を含む集団で、ハルゼー機動部隊の一部であると直感した。であれば、敵は全力で、わが艦隊から離脱し、飛行機によって反復攻撃を加えてくるであろう。

この千載一遇の接近戦をものにするためには、一刻の猶予もない。隊形にこだわらず、ただちに敵に殺到して撃滅するのみだ。今こそ、帝国海軍史に壮んなる一頁を書き記す時である。

「大和」の九門の巨砲がうなりを上げて獲物に向かって回転し始めた。巨大な砲身がグッと仰角を取る。

「大和」が距離三十二キロで前部砲塔からの斉射で海戦の火蓋を切った。

主砲発砲のブザー音が全艦に鳴り渡ると、甲板上の無蓋機銃座の兵員たちは、付近の物陰に素早く身を隠した。主砲は発射されると、その爆風で体ごと吹き飛ばされてしまうからだ。

轟然たる爆発音が、晴れわたった空に響き、灰褐色の砲煙がもうもうと艦を覆った。この一つの炸裂は、小艦隊をいっぺんに吹き飛ばすほど巨大なものなのである。

「矢矧」の主砲は、まだ射程距離外である。池田は、固唾を飲んで「大和」の砲撃を見守った。

敵はまだわが艦隊に気づかないのか、こちらに近づいて来る。マストは十数本、見えてきた。池田は双眼鏡で、水平線に「モクッ」とマストより高く上がる水柱を認めた。「大和」の砲撃の水柱である。

「大和」の第二斉射が始まった。

敵はようやく、その巨大な日本艦隊が自分に砲門を向けているのに気付いたらしい。マストの動きが慌てたように右往左往し出した。

彼我の距離はぐんぐん接近する。敵はついに、その船体を水平線上に現わした。明らかに航空母艦と、その直衛駆逐艦からなる艦隊であった。池田は双眼鏡に目を凝らす。飛行甲板上の飛行機の群れが手に取るように視野に入って来た。

敵は、艦尾をこちらに向け急に増速して逃走し始めた。やたらと飛行機を発艦させている。攻撃に向かわせるためか、空に飛ばして逃がす作戦か、分からない。

続いて「大和」の第三斉射。同時に、戦艦「長門」「金剛」「榛名」の巨砲もうなりをあげる。この後はもう、戦艦群のつるべ打ち。耳をつんざく轟音と濛々たる砲煙の海である。

## 嗚呼、伊藤中尉

敵母艦を発艦した敵機は、遮二無二、わが艦隊の頭上に襲いかかって来た。

迎え撃つ兵員たちの士気は旺盛だった。昨日、一日中続いた戦闘で、機銃、高角砲員の対空射撃の腕は上がっていた。度胸もついていた。

「ようし、『武蔵』の仇討ちだ」

昨日来の怨みを一気に晴らしてやろうという意気込みにも燃えていた。

ダダダダダダッ。

「矢矧」を真先に襲ったグラマンF6Fは、左舷上空で木っ端微塵に飛び散った。艦の対空砲火は全ての砲口から火を吹いている。

敵もひるまない。次々と勇敢に襲って来る。

「左舷艦首、雷撃機!」

「取舵一杯 第三戦速」

「艦尾、急降下!」

「戻せー、面舵一杯」

見張員の報告と航海長の号令、艦長の操艦指揮、司令官の戦隊指揮。艦橋各員、それぞれの職務完遂に全力を傾注した。

池田は戦闘記録をとりながら、旗艦「大和」との信号の授受、艦位測定などに必死に頭を働かせ、手を動かした。

〇七二五、

「グラマン三機、急降下！」

後部見張員が伝声管を通じて叫んだ。

艦は今、左へ旋回中だ。態勢からいえば右へ回避すべきだが、既に取り舵の惰力でぐんぐん左へ旋回している。航海長は艦長に、

「このまま左へ回避します」

と言って取舵一杯を命じた。

池田は、昨日の戦闘で体験した急降下爆弾による轟音と激動とを予期した。

しかし、敵機は意外にも爆弾を投下せず、けたたましい音を立てて機銃掃射を浴びせて来た。爆弾や魚雷を搭載する余裕もなく、あわてて発艦したのであろう。

「矢矧」が機銃掃射を受けるのは初めてだ。池田らは、艦橋の遮蔽物で身を護った。

二番機の曳痕弾が艦橋のガラスを破壊した。弾が、狭い艦橋の甲板に真っ赤な条を引いて、

「カラカラ」と跳び回る。

続いて三番機の銃撃。池田のすぐ隣にいた第四分隊士加治木和浩兵曹長はとっさに伏せた。

その大腿部から腹部へ、真っ赤に焼けた機銃弾が貫通していった。

鮮血がドッと吹き出し、飛沫が池田の戦闘服のズボンを染めた。

「やられた」

加治木はうめくように言った。出血でみるみる顔が青ざめていく。その顔を一度持ち上げ、虚空をにらみつける加治木。間もなく、ばたりと倒れた。

傍らでは、水雷科方位盤員の下士官一人と水兵が二人、腕や胸部に貫通銃創を負い、うつ伏せに倒れていた。艦橋はたちまち血の海と化し、生臭いにおいが充満した。

「川添航海長ッ」

池田は、懸命に操艦する航海長の戦闘帽の顎紐に肉片と鮮血がベットリとついているのに驚き、声をかけた。航海長がけがをしたと思ったのだ。

が、川添は顔色一つ変えず、平静に操艦している。負傷者の肉片が飛び散って帽子に付着していたのだ。

池田は、加治木を信号員に背負わせ、戦時治療室になっている士官室へ降ろさせた。池田が彼を抱き起した時には、既に事切れていた。

苦楽を共にしてきた戦友の死。池田は空虚な、つかみ所のない悲哀を感じ、故郷への思慕が頭をかすめた。

しかし、それは一瞬のことだった。耳をつんざく砲声と敵機の襲撃は間断なく続く。戦場心理はすべての常識を超越して動いていく。今、池田が生きているのは、一刻の油断も許されない世界である。

機銃掃射は、「矢矧」に乗り組む池田の唯一のクラスメート、伊藤比良雄中尉にも魔の手をかけた。

伊藤は、機銃群指揮官。池田の戦闘配置からわずか十数メートルの所にいた。だが、指揮系統が違っているため、池田が彼の負傷を知ったのは夕刻、敵の攻撃が収まってからだった。

池田は、高角砲指揮所で伊藤の補佐をしていた高橋兵曹に、その時の様子を聞いた。

10月25日、栗田艦隊の砲撃下の米護衛空母「ガンビア・ベイ」

伊藤が被弾したのはやはり、「〇七二五」の銃撃だった。右舷にいた敵の雷撃機群に対し、高角砲の戦闘指揮をしている最中だった。

一番機の銃撃で付近の構造物がバリバリと音を立てて壊れた。伊藤は意に介さず、指揮棒を振るって目標を部下に指示していた。

二番機の襲撃の時、艦はぐんぐん左へ退避した。左舷艦尾から襲って来た敵機は右舷艦首へ超低空で飛び去った。その時放たれた銃弾が煙突を貫き、射撃指揮塔に立っていた伊藤の背後から腹部を貫通したのだった。

伊藤の左前に座っていた伝令兵は、心臓を撃ち抜かれていた。高橋は伝令兵が倒れたので、伝令が付けていた伝声管を外し、自分が伝令を兼務した。

指揮塔を見上げると、伊藤は指揮棒を握ったまま、腹に手を当てじっと敵機の態勢を観測している。が、様子がどうもおかしい。

「指揮官、伝令を下げます」

高橋が言うと、伊藤は、

「よし、すぐ治療所へ連れて行け」

と答えた。そして、新目標を求めている。

高橋は、伊藤の左手の指の間から血が流れているのに気づいた。

「指揮官、どうされましたか」

「何、ちょっとした傷だ。何でもない」

そう言った直後、伊藤は指揮塔の上にどっかと腰を下ろしてしまった。高橋は自分の救急袋から包帯を取り出した。傷口に巻こうと思い、伊藤の出血部を見た。

伊藤は腹部をやられていた。傷が大きい。高橋は驚いて、

「指揮官、治療所へ降りて下さい」

と言った。

「馬鹿、これしきの傷で降りられるか、おれより、伝令兵は大丈夫か」

伊藤はなお、指揮を続けようとする。高橋は他の兵に手伝ってもらって、伊藤を担ぎ降ろそうとした。が、伊藤はなかなか許さない。

出血は続いた。伊藤は次第に意識が薄れた。ついに、がっくりと倒れ、部下に負われて治

療所へ運ばれたのだった。

治療所は既に多くの負傷者で埋まりつつあった。軍医長は次々に運ばれて来る負傷者に対し、応急手当を施していく。艦内は蒸し風呂のような暑さである。そこに負傷者たちの痛みをこらえる呻吟、生臭い血と砲煙の臭い、さらに薬品の臭いが混じる。

担ぎ込まれた伊藤は、早速、軍医長の治療を受けた。軍医長は「だめだ」と思った。弾丸は腸を貫き、膀胱を破り、手の施しようがなかった。

軍医長は、カンフル注射を打った。意識を回復した伊藤は、自分が戦闘配置を離れて治療を受けていることを知り、戦闘配置に戻るため懸命に立ち上がろうとした。

軍医長は、

「絶対安静にしておかねばならぬ、と彼を静めるのにてこずった」

と、後に池田に語った。伊藤はそれから昏々たる眠りに陥りつつも、激戦中の彼我の砲声、爆振に、ハッと目を覚ました。自分が戦闘配置にいないことを知ると、旺盛な精神力と責任感とで、何とかして配置につこうともがいた。

だが、もはや自ら体を起こす力はなかった。

嗚呼、伊藤中尉。その心中は察するに余りある。

## 敵空母を撃沈

サマール島沖の死闘が続いている。

追撃する栗田艦隊、スコールの中に逃げ込もうとする米艦隊。敵空母は全速力で死に物狂いの逃走を続け、敵機はわが艦隊の追撃を少しでも遅らそうと執拗に襲って来る。

直衛駆逐艦は煙幕を張り、懸命に空母の脱出を企てる。

わが艦隊は蜂の如く群がる敵機と交戦しつつ、速力を上げて、ぐんぐんと敵に迫った。

この時、池田らが追っていた敵の正体は、スプレーグ少将率いる護衛空母部隊だった。空母十六隻。それは、予想をはるかに超えた大部隊だった。

上陸戦や輸送船団の護衛に従事させるために、商船型構造を採用して量産された小型空母で、ベビー空母とか、ジープ空母と呼ばれていた。

池田らは、戦後、アメリカ側の発表を聞くまで、これを知らない。栗田司令部は、ハルゼーの機動部隊の正規空母群と思って、必死の攻撃を加えていた。

問題は、この小型空母群の鉄板が薄いことだった。分厚い甲鈑を突き破るわが海軍自慢の「徹甲弾」は、障子に穴を開けるように、爆発しないままスポンスポンと突き抜けてしまった。

「大和」が待ちに待った戦果を知らせてきた。

「我レ敵空母一、重巡一撃沈ス」

「矢矧」艦橋も沸き立つ。

「彼我の砲煙と天候不良で、『矢矧』からは敵の状況が分からなかっただけに、『大和』からの信号には、大いに元気づけられました」

池田は振り返る。

それから約三十分後、「矢矧」通信室のラジオが軍艦マーチを流した。

「大本営発表。ただいま、比島東方海面において帝国海軍の一部は、敵艦隊と交戦、空母一隻、重巡洋艦一隻を撃沈、なお戦果拡大中なり」

「大和」をはじめ、戦艦、重巡洋艦は敵空母群に対し、さらに猛烈な砲火を浴びせている。

軽巡「矢矧」は、まだ敵艦攻撃に加わっていない。「矢矧」率いる駆逐艦部隊（第十戦隊）は高速をもって魚雷による襲撃をお家芸としている。いわゆる斬り込み部隊だ。いまは、「大和」からの「水雷戦隊ハ続航セヨ」の命令により、戦艦、重巡の後方で、敵機の猛襲をかわしながら、出番を待っていた。

このところ、水雷戦隊は、空母や戦艦の護衛や哨戒に従事し、潜水艦を見つけて爆雷を投下したり、飛来する敵機を撃墜したりするのを主任務とするようになっていた。海戦の形態が、艦隊同士の決戦から、潜水艦や飛行機との攻防に変わってきたからだ。

池田ら「矢矧」艦橋の首脳部は、双眼を炯々と光らせながら、「今度こそは」と、魚雷戦のタイミングを図っていた。

ついに、「大和」から緊急電が来た。

「全力ヲ挙ゲテ東進！」

「矢矧」と配下の駆逐艦群は、それぞれ最大速力に増速した。「矢矧」は前日の空襲で錨鎖庫に大破孔ができていた。しかし、ここは敵との刺し違えを覚悟しなければならない局面だ。

10月25日、サマール島東方沖で米空母機の攻撃を受ける戦艦「大和」

航行の安全性は度外視して、一気に三十ノットに増速した。
海面を切り裂き、艦首から両舷へと飛沫を跳ね踊らせて驀進していく。味方の戦艦、重巡をあっという間に追い越し、ぐんぐん敵に迫る。
敵は巧みにスコール、煙幕を利用し、魚雷の目標となるのを避けようと必死だ。
○八〇〇、敵は生のままの無電（作戦電報を暗号にする暇がないほど、慌てていた）を打ち、空からの救援を求めている。「矢矧」の通信室はこれらを全て傍受していた。
その救援部隊が、「矢矧」の頭上に襲って来た。

戦場は新しい敵の参入により、俄然激烈の度を高めた。襲い来る敵機は、すべて爆弾、魚雷を抱いている。

全艦隊の砲身が赤熱し、文字通り「怒り狂った」ように火を吐く。「矢矧」の主砲、高角砲、機銃も、敵機を払いのけるように撃ちまくっている。海面は、降り注ぐ砲弾の破片で、一面水しぶきだ。

甲板にいる者は皆、鉄兜をかぶっている。敵弾による被害よりも味方の弾片に傷つかない用心だ。

「矢矧」の右舷側約千メートルで、重巡戦隊の第七戦隊旗艦「熊野」が前甲板に敵弾を受けた。黒煙を吹き上げ、速力を落とす。今の今まで、二十センチ砲を連射し、遁走する敵艦隊の周囲に、赤、黄、緑の着色弾の水柱を林立させ、敵の心胆を寒からしめていたのだが、無念である。

と、次の瞬間、腹に響くような轟音とともに、同じ七戦隊の重巡「筑摩」が天に届かんばかりの黒煙を吹き上げた。後甲板が無惨にも破壊されるのが見える。自艦搭載の魚雷が爆弾の破片で誘爆を起したのである。

スコールが再び敵空母群を覆う。「矢矧」は敵を見失った。

「ここまで来て好餌を逃すわけにはいかない」

木村進司令官、吉村真武艦長、川添亮一航海長、そして池田、皆、血眼で敵空母を探し求めた。増速しているため、破口からの浸水が激しくなっている。前部が水面下に没し始めた。

じっと敵の方向をにらみつけていた木村司令官は、決然と命じた。

「三十二ノット！」

さらなる増速である。白波を蹴り、煤煙をモクモクと吐き出しながら突き進む「矢矧」。浸水のために沈むか、それより早く敵に追い着くか。二つに一つだ。

## 「矢矧」、初の砲戦

三隻の敵駆逐艦が猛然と突進してきた。「大和」が緊急電を打つ。

「雷跡ニ注意セヨ、雷跡ニ注意セヨ」

「矢矧」の見張員は艦橋に報告してきた。

「敵駆逐艦、左三十度、一万五千メートル」

池田は、煙幕の切れ目から、こちらに向かってくる駆逐艦を確認した。砲口をわが方に向け、決死の反撃を挑んでいる。「矢矧」の姉妹艦「能代」を旗艦とする第二水雷戦隊の周辺に水柱が上がっている。

「矢矧」は間もなく、第二水雷戦隊に追いつき、平行して南下進撃した。敵駆逐艦は、「矢矧」に対して集中砲火を浴びせてきた。

「ジョンストン」である。別の二隻も砲撃しながら、魚雷発射の態勢を取っている。敵弾が「シュッ」と無気味な音をたてて頭上を通過し、海中にドカーンと水柱を作る。

われわれの主目標はあくまで空母である。だが今は、目の前の敵を屠らなければ、先へ進めない。「矢矧」は、回避運動をしながら、十五センチ砲六門を敵一番艦「ジョンストン」に向けた。

「矢矧」が敵水上艦艇に対する砲撃を加えるのは、これが最初だ。昨日の戦闘で電測射撃装置が故障していた。このため、永井保栄砲術長は修正射撃を実施した。

永井はひじょうに気さくな人物で、池田によると、

「フンドシいっちょでガンルームにやってくるような人」

だったと言う。だが、今は勝負の時、極めて冷静沈着な指揮官の顔になっている。

永井の号令で、「矢矧」は口から火焔を吐き出す鋼鉄の火龍と化した。

第三斉射が、「ジョンストン」の艦橋をとらえた。

「やったぞ」

歓声が上がる。火災を起こした「ジョンストン」は右舷へ大きく傾く。味方駆逐艦からの砲撃も命中した模様だ。

「ジョンストン」は戦闘力を失って停止した。これを見て、「矢矧」はすぐさま目標を二番艦に変えた。そうはさせじと、敵機が猛然とダッシュしてくる。「矢矧」も負けずに応戦する。駆逐艦に対する射撃の手も緩めることはない。

〇九〇〇、敵駆逐艦の砲弾が左舷士官室上部に命中した。戦時治療室として、多くの負傷者が収容されている部屋である。治療を受けていた下士官二人、兵三人が戦死した。

付近に火災が発生する。応急員が現場に駆けつける。

池田の立っている所からも弾着部の甲板がえぐれ、そこから煙が噴き出ているのが見える。二番弾火薬庫の近くだ。緊急消火しなければ危険である。艦橋にある通信室からの伝声管からモクモクと白煙が出て来た。通信室にまで延焼しているらしい。

火災が大きくなれば、たちまち敵機の目標となり、餌食となる。応急員は消火に全力を挙

げた。

砲戦の最中にも、間断なく襲いかかる敵機。雷爆撃の回避に三十二ノットの高速で転舵一杯を取るため、艦は左へ右へ三十度内外、大きく傾斜をした。

高角砲の轟音が天界を割り、耳をつんざく。砲声と火煙、戦死者、戦傷者の鮮血と飛散する肉片。戦友の遺体を運ぶ暇もない。次の瞬間には、自分の頭や足が吹き飛ぶのかもしれない。

艦内は、凄惨極まる地獄図と化していた。

## 待ちに待った魚雷戦

十八センチ望遠鏡でひたすら敵空母を求めていた水雷長の石榑《いしぐれ》信敏大尉が、ついに煙幕内にこれを発見した。

「航空母艦、左艦首、一万五千！」

吉村艦長に報告する。

「戦闘、魚雷戦！」

艦長の号令に水雷科員は魚雷発射準備に全神経を集中した。ついに、水雷戦隊の本領である魚雷戦を行なう時が来たのだ。

ちょうどその時、敵駆逐艦の二番艦がわが砲撃によって大爆発を起こし、沈没した。残るはあと一隻。僚艦二隻の沈没にもかかわらず、三番艦は果敢に魚雷を発射して来る。

川添航海長は沈着に魚雷回避の操艦を行なう。

「左、上空、急降下！」

艦橋左舷の見張員が怒鳴るように報告した。またしても敵機の来襲だ。皆、駆逐艦に気を取られていて、ほとんど回避の間がなかった。

敵機は、爆弾は抱いてなかったものの、猛烈な機銃掃射を浴せて来た。今、「急降下」と報告したばかりの見張員が顎から喉にかけて弾丸を受けて即死した。眼鏡が真紅に染まった。艦橋ラッタルのそばにいた主計兵も銃弾が鉄兜を貫通し、頭蓋骨を割られて即死した。

水雷発射方位盤の眼鏡で敵空母を観測していた石榑水雷長も被弾した。方位盤に当てていた左手から血がドッと流れ出る。しかし、石榑は目を眼鏡から離さず、敵の観測を続けている。部下がその手に包帯を巻いた。

敵の襲撃のたびに艦橋から人員が減っていく。その跡に、黒く凝固した血と、まだ温みを保った鮮血が入り混じって残る。

「艦長、魚雷を打ちます」

石榑が目を輝かせて言った。

「まだ少し遠いだろう」

吉村はもっと接近してから確実に撃つ考えだ。石榑は敵が再び煙幕内に逃げ込みはしないかと、気がはやる。

「この距離で大丈夫です」

自信あり気な言葉に、吉村も意を決した。

「起動弁開け」

同時に、木村司令官は配下の駆逐艦隊に対して突撃命令を下した。池田は、その命令を直ちに旗旒信号に翻訳する。一番艦、二番艦、三番艦と続いて同じ信号を掲揚し、了解を示す。最後尾、四番艦の了解信号を見て命令は発動される。

石榑は、純白の包帯から血をにじませながらも、負傷した左手を方位盤に当てている。池田も双眼鏡で敵空母を見たが、敵は既にわが軍の砲撃にかなり損傷を受け、左舷に傾斜していた。

「発射用意……。（撃）テーィ！」

胸に響く石榑の声。艦橋が一瞬沈黙した。

「魚雷発射」

後部の発射管室から報告が来る。

「発射雷数七本」

続いて伝令の報告。七本の魚雷はダッシュ鋭く、敵空母めがけ、ぐんぐんスピードを上げていく。

発射管は八本だ。石榑は、

「あと一本はどうしたか」

と発射管室に問いただす。発射寸前、敵機の銃撃により、一本に被弾、故障したという。

「魚雷到達まで九分」

石榑は吉村艦長に報告した。

「矢矧」は右へ左へと回頭し、盛んに飛びかかって来る敵機と交戦しつつ、なおも砲門を開いている敵駆逐艦へ十五センチ砲を撃ち込む。

魚雷の目標到達にはまだ七、八分ある。「矢矧」は大きく右に反転し、最後まで残った敵駆逐艦に止めを刺すべくこれに迫った。わが後続駆逐艦部隊は、敵空母二番艦に肉薄し、魚雷を発射した。

「魚雷到達まで、あと三十秒」

と石榑。直後に、見張員が声を張り上げた。

「魚雷命中！」

到達予定時刻より約二十秒早い。池田らは一斉に双眼鏡を手に取った。

既に巨大な水柱が崩れ落ちるところだった。敵空母はその水柱の影に隠れたのか、姿を確認できない。見えるのは、果てしない水平線のみである。

「轟沈だ」

池田ら、「矢矧」艦橋にいる者は信じた。

「万歳」

「万歳！」

池田らは、敵陣の真っただ中にいることも忘れて叫んだ。

艦内拡声器が「敵空母轟沈」を知らせる。吉村艦長と石槫水雷長はにっこり笑って、敵空母が消え去った海を見つめていた。敵を仕留めた喜びが、これまでの苦労を吹き飛ばした。
○九二五、吉村は栗田司令長官あてに「ワレ敵正空母一隻轟沈、一隻大火災」と報告した。
（筆者注・戦後の米側の発表によれば、この戦果は誤認であった）


サマール島沖での両軍の損害は次の通りであった。

日本側は、重巡「鳥海」「鈴谷」「筑摩」、駆逐艦「早霜」「野分」が沈没。

米側は、護衛空母「ガンビアベイ」、駆逐艦「ジョンストン」「ホエール」、護衛駆逐艦「ロバーツ」が沈没した。

このほか、両軍とも参加艦艇のほとんどが損傷した。

「矢矧」は、この海戦で、対空戦に加えて初めての砲戦、魚雷戦を体験した。被害甚大だったが、力を出し尽くしたという満足感もあった。

## レイテ湾突入せず

「矢矧」は、さらに敵を求めて、レイテ湾に向け針路を取った。

大傾斜している敵駆逐艦に五百メートルまで接近し、最後の砲撃を加えた。池田は、敵艦が艦尾から渦潮を巻きながら水中へ吸い込まれるのを確認した。

池田は周囲に目を凝らした。味方の戦艦、重巡戦隊ははるか後方に離れ、視界内は「矢矧」の率いる第十戦隊所属の駆逐艦だけだ。

午前九時十二分、旗艦「大和」が、

「逐次集マレ、ワレ〇九〇〇ノ位置ヤヒセ43（海図上の位置を示す符号）」と発令してきたためだ。「大和」の命令を受けた池田は、

「えっ」

と思った。「大和」が命じた集合地点は、「矢矧」から見れば、はるかに後方で、レイテ湾を目前にして、引き返すことになるからである。

「なぜ、今さら、下がれなどと言うのだろう」

池田は首をひねった。

栗田艦隊は、長時間の戦闘で陣形を崩していた。これを整える必要はあったかもしれない。

「しかし、集合地点がえらく後ろ（北）の方で、わざわざレイテ湾から遠い所に集まるというのが不思議でなりませんでした」

この「大和」の追撃中止命令が、栗田艦隊「謎の反転」につながってくる。ここでは、事実経過だけを記し、筆を先へ進める。

大和は「〇七五五」に敵駆逐艦の魚雷攻撃を受けていた。

右舷側に四本、左舷側に二本の魚雷に挟まれ、左右いずれの方向にも転舵できなくなった。

このため、魚雷が推進力を失うまで二十六ノットの速力で魚雷と並走するという事態に陥った。

この際、北方へ針路を向けてしまったため、敵空母を追跡していた味方艦隊との距離が大きく開いてしまった。

ようやく魚雷との並走から解放され、反転して南方に針路をとった時には、すでに味方は水平線の彼方に消え、戦況が全くつかめなくなっていた。

「大和」の司令部で、小柳参謀長が、

「もう追撃はやめては如何でしょう」

と進言すると、栗田長官は黙ってうなずいたという。

一方、「矢矧」は約二時間にわたる追撃戦で錐の先のように敵陣深く突き進んでいた。気がつくと、味方艦隊中、一番レイテ湾の近くに進出し、湾口のスルアン島の灯台を望む位置にまで迫っていた。

最前列の「矢矧」から最後尾の「大和」までの距離に、池田が疑問を抱いたのは無理もない。

こうして、拡大した戦場に分散した各艦は一斉に「大和」のいる地点を目指すことになった。

驚いたのは米側である。サマール島沖で、「矢矧」などの猛追を受け、瀕死の状態にあった護衛空母部隊を率いていたのはC・スプレイグ少将である。「もはやこれまで」と全滅を覚悟していた少将は、回想録にこう記している。

「私は自分の目を信じることができなかった。戦闘に麻痺した自分の脳髄に、この事実をしみ込ませるのは困難だった。最善の場合でも、間もなく私は泳いでいることを予期していたからである」

栗田艦隊がくるりと背を向けて引き上げた時は、

「死刑執行寸前に黙って部屋を出て行く執行人を見送る死刑囚」

の心境だったという。

少将の上官であるキンケイド中将も、すでに味方は砲弾不足で最期の時が来たと覚悟していた。

「日本艦隊はまるで目に見えぬ巨大な手で引き戻されたようだった。神の力以外には考えられない」

キンケイドはそう思い、部下たちに、

「さあ、祈ろう」

と声をかけた。

地獄から天国。想定外の事態に、米軍将兵の間には、日本軍指揮官が死んだのでは、と考えた者もいたという。米軍の目には、最後の一兵まで闘うことを誇りとする日本軍にはあり得ない珍事であった。

栗田長官が追撃戦を中止して艦隊の集結を図っていた時、敵空母群に対し疾風迅雷の攻撃をかけたのは十八機（半数は直掩機）の零戦隊だった。

米護衛空母「セント・ロー」に敷島隊の特攻機が突入した

神風特別攻撃隊である。

攻撃隊は、敷島、大和、朝日、山桜、菊水の各隊に分かれ、クラーク、セブ及びダバオの三方面から出撃した。指揮官は海軍大尉、関行男（海兵七十期）だ。

三次にわたる護衛空母への突入攻撃で五機が命中、三機が至近機となり、一隻を撃沈、六隻に中小破の損傷を与えた。

関の率いる敷島隊（零戦九機）は午前七時二十五分、ルソン島マバラカット東飛行場を発進した。フィリピン東海岸沿いにタクロバンに向かって索敵中、午前十時十分、スコールの中に、戦艦、巡洋艦、駆逐艦など三十隻以上を認めた。

これは栗田艦隊とみられる。

続いて十時四十分、空母四隻、巡洋艦、駆逐艦など六隻の一群を発見。栗田艦隊が討ち漏らした敵艦隊に違いなかった。

十時四十五分、攻撃隊は空母めがけて突入を開始。関の乗機は護衛空母「セント・ロー」に命中、同艦は火薬庫の誘爆を起こして二つに折れ、轟沈した。

戦果はセブ基地から打電され、「大和」が受信したのは「一六〇〇」。栗田艦隊はそのころ、レイテ湾に背を向け、「北方ノ敵機動部隊」（後に詳述）との決戦も断念し、サンベルナルジノ海峡に向かっていた。

爆弾を抱いた零戦の体当たりが、戦艦「大和」以下の主力艦隊にも劣らぬ戦果をあげていたことを、その時、池田らは知るよしもなかった。

## 栗田艦隊、反転す

「矢矧」は、レイテ湾を目前にして、やむなくきびすを返すことになった。

「大和」の司令部が指定した集合地点に向かう際、海面には、おびただしい数の水兵が泳いでいた。撃沈された敵艦の乗組員たちだった。

その中を突っ切っていく。

「捕虜にしようか」

そんな話をしながら通り過ぎる。池田は、この日の敵の勇戦ぶりにすっかり感心していた。

「敵駆逐艦は空母を守るため、沈みながらも立ち向かってきた。実に勇猛果敢だった。海軍スピリットはアメリカも日本もまったく変わらないことを思い知りました」

ヤンキー魂も大和魂に負けてはいない。侮れない、と思った。

半年後、沖縄海上特攻作戦の鹿児島県坊津沖で、池田はこれと全く逆の体験をする。「矢矧」を撃沈され、東シナ海を泳ぐことになるのである。戦場の武士の習いとはいえ、皮肉な巡り合わせだった。

ただ、レイテでは、泳いでいる米兵の目に、日本駆逐艦の艦橋から沈みゆく米駆逐艦「ジョンストン」に敬礼する士官の姿が見られたのに対し、坊津沖では、水面を漂う日本軍将兵に、米軍機はあからさまな機銃掃射を加えた。

集合地点付近には、「大和」をはじめ、「長門」「金剛」「榛名」の戦艦群が雄姿を見せていた。だが、重巡戦隊は「利根」のみで、「熊野」「鈴谷」「筑摩」「鳥海」の姿は見えない。「矢矧」の姉妹艦「能代」を旗艦とする第二水雷戦隊の駆逐艦も、ほとんど残っていなかった。

早暁、サンベルナルジノ海峡を通過した戦艦四、重巡六、軽巡二、駆逐艦十一の艦隊は三分の一を失い、戦艦四、重巡二、軽巡二、駆逐艦七に減少していた。

三日前のブルネイ基地出撃時と比べると、三十二隻から十六隻に半減したことになる。

しかし、「矢矧」の率いる第十戦隊だけは一隻も欠けることなく健在だった。「矢矧」も、前部の破口からの浸水が奇跡的に止まっていた。敵を求め、高速で走ったことが、補強材を締め付けるという、好結果をもたらしたのだった。

一一二二、集結を終えた栗田艦隊は、輪形陣をつくり、「右一斉回頭」して二百二十五度に変針した。レイテ湾へ向けての再進撃である。

昨日までは二つの輪形陣をつくっていたが、隻数が減った今、輪は一つになってしまった。南下を始めた艦隊は正午すぎから、再び激しい空襲にさらされた。空襲は断続的に続いた。

一二〇五、栗田長官は「大和」から連合艦隊司令部に、

「敵の航空攻撃を意とせず、レイテ湾突入計画を遂行する決意なり」

と打電した。突入決意は揺るがず、とだれもが思った。

その、わずか二十分後――。

栗田長官は、レイテ湾を目前にして再反転を命じるのだった。これが、「一二三六」の謎の反転である。それは、捷一号作戦の大目標であったレイテ湾突入を中止するという極めて重大な作戦方針の変更であった。

「大和」に反転の旗旒信号が上がる。「大和」に同乗している第一戦隊司令官の宇垣纏は、びっくりしてマストを見上げた。

「参謀長、北へ行くのか」

参謀長小柳冨次より先に、栗田が答えた。

「ああ、北へ行くよ」

それは、二十四日のシブヤン海での反転の折の「いいんだ。行くんだ」と、まったく同じ調子の、ぶっきらぼうな一言だった。

一度決めたら決して翻すことはないという響きがあった。一切の責任は栗田が負うのだ。

一二三六、栗田は連合艦隊司令部に次のように打電した。

「第一遊撃部隊（栗田艦隊）はレイテ泊地突入を止め、サマール東岸を北上し、敵機動部隊を求め決戦、爾後サンベルナルジノ水道を突破せんとす」

栗田艦隊は針路をゼロ度（真北）として、サマール島東岸を北上し始めた。レイテ湾口四十三マイルにまで迫りながら、突然身を翻したのだ。

レイテ湾には、マッカーサー元帥率いる上陸部隊と輸送船団が雲集していた。レイテ湾で、「大和」の巨砲が火を噴けば、敵船団は海の藻くずとなり、マッカーサー自身も吹き飛ばされていただろう。戦局の大転換があったかもしれない。

そもそも、栗田艦隊はレイテ湾に突入し、輸送船団を撃滅するためにブルネイ基地を進発し、悪夢のパラワン水道、魔のシブヤン海を抜け、恐怖のサンベルナルジノ海峡を通過し、歯を食いしばって、ここまでたどり着いたのではなかったか。

その栗田艦隊の突入を支援するため、西村艦隊、志摩艦隊、小沢機動部隊が捨て身の突撃を敢行し、空からは神風特別攻撃隊が決死攻撃を加えたのではなかったか。

ここまで敵を追いつめておきながら、なぜ栗田は反転したのか。敗走する敵を追撃してレイテ湾に突入するのは戦場の常識ではないのか。

この反転劇には、いくつもの「？」マークがつく。戦後、栗田自身が口をつぐんだこともあり、憶測はさらに憶測を生んだ。

## 反転の謎を追って

ここで少し、栗田艦隊「反転の謎」に迫ってみたい。

池田武邦の日本設計時代の知己に、森元治郎という人がいる。同盟通信記者として海軍を担当、外務省嘱託という身分で終戦工作にもかかわった人物だ。戦後は社会党参議院議員として活躍、国際協力機構（JICA）の理事も務めた。

池田は日本設計のオフィスを、自ら設計した新宿三井ビルの四十九階と五十階に置いていた。そのビルの四十八階に入居していたのがJICAだ。

池田と森は時々、食堂でジョッキのビールを飲みながら、よく海軍時代の話をした。

森は、レイテ沖海戦での栗田艦隊の行動に異常な関心を示していた。「謎の反転」の真相についてである。

森によると、戦後、参議院議員になった元海軍士官がいた。ここでは、A氏としておく。A氏はレイテ沖海戦時、栗田司令部の参謀の一人だった。森は、同僚議員でもあるA氏に不信感を抱き、

「あいつの言うことはどうも信用できない」

と繰り返し言った。そして、栗田艦隊の一員としてレイテ沖海戦を戦った池田に対して、

「君にも真相を調べてほしい」

と迫るのだった。

「森さんは、A氏が栗田長官の判断を誤らせるようなことをやったに違いないと疑っていたようだ」

池田は自分自身が経験したことだけに、森の執着する反転の真相がずっと気になっていたが、その究明作業は忙しい日常の中に埋没していった。

「大和」の司令部で、この時何が起きていたのか。池田が驚くべき話を聞くのは戦後六十一年が経過した平成十八年十二月のことだった。

「反転の決断がなされた時、『大和』艦橋にいた人の証言が聞けた」

池田から電話連絡を受けた筆者は、長崎県西海市西彼町の池田邸へ駆けつけた。

「六十二年間沈黙してきたが、もう余命がないからと話してくれたんだ」

池田は囲炉裏のある居間で、証言を録音したICレコーダーを再生した。この証言者は、当時戦艦「大和」の副砲長兼分隊長、海軍少佐深井俊之助氏である。

深井氏はその時、九十三歳。池田の直属の上司であった軽巡洋艦「矢矧」の川添亮一航海長と海兵同期である。

池田と深井氏は、これまでに一度の面識もなく、深井氏の方から突然、池田に電話があったのだという。

深井氏は、

「あなた（池田）が四月に大和海上特攻艦隊の洋上慰霊祭を催行したことを知り、連絡した」

と話し、

「ご苦労さんでした」

と池田をねぎらった。さらに、電話でのやりとりの中で、深井氏は謎の反転の時、「大和」艦橋で、栗田司令部のA参謀と激しくやり合ったことを話したという。池田の脳裏に森元治郎の顔が浮かび、森がこだわった「真相究明」の一件を思い出した。

「森さんが執念を燃やしていた反転の真相が聞けるかもしれない」

池田は電話を切るや、すぐにスケジュールを調整して、深井氏の住むマンションに急行したのだった。

深井氏の証言を紹介する前に、当時の状況をもう一度、整理しておこう。

捷一号作戦（レイテ沖海戦）は、戦艦を主力とした水上艦艇をもってレイテ湾に突入し、在泊中の敵輸送船団を撃滅しようという「艦隊殴り込み作戦」だった。

航空機の援護はなく、帰還方法も考えられておらず、海上特攻の性格を帯びていた。主力は、栗田健男中将率いる第一遊撃部隊、いわゆる栗田艦隊である。

昭和十九年十月二十五日、サマール島沖での追撃戦を終えた栗田艦隊は、レイテ湾に向けて再進撃を開始した。その直後、南西方面艦隊発信とされる一通の電報が何者かによって旗艦「大和」の艦橋に届けられる。

「敵ノ正規母艦部隊、ヤキ1カ　ニアリ　〇九四五」

「ヤキ1カ」とは、航空機用の地図に示された符号で、レイテ湾口のスルアン島灯台の方位五度、距離百十三カイリの位置を示す。

その位置に、新たな敵機動部隊を発見したという内容だった。「大和」からは北方約五十カイリの至近距離だった。

この電報を巡り、栗田司令部は、レイテ突入を中止して北方の敵機動部隊をたたくべきだとする意見と、このままレイテに突入するべきだとする意見に割れた。

栗田艦隊はすでに、「矢矧」などの活躍により、敵護衛空母など数隻に大打撃を与えていた。さらに攻撃を継続して、敗走する敵を追い、目標のレイテ湾突入を図るのが常道であった。米軍側も当然、そうなるだろうと予測していた。

ところが、栗田長官はレイテ突入の中止を決定。艦隊は針路をゼロ度として、北上を開始する。しかし、栗田艦隊が探し求めた敵機動部隊は、どこを探してもいなかった。艦隊は「空振り」のまま帰途につく。

戦後、研究者たちは反転した理由について様々な推論を立てた。

主なものは次の五つだ。

〔理由1〕サマール島沖で、敵護衛空母部隊との交戦に時間を費やしたため、味方の西村部隊、志摩部隊と合流する機会を失った（実際には西村部隊は駆逐艦一隻を残して全滅、志摩部隊も損害を受けて撤退していた）。

〔理由2〕敵護衛空母部隊との戦闘で栗田艦隊の位置が暴露されたため、レイテ湾に停泊中の艦船は急ぎ湾外に退避し、もぬけの殻であると思われた（実際には湾内には少なくとも六十隻以上の艦船が碇泊していた）。

〔理由3〕たとえ輸送船団がいたとしても、すでに上陸から一週間経過しており、その間に兵員、物資の揚陸を全て終え、そこにいるのは空船と思われた。

〔理由4〕小沢機動部隊がハルゼーの機動部隊の誘い出しに成功していたかどうか不明であった（実際には誘い出しに成功していた）。

〔理由5〕出撃前の作戦会議で、敵主力艦隊と遭遇した場合、これの撃滅に専念することを連合艦隊から了解を得ていた。


理由5について、少し詳しく述べたい。

捷号作戦に先立つこと二ヵ月、昭和十九年八月十日、マニラで作戦会議が開かれ、連合艦隊から作戦参謀神重徳大佐、第二艦隊（栗田艦隊）から参謀長小柳冨次少将、作戦参謀大谷藤之助中佐が出席した。

神大佐は、鹿児島出身で、海軍大学校を首席で卒業。ドイツ駐在を経て、兵学校教官、軍令部作戦部員、作戦班長などを歴任した秀才だった。

会議で、神は、

「第一遊撃部隊（栗田艦隊）の任務は敵上陸地点へ突入し、輸送船団を撃滅することである」

と説明した。


これに対し、小柳は、艦隊決戦を挑むことに固執し、

「敵主力に艦隊決戦を挑むならわかるが、輸送船団を攻撃せよとは何事か」

と反論。さらに、

「敵上陸地点へ突入して輸送船団を撃滅せよ、というのは連合艦隊をすり潰すつもりなのか」

と詰問した。しかし、神は、

「フィリピンを失えば、蘭印との交通線は遮断され、結果日本は自然死する。そうなれば艦隊を温存したところで何の意味もない。たとえ、この一戦に連合艦隊を潰しても、あえて悔いはない」

と言って、小柳に理解を求めた。

沈黙の後、小柳は小さくうなずいた。

「わかった」

そのうえで、小柳は念を押した。

「しかし、われわれが突入作戦を実施すれば、敵は全力で阻止行動に出るに違いない。したがって途中、敵主力艦隊と遭遇した場合、敵上陸船団の撃滅か敵主力艦隊の撃滅か、どちらを選択すべきか迷った場合、船団攻撃を後回しにして、敵主力の撃滅に専念するが差し支えないか」

「差し支えない」

神は了解したという。

こうして、栗田艦隊は、主目的のレイテ突入と、副次的な目的の敵主力艦隊の撃滅という二つの目標を抱えて出撃することになった。

ここに、「新たな機動部隊」が発見されれば、事前の了解に基づいてこれを追う判断を下してしまう素地が出来上がったといえる。

筆者はこの点が重要であると考える。栗田艦隊の「反転」は、確固たる態度であり、その目的を明確に伝えなかった連合艦隊司令部にこそ責任の一端があるのではないか。少なくとも「栗田艦隊の謎」という表現は大げさで、妥当とも言えないような気がする。

むしろ、謎は、新たな機動部隊を発見したという「ヤキ1カ」電にある。

この電報には発信者名が記されておらず、当初、発信者と思われていた南西方面艦隊や基地航空部隊にも電報の発信記録はなく、また発信を命じた者も不明であり、「大和」以外のフネが受信した記録もない。恐ろしく謎だらけの電報なのである。

栗田艦隊の一員として出撃した池田清（海兵七十三期、乗艦の重巡「摩耶」が撃沈、さらに移乗した戦艦「武蔵」も撃沈）は、著書『最後の巡洋艦・矢矧』（新人物往来社刊）で、こう述べている。

〈「ヤキ1カ」電について、小柳参謀長は「偽電であったことは戦後判明した」と回想しているが、偽電か、虚報か、ためにしたデッチアゲか真偽不明であり、ここでは深く立ち入らないことにする。ただ、「ヤキ1カ」が栗田艦隊のレイテ湾突入断念、北進に大きく影響したことを指摘するに止めたい〉

元共同通信記者で作家の児島襄は、栗田長官に反転、北進を決断させた最大の要因は、敵発見の「南西方面艦隊電」によってかきたてられた、敵艦を求める「海軍根性」にあった、と断じている（文春文庫『指揮官』104頁）。

児島は、その電報をもとに、レイテ湾突入中止の意見具申をしたのが、問題の「A氏」だったと書いている。

だが、電報はA氏に「届けられた」と受動態で記されており、だれがA氏に届けたのか、書かれていない。

そして、A氏は小柳参謀長に対し、「レイテ湾突入の中止、敵機動部隊撃滅」を意見具申した、と記している。さらに、小柳参謀長、A氏が栗田長官に、敵、味方の状況判断を述べ、「南進か北進か」の決定を栗田に求めたというのだ。

ここで、児島は、問題の電報について次のように述べている。

〈南西方面艦隊の敵発見電にしても、その一通だけである。ということは、一機の報告と考えられるが、これもあぶない。すでに一般的にパイロットの練度が低下していることは、これまた常識となっているからである〉

しかし、栗田は、

〈敵情は不明である。しかし、与えられた情報の中で確実とみられるものによって判断し、行動すべきである〉

という道を選んだ、とみる。つまり、栗田の決断は、この電報を唯一のよりどころとしたというわけだ。

## 「大和」艦橋での激論

説明がずいぶん長くなった。深井氏の証言を聞いてみよう。

「一人暮らしながら、部屋はこぎれいに整理整頓され、おいしいコーヒーをいれてくれた。とてもスマートな、古き良き時代のネイビーを感じさせる人でした」

池田は「矢矧」、深井氏は「大和」。乗艦は違ったが、同じ栗田艦隊でレイテ沖海戦を共に戦った二人は、すぐに打ち解け、二時間余り、たっぷりと語り合った。

以下、録音された二人の会話である。

深井「サマール沖の海戦の時、『大和』からは何も見えなくなった」

池田「僕ら水雷戦隊はどんどん前へ出ていた」

深井「午前九時半ごろ、参謀が、もう追撃はよかろう、と言った。『大和』は電探射撃をやっているだけで、効果が分からず、味方打ちになるかもしれないから、ということだった。でも、戦果はどんどん電話で報告が入ってきていた。空母三隻撃沈とか。でも、やめー、になっちゃった。もう三十分やっていたらなあ」

池田「まだ、敵は見えていたんですからね」

深井「僕らからは、何も見えなかった」

池田「あー、それで。戦線がバラバラになったので集結、というのは分かるけど、なぜ、レイテから遠い方に集まったのでしょうか」
深井「『大和』がここにいたから。『大和』は北に走ってた。両舷から魚雷が来るので、敵に背を向けて。森下艦長は早く止まればいい、早く止まればいい、と言っていた」
池田「僕ら十戦隊は、〇九四五　集結せよ、との命令を受けた。〇九三一　突撃せよ、で魚雷戦をやっている最中だった。僕らがチャンバラやってる時に、旗艦がどんどん背中向けて走っている。部下が突撃している時に、散々逃げて集まれ、何やってんだ、という感じ。ばかな話だ」
深井「（『大和』の戦闘詳報を広げて）一〇一四　第三警戒航行序列が出来上がっている。針路ゼロ度、速力二十二ノット。それから三十分ほど空襲があった。そして、ここからが問題なんだけど、一一五一　南の方向にマスト五本見ゆ、の電報を打っている。さらに一二〇四　先のマストはペンシルバニア型と駆逐艦四隻なり。『大和』がスルアン灯台の方に、カンビアベイとは別の水上部隊を見つけたんだ。スルアン灯台がけむって見えていた。しかし、これに対して砲撃をしていない。する、しない、でずいぶんもめたのだけれどね。この時、『大和』はまだレイテ再進撃中だった」
深井氏はここで一呼吸置き、続けた。
「一二三六　反転命令。一三一〇　レイテ突入をやめ、敵機動部隊を求めてサンベルナルジノ突破予定と報告……。僕は艦橋よりさらに上部の指揮所で戦闘配置についていた。下は作戦室で、さらにその下が艦橋。大和ミュージアムの図面は間違っている」

深井氏は、艦が北へ向いたまま、いつまでもレイテに向かわないので、イライラして艦橋に下りたという。

「あまりに北に長く行くものだから、司令部に聞きに行ったのです。森下艦長、宇垣司令官、栗田長官がいた。皆、何も言わない。航海長、航海士らも押し黙っている。通信士だけが上がったり、下りたりしている。小柳参謀長以下、作戦参謀、通信参謀らは後ろの方にいた。副長の野村大佐もいた。僕は、参謀連中がボソボソ話をしているところへ行き、A氏に聞いたんだ。『なぜレイテに行かないんだ！』とね。A氏黙って返事をしなかった」

深井氏は粘った。

「『敵水上部隊のマストが見えていた。張り切っていたのに、なぜ反転なんだ！』。だが、いくら文句を言っても無視。船はどんどん北へ進んだ」

あまりのしつこさに、A氏が怒った。

「その時、Aが私の目の前に突き出したのが、あの電報だったのです。Aは『これだっ！』と言って電報を示し、その電報をたたきながら『この敵をやっつけるんだ』と言ったのです」

この時、深井氏が見たのが、あの「敵ノ正規母艦部隊、ヤキ1カ　ニアリ　〇九四五」電だった。

「戦後、栗田さんはマニラの三川軍一さん（南西方面艦隊長官、栗田と海兵同期）が打った電報だから信用したと言っている。しかし、この電報は『大和』以外の他の全艦に届いておらず、『大和』の都築通信士も知らない。『大和』の作戦室だけに存在したという不思議なものなのです。そして、事実、ヤキ1カに敵はいなかった」

深井氏が戦後、航海長から聞いたところ、深井氏が文句をつけに行く前、艦橋では、宇垣司令官、栗田長官らの間で、激しいやりとりがあったという。

宇垣「南に行くんじゃないのか」
栗田　無言
宇垣「南に行くんじゃないのかッ！」
栗田　無言

航海長によると、栗田一人が「北へ行く」と張り切り、森下艦長、宇垣司令官はものすごい剣幕で反対した。参謀たちは、いたたまれなくなって、後ろに逃げていたという。

「捏造電報」だった

「そこで、いろいろ考えた結果、あの電報は、Aがつくったに違いないという結論に達した。そうすると、それ以降の日程とぴったり合う。反転の時刻と位置は、次の日にシブヤン海を通ってパラワンの東に抜けるのに、ぎりぎりのところ。サンベルナルジノ海峡を抜ける前に一時間ほど索敵のジェスチャーの時間も取った。遺族の方がたまらないだろうと思って、これまで黙っていたけど、僕もやがて死ぬ。その前に語っておきたかった」

深井氏は静かに言った。

池田「なるほど、森元治郎さんがにらんだ通りです。森さんも、Aが怪しい、言動がおかしい、と言っていた。それで僕に、あの反転は調べた方がいいぞ、と」

深井「飛行機が見たという電報を他のだれも受信しないなんてあり得ない。だが、栗田さんは同期生（三川軍一）が言うんだから間違いないと判断した。本物と思っていた。Aと小柳参謀長に乗せられたのだと思う。証拠はない。しかし、消去法でいくと、Aの創作以外にない」

池田「栗田さんは疲れ切っていて判断を誤ったという話もある」

深井「反転の失敗を悟ったが、正午から夕方にかけて延べ百五十機の空襲を受けて、水上戦闘に適した陣形に戻すこともできず、もはや再び反転する気は起こらなかった」

池田「反転の素地は、捷一号作戦発動の時からあったのでは」

深井「元々の命令はレイテ突入だった。それが、途中で有力部隊と会敵したら攻撃してもよい、という命令に変わった。小柳参謀長らがリンガ泊地で『お墨付きをもらってきた』と話していた。わざわざ、なぜそんなことを言うのか不思議だった」

池田「その話は、僕らにも艦長を通して伝わってきていた。リンガでは、狭い湾内での襲撃訓練をしていたのですが」

深井「栗田司令部は、初めから突入作戦がいやだった」
池田「しかし、僕らが助かったのは、栗田さんのおかげだ。ずいぶんたくさんの人命が助かった」
深井「十三隻戻れた。乗員は一万人くらいかな」
池田「一概に悪、とは言えない」
深井「長いこと誰にも言わずに我慢してきた」
池田「森元治郎さんもよく見ていた。ずっと調べなくてはと気になっていたが、これで晴れた」
深井「Aは、きれいな顔をした、かっこいい人でしたよ。見識もあった。けれど、心が伝わらない人だった。小柳さんは彼の言うなりだった」
池田「……」
深井「森下艦長は沖縄特攻の時は、参謀長だったね。元々水雷屋だからな」
池田「はい。森下さんはかなり負傷されました。佐世保のレスで一席設けた時、包帯だらけでした。『矢矧』にいた吉村啓蔵司令官、有賀艦長と、同期でした」
深井「森下さんはいい艦長だったが、『武蔵』の艦長は大艦巨砲主義の権化みたいな人だったな」
池田「レイテの出撃前、ペンキを塗ってピカピカにしたから目立った。もっと他にやることがあるだろうにと思ってました」

深井「『大和』も六千トンも浸水していて、やっとこさ呉に帰ってきた。そんな状態で、反転して、敵機動部隊を攻撃する、なんて堂々と電報打つんだから、たいしたものだ」
池田「その『大和』も沖縄で沈んだ」
（筆者注・深井氏は池田との会話の中で、A氏がなぜ、偽電報を作ったのか、その理由についても述べている。しかし、あくまで想像の域を出ず、故人の名誉にもかかわるため、ここで紹介することは差し控える）

## 小沢治三郎の短刀

電報のミステリーについてひとしきり話をした後、深井氏は、池田に一振りの短刀を見せた。

「小沢さんが贈ってきたんだ。自決用にと。出撃前にリンガ泊地に届いた」

鞘に「小沢治三郎」と書いてある。

「自分は囮の役を果たして死ぬ。お前たちも死ぬ気でやれ、という伝言が添えてあった」

深井氏は続けて、こう言った。

「本当は、捷一号作戦は小沢治三郎が指揮官になるはずだったんですよ。しかし、小沢さんは固辞した。栗田さんを信用していなかったからです。『（レイテ突入の主部隊を率いるのが栗田ではなく）西村（祥治）なら、やる』と言ったらしい」

小沢は栗田より一期上なので、作戦は連合艦隊直率となり、小沢は栗田艦隊に直接命令を出さない立場となった。

「それで、メッセージとして短刀を贈ったんだと思う。もし、小沢さんが指揮官だったら、艦隊相互の連絡もうまく取れていたかもしれない」

深井氏はそう言って悔やんだ。

池田は、深井氏とのインタビューの結果も踏まえ、次のように総括した。

「あの時、反転していなければ、栗田艦隊はレイテで全滅していただろう。燃料がなく、突入後、引き返すのは不可能だったからだ。

突入すれば、帰れない。これは大きな要因だった。作戦目的から言えば、逃げたことになるが、特攻作戦でない限り、引き返すのもぎりぎりの裁量の範囲内だ。

突入していれば、沖縄水上特攻の前倒し、になっていただろう。戦死者は、レイテの方が多かったはずだ。突入しても大局的には、戦局に大きな影響はなかっただろう。結果的には、失敗ではなく、賢明な策だったということもできる。

が、艦隊の全滅で終戦が早まり、原爆が落ちないですんだかもしれない。小沢長官だったら、突入していただろう。

たった一人の人間性が大艦隊の運命を変える。指揮官の重みは、すごい。ただ、ここで全滅していい、という決断はなかなかできるものではない。栗田長官が戦後言い訳をしなかったのはよく分かる。参謀がそういうのなら、よかろう、となったのだろう。

ミッドウェーとレイテ。作戦目的がはっきりしなかった点が似ている。これは大きな問題だった」

こうした問題の背景について、元内閣安全保障室長佐々淳行は、

「米主力艦隊との決戦を求めて反転した栗田健男中将の判断は、兵站を重視するアングロ・サクソン的発想からみると、謎の反転であるが、槍先重視・後方軽視の武士道的用兵思想から考えると、それなりの理由があった」（『危機管理のノウハウPART2』PHP文庫）

と言う。

「兵站学を学ぶことなく、武士道的、形而上学的、美学的戦争観のままで苛烈な総力戦である近代戦に突入してしまった日本軍指導部の価値判断基準から見れば、戦艦大和が輸送船団を砲撃するなど、加藤清正が足軽と槍を交えるようなもので、まして刺し違えるなどとんでもないということだったのだろう。武士は武士と戦うもの。兵糧運びの雑兵、足軽など刀の汚れといった美学的戦争観も加わってアメリカの弱点を衝こうとしなかった」（同書）

佐々の指摘も的外れとはいえない。

最後に戦後、栗田が元海軍記者伊藤正徳のインタビューにこたえた言葉を紹介して、この項の締めくくりとしたい。

「幕僚とは全然相談しなかった。自分一個の責任でやった」

海の武将らしい返答ではないか。

## 至近弾炸裂

昭和十九年十月二十五日に筆を戻す。

栗田艦隊は「反転」前後から、敵機の猛襲を受け始めた。

一一〇〇、小さな一点がぐんぐん近づき、艦隊の頭上に黒い影となってかぶさって来る。例のごとく、敵機はまず、艦隊の砲撃射距離圏外を悠々と旋回する。

息詰まる沈黙。乗組員たちの顔は皆、汗と砲煙とで真っ黒にくすんでしまっている。血走った両眼ばかりがぎらぎらと光り、上空をにらみつけている。

「大和」の巨砲が火を吐く。それが合図だったかのように、敵機は四散し、四方八方から襲って来た。熱帯の空が、赤、紫、黒と、対空弾の砲煙に染まる。

敵機は太陽を背に銀翼をギラリと輝かせ、鷹が獲物に飛びかかるようにサーッと急降下する。爆弾を投下し、魚雷を放つ。海上は彼我砲弾のしぶきに包まれる。

「矢矧」は対空砲を撃ちまくりながら、右へ左へと回避運動を行なう。

池田によると、艦爆による爆撃は、

「鳥がフンを落とすような感じ」

という。

「水平線に黒い点（敵機）が見えると、うわーっ、来たなと嫌な気持になる。黒点が真上に見えたら、直撃弾か至近弾。一、二秒後には着弾するので、点が見えた瞬間に、うん、と気合を入れて踏ん張るのです」

爆撃の最中、池田は、名将とうたわれた司令官木村進をチラッと見た。木村も、うん、という感じで下半身に力を入れ、踏ん張っていた。

「味方の数が減ったから、敵機の配給量が多くなったぞ」

砲術参謀の朝田少佐が冗談を言う。確かに、敵機の数は、昨日に比べ、格段に増えている。一方で、乗員の砲戦技量も目覚しく向上し、撃墜機数は昨日に倍加していた。

全弾投下し終えた敵は、再び艦隊の射距離圏外に退き、集結してから東方洋上へ去って行った。

池田は急に空腹を感じた。のどもカラカラに渇いている。艦橋に置いてある応急食糧の「乾パン」は負傷者の血糊でどす黒くなっていた。池田は血の付いていないのを選り取り、かじりながら戦闘記録を整理し、艦位を海図に記入していった。

艦が揺れるたびに、床面にたまった血潮が左へ右へと流れ、艦橋には生臭いにおいがたちこめていた。

「今日は昨日よりずっと襲撃して来ますね」

と池田が朝田に話しかける。朝田は、

「うん、まだまだ相当数の攻撃が数回はあるだろう」

と答えた。

実際、この日の攻撃は息つく間もなく繰り返された。

一二一五、敵三十機来襲、被害なし。

しばらく後、敵の編隊爆撃を受け、回避ため隊列が乱れた。敵は五群に分かれ、計五十機。「大和」「長門」に続いて「矢矧」も砲門を開いた。「矢矧」は、襲いかかって来た敵艦爆三機を猛然と砲撃し、一機を撃墜した。

一二五三、「利根」が艦尾に命中弾を受け、「我レ舵故障」の信号を上げた。

この爆撃は約四十分にわたった。「大和」座乗の参謀長小柳冨次は、新手の正規空母群による攻撃と思ったという。

この後も、「一三三〇」に約七十機が来襲。「一四〇〇」「一六〇〇」「一六四〇」にも攻撃があり、午後だけでも攻撃は五次にわたり、機数は三百機に及んだ。一群が去ると、次の一群が水平線上に黒点を現わす、といった具合だった。

が、「矢矧」は一発の直撃弾も食らうことがなかった。それは木村司令官以下、全艦乗員のチームワークの成果であった。甲板にいる者は、司令官から一等水兵に至るまで皆、対空見張りを厳にし、迅速な敵機発見に努めた。

川添航海長の操艦、機関科員の沈着確実な運転も光った。実に数十発の爆弾、魚雷をすべて回避し、幾度かの死地を奇跡的に切り抜けたのだった。

艦は沈まなかった。しかし、至近弾などによって百五十人を超す死傷者を出した。

この日、「矢矧」が四度目の空襲を受けた時のことである。

「艦首急降下！」

見張員からの発見報告に続き、航海長の、

「面舵一杯！」

の鋭い号令。

艦は左に傾き、右に回頭し始めた。

「ドドーン」

腹に響き、耳をつんざく轟音。至近弾だった。

身体を放り投げられるような激しい船体の動揺で、艦橋にいた何人かが、よろめき、倒れた。次の瞬間、窓ガラスが割れ、構造物が破壊された。

池田は天地が崩れ落ちるような感覚をおぼえ、頭から水煙をかぶった。鼓膜保護用の耳栓が吹き飛び、鼓膜が破れた。使っていた海図台は破片でズタズタに傷つき、定規とコンパスも滅茶苦茶に破壊された。

その時、艦橋下部にいた見張員の北野兵曹は、至近弾の破片で左腕をつけ根からもぎ取られた。受け持ちの十二センチ高角双眼望遠鏡も、鏡管貫通孔の損傷を受け、使用不能となった。北野は、右手と口とで、無くなった左腕の切断部に包帯を巻き付けた。

出撃前に軍医長から教えられた通りに竹の止血棒で止血をし、見張指揮官に被弾状況を報告した。その声は平生とほとんど変わらない。声だけ聞いていると、ちょっとばかりのかすり傷を負った位にしか感じられなかった。

池田が、

「傷は痛まないか」

と尋ねると、北野は、

「これくらい何でもありません。まだ右手も両足もあります。十分ご奉公できます」

と真剣な顔で言った。

少しの衒いもなく、見栄をはってカラ元気を出しているのでもない。池田は何となく自分が恥しくなり、心から頭の下がる思いだった。

この北野が離さなかった十二センチ高角双眼望遠鏡に、池田は昭和五十九年になって四十年ぶりに再会する。

## 高角望遠鏡との再会

いったん話を四十年後に進める。

昭和五十九年三月、池田は㈱日本設計事務所の代表取締役になっている。池田は、同社大阪支社が設計した兵庫県六甲山の関西学院大学千刈キャンプセンターの竣工式に参列した。自然環境に恵まれたそのキャンプ場は広大な敷地で、見渡す風景は実に素晴らしいものだった。同じ敷地内のほど遠からぬ小高い丘の上に、セミナーハウスがあった。

式典まで少し時間があったので、池田は施設を見学させてもらった。案内役の内藤支社長が突然、思いがけない言葉を発した。

「このセミナーハウスの屋上にある望遠鏡は、旧日本海軍の軍艦『矢矧』の艦上にあったものだそうです」

内藤は、関西学院大の施設部長の話として、このエピソードを説明したのだった。

池田は、耳を疑った。レイテ沖海戦の後、昭和二十年四月に沖縄海上特攻に出撃した「矢矧」は、戦艦「大和」とともに鹿児島県坊ノ岬沖の東シナ海に沈んでしまっているのである。わずかに残された数葉の写真以外に、その姿をとどめるものはあろうはずがなかった。

ともかく、池田は、その望遠鏡なるものを見せてもらった。

確かに、それは旧海軍が用いていた十二センチ高角双眼望遠鏡であった。だが、「矢矧」のものである証拠は見あたらない。

海中に没したはずの望遠鏡がなぜ、セミナーハウスにあるのか。池田は、関西学院大の施設部長にその経緯を尋ねた。施設部長は、

「数年前、関西学院大学のOB中西氏から大学に寄贈されたのです」

と説明した。池田は早速、中西に会いに行った。

中西は元呉造船所長で、退職後、八十歳過ぎてなお、元気だった。

終戦直後、進駐軍が広島・呉に上陸する前、呉海軍工廠の造船部の仕事は、株式会社播磨造船所に引き継がれた。中西は当時、播磨造船所社員だった。

望遠鏡など材料物品は、管業部長小山大佐が統括していた。播磨造船側は、終戦まで軍籍にあった沖本主計中佐が交渉を担当した。すべての材料物品は、海軍側の在庫表に基づき、現品と照合して播磨側に引き渡された。担当の人員も、海軍在籍そのままに引き継がれ、す

べては能率よく取り運ばれたという。

この時、くだんの望遠鏡も、すんなりと所管替えされたのだった。

その後、播磨造船所は、海軍から引き継いだ材料物品を整理することにした。戦時中の必需品も、戦後は不要となったものが多かったからだ。

それらの整理処分にあたって、中西の部下が望遠鏡を持参してきた。中西は、これを自宅に持ち帰った。中西の家は、呉の高台にあったので、望遠鏡で山や夜空を眺め、楽しんだという。

その後、播磨造船は呉造船に代わり、中西は所長を務めた。

しかし、なぜ、「矢矧」の望遠鏡が終戦時、呉海軍工廠にあったのかは依然不明である。

そこで、池田は、「矢矧」の生存者にあたって、その事実の有無を調べることにした。

見張用眼鏡は、航海士の管理する兵器である。幸い、池田の部下であった見張員長の井上兵曹が健在だった。

問い合わせたところ、井上は意外な事実を話した。

前述した北野兵曹は左腕を失うという重傷を負い、破損した望遠鏡ともども内地に帰った。呉に入港した際、同じく見張員だった大城政夫兵曹に修理を頼み、呉工廠に持参させたというのである。

池田は、「矢矧」の戦闘詳報を繰ってみた。兵器故障欠損調査表に、

「十二センチ高角双眼望遠鏡　鏡管貫通孔の損傷、艦内にて修理一時間半におよぶも不能、

機を得次第、工廠修理を要す」

とある。井上兵曹の証言と符合する。

艦の見張用双眼鏡には、それぞれ受け持ち角度がある。艦の全方位を完全にカバーしなければならないからだ。工廠で修理している期間、死角ができてはいけない。そこでおそらく、代替品が「矢矧」に据え付けられ、くだんの望遠鏡は使い手のないまま呉工廠で終戦を迎えたのであろう。

その後、呉造船所長中西の手を経て関西学院大学セミナーハウスの屋上で生きながらえ、池田と再会することになったのである。この後、望遠鏡は、大学側から池田の手に〝返還〟され、池田はこれを海上自衛隊に寄贈。現在、江田島の海自第一術科学校内「教育参考館」に収蔵されている。

この十二センチ高角双眼望遠鏡にまつわる逸話を、もう一つ、書いておく。

破損した望遠鏡を呉工廠に持参した大城兵曹は、レイテ沖海戦後、陸上勤務を希望し、退艦を予定していた。

ところが、「矢矧」が呉に入港し、大城が望遠鏡を抱えて工廠に赴いている間に、たまたま艦内で「退艦予定者総員後甲板に集合」の指令が出された。大城は「バスに乗り遅れてしまった」形となった。戦局の悪化に伴い、陸上勤務の防備隊の補充が急がれ、帰投する軍艦を待ち構えていたのだろう。

大城が不在のため、彼の所属していた第七分隊では退艦予定者の員数が一名不足となった。

そこで大城と同期の平兵曹が退艦を申し出た。

大城が工廠から帰艦した時には、すでに退艦者は全員が艦を降りてしまっていた。

昭和二十年四月、大城は、故郷の沖縄に敵が上陸するに及び、再び「矢矧」に乗り組み、いよいよ特攻に参加することになった。退艦できなくなった当初は不満を抱いていた大城も、いよいよ特攻と決まった時には、郷土に骨を埋める覚悟をし、自らの運命に従う心境になっていた。

大城は、「矢矧」沈没後、漂流しているところを味方駆逐艦に救助された。

戦後は、古里で平和な家庭を築き、孫たちにかこまれて暮らした。池田も大城と再会し、大城の案内で、沖縄の離島を旅したことがある。

一方、大城の代わりに退艦した平はどうなったのか。

念願かなって陸上勤務になったが、配属先はマニラ防備隊で、そこで戦死した。艦に残るより、ずっと安全なはずだったのに、皮肉な結果となった。

「運命というものは、人間の意志や願望をはるかに超えたもの」

池田はしみじみと言う。

## 戦い終わって……

閑話休題。

昭和十九年十月二十五日夕、栗田艦隊は隊伍を整え、静々とサンベルナルジノ海峡に向かいつつある。ボルネオ島ブルネイ基地に帰投するためだ。

　今回の遠征は、東京を起点とすると、台湾で戦って帰って来るのに相当する距離だった。艦隊がレイテ湾を目前に反転した時、各艦の燃料はブルネイにたどりつくのにぎりぎりの残量だった。

　燃料が切れ、攻撃も撤退もできない軍艦ほど役に立たないものはない。漂流艦隊は、敵の標的なって全滅するしかない。

　池田はこう振り返る。

「僕らはレイテ突入のことしか頭になかったけど、機関参謀は燃料のことをしきりに気にしていた。艦隊全体の責任を負う立場にある人は当然、帰りのことも考えていたでしょう。それを一概にけしからん、とは言えませんよ」

　午後四時、この日十回目の空襲があった。

「矢矧」は右舷中部に至近弾を受けた。その弾片が、一番魚雷発射連管室に当たり、装塡中の魚雷の第二空気室を破壊した。

　酸素が充満している第二空気室は、猛烈な火炎に包まれた。それは酸素熔接の火と同じだった。連管室内は二千度近い炎が舞い狂う高熱地獄と化した。室内にいた連管長山田兵曹長以下十五人は全身火だるまとなり、あっという間に黒こげの焼死体となった。

　かろうじて室外に飛び出した者も、狂ったように海中に飛び込んだり、甲板でのたうち回ったりした。目を覆うような惨状だった。

一八三〇、第十八回目の空襲を最後に二十五日の戦闘は終わった。北方にいた敵機動部隊は東方洋上に遠ざかった。

洋上は暮色を濃くしていた。熱帯の巨大な太陽が紅に照り映え、美しく静かに海中に没していく。日中の激戦も遠い過去のように思われる。池田は、しばし我を忘れて夕陽に見とれた。

人員、兵器の状況が次々と艦長へ報告される。池田はその時初めて、クラスメート伊藤比良雄中尉の重傷を知った。池田は海図に艦位を記入し、予定航路にサンベルナルジノ海峡通過の予定時刻を算出した後、航海長に伊藤の見舞いを願い出た。

身体を斜めにしてやっと通れるほどの螺旋形の「艦橋ラッタル」を駆け降りる。ハシゴの至る所から、生々しい鮮血がポタリ、ポタリと流れ落ちていた。壁面の鉄板は無残にめくれ上り、弾痕や破片の飛散した痕が昼間の激闘を物語る。

戦闘中、閉鎖されていた出入口のマンホールをくぐって上甲板に降りる。至近弾で吹き飛ばされた機銃の銃身が「く」の字形になっていた。台座も叩き潰され、付近は、機銃員の血と肉片が散乱していた。別の甲板では、戦死者、重傷者の運搬、治療にと、戦友たちが休む暇なく走り回っている。

池田は上甲板から中甲板に至るマンホールを開き、中甲板に降りた。

むっとする悪臭が鼻をついた。リノリウムの甲板は、負傷者であふれ、足の踏み場もない。士官室、ガンルーム（士官次室）の戦時治療室だけではとても収容し切れず、兵員室から通路に至るまで、戦闘で傷ついた者が寝ていた。

手や足を切断した者、胸に貫通銃創を負った者、あるいは顔面をやけどした者……。百数十人の負傷者を、軍医長と軍医中尉、看護兵数人が看ている。切断したばかりの脚を入れた桶、朱に染まった脱脂綿や包帯を入れた容器、その間に寝ている負傷者。池田は、その中を縫うようにして通り抜けた。

機銃群指揮官として戦闘中に重傷を負った伊藤は、水雷長私室に寝かされていた。池田が見舞った時、彼は腹部に血のにじんだ包帯を幾重にも巻き、仮設ベッドに横たわっていた。顔色は青ざめていたが、想像していたより元気で、意識も明瞭だった。池田は、これなら、ブルネイまで頑張れば、入院して案外すぐ治るのではないか、と思った。

「良く頑張ったな」

「いやいや、戦闘中こんな所で寝ていてすまないよ」

伊藤はいかにも残念そうに言った。

「とんでもない。貴様は名誉の負傷をして、しかも部下は貴様の立派な態度に感激して士気はさかんだ。貴様の働きは十分だ。後はできるだけ静養して早く傷を直すのが一番のご奉公だよ」

池田は何とかして彼を安心させ、落ち着いて休んでもらいたかった。伊藤は頷いて目を閉じた。

「痛むのか」

「ああ、少し」

伊藤の呼吸が激しく、不規則になった。

その時突然、艦内スピーカーが叫び、ラッパが鳴った。

「配置につけ　配置につけ」

池田は、

「あせらず、大事にしろよ」

と伊藤に言い残し、艦橋に駆け上った。

僚艦が水中聴音器で敵潜水艦を感知したらしい。海はとっぷりと暮れ、空には南十字星が輝いている。耳をつんざくような昼間の激闘がうそのようだ。

今は、灯一つ出さず、音を極力防ぎ、沈黙を守りつつ、海中の見えざる敵に神経をとがらせている。どちらかが音を出した瞬間、勝敗は決まる。

二二〇〇、敵は、その姿を潜めきったようだ。

「その場に休め」の号令が出た。

二三〇〇、艦隊は、対潜警戒航行序列から、単縦陣になった。サンベルナルジノ海峡を突破するためだ。

二三三〇、海峡を無事通過する。

池田にとって三度目の通過である。一度目はマリアナ沖海戦への出撃時、二度目はレイテ沖海戦への出撃時。

先にも触れたが、ここで敵に待ち伏せされたら、全滅も免れないような狭水道である。今回、行きも帰りも無事に通過できたのは奇跡的なことだった。

意図したわけではないのだが、往路のシブヤン海での反転、復路のレイテ湾を目前にした反転が、結果的に絶妙のタイミングを創り出したのだった。

「敵にしてみれば、二度もビッグチャンスを逃し、してやられた、といったところでしょう」

## 姉妹艦「能代」沈没

日付が変わった。

十月二十六日。

空は星が一面に輝き、東の山上には下弦の月が静かに上り始めている。栗田艦隊は、昨夜通った航路を、無言のまま引き返してゆく。

サンベルナルジノ海峡を通過した栗田艦隊は、再びシブヤン海に入った。二十四日の激戦で、戦艦「武蔵」がその巨体を沈めた海だ。

「矢矧」艦橋の池田は、月明りの海を眺めていた。目は冴える一方だ。艦橋にある者は誰一人声を出さず、じっと海面を見つめている。

夜が明ければ、また今日も敵機の襲撃が始まるはずだ。今はただ、これ以上損害を被ることを避け、基地に戻り、破損部を修理して、再度立ち上がる準備を急ぐことが肝要だ。

それには、一刻も早く敵艦載機の行動半径より脱し、戦場から遠ざからなければならない。一昨日、最初の襲撃を受けたタブロス島に近づいた時、東の空が明るくなってきた。星たちは次第に輝きを失う。

まだまだ敵の攻撃圏内である。わが艦隊は勢力を半減し、しかも、何れも損傷した痛ましい姿で、白日の下に晒されている。

太陽がジリジリ焼け付くように照りつけてきた。それを、鏡のように澄んだ海面がギラギラと反射する。

「今日も絶好の空襲日和だな」

池田は苦笑した。

〇九〇〇、艦隊は往路と少し航路を変更し、ミンドロ島の方に北上せず、そのまま南下し、クヨー水道に向かった。

果せる哉、執拗な敵艦載機はまたもやわが艦隊を見つけ、戦爆連合で襲って来た。わが方も、各員、それぞれの戦闘配置で全力を挙げて応戦する。

「矢矧」と並走していた第二水雷戦隊の駆逐艦二隻に爆弾と魚雷とが命中した。装甲のほとんどない駆逐艦はたちまち黒煙を上げ、みるみるうちに傾斜した。敵機は勝ち誇ったようにその駆逐艦にとどめを刺す。

艦隊は「大和」を中心に輪形陣のまま、応戦しつつ南下した。駆逐艦二隻が落伍した。一隻は敵機が去った後、沈没した。

「今度はやられるか、今度は駄目かと思うことが度々あったが、何とかその都度切り抜けてきた」

と池田。あと一日頑張れば、ひとまず艦載機の攻撃圏内から逃れることができるはずであった。

敵はさらに第二、第三波と昨日に劣らず襲撃して来た。池田らは歯を喰いしばり、懸命に頑張った。

第二水雷戦隊旗艦「能代」がやられた。「矢矧」の同型艦である。魚雷が命中して大傾斜し、速力がほとんどなくなったところに集中攻撃を受け、クヨー水道に沈んだ。池田らは、姉妹艦の乗員を救助することもできず、敵機と交戦を続けなければならなかった。悲痛極まりないことだった。

## B24を撃墜

一三〇〇、栗田艦隊旗艦「大和」は北方上空に敵の大型機約三十機の編隊を発見した。やがて肉眼で十分見分けられる距離に迫って来た。

B24三十二機からなる編隊だった。これまで襲来してきた空母艦載機と比べ、格段に大きい。そろそろ艦載機の攻撃圏内を脱したかと思ったら、今度はより航続距離の長い陸上機のお出まし、というわけだ。

B24はB17に代わって登場した米陸軍の大型爆撃機。米海軍もPB4Y－1として哨戒任務に用いた。愛称は「リベレーター（Liberator）」―。「解放者」の意味である。B29投入まで、太平洋戦線の主力として、わが軍を苦しめた。

「癪に障るほど悠然と銀翼を輝かせて艦隊の真上を通った。飛行高度が高く、『大和』が主砲を発砲しても、やや編隊を乱す程度でした」

いったん艦隊上空を通過した編隊は、艦の針路速力を観測して悠々反転、高度をぐっと下げて水平爆撃を行なうべく再び上空に舞い戻った。

「今度こそは」

と、艦隊各艦、猛烈な反撃を加えた。

目標が大きい分、砲撃しやすい。「矢矧」と配下の駆逐艦の砲撃は、たちまち四機を撃墜した。大きな図体がバラバラになり、ほとんど艦の真上に落ちるかと思われるほど、間近の海面に墜落していく。

池田は水平爆撃回避盤に向かっていた。これは敵機と自艦との水平角を測定し、ちょうど調べた角度になると、自動的に「赤ランプ」がつき、回避の転舵時機を知らせてくれる測定盤である。

敵速と自艦速力とを調べ、向かって来る敵機を追う。池田の測定により、航海長が転舵号令を下す。もし、測定を誤れば回避のタイミングを失する。

池田は、全神経を敵機に注いだ。一切の砲声も、敵機の爆撃の音も耳に入らない。

この間、「大和」は錨甲板などに四発の爆弾をくらった。浸水は三千トンに及び、修正のため、二千トンが注水された。戦艦「長門」には四弾命中、「金剛」と「榛名」もそれぞれ数発のロケット弾を浴びた。

やがて敵機は艦隊の砲撃射程圏外に出て、編隊を整えて、南方の空へ去った。数は六機減じて二十六機となり、数機は白い煙を機尾に残していた。

艦隊はなおも敵機の襲撃を予期しながら対空警戒を厳重に行ないつつ、輪形陣のまま航海を続けた。このB24との交戦を最後に、敵機は姿を見せなくなった。

「大和」座乗の第一戦隊司令官宇垣纏はこの日、日記にこう記した。

「もう沢山の気分なり」

## 水漬く屍

パラワン島の北端で日没となった。

栗田艦隊は、クリオン島とルイアバカン島との間の狭水道を通過し、再び南シナ海に出た。ようやく敵艦載機の攻撃圏内は脱した。

「矢矧」の艦内は一昨日、昨日、今日と三日間連続の激闘でゴッタ返している。戦死者は、手足が飛散したり、顔がつぶれたり、足のみが甲板上にあって体がなかったりと惨憺たる有り様だ。非番直員がその片づけ、整理を行ない、水葬の準備に取り掛かった。

全員の姓名がほぼ判明したのは午後五時半ごろ。しかしなお、二人が行方不明だった。水葬者は五十二名となった。戦友たちが一人一人毛布にくるみ、錘を付ける。五人ずつ並べて板にくくり、後甲板に安置した。

ついさっきまで、同じ甲板上で、同じ食事を取り、同じ目的で行動して来た戦友たちが、変わり果てた姿で静かに水葬の時を待っている。昨日、池田の傍らで戦死した加治木兵曹長も、その一人だ。

遺骸は、日没と同時に、後甲板から泡立つ航跡の中へと、すべり落とされた。池田は戦闘配置の艦橋から、万感をこめて挙手の礼を送った。

波静かな南シナ海を夕闇が覆う。フィリピンの島々は、次第に遠ざかり、やがて闇の中に消えていった。

運命は容赦ない。明日はわが身だ。池田は、胸を締めつけられるような重圧感を払いのけるように、海図に艦位を記入し、翌朝までの予定航路を書き入れた。

その時、カンカンカンと、艦橋ラッタルを慌ただしく駆け昇る靴音がした。軍医長だった。軍医長は連日の激務に引きつった眼で、艦長に言った。

「伊藤中尉が……」

その低い声に池田は、

「やっぱり駄目だったか」

とうなだれてしまった。

池田は天測を終えると、航海長の了承を得て、伊藤の通夜に出席させてもらった。

伊藤が眠る水雷長私室へ降りて行く。扉を開けると、伊藤は昼間に見舞った時と同じ姿勢で一人静かに横になっていた。

部下がそうしたのであろう、両手を胸の上で組んでいる。池田が固縛した扇風機もそのままで、蒸し暑い室内の空気をかき回している。伊藤の寝顔は安らかで、美しい夢でも見ているようだった。

池田は、折椅子を伊藤のすぐそばに置いて腰掛け、伊藤と共に過した日々に思いをめぐらせた。佐世保やシンガポールで一緒に遊んだことや、練習航海で、伊藤が船酔いをして随分苦労したことなどが頭に浮かんでは消えた。

池田は、クラスメートの死をまだ、事実として受け入れることはできなかった。

対潜警戒航行を続ける艦は、「之字運動」をしているため、転舵の度に大きく揺れ、伊藤のベッドもギシッときしんだ。扉の外には、足の踏み場もないほどに大勢の負傷者が横になっている。艦が傾くと、彼らも苦痛のうめき声をもらした。

熱帯の海で、閉め切った艦内は蒸し釜のように暑い。池田は、ブルネイ基地を出る時から一週間近く、ほとんど眠っていない。が、少しも眠くなく、頭は冴えきっていた。

## さようなら、伊藤中尉

十月二十七日。

〇五三〇、黎明警戒の時間だ。池田は伊藤の側を離れ、艦橋に上った。

南シナ海の洋上が次第に明るくなってきた。

栗田艦隊の全容は、五日前、ブルネイ基地を出る時の雄姿を知るものにとって、余りにも変わり果てた姿だった。

出撃時の栗田艦隊は、「武蔵」「大和」以下、戦艦五、重巡十、軽巡二、駆逐艦十五の計三十二隻からなり、水平線下に隠れるほどの大部隊だった。

それが今、戦艦四、重巡二、軽巡一、駆逐艦七の計十四隻。しかも、いずれも損傷を受けている。

戦艦群のうち、「大和」は、前甲板をほとんど水面近くまで沈め、「金剛」「榛名」にも随所に被弾の痕が残る。「長門」は舷側に大穴を開け、破口部分から水しぶきを上げながら航行している。重巡の「利根」は右舷に大きく傾き、「矢矧」も前甲板を沈め、前のめりに進んでいた。駆逐艦もマストが折れたり、煙突が破れたりしている。

落武者が折れた刀を杖に、傷ついた友を背負って山路を行く。そんな様を想像させた。

往路、潜水艦攻撃を受けたパラワン島西岸の航行を避け、復路はずっと西に出て、新南群島の間を縫ってブルネイに至る航路をとった。

新南群島近海は無数の珊瑚礁が広がる航行危険水域で、敵潜水艦は自由に行動できない。一方、日本海軍は近海を測量し、海図を作成。軍機密海図として各艦に配布しており、一種の安全地帯だった。

池田は二十四日の昼食以来、乾パンばかりかじっていたが、この日は朝から、握り飯にありつくことができた。主計科の炊事掛も二人が戦死し、烹炊所も至近弾で破損していた。

「この中で、九百人近くの乗員の食事を作るのは、大変だったろうな」

池田はそんなことを考えながら、配置に就いたまま握り飯をほおばった。

新南群島の島の一つが見えたのは午後三時ごろだった。少し大きな波があれば、波の中に没してしまうような小さな珊瑚礁の島だった。椰子の木が茂っている。

栗田艦隊は、群島内を明朝まで南下航行し、明日の午後、ブルネイに入港の予定である。

池田は、日没を期して、伊藤中尉の水葬を行なう旨、全艦に通告。午後四時前、準備のため艦橋を降りた。

伊藤が眠る水雷長私室には、工作科で作った立派な棺が用意されていた。吉村艦長、内野信一副長、ケップガンの大森大尉らが集まり、最後の別れをしている。

伊藤の遺髪を切り取ったのは大森だった。切り取った部分が虎刈りのようになっている。

池田が頭を、大森が足を抱えて入棺した。遺体は意外に重く、口、鼻、耳から脱脂綿を通して真っ赤な血が流れ出た。池田はこの時、クラスメートの死を初めて実感した。

伊藤は兵学校に三番で合格した秀才だった。横浜二中出身。浪人して江田島入りしたので、年齢は、池田より一つ上の二十一歳。

「横浜育ちのモダンボーイで、水交社ではよくビリヤードをやっていました。都会人の雰囲気を持ちながら、寡黙で芯のしっかりした男でした」

伊藤の父は、「矢矧」座乗の木村司令官と同期（三十九期）で、池田らがリンガ泊地で猛訓練をやっていたころ、油槽艦の艦長をしていた。ある夕、「矢矧」に木村司令官を訪ね、その折に、伊藤中尉もデッキに呼ばれた。これが、最後の親子の対面となった。

棺には、伊藤が好きだった煙草と倒れるまで離さなかった指揮棒が入れられた。信心深い内野副長は、

「冥途への渡舟の舟賃だ」

と言って小銭を入れた。水葬の時、沈むように、砂袋と錨鎖の一部も入れられた。それが、伊藤の体にのしかかり、苦しそうだった。

棺に蓋がされ、池田が最初の釘を打った。釘を打ち終えると、棺は部下の手により純白の布に包まれ、兵員室に安置された。「故伊藤大尉之霊」と墨書された棺の前で、部下たちが一人一人、焼香を行なう。

新南群島の水平線に、真紅の太陽が静かにその姿を没し去ろうとしている。柩は後甲板に運ばれ、矢矧は水葬を行なうため艦隊の列外に転舵した。紺碧の海に白い航跡が引かれて行く。

「気を付け」のラッパが、南海の空に響き渡る。それは勝者の喊声でも、敗者の絶叫でもない。祖国のために生命を賭して戦った者への鎮魂の響きであった。

後甲板右舷の手すりの一部が取り外され、棺は部下の手により艦から離れようとしている。

「水葬！」

内野副長の号令で、棺は海中に投下された。

飛沫が上がる。総員が挙手の礼で見送った。十分に重りを入れておいたはずなのに、柩は

別れを惜しむかのようになかなか沈まなかった。白い航跡の波間に浮かび、はるか後方に去ってから、ようやく海底に没した。

「さようなら、伊藤中尉」

池田の双眼から熱い涙が堰を切ってあふれ、頬を伝った。

洋上には夜の幕が降り、南十字星が輝き始めた。

レイテ沖海戦（昭和十九年十月二十二日から二十八日まで）で、「矢矧」が受けた戦果及び被害は次の通りであった。

【戦果】

僚艦とともに空母一隻、駆逐艦三隻撃沈

艦上機二〇機撃墜

【被害】

戦死　伊藤中尉以下、四四人

行方不明　三人

重傷　一二人

軽傷　八五人

船体の故障・欠損　一八ヵ所

兵器の故障・欠損　五六ヵ所
機関の故障・欠損　七ヵ所
【兵器の消耗数量】
十五センチ砲　五四〇（残四五〇）
八センチ高角砲　五四八（残四五二）
二十五ミリ機銃　二万一九四九（残一万八九九〇）
九三式魚雷　七（残九、うち三は使用不能）
二式爆雷　六（残一〇）
九九式通常爆弾　〇（残四七）
七・七ミリ機銃　六〇〇（未帰還機搭載　残一万三二一〇）

# 第四章　沖縄海上特攻

昭和20年の紀元節（２月11日）に「矢矧」甲板で撮影した
ガンルーム士官の記念写真。前列中央が池田

## 満身創痍

零戦搭乗員、岩井勉の空戦記録『空母零戦隊』（文春文庫）に次のような一節がある。
岩井は、捷一号作戦で、小沢囮部隊の空母「瑞鶴」から発進、母艦は沈没、フィリピン・ルソン島に不時着した。その直後、レイテから引き揚げる栗田艦隊の上空直衛の命令を受けた。

〈マニラから二時間、ミンドロ島上空からスール海に入り、大海上を二列の単縦陣で北北西に向かう艦隊を発見した。数えてみると、二十二隻いる。先頭は一万トン級巡洋艦だ。私たちは味方識別のため脚を出し、バンクしながら近づいていった。ところが左右に傾斜しているもの、油を海面に引っぱっているもの、マストの折れているものも多く、高度三〇〇〇メートルから見ているので細かいことまでは分からないが、レイテの戦いのいかに激しかったかをまざまざと物語っている。まさに刀折れ、矢つきた武士の引き揚げといっても過言ではない〉

池田武邦乗艦の軽巡洋艦「矢矧」も、この満身創痍の艦隊の中にあった。

昭和十九年十月二十八日、土曜日、曇り。

栗田艦隊は、ボルネオ島ブルネイ基地に帰還した。

スコールの中、湾内に入る。各艦、燃料は空っぽだ。油槽艦がさっと横付けし、急速給油を行なう。いつ、敵爆撃機が襲ってくるか分からない。各艦は、空の見張りを厳にしつつ、損傷箇所の応急処置に追われた。

戦死者の遺髪、遺品は、病院船「氷川丸」に託された。


十一月八日、水曜日、曇り、スコール。

激闘の疲労を癒やす暇もなく、連合艦隊から次の命令が下った。

栗田艦隊は、マニラからレイテへの第三次輸送（多号）作戦を援護するため、スルー海に進出、同海域で牽制、陽動行動の後、十一日、ブルネイに帰投した。


十一月十五日、水曜日、晴れ。

午前、午後ともにB24が二機ずつブルネイ湾に飛来した。偵察しただけで飛び去ったが、敵の攻撃が迫っていることが感得された。

同日、艦隊の大幅な編成替えが発令された。レイテ沖海戦で大きく消耗した連合艦隊を最後の一戦に向けて再構築するためだった。

今海戦で壊滅した機動部隊の第三艦隊は廃止、第一、第二、第七、第十、第三航空、第二十一の各戦隊は解体された。

そのうえで、戦艦「大和」が第二艦隊の独立旗艦となり、巡洋艦「矢矧」はその第二艦隊の第二水雷戦隊に編入された。第二水雷戦隊は、水上部隊の名門として活躍してきた由緒ある戦隊である。

かくして第二艦隊はその主力を内地に置き、フィリピン後の連合軍の侵攻に備えることになった。

編成は次の通りだった。

〈第二艦隊〉

独立旗艦「大和」

第三戦隊「長門」「金剛」

第二水雷戦隊「矢矧」、第十七駆逐隊「浦風」「浜風」「磯風」「雪風」

第三十一駆逐隊「梅」「桐」

十一月十六日、木曜日、晴れ。

B24四十機、P38十五機が来襲。被害はなかったが、「これはいかん」と判断され、「矢矧」と駆逐艦四隻は一八三〇にブルネイ湾を出航、内地に向かうことになった。これに、「金剛」「長門」「大和」が続く。

第二艦隊以外の「榛名」「羽黒」「大淀」「足柄」は、シンガポール経由でリンガ泊地に向かった。

十一月十七日から十九日にかけて、第二艦隊は新南群島を北上、台湾西岸を航行する予定で進んでいった。

強風が続いた。艦隊は「矢矧」「金剛」「大和」「長門」の順で単縦陣を組み、両側に駆逐艦を配する形で十八ノットの艦隊速力で北上した。台湾には米機動部隊が来襲しており、これに襲われないよう大陸側に這わすような航路を選んだ。

嵐の中、最も警戒すべきバシー海峡を突破した艦隊は二十日正午、澎湖島と台湾西岸の間を通過、一六三〇に針路四十度に変針した。この時点で三十一駆の駆逐艦二隻を分離、二隻は馬公に向かった。

既に道中の過半は越えたが、艦隊は敵潜水艦を警戒し、ジグザグ航行の「之字運動」を続けながら内地を目指した。海上は大荒れでも、海底の流れは意外に小さい。潜水艦は嵐の中でも、平気で航行できるのである。

「嫌な波でした。台湾海峡は水深が浅いうえ、凸凹があるため、波が発生しやすいのです」

当直勤務についた「矢矧」の航海士池田武邦は悪い予感がした。

戦闘で傷ついた「矢矧」は、波浪に耐えながら、最後尾を進んでいた。バウの破孔からどんどん水が入ってくる。応急処置しているところが波で壊されたのだ。ポンプでいくらくみ出しても排水が追いつかない。

る。

「危険だ」

池田は直感した。防水区画にはつっかい棒をしていたが、スピードをあげると浸水してくる。

「矢矧」はこれ以上、他艦と行動を共にすることができなかった。之字運動を停止し、波に対して六十度の安定姿勢を取った。

池田は、猛烈な揺れに、転倒しないよう突起物にしがみついた。外は真っ暗だ。計器板の蛍光塗料だけが、ぼうっと光を放っている。

風速計を見る。五十メートルを振り切っている。波は高さ十五メートルの艦橋から見上げるほどになっている。

「ということは、二十メートル以上だな」

巨大な台風だった。池田はふっと、兵学校を卒業してすぐの練習航海を思い出した。

「あの時は、玄界灘のちょっとしたしけでゲーゲーやっていたのに、今は全然平気だ。不思議なもんだ。あれから二年、おれも進歩したのかな」

海はさらに猛り狂った。

波はドーン、ドーンと大音響を伴い、情け容赦なく艦を打った。その度に船体がへし折れそうな音をたてきしむ。

「文字通り、ウオーター・ハンマーでした」

ついに、全艦隊、之字運動を停止した。

待ってましたとばかりに悪魔が襲いかかった。

## 「金剛」の最期

激浪の中、日付は十一月二十一日になっていた。

「矢矧」艦橋の池田は、右前方に火柱が上がるのを見た。月一つない暗闇が一瞬だけ、真っ赤に染まる。

駆逐艦「浦風」轟沈。全員戦死。この中に、池田の海兵同期、内田源吾中尉もいた。

二、三分後、今度は「金剛」がやられたという電文が届いた。

「〇二〇一　ワレ被雷」

「金剛」は艦隊の先頭にいた。危惧していた潜水艦の攻撃だった。二番艦「長門」、三番艦「大和」も慌てて回避行動を取り、艦隊は混乱状態に陥った。

「金剛」を襲ったのは米潜水艦「シーライオン」だった。敷設艦「白鷹《しらたか》」を撃沈した戦歴を持つ熟練艦で、バシー海峡東方を哨戒圏として商船狩りの任務についていた。

「シーライオン」は風雨を突いて延々、第三艦隊を浮上追跡していた。当初は先頭を進んでいた「矢矧」を狙っていたが、「矢矧」が途中で脱落したため「金剛」に目標を変えたのだった。

二千七百メートルの距離から魚雷六本を発射、三分後にさらに三本を発射。「金剛」の艦首錨鎖庫と二番煙突の下辺りに命中させた（三本ないし四本命中説もある）。

この後、発射した三本の魚雷は、「長門」の艦首をかすめ、うち一本が「浦風」に当たった。

「金剛」「浦風」はしばらく、この魚雷で轟沈したのだった。

「金剛」はしばらく、副砲や機銃で艦周辺の海上を掃射しながら、十八ノットで進んでいたが、浸水が止まらず、左舷に傾き始めた。このため艦隊より分離して「磯風」「浜風」が護衛につき、基隆に入港することにし、六ノットで這うように前進していた。

しかし、傾斜が四十五度を超え、ラッタルを上がることも困難になり、機関も停止するに至った。「総員右舷ニ寄レ」が発令された時には、乗組員は傾斜のために上甲板に上がることができなかった。

その後ただちに「軍艦旗オロシ方」、さらに傾斜六十度の時点で「総員退艦」が発令された。

〇四三〇、台湾・基隆の北六十マイルで沈没。島崎利雄艦長以下、千三百人余が艦とともに没した。池田の海兵同期、森下正美中尉も運命を共にした。

旗艦「大和」に、「浜風」「浦風」が「金剛」の生存者を救助したとの電報が届く。暴風雨の中、二百三十七人が救助されていた。

嵐がやんだ。

地獄の澎湖水道を通過した艦隊は内地へ向け、南西諸島の東を北上していった。

【戦艦「金剛」】

第一次大戦前の一九一三年（大正二年）、日英同盟下のイギリスで竣工。艦名は奈良県の金剛山に由来する。海上自衛隊のイージス護衛艦「こんごう」もこの名を受け継いでいる。

太平洋戦争中、日本にあった戦艦十二隻のうち最長老ながら、最も活躍した戦艦で、同型の三隻（「比叡」「霧島」「榛名」）も常に主戦場にいた。その主要因は三十ノットの高速力にあった。山城級や伊勢級、長門級では、機動部隊に随伴できず、結果として金剛型が常に最前線に赴くことになったのである。

「榛名」とともに、ソロモン・マーシャル方面での作戦支援、ガダルカナル島への砲撃などに従事。マリアナ沖海戦では、米軍艦載機に主砲弾を撃ち込んだ。

レイテ沖海戦では、栗田艦隊五隻の戦艦の一隻として参加。米護衛空母「ガンビア・ベイ」などに対し砲撃戦を展開した。帰路、米艦載機の空襲で至近弾による被害を受けていた。

## 生かされた教訓

「台風のニュースを聞く度に、あの日を思い出す」

昭和十九年十一月二十一日の嵐は、海戦とは別の次元の脅威の記憶として、池田の脳裏に刻まれている。

日本艦隊が猛烈な台風を体験してからほぼ一ヵ月後の十二月十八日――。

今度は、ハルゼー提督率いる米機動部隊が、洋上補給中、ルソン島東方海上で台風に遭遇し、駆逐艦三隻が転覆、空母五隻、巡洋艦、駆逐艦数十隻が大損傷を被った。この惨事は、米映画「ケイン号の叛乱」のモデルにもなった。

翌二十年六月五日、米艦隊は沖縄近海でも台風に襲われ、一万トン級の重巡「ピッツバーグ」の艦首が引きちぎられたほか、多数の艦船が波浪に打ちのめされた。この時の風速は五十五メートルだったという。

同規模の台風に遭遇した彼我の損害を比べてみると、わが日本艦隊の強靱さが光る。戦闘によってボロボロに傷ついた艦隊だったにもかかわらず、である。

「それには理由があった」

と池田は言う。

「当時の日本海軍は台風に対して十分耐えうる自信を持っていたのです」

昭和十年九月二十六日、日本海軍は大演習の最中、北海道南東沖で台風に遭遇した。海軍は、暴風雨の中での作戦遂行訓練に絶好の機会とばかりに、敢えて未知への挑戦を試みた。その結果、駆逐艦「初雪」と「夕霧」は艦橋から前部が無残に引き裂かれ、五十四人の犠牲者を出した。当時の最新鋭巡洋艦「最上」、重巡「妙高」、空母「鳳翔」なども破壊寸前だった。

思いも寄らぬ惨事となった。

波浪に対する艦艇の弱点をまざまざと見せつけられた海軍は、この教訓を生かし、軍艦の補強に乗り出す。即ち、それまで準拠していた英国の造船基準を上回る設計変更を行なったのである。

「この造船基準の変更は極秘とされたので、太平洋戦争中、米英は知らず、彼らの艦艇は古い基準のままだったのです」

池田は戦後も、「嵐」の教訓を忘れなかった。一九六五年（昭和四十年）、日本初の高層ビル「霞が関ビル」（三十六階建て）の実施計画に参画した池田は、

「このビルの高さ（地上百四十七メートル）になると、地震以上に風の影響がシビアーに効いてくるだろう」

と考えた。

「例えば、地上十六メートル付近で風速二十四メートルの風が来れば、建物の下部は、関東大震災の時の水平力と同程度の横力を受ける。同じ条件で四十二メートルの風速を受けると、関東大震災の約三倍の横力を受ける」

霞が関ビルは、こうした計算に基づいて構造計画が立てられ、実施計画に移されていったのである。

## 原艦長着任

昭和十九年十一月二十三日午前十時、満身創痍の艦隊は瀬戸内海西部に投錨した。

「矢矧」は給油を受けた後、二十六日、佐世保に回航した。

関門海峡を通過する。門司港に停泊していた輸送船の陸軍兵士たちが、盛んに日章旗や手を振っている。連合艦隊への期待はまだまだ大きいのだろう。

彼らは、栗田艦隊がレイテ湾突入をあきらめて身を翻し、「落ち武者」のような姿になって、ほうほうの体で内地に帰還したとは思いもよらなかったに違いない。

「レイテ沖海戦の後、もうこの戦争に勝つという気はなくなった。ただ、死ぬまで戦うのみ、と考えていた」

池田は当時の心境をそう振り返る。

「内地に帰る途中、台風の中で『金剛』と『浦風』が敵潜水艦やられた時は、またやられたか、と思った。これでもか、これでもか、という感じでやられるうちに、これが人間の順応性というものなのか、自分のような平凡な人間でも、死ぬことが当たり前になっていた」

「矢矧」は佐世保工廠のドックで大修理を行なうことになった。準備のため、船体の破口部分が白ペンキでマーキングされた。マークされた修理箇所は千ヵ所以上に及んでいた。

修理・補給の間、大幅な人事異動が発令された。

まず、吉村真武艦長に代わって原為一大佐（海兵四十九期）が二代目艦長に就任した。

原は「天津風」艦長としてスラバヤ沖海戦に参加、ソロモン攻防戦では第二十七駆逐隊司令として旗艦「時雨」に座乗するなど、太平洋戦争のほとんど全期間を艦長または司令として最前線に立ち続けた。終戦時は長崎県の川棚水上特攻隊司令。

沖縄海上特攻に際して、原にはこんなエピソードがある。

出発前、斬り込み用の愛刀の包装を解いたところ、くるんでいた新聞紙に野球の犠牲打の記事が載っていた。それを見て、一言。

「これだ、『矢矧』は。『大和』のために身代わりになろう」

米軍側にはこういう記録がある。

〈矢矧艦長の苦心「矢矧の原為一艦長は勇敢にも主力部隊から遠ざかるように艦を走らせたのではないかと思われる。彼は熟慮して殺到する米軍機を自分の方向に向けさせるように、大切な大和から遠ざけるように行動したのだ。そしてこうした応急措置を講じた上で、自ら犠牲となって撃沈されることに成功したのだ」〉（文春文庫『ドキュメント戦艦大和　新装版』所収の「第九航空群・コールマン中尉の報告」）

一方、「矢矧」の竣工以来、艦長を務めていた吉村真武は、「榛名」の艦長に就任した。「榛名」は、昭和二十年六月の呉大空襲で浅瀬に沈座し、多難の生涯を終えている。

機関長、水雷長、軍医長、主計長らも交代し、マリアナ、レイテの両海戦を生き抜いた歴戦の勇士たちは続々退艦した。

原為一大佐（中佐当時）

着任以来、航海士を務めてきた池田は、「矢矧」に残った。
航海士として池田が得た最大の教訓は、「技術に頼ってはいけない」というものだった。
あ号作戦（マリアナ沖海戦）前、リンガ泊地の狭水道を抜けていた時のことだ。艦橋にいた木村進司令官がぼそり、と

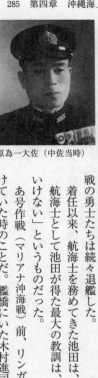

言った。

「少し岸に寄りすぎているぞ」

池田は、

「そんなはずはないが、おかしいな」

と思い、ジャイロコンパスを確認した。調べてみると、計器が狂っていた。

「司令官の経験に裏付けられた直感。これが事故を未然に防いだ。大局的な判断、これがすごく大事なのです。建築の現場でも耐震強度を計算式だけではじき出しているけど、本当にそれでいいのか、ということです」

池田は、

「航海士としての仕事は一通り覚えた」

と感じていた。そこで、川添亮一航海長に、

「砲術関係の経験も積みたい」

と、配置換えを申し出ていた。

許可された新配置は発令所長だった。発令所は、伝声管や電話で各部署に指示を出す「指令センター」である。

指示を出すには、自艦の速度・針路、標的の速度・針路などのデータを集約する必要がある。現代であればコンピュータが瞬時にはじき出すところだが、当時は、精密な歯車を組み合わせた機械式計算機で処理を行なった。

計算機が置かれた六畳ほどの部屋が発令所だ。艦橋の真下、マンホールをいくつもくぐり抜けた下甲板にあった。

「喫水線より下で、一度入るとなかなか出られない。潜水艦勤務みたいなものでした」

直接被弾することはないが、艦が沈んだら脱出不可能な場所だった。

十二月二十一日、「矢矧」は応急修理を終え、呉へ向けて出航した。この後、「矢矧」は二度と母港佐世保に戻ることはなかった。

## 暗黙の了解

「矢矧」が佐世保工廠で修理中、乗員は交代で休暇を取った。

十二月初め、池田は二泊三日で神奈川県藤沢市に帰省した。二人の兄は出征して不在だったが、両親がいた。

そのころ、父、武義は横須賀の記念艦「三笠」監督をしていた。三笠はこの一年後、米軍に接収され、ダンスホールと化す。武義が私室に保管していた勲章などの貴重品も何者かに持ち出され、なくなってしまう。

戦場から久しぶりに戻った息子に、武義は何一つ、聞かなかった。

「どうだったか、の一言もなかったですね。でも、暗黙のうちにすべてを了解していたようです」

と池田は振り返る。

レイテ沖海戦後、記念艦「三笠」にて（昭和19年12月５日）

この後、「矢矧」は沖縄海上特攻に出撃し、東シナ海に沈む。武義は、息子の死を覚悟していたようなのだが、池田が奇跡的に生還して実家に戻った時も、何も言わなかった。

「武人だったんです。ただ、全力を尽くしたことに対する暗黙の信頼感だけがあったように思えます」

池田も両親が元気であることを確認した以上、もはや、言うべきことは何もなかった。

「僕は末っ子だったし、結婚もしていなかったから、後顧の憂いもなかった」

池田はただ、安心して死ねることだけを確認して束の間の休暇を終え、佐世保に戻った。

当時、池田家の男子は三人とも出征していたが、三人とも生きて帰る。

「奇跡的と言ってもいいですね」

池田は、東京発の特急「つばめ」に乗った。大井川を渡る前、沼津辺りで大地震に遭遇した。十二月七日の東南海地震である。

三重県志摩半島沖を震源としたマグニチュード8の大地震で、三重、愛知、静岡県を中心に千二百二十三人の死亡・行方不明者を出したとされるが、戦時報道統制下だったこともあり、正確な被災状況はわからない。

航空機生産の中心地だった愛知県では、勤労動員の生徒が多数亡くなるなど甚大な被害が出ており、空襲と天災のダブルパンチで、まさに踏んだり蹴ったりの惨事だったようだ。

大井川にかかる鉄橋が壊れたため、「つばめ」は東京に引き返すことになった。池田は東京で中央線に乗り換え、松本経由で大阪へ向かうことにした。

中央線の列車は、空襲で焼け出された人や疎開に向かう人たちがすし詰めだった。松本で一泊することになった。宿はどこも満室だったが、海軍中尉の制服を着た池田には優先的に部屋が提供された。

「日本を守るべき海軍はもはや全滅に近い状態なのに、一部屋取ってくれて、申し訳ない気持でいっぱいでした」

## 日系二世の乗艦

十二月二十二日、「矢矧」は徳山経由で呉に入港した。修理と兵器の装備が再開された。

この間にも、人事、配置転換が慌ただしく行なわれた。艤装員時代から「矢矧」に乗っている池田も、そろそろ異動時期だった。しかし、池田は「矢矧」に残った。

「海軍省はおれのことを忘れたんじゃないか」

池田は首を傾げた。艤装・就役から沈没まで、同じフネに乗り組んで転任しなかったのは海兵七十二期で、池田ただ一人だった。

当然、同期で「矢矧」に残ったのも池田だけとなり、池田は士官次室（ガンルーム）の室長（ケップガン）となった。

配置は、発令所長から、第四分隊長兼測的長に代わった。何も見えない発令所から、約二ヵ月ぶりに艦橋に戻ってきた。池田の後任の発令所長には、七十三期の八田謙一中尉が就いた。

この時の配置換えが池田と八田の運命を決めた。

測的長の大きな仕事は電探だった。今で言うレーダーだ。電探室は、艦橋後方にあった。

「真っ暗で、座る場所もない狭い部屋だった。ここでブラウン管に向かっていた」

池田は、使い勝手をよくするため、ブラウン管を艦橋に移動させてみたが、同軸ケーブルがないため、うまく映らず、元に戻した。

真空管もよくとんだ。呉工廠に改装を頼んでも、大混雑でなかなか進まなかった。

「後で分かったことだが、あのころは特攻兵器を優先させ、僕らの要求は後回しになっていた」

昭和二十年の年が明けた。

一月三日、古村啓蔵少将が第二水雷戦隊司令官に補された。古村はシンガポールで駆逐艦「霞」に将旗を掲げた。前任の木村昌福少将がミンドロ島突入作戦を終え、残存艦の「霞」「朝霜」「初霜」を率いて入泊しており、これを引き継いだ。

一月九日、米軍はルソン島のリンガエン湾に上陸を開始、ハルゼー提督の機動部隊もこの日、ルソン海峡を抜けて南シナ海に入り、台湾南部を空襲した。

二月三日、マニラは包囲された。フィリピン作戦を打ち切った第二水雷戦隊は、内地に帰投することになり、二月二十日、呉に入港した。

二月二十三日、古村司令官は、旗艦を「霞」から「矢矧」に変更した。池田は、

「木村司令官は戦闘中、僕らと同じように敵機銃弾を避けていた。そんな姿を見て、へえ司令官も同じなんだと思っていましたが、古村さんは全然そんなことはなく堂々としていた」

と回想する。

第二水雷戦隊司令部のメンバーとして、古村のほかに、砲術参謀板谷隆一、通信参謀星野清三郎、機関参謀大迫吉二らが乗艦した。

さらに、司令部要員として、山田重夫、倉本重明の二人の日系二世の少尉が「電話員」として加わった。

ともにアメリカ移民の子で、山田は慶応義塾大学、倉本は明治大学に留学中、学徒出陣で海軍に入隊した。大学時代、山田は剣道部、倉本はアメリカンフットボール部で活躍した。

昭和20年1月に瀬戸内で撮影した「矢矧」ガンルーム士官。
前列左端は安達耕一少尉、右端は降旗武彦少尉、後列中央が池田

二人は久里浜通信学校、大和田通信隊と、基礎訓練、異動も一緒とあって、親友となり、「シゲ」「ジョー」と呼び合う仲だった。

二人とも日本での生活は三年ほどで、日本語より英語でコミュニケーションを取る方が早かった。

日本海軍の新鋭巡洋艦の甲板上で、帝国海軍将校の軍服を着た二人が何気なく英語で語り合うのは、不思議な光景だった。

初めて接する二世士官を、「矢矧」の乗員たちは好奇の目で見たが、ケップガン池田は温かく迎えた。

山田を描いたノンフィクション『帝国海軍士官になった日系二世』（立花譲、築地書館刊）に、こんな一節がある。

〈兵のなかには、「日系二世」という意味がよくわからずに「混血」の人種と思いこみ、背の低い童顔の重夫を見にきて、「なんだ日本人そっくりじゃないか」などといって重夫を苦笑させた。

そんな環境のなかで、重夫と重明の所属する士官次室のケップガンを務める池田武邦は、海軍兵学校出身のキャリア軍人で、新任将校、とくに二世の重夫と重明に十分な配慮と指導を行った先任士官であった。

彼は特攻作戦でも生還し、戦後は東大の建築科を出て設計会社の社長になった人物である。この思いやりのある士官に重夫たちはどんなに感謝したかしれない〉

第二艦隊の沖縄特攻作戦で、二人には敵側情報の傍受という重要任務が与えられた。旗艦の戦艦「大和」にも、同様に四人の日系二世士官・準士官が乗り組んだ。しかし、六人のうち生き残ったのは、「矢矧」の山田重夫ただ一人だった。

山田は戦後、米国籍を失い、航空業界に身を投じて日本航空ロサンゼルス支店長などを歴任した。

## 紫電改を誤射

昭和二十年の一月から三月にかけて、池田はほとんど洋上にあった。

「Sプレイ（SはSINGERのS、芸者遊びを意味する海軍の隠語）に通う同期生もいましたが、僕はフネにいるのが好きだったので出歩かなかった」

第二水雷戦隊旗艦となった「矢矧」は、二十五ミリ機銃をさらに十梃増強し、全身ハリネズミになった。

次期作戦にかろうじて使えるフネは、戦艦「大和」と軽巡洋艦「矢矧」だけといってよい状態だった。戦艦「長門」も健在ではあったが、燃料不足で、浦賀で「海上砲台」と化していた。

「矢矧」は配下の駆逐艦を率い、瀬戸内の柱島や徳山の沖で訓練に励んだ。

「大和」は参加できなかった。巨艦を動かして洋上訓練を行なうには燃料が欠乏しすぎていたからだ。「大和」は、もっぱら停泊訓練に明け暮れた。池田は、連合艦隊が勢ぞろいしたリンガ泊地での「月月火水木金金」の猛訓練を思い出し、一抹の寂しさを感じた。

戦局は急速に悪化し、敵艦載機による空襲が内地にまで及んでいた。敵機は瀬戸内海にも出没し、機雷を落とし、飛び去った。

迎撃に活躍したのは、松山航空隊の紫電改だった。当時、日本海軍最強の戦闘機チームと言われた。ところが、この紫電改がずんぐりとしてグラマンと似ており、訓練中に誤射する〝事件〟があった。

「敵味方も分からないとは、末期症状だ。情けない」

池田は、この戦争はもうだめかもしれぬ、と思った。

「マリアナ沖海戦では二倍だった敵が、レイテ沖海戦では三倍、沖縄特攻では十五倍になっていた」

その惨めさをいやというほど体で感じた池田は、戦後、日本をなんとかアメリカに負けない近代国家にしようと粉骨砕身するのだった。

「戦争体験が戦後の建築家としての僕の出発点となった。三十〜五十歳代までは、おれが日本を動かしているという気持でやってきたし、その実感もあった」

マリアナ諸島を手に入れた敵はさらに北上し、日本本土に近い、小笠原・硫黄島に迫った。

昭和二十年三月十七日、硫黄島の栗林兵団司令部は大本営に決別電報を打った。海軍航空部隊は特別攻撃隊を繰り出して必死の応戦を試みたが、水上部隊はなすすべもなかった。

二日後の三月十九日、敵機は山口県岩国市を初空襲し、岩国沖にいた「大和」に攻撃をかけた。「大和」は一万五千発の砲弾、機銃弾を打ち上げて応戦した。「大和」や、呉のドックにいた「矢矧」に大きな被害はなかったが、他艦は甚大な被害を受けた。

池田は呉軍港の防空壕に退避していた。

「艦にいる時は平気なのに、防空壕の中は怖かった。みんなが見ているので平然とした顔をしていましたが、こんなところで死んでは目も当てられぬ、早くフネに戻りたいと思いました」

## 天一号作戦発動

三月二十五日、列島を大寒波が襲った。

二十六日早暁、呉の街は一面の雪に覆われた。この日、敵は沖縄本島西方の慶良間列島に上陸を開始した。横浜・日吉の慶応大学地下壕に置かれた連合艦隊司令部は、直ちに「天一号作戦発動」を下令した。

軍令部総長及川古志郎が皇居に参内し、戦況を奏上した。陛下は、

「天一号作戦は帝国安危の決するところ、挙軍奮励をもってその目的達成に違算なからしめよ」

と述べられたという。

及川が、飛行機による特攻作戦を展開する旨を重ねて奏上すると、陛下は、

「海軍にはもうフネはないのか、海上部隊はないのか」

と下問された。

及川は言葉に詰まった。陛下は航空特攻だけでなく、フネの出撃を望まれている――。及川の報告を受けた連合艦隊司令長官豊田副武は、緊急電を発した。

「畏れ多きお言葉を拝し、恐懼に堪えず――」

歴史の歯車がガタンと大きな音をたてて回り始めた。

いま、連合艦隊で稼働可能な水上部隊は、第二艦隊のみとなっている。もともと、第二艦隊は重巡十三隻を主力部隊として、水雷戦隊二個戦隊を随伴した強力な艦隊だった。それが今は、戦艦一、軽巡一、駆逐艦八。

これが、日本海軍が編制しうる最後かつ最大の艦隊なのであった。

連合艦隊司令部は、この第二艦隊を囮として敵機動部隊を九州方面につり上げ、内地の航空部隊で、この機動部隊をたたき、沖縄への攻撃を頓挫させようと考えた。

艦隊は、豊後水道を通過し、九州南端を回って佐世保に前進待機するよう命じられた。佐世保への水路は下関海峡を通過する方が近いが、水深が十メートルと浅い。座礁の懸念に加え、米軍機がまき散らした機雷に触れる危険もあった。

このため、艦隊は三月二十八日夕、三田尻沖に錨を下ろした。出撃の際、豊後水道を一気に南下するためだ。戦艦「大和」艦上では、有賀幸作艦長が、天一号作戦の目的と「大和」の使命を述べ、

「乗員各員は捨身必殺の攻撃精神を発揮し、日本海軍最後の艦隊として全国民の輿望にこた

えるべく、総員は奮起されたし」

と結んだ。前甲板は、戦闘服の乗組員たちで埋まっていた。日はすでに三田尻沖の島陰に傾いていた。

ところが、敵機動部隊はこの日午後五時ごろから、機先を制して南九州及び奄美大島を空襲した。もはや囮は無意味となった。佐世保回航は延期となり、艦隊は広島湾・兜島沖に仮泊することになった。

日本海軍は、先手を打ってくる敵に対し、泥縄式の応急策しか取れない状況だった。「矢矧」のガンルーム（士官次室）では連日、若い士官たちが集まっては、次の作戦について議論し合った。

「鹿屋基地の飛行機で敵機動部隊をたたくため、囮になって敵をおびき寄せようという案がほとんどで、その中に鹿児島の南を回って佐世保に行くふりしようという意見もあった。原さん（「矢矧」艦長）がガンルームに来て、『陛下を矢矧にお連れして満州へ行く』と話されたこともあった。しかし、沖縄に突っ込むという話は出なかった」

と、池田は回想する。

## 沖縄出撃命令

四月一日、沖縄本島への上陸を開始した米軍は、その日の夕方までに本島中部の北飛行場、中飛行場を占領した。

四月二日、「矢矧」の第二水雷戦隊司令部は作戦会議を開いた。会議では、今後取るべき道として次の三案を話し合った。

一、連合艦隊最後の艦隊として突入作戦を実施する

二、好機が来るまで兵力を温存する

三、陸揚げ可能な兵器、弾薬、人員を揚陸し、陸上防衛に務め、残りは浮き砲台とする

結論は「三」案と決まった。

四月三日、第二水雷戦隊司令官古村啓蔵は、第二艦隊司令長官伊藤整一に意見具申した。伊藤は納得し、連合艦隊司令部と軍令部に伝える決心をした。

ところが、翌四日、連合艦隊司令長官豊田副武から航空部隊に対し、敵の船団ないし、機動部隊に対して、総攻撃の準備命令が出されたのを知り、伊藤は軍令部への意見具申を取りやめてしまう。

沖縄の攻防が緊迫する中、「大和」―「矢矧」以下、残存艦隊の使い方を巡って、連合艦隊司令部の方針はたびたび変わった。

当初は、航空作戦が有利に展開した場合、敵攻撃部隊の撃滅に使う、という案が主流だった。しかし、米軍が突如、沖縄・慶良間列島に上陸するにおよび、先述したように「大和」以下を佐世保に回航し、敵機動部隊を誘い出して、航空部隊でたたく、という囮作戦に変わ

った。

背景には、軍令部総長の及川が天皇のお言葉に「恐懼」し、日吉の地下壕にこもった連合艦隊司令部に、一刻も早く「大和」「矢矧」以下の水上部隊を「活用」しなければというあせりがあったと考えられる。

四月五日午後一時五十九分、連合艦隊司令部は出撃の「準備命令」を発した。

▽GF（連合艦隊）電令作第六〇三号

「第一遊撃部隊（大和、第二水雷戦隊・矢矧および駆逐艦六）ハ海上特攻トシテ八日黎明沖縄ニ突入ヲ目途トシ急遽出撃準備ヲ完成スベシ」

この時点では、駆逐艦は六隻だったが、第一遊撃部隊の要請で八隻に増えた。

続いて、午後三時、連合艦隊司令部は「出撃命令」を発した。

▽GF電令作第六一一号

「海上特攻ハY―1日黎明時豊後水道出撃、Y―黎明時沖縄西方海面に突入、敵水上艦艇並ニ輸送船団ヲ攻撃スベシ　Y日ヲ八日トス」

編成は次の通りとなった。

▽第二艦隊　司令長官　伊藤整一中将、参謀長　森下信衛少将
旗艦　戦艦「大和」および第二水雷戦隊九隻
▽第二水雷戦隊　司令官　古村啓蔵少将
旗艦　巡洋艦「矢矧」

第四十一駆逐隊（吉田正義大佐）　駆逐艦「冬月」「涼月」

第十七駆逐隊（新谷喜一大佐）　駆逐艦「磯風」「浜風」「雪風」

第二十一駆逐隊（小滝久雄大佐）　駆逐艦「朝霜」「霞」「初霜」


「大和」が独立旗艦となり、その下に第二水雷戦隊を配した。「矢矧」は、第二水雷戦隊の旗艦となった。

「矢矧」座乗の古村司令官は、後に私記『沖縄海上特攻作戦』にこう記した。

「突如、伊藤第二艦隊司令長官以下六千八百余名の将士に沖縄海上特攻準備命令は下令され、問答無用とばかり、一時間一分後の午後三時、本命令は下ったのである」

池田は、

「打つ手はなく、混乱するばかりだったので、特攻が決まった時は、さっぱりして気持は晴れやかだった」

と振り返る。

これで、防空壕に逃げ込んで、むざむざと死ぬこともない。慣れないことをやりながら、不安定な状況で死ぬのは、恐怖にもつながる。

「一番不安なのはトイレの中にいる時だ。今やられたら、と思うと落ち着かない」

出撃前、海軍将兵は、褌を新品に取り換えるのが習わしだった。池田は香水も持参した。西南戦争で、西郷軍を指揮した桐野利秋がフランス製の香水をつけていたのと同じ、武人の「美学」だ。

桐野は、鹿児島・城山で、「天地精気凜然　貫日月」と書いた旗を掲げて戦い、眉間を撃ち抜かれて死んだ。沖縄出撃前の池田の心境もこれに通じる。

「人生は長さではない。何の憂いもなく、使命を全うできることこそ名誉。だから、沖縄特攻の時は実にさわやかでした」

## 一億のさきがけ

四月五日、連合艦隊参謀長草鹿龍之介を乗せた水上偵察機が鹿児島・鹿屋航空基地から内海に飛来した。「大和」「矢矧」がちょうど三田尻と徳山の沖から出航しようとしていた時のことだ。

水上機は「大和」の舷側に水しぶきを上げて降り立った。

草鹿は「沖縄特攻」の連合艦隊命令を携行し、第二艦隊の伊藤整一司令長官に引導を渡しに来たのである。

草鹿は緊張した表情で、第二艦隊旗艦「大和」の長官室へ入った。草鹿は海兵四十一期、伊藤は二年先輩の三十九期。草鹿は先輩である伊藤に対し、

「水上攻撃を敢行せよ。燃料は片道分とす。特攻作戦と承知ありたし」

と伝えた。

草鹿は、真珠湾攻撃作戦に反対し、山本五十六司令長官に対して「投機的だ」として強行に中止するよう進言した人物だ。山本長官の揺るぎない信念を知り、反対論を収めた経緯がある。

その草鹿が、真珠湾攻撃に端を発した太平洋戦争の終焉を間近にして、より投機的な沖縄特攻の実行を伊藤に迫るというのは、皮肉なことだった。

伊藤は、なかなか首を縦に振らなかった。

「援護の飛行機もなく、しかも片道燃料程度の作戦が成功すると思うのか」

沈黙が流れた。草鹿は、意を決して言った。

「要するに死んでもらいたい」

伊藤は、遠くを見つめたまま、静かに聞いている。草鹿は言葉をつないだ。

「一億の規範となるよう、立派に死んでもらいたい」

伊藤の表情がにわかにほころんだ。

「それならば、何をかいわんやだ」

伊藤はあっさり了承し、こう付け加えた。

「では、これから艦隊首脳部を集めて長官としての決意を述べるから、君も列席して何か一言いってくれ」

草鹿を交えて、「大和」で開かれた第二艦隊首脳部の会合はピリピリした雰囲気だった。集まった幹部たちは、いずれも己の死に場所を待っていた猛将たちである。時と場所さえ得れば、散るのを潔しと心得ている。ところが、今回の出撃に関しては、一様に疑問を呈した。

「矢矧」艦長原為一大佐は、

「ほとんど全員が反対しました。犬死になど絶対にご免だって……それで第一回の会合は終わったのです。草鹿参謀長は黙って聞いていました。その後続いて第二回の会議が再び大和艦上で開かれたのですが、この時初めて草鹿参謀長はおずおずと、『これは実は連合艦隊命令なのだ』と打ち明けたのです」

と後に語っている。原の著書『帝国海軍の最後』によると、ふだんは寡黙、冷静な「朝霜」艦長杉原与四郎中佐が、

草鹿龍之介中将

「我々は命は惜しまぬ。だが帝国海軍の名を惜しむ。連合艦隊の最後の一戦が絶対戦果を期待しえないような自殺行であるには我慢がならぬ。駆逐艦一隻といえども貴重な存在だ。国家は誰が守るのか。国民は誰が保護するのか」

と色をなして言ったという。

明朗快活で一度も怒ったことのない十七駆逐隊司令新谷喜

一大佐も、

「わが艦隊が全滅すれば、大事な本土決戦はだれがやるのだ。敵と刺し違えるのはその時だ。この馬鹿野郎！」

と憤慨。

豪傑肌の二十一駆逐隊司令小瀧久雄大佐は、

「連合艦隊司令部はいったいどこに居るのだ。穴（日吉の地下壕）から出て来て肉声で号令せよ」

と皮肉った。

原は、

「敵の弱点は延びきった補給路だ。敵の後ろにはきっと隙がある。『矢矧』で暴れ回ってみたい」

と提案した。豪快不敵の四十一駆逐隊司令吉田正義大佐がすかさず応じ、

「そうだ、おれも一緒に暴れたい、腕がうなってしょうがない」

と歯軋りした。

殺伐とした空気の中、草鹿が重い口を開いた。

「要するに一億総特攻のさきがけとなってもらいたい」

伊藤がニコニコしながらうなずいたのを機に、武将たちの痛憤はうそのように収まった。

言うだけ言えば、後は決定に従うしかないのだ。一同、今度の出撃が「死所」となることを

腹の底に叩き込んだ。

ただ、伊藤は、「大和」以下十隻の艦艇と、七千人の将兵を無為に犠牲にすることは何としても避けたかった。

草鹿龍之介著『連合艦隊』によると、伊藤は草鹿に対して、

「ゆく途中にて非常なる損害を受け、もはや前進は不可能という場合には艦隊はいかがすればよいか」

と念を押している。草鹿は、

「それは長官たるあなたの心あることではないか。連合艦隊司令部としてもその時に臨んで適当な処置をします」

と答えた。

その後の伊藤は喜色満面、いささかの陰影もとどめず、草鹿と最後の杯を交わしたという。

草鹿は後に、

「伊藤長官の最後の訓辞の後、私にも何か言えと言われたが、今さら言うこともなく、やむなく激励の言葉を述べたのだが、正面にいた有賀幸作大和艦長が、肥えた下腹を叩きながら、わかってる、わかってるというようにニコニコ笑って……。私にはあの顔がどうしても忘れられない」

と回想している。

こうして第二艦隊は四月六日夕刻、抜錨、出撃した。草鹿は、隊伍を組んで進撃していく

特攻艦隊を、飛行機の燃料が尽きるまで上空から見送った。前出『連合艦隊』に、
〈私には苦しい思いも多くあったが、この時ほど苦しい思いを味わったことがない〉
と記している。

## 起死回生の道

沖縄海上特攻はいったい誰が立案、決定したのか。

当時の海軍首脳陣の顔ぶれを確認しておこう。

連合艦隊司令長官　豊田副武大将
連合艦隊参謀長　草鹿龍之介中将
軍令部総長　及川古志郎大将
軍令部次長　小沢治三郎中将

まず、豊田。著書『最後の帝国海軍』にこう記している。

「今日第三者からはずいぶん馬鹿げた暴戦だ、むしろ罪悪だとまで冷評を受けているが、当時の私は、こうするよりほかに仕方なかったのだ、という以外に弁解はしたくない」

次に草鹿。彼は作戦立案の最高責任者であったが、その場におらず、

「私が知らぬ間に決まった」

と言っている。草鹿は米軍の沖縄上陸直後の四月二日、幕僚を連れて前進基地の鹿児島県

鹿屋に飛んでいた。彼は鹿屋を日吉の連合艦隊司令部に代わる沖縄決戦の「第二司令部」と位置づけ、特攻作戦「菊水一号」の準備を進めていたのだ。

及川、小沢はともに、「特攻」に懐疑的だったといわれる。特に小沢は作戦の成功率を疑問視し、激しく撤回を求めたと言われている。

では、だれがこの壮挙を推し進めようとしたのか。

戦史研究者の多くは、連合艦隊作戦参謀神重徳が強引に軍令部に迫って容認させた、としている。

「大和の早期使用について一番強く主張していたのは、神大佐だった。私が留守になったので斬り込みを決めてしまったのではないか」

という草鹿の証言もある。

神は、マリアナ沖海戦の時、戦艦「山城」艦長だった。その折、自らサイパン島にのし上げ、陸上砲台となって最後の一弾まで撃ち尽くし、乗員は陸戦隊となって戦うべし、と主張したことがある。

「戦艦大和、武蔵以下全水上艦艇をサイパンに指向し、同地の海岸に横付けして攻撃すべし。自分を大和の艦長にしてくれ、自分だけでもこれをやる」

と言ったという話もある。この時は、艦が傾いたり、電源が損傷したりすると、大砲は発射できなくなるため、実現性に乏しいとして退けられた。

当時の大本営には、サイパン戦に財布の底まではたこうという決心がなかった。その神が

「いまこそ」と、「大和」突入を実行に移す時として幹部の説得を図った、というのが通説だ。

が、筆者はこれを鵜呑みにはできない。

出撃可能な艦すべてを特攻に使うという一大作戦が、参謀一人の意見で易々実行に移されるものだろうか。神が、草鹿のいない時を狙って大和特攻を首脳部に上申したとして、果たして、小沢、及川、豊田が、ハイハイとそろいもそろって首を縦に振るだろうか。

さらに、第二艦隊の伊藤整一長官に引導を渡しに行ったのが草鹿だった、という事実である。神は日吉の連合艦隊司令部から草鹿に電話をかけ、鹿屋は内海の泊地に近いので直々に第二艦隊へ赴いて命令を伝えてほしい、と頼んでいる。

部下の神に出し抜かれた格好の草鹿が、その後、使い走りのようにノコノコと伊藤のもとに行けるものだろうか。

筆者は、海軍首脳部は一様に渋面をつくりながらも、腹の内では「容認」していたのではないかと思っている。お互いの胸中を、目と目で伝え合ったに違いないのだ。神は、橋渡し役に過ぎない。

池田の考えはこうだ。

「あの時は戦艦『大和』が特攻するしか道はなかったと思っている。それを批判する者があれば、他にどんな方法があったのか聞きたい」

確かにこの時期、「大和」は、誰が発案せずとも、誰が命令しなくても、もはや温存したままではすまなかった。「大和」がある限り、日本国民は未練を断ち切れず、終戦に踏み切ることができなかった。

日本が敗れ、焦土と化した後、「大和」が沈まずに残っていたら、どうだろうか。

「それこそ生き恥を全世界にさらすことになっていただろう」

と池田は言う。それは海軍ばかりではく、日本の恥である。

戦艦「長門」の例を挙げよう。

横須賀の岸壁に係留されたまま敗戦を迎えた「長門」は、アメリカに接収され、ビキニ環礁での水爆実験の標的艦とされたのである。もし、民族の名を冠した「大和」が核兵器の実験台になるようなことがあれば、これ以上の屈辱はない。アメリカや中国の船籍に入れられ、七つの海を引き回されて、嘲笑を浴びる可能性もある。

「無傷のまま敵の手に渡ったら、それこそ子孫が相当期間、世界の笑い者になったでしょう」

日本が出直すには、まず裸にならなければならない。すべてを捨ててこそ、起死回生の道は拓けるのだ。作家山岡荘八は『小説太平洋戦争』に、

〈大和は、いわば、民族復興のための祭壇に供える帝国海軍最後の供物だった〉

と書いている。「大和」特攻は、一見無謀な出撃にみえて、実は、終戦と復興を見据えた一大壮挙だったのだ。

神のその後を記す。

戦後すぐ、北海道から内地へ戻る際、飛行機がエンジン故障を起こして津軽海峡に不時着水し、海に投げ出された。近くにいた米駆逐艦が救助に向かい、乗員はみな助かったが、神だけは救助されなかった。

神は兵学校時代、水泳が得意で、抜群の技量を持っていた。が、この事故の際、なぜか、皆の泳いでいるところから遠ざかり、空をぐるりと見回してから沈み、二度と浮き上がらなかったという。

## 人間、伊藤整一

ここで、「大和」特攻艦隊の総指揮官である第二艦隊司令長官（「大和」座乗）伊藤整一中将と、第二水雷戦隊司令官（「矢矧」座乗）となった古村啓蔵少将について、触れておきたい。池田たちがどんな指揮官の下で戦ったのかを知っておいていただきたいからだ。

伊藤について、池田は、

「寡黙で、じっと前を見つめているという印象の人でした。責任の重みを感じておられたのでしょう」

と振り返る。

「ご子息の叡君《あきら》も似たような感じの男だった」

と言う。

伊藤の一人息子、叡は、池田と海兵同期の七十二期生だった。卒業後、霞ヶ浦航空隊に進み、戦闘機乗りになった。

沖縄戦当時は、筑波空の零戦隊に所属。父の戦死の報を聞いた後、零戦で沖縄に特攻出撃し、四月二十八日、父に遅れること二十一日にして、沖縄・伊江島付近上空で敵機と交戦、戦死している。

伊藤整一は福岡県高田町（現みやま市）出身で、開小学校から中学伝習館、海軍兵学校（三十九期）と進んだ。百四十八人中、ハンモックナンバー（卒業成績）は十五番だった。「鉄砲屋」で、戦艦「榛名」など五隻の艦長を歴任。人事、教育関係や米国、中華民国、満州国と外国駐在が長く、国際感覚も備えた。米大使館附武官時代には、山本五十六大佐とも一緒だった。

大東亜戦争開戦直前の昭和十六年九月、軍令部総長永野修身のたっての希望で、軍令部次長の要職についた。軍令部次長には古参の中将を当てるのが慣例で、当時少将だった伊藤は異例の抜擢と言われた。この時、五十一歳だった。

この後、三年三ヵ月の長期にわたって次長ポストにあり、永野、嶋田繁太郎、及川古志郎の三人の総長に仕えた。補佐役としての優秀さが際だっていたのだろう。

昭和十九年十二月、「大和」を旗艦とする第二艦隊司令長官に就任した。

人間を大事にするヒューマニストで、清廉潔白の人だったと言われる。井上成美が海軍兵学校長の時代、鉄拳制裁を一切禁止したことはよく知られているが、昭和四年七月から六年十二月まで、永野修身校長の下、海軍兵学校の教官兼生徒隊監事を務めた伊藤も、私的制裁を厳禁したという。

敵将スプルーアンス大将と極めて親しい間柄だった。

二人が初めて会ったのは沖縄決戦の十八年前、ワシントンで、だった。

当時、少佐だった伊藤は、米国駐在を命じられ、ワシントンの日本大使館に着任した。三十七歳の伊藤は、日本大使館主催のパーティーで、米海軍情報課員だった四十一歳のスプルーアンスと知り合い、同年代のネイビー同士として親交を結ぶ。

パーティーでスプルーアンス夫人と踊ったり、日本の家族への贈り物の相談に夫人の知恵を借りたりすることもあった。

スプルーアンスをはじめ、当時の米海軍の提督たちは、日本海軍に一種特別の思いを抱いていた。日露戦争・日本海海戦でロシア海軍を艦隊決戦によって完膚なきまでに打ち破った司令長官東郷平八郎へのあこがれである。

スプルーアンスは明治四十年、アナポリス海軍兵学校を卒業、少尉候補生として戦艦「アイオワ」にのり、遠洋航海に出て、横須賀に入港した。この時、連合艦隊旗艦「三笠」を礼訪し、全世界海軍軍人の憧憬の的であった東郷平八郎に謁見した。

眼前を通り過ぎる東郷の姿を見ただけで言葉を交わすことはなかったが、その感激は忘れられなかったという。

「戦いにはむろん計算も必要だが、名誉という要素も加わる」

スプルーアンスは、「大和」艦隊との対決に際してそう言い、飛行機で沈めるのではなく、艦隊決戦で決着をつけようと模索した。

「いまや日本海軍は、ほぼ壊滅状態にあり、出現したヤマトは日本海軍が持つ戦力の最大かつ最後の要素だ。しかもヤマトは世界一の大艦でもある。私は、私の尊敬するトーゴーが育てた日本海軍の誇りを、トーゴー・スタイルで葬ることがトーゴーの霊魂にたいする手向けであり、日本海軍の名誉ある最後にもなると思う」

彼の頭には、東郷ばかりでなく、朋友である伊藤の顔もちらついたのではないか。武士は相身互い。伊藤に有終の美を飾らせたい。そんな武士道精神を発揮するスプルーアンスの意図に反し、「大和」はミッチャー中将率いる機動部隊の航空機に発見される。

無線電話で、スプルーアンスに「航空攻撃」の決断を迫るミッチャー。スプルーアンスは沈黙の後、米海軍史上最も短い命令をミッチャーに発した。

「ユー テイク ゼム（貴官がやれ）」

日本海軍へ尊敬の念を抱いていたのはスプルーアンスだけではない。スプルーアンスの師匠にあたる総帥ニミッツ元帥も同じだった。ニミッツは少尉候補生時代の明治三十八年

戦艦「大和」前甲板に立つ
第二艦隊長官伊藤整一中将

スプルーアンス大将

に日本を訪れている。園遊会で、東郷を遠くから眺めていたニミッツは、候補生を代表して、

「私たちのテーブルで歓談してくれませんか」

とおずおずと申し出た。

東郷は快く応じた。英国仕込みの東郷の英語は流暢で、ニミッツはこの時の感動を心に刻んだという。東郷が亡くなった時には、国葬に参列し、東郷邸に赴いて哀悼の意を表している。

ニミッツは戦後間もなく、日本が降伏文書へ署名するにあたり、アメリカの代表署名者として戦艦「ミズーリ」で東京湾へ入って来た。その時、日本側の連絡官二人にこう言った。

「海軍に関する限り、今度の戦争はファイン・ウォーだった」

さて、「大和」最期の時――。

森下信衛参謀長から、

「長官、もうこのへんでよろしいかと思います」

と戦闘状況の報告を受けた伊藤は、

「そうか、残念だった」

と短く答えたという。伊藤は幕僚を艦橋に集めて、

「もはや『大和』は沖縄まで行くことは難しいと思うから、幕僚は皆、横付けする駆逐艦に乗り移って沖縄に先行せよ。自分は『大和』に残る」

と伝えた。一同は決別の敬礼と握手をし、伊藤は従容として艦橋下の長官私室に降りていった。

森下の回想によると、伊藤は一同に握手すると、森下の敬礼に答礼し、斜めになった床を踏みしめ、長官私室に降りていった。後を追おうとする副官を、森下は「行ったらいかん」と制した。

森下はコンパスにつかまって伊藤の後ろ姿を凝視していた。しばらくして、長官私室の扉を閉じる音がし、拳銃の銃声が響いた。

死後、福岡県出身者としては唯一人の海軍大将に昇進した。

家族にとっては「良き夫、良き父」だった。花柳界で浮き名を流す傾向が強かった海軍軍人の中、伊藤については浮いた話は一切残っていない。

妻ちとせにあてた遺書が、愛妻家だったことを物語る。

〈親愛なるお前様に後事を託して何事の憂いなきは此の上もなき仕合せと衷心より感謝致候いとしき最愛のちとせ殿〉

## 素顔の古村啓蔵

古村啓蔵は、長野県出身、海兵四十五期。

「大和」艦長有賀幸作、「大和」座乗の第二艦隊参謀長森下信衛と同期だった。

昭和七年から九年まで、ロンドンの日本大使館で武官補佐官として勤務しており、英語が堪能だった。真珠湾攻撃、南太平洋海戦には重巡洋艦「筑摩」艦長として参加、戦艦「扶桑」艦長を経て、「武蔵」の第二代艦長を務めた。その後、第三艦隊参謀長を経て、昭和二十年二月、第二水雷戦隊司令官となった。この時、四十九歳であった。

四月七日、鹿児島県・坊ノ岬沖で、「矢矧」が沈没した際、海に投げ出されたが、駆逐艦「初霜」に救助された。終戦時は横須賀鎮守府参謀長だった。

沖縄海上特攻までの間、「矢矧」艦橋で古村と一時期を過ごした池田は、

「ざっくばらんで親しみのある人でした。英語が達者で、戦後も米軍との折衝をやっていた」

と振り返る。

「矢矧」に乗艦した日系二世の少尉山田重夫を題材にしたノンフィクション『帝国海軍士官になった日系二世』(前出)には、沖縄出撃前の呉軍港で、山田ともう一人の二世少尉倉本重明が英語でおしゃべりをしている時、古村が近づいてきて、英国仕込みの英語で自らの考えを話すシーンが描かれている。

「君たちは通信班だからなんでも知っているので言うが、私も今度の出撃は無謀な作戦だと思っている一人だ。第二艦隊の伊藤長官もそうお考えで最後まで反対されている」

古村はこう言ったという。平然と。しかも英語で。

「考えてもみたまえ。この軍艦だって、訓練された軍人だってみな国家のものだし、一億国民の血税によって得られたものだ。なに一つむだにしては申し訳ない。特に物は作れても人

間の生命は貴いものだ。戦争なんて永遠に続くものではないし、むしろ戦争が終わってから国を再建する力を残すのはもっと大切なことだと思う。私は戦っても我に利あらずと判断された時には作戦を中止するのも恥とは思わないんだ」

聞いている二人は絶句した。古村は続けた。

「伊藤長官も私と全く同意見だよ。私は君たち若い人に死んでもらいたくないんだ。とくに君たちにはね」

二人は顔を見合わせた。

「君たちはアメリカという国と物の考え方をよく知っているはずだ。どうか生命を大切にして最後まで助かる努力をして生きてほしい。日本の将来にとって特に大事な人間なんだから」

ネイビーらしい率直さがうかがえるエピソードである。

古村は、「矢矧」に着任して間もなく、

「レーダーが旧式で能力不足のため、新式に取り換えてほしい」

と、呉工廠長に申し出ている。工廠長は、人間魚雷「回天」や特攻艇「震洋」などの特攻兵器の生産順序が第一位で、「巡洋艦の整備は第七位」

と言い、取り合ってくれなかった。

古村啓蔵少将

艦の整備に全力を尽くそうとしていた古村は、「矢矧」艦長原為一を上京させ、艦政本部にも同じ訴えをしたが、そこでも断られた。

こうした状況から古村は、連合艦隊司令部が「矢矧」の出動を急に発令することはない、と考えていた。それだけに、

「われわれ生き残りの艦隊将士はすでに一死奉公の覚悟はしていたものの、死地に乗り込む艦艇は、緩急順序第七だといって、整備もろくろくやってくれなかった」

と、嘆くことにもなる。古村は、私記『沖縄海上特攻作戦』にこう書いている。

〈しかも燃料は片道だけというのでは、ちょっと小馬鹿にされたような不満な感情がわくのも当然である。中央には軍令部も艦政本部もある。第二艦隊を特攻として沖縄に突入させるならば十分、その準備をさせてもらいたかった〉

## 少尉候補生退艦

「大和」と「矢矧」には、海軍兵学校、海軍経理学校を三月三十一日に卒業したばかりの少尉候補生が計七十三人乗り込んでいた。このうち、兵学校卒業生は六十七人。池田武邦の二期下の七十四期生である。

彼らは、乗り組みを命じられた「大和」「矢矧」の所在が秘匿されていたため、江田島の表桟橋を出て、島を一周した後、いったん兵学校に戻された。しばらく、生徒の喫茶休養施設「養浩館」で待機し、四月二日、三田尻沖の「大和」「矢矧」に乗艦したのだった。

「『矢矧』に配乗してきたのは二十七人（兵科二十四、主計科三）。ケップガンの僕は指導役だったので、彼らの一ヵ月分の艦船勤務カリキュラムをつくりました」

と池田は振り返る。

二十七人分の配置などない。やむを得ず、一つの配置に五、六人ずつつけ、教育・訓練を施すことにした。少尉候補生たちは、池田ら先輩士官たちのもとで猛訓練を始めた。

と、その直後の四月四日午後——。

「候補生、退艦用意」

のスピーカーが鳴ったのである。伊藤整一長官の命だった。

少尉候補生たちは、いよいよ出撃だと興奮していただけに、失望が広がった。甲板に足音が交錯する。

「自分たちは祖国のために死することを誇りとするものです」

「最期の大決戦に是非、参加させてください」

甲板を足踏みして頼む候補生たち。しかし、艦長ら幹部たちは、

「残って奉公するのも国にためだ」

と言って取り合わない。

「矢矧」に着任して三ヵ月の原為一艦長は、今回の作戦の悲劇的結末を十分に知っており、覚悟を決めていた。「矢矧」の倉庫に貯蔵されている食糧は、乗組員千人に対して二十日分以上もあったが、原は、

「五日分もあればよい」

として不用分を徳山軍需部に返納した。

「連れて行ってくれ」と懇願する少尉候補生に対しては、心を鬼にして、

「今度の戦は実戦を経た者だけでやる。未経験者は邪魔になる」

と言い、退艦を命じたのであった。

池田は、出撃前夜の慌ただしい中、ガンルームで、候補生の送別会を開いた。候補生の平均年齢は十九歳。池田は、アルコール抜き、たばこ抜きとした。決別にふさわしい、清々しい宴となった。

池田は最後のあいさつをした。

「残念であろうが、艦長の言われる通り、潔く降りてくれ。では、ご機嫌よう」

四月六日払暁、「矢矧」を降りた候補生たちは、駆逐艦「花月」に乗って徳山に上陸、陸路、呉に向かった。乗艦して四日しかたっておらず、「艦内地理」も身についていない彼らの教育から解放された池田は、肩の荷を降ろした。

「正直なところ、やれやれ、これでやっと自分の任務に専念できると思いました」

池田は、自らの死に場所が明確になり、さっぱりした気持だったという。

この候補生退艦命令は、楠木正成と家臣たちの決別シーンを想起させる。湊川の戦いの後、正成は、敵に包囲された廃寺で自刃するにあたり、二十余名に対して、「落ちのびよ」と命じる。

「そちたちが生きてすることはなお果てなく多かろう。生きるかぎり生きてのびて、ふるさとの後図のために余生を尽くせ」（吉川英治『私本太平記』）

残れ、と指名された者たちは生木の裂かれるような声をあげ、一人、また一人と、離れて行く。一方、その場に残り、正成とともに自刃する者たちの顔は、どれも静かで澄み切っていたという。

出て行くのも国のためなら、残るのも国ため、だった。

池田たちの出撃は、国民を生かすための出撃、退艦していく若者たちを生かすための出撃だったのだ。生き残った彼らは戦後日本に献身し、みごとな復興を成し遂げる。「大和」特攻は、終戦用意、の第一歩でもあったのだ。

## 酒保開け

四月五日、山口県三田尻沖。

そこには、かつて、太平洋を圧した連合艦隊の威容はない。幾つもの海戦を生き残った幸運艦十隻が島陰に身を潜めて、出撃命令を待っていた。

戦艦「大和」、巡洋艦「矢矧」、駆逐艦「磯風」「浜風」「雪風」「朝霜」「初霜」「霞」「涼月」「冬月」。

池田武邦中尉は、「矢矧」の第四分隊長兼測的長として艦橋に乗り組んでいる。

池田ら各艦の将兵たちは、過去の海戦の忌まわしい記憶を思い出しながら、「今度こそ、倒れていった戦友たちの仇を討つ」と、武者震いしていた。

くろぐろとした各艦から、内火艇が下ろされ、忙しげに行き交う。

「各艦の燃焼物は、釣床、衣類袋に至るまですべて陸揚げせよ」

との命令が出たのだ。

一五〇〇、「矢矧」の艦内放送は、

「定刻二時間前に日課終了。各分隊、酒保物品受け取れ」

と報じた。続いて、

「酒保開け」

を告げる。

第二水雷戦隊司令官古村啓蔵は、「矢矧」の司令官公室に、「矢矧」艦長原為一や、杉原、酒匂ら駆逐艦長、司令部参謀を招いて酒盛りをした。

先刻、連合艦隊参謀長草鹿龍之介を交えて行なわれた最後の作戦会議で、言うべきことは言った。サバサバして、思い残すことは何もない。皆、さわやかに笑顔を交換し、杯を重ねた。

池田ら青年士官たちはガンルーム（士官次室）で宴を張った。池田はガンルームの長、ケップガン（士官次室室長）である。ケップガンは、兵学校生徒あこがれの三ポスト（一号生徒、ケップガン、艦長）の一つ。

「箸をとるのも私が先にやらないと、皆、やらないのが当たり前でした」

池田は、この日の乾杯を水盃にした。

「前日飲んでいたので、この日は体調を万全に整えておきたかったのです」

部下たちも当然、池田に従う。

「ただ、特攻という名前がついただけで、ふだんの出撃前と何の変わりもありませんでした。飛行機なしの戦もレイテで嫌というほど味わっていましたし、今度出れば確実にやられるだろうと覚悟していましたから」

宴ではお互いに、今までだれにも話さなかった失敗談を話したり、とっておきの隠し芸を披露したりした。

「明日は生きて帰る見込みのない出撃なのに、湿っぽさは全くなかった。実になごやかな和気藹々とした雰囲気でした」

それは、豊かな感性ときらめくような知性と、透明度の高い捨て身の心を持った男たちの最期の宴であった。

無線傍受を担当する米国籍の日系二世士官、山田重夫、倉本重明両少尉の姿もあった。池田は彼ら「予備学生」出身の士官たちを気の毒に思い、目配りをしていた。

「彼らは、私たちのように兵学校で徹底したトレーニングを受けてフネに乗っている人間とは違う。よくやっていただけに、何とか助けてやらないといけないと思っていました」

倉本は戦死するが、山田は生き残り、戦後、藤沢の池田宅にも遊びに来たことがある。しばらくして原艦長以下、士官全員が合流した。

原は『帝国海軍の最後』にこう記している。

〈そこには、抜群の室長池田中尉をはじめとし、優秀なる八田中尉、松田中尉、大坪中尉、二世の山田少尉など二十歳そこそこの、うら若い中少尉が十数名、いずれも紅顔に微笑を浮かべて、明日の必死作戦に一点の臆するところもなく、淡々無邪気、常にもまして明るさで、「貴様と俺とは同期の桜」と大声で合唱していた。（中略）

この荘厳にして神々しい光景には、さすがの私も人知れず泣いてしまった。可憐な青年士官たちの若桜にも比すべき潔い心霊を彼らの両親はもちろん日本国民全体に見てもらいたかった〉

この後、士官はそれぞれ自分の分隊の部屋を訪れ、アルミ食器で部下と酌み交わす。「日本万歳」が繰り返され、放歌高吟で最高に盛り上がったところで、解散。各自、部屋に戻って「遺書」をしたため、最後の身辺整理を行なった。

瀬戸内はいつしか夜のとばりに包まれていた。

## 死ニ方用意

「大和」でも三千三百余名の大宴会が開かれた。

「大和」のガンルームは、池田がケップガンを務める「矢矧」ガンルームとは少々趣が異なっていたようだ。酒量が増すにつれ、青年士官たちの興奮が頂点に達し、特攻の意義について激しい論戦となったのだ。

潔く散ることを美学とする兵学校出身の少尉、中尉たちは口をそろえて言う。

「国のため、君のために死ぬ、それ以外に何が必要か」

「戦死する事は軍人としての誇りである」

これに対し、学徒出身の予備士官が反論する。

「無駄死にである。死ぬ事の意義が解らない」

「もっと、何かが必要なのだ。何か価値と言うようなものに結びつけたいのだ」

両者ついに、爆発する。

「どうも、学徒出身の士官は屁理屈が多い。よし、その腐った根性を叩き直してやる！」

鉄拳の雨が降り、乱闘となる。

「よーし、その位にしておけ」

ケップガン臼淵磐大尉の一言が、修羅場を制した。臼淵は海兵七十一期で池田の一年先輩。

「大和」の哨戒長をしていた。夕暮れの艦上で、潮風に吹かれながら一人ハーモニカを吹くロマンチストだったという。

臼淵と個人的に親しかった予備学生出身の吉田満（当時少尉、「大和」副電測士）の著書『戦艦大和ノ最期』（昭和二十七年刊行）によると、臼淵はガンルームの騒動を収拾するのに次のように語ったという。

「進歩ノナイモノハ決シテ勝タナイ　負ケルコトガ最上ノ道ダ」日本ハ進歩トイウコト軽ロ

ンジ過ギタ　私的ナ潔癖ヤ徳義ニコダワッテ、本当ノ進歩ヲ忘レテキタ　敗レテ目覚メル
ソレ以外ニドウシテ日本ガ救ハレルカ　今目覚メズシテイツ救ワレルカ　俺タチハソノ先導
ニナルノダ　日本ノ新生ニサキガケテ散ル　マサニ本望ジャナイカ」

小説の発表直後から、生還した「大和」乗組員からは「その様な発言は聞いたことがない」と疑問の声も挙がったらしいが、今となって確かめようがない。

臼淵は四月七日、「大和」後部の副砲指揮所の戦闘配置で、米軍機からの直撃弾を受け、指揮所もろとも吹き飛び、即死した。

吉田満は臼淵の最期をこう記している。

〈一きれの肉片も一滴の血痕も残すことなく、二十一歳七カ月の臼淵磐の肉体は、新生日本を切願した魂魄《こんぱく》とともにあまねく虚空に飛散した〉

角川春樹製作の戦後六十年記念作品、映画「男たちの大和」では長島一茂が臼淵を演じた。映画では、甲板の掲示板にチョークで「死ニ方用意」と書かれ、臼淵がその方法を教示、兵たちが故郷に向かって「おかあさーん」と絶叫したり、泣き崩れたりするシーンが印象的だ。

「大和」測的手八杉康夫の体験談に同様の話が出てくる。

〈能村副長から「各人故郷のほうを向け」と命令がありました。「みな、遠慮せずに大いに泣け」というのです。みな肩を震わせて一生懸命泣きました。よく覚えております〉

出撃前の四月五日夜は、こうして各艦で各自各様の「死ニ方用意」が行なわれたのだった。

## 六十年目の慰霊祭

巡洋艦「矢矧」が沈んだ日からちょうど六十年の節目にあたる平成十七年四月七日、池田武邦は、鹿児島県枕崎市の火之神公園にいた。

池田は、公園内の小高い丘に登った。あの日と同じような曇天で、風が強い。眼下に、東シナ海が広がっている。

約二百キロ先の北緯三十度四十八分、東経百二十八度八分が、「矢矧」の沈没地点だ。池田は水平線上に目を凝らし、しばらく黙然としていた。

「百パーセント生きて帰ることはないはずだった」

昭和二十年四月七日、戦艦「大和」、巡洋艦「矢矧」以下十隻の特攻艦隊が戦いを挑んだ相手は、空前の大艦隊であった。空母十九、戦艦二十、巡洋艦三十二、駆逐艦八十三の計百五十四隻。艦載機は、わが海軍のゼロに対し、千百三十六機を数えた。

「いかに『大和』が強力な戦艦であるとはいえ、味方の全滅はだれの目にも明らかでした。もちろん、参加した将兵は全員戦死を覚悟していました」

と池田は振り返る。それは、世界海戦史上、類を見ない壮絶な戦闘だった。

「これを無謀な作戦と評する人は少なくありません。しかし、それは海上特攻の本質を見失った皮相な見方だと思います」

火之神公園の丘の一角には十年前、「矢矧」沈没から五十年目の四月に殉難鎮魂の碑が建立され、一帯は平和祈念展望台として整備された。

十周年となるこの日、展望台で、沖縄突入の海上特攻艦隊となった第二艦隊の追悼式が行なわれた。三千七百二十余柱の英霊を慰める式典に、池田を含め全国から七十五人の関係者が出席した。

祭壇には、菊、白百合が飾られ、軍艦旗がはためく。ウグイスの鳴き声があまりにもにぎやかで、謹厳なる式典に、いささか場違いな印象を与えていた。

「六十年前の今日。天候も今日と同じようでした」

元海軍少佐星野清三郎があいさつに立った。

星野は海兵六十三期で、池田の九年先輩。昭和二十年二月、第二水雷戦隊司令部の通信参謀として「矢矧」に乗り組み、池田と同じ艦橋にいた。

司令部の参謀としては一番若い方で、出撃前夜の「酒保開け」では、司令官公室で、隠し芸の「ガマの油」を披露し、司令部員の爆笑を誘った。「矢矧」沈没後、駆逐艦「初霜」に救助され、生還した。

「救助されるとは思わなかった。なんとか本土に泳ぎ着いてもう一働きしなくてはいけないと思っていた。生き残った私たちは一億総特攻のさきがけとして散った英霊たちの思いを継承していかなければならない。語り部としての覚悟を新たにしたい」

続いて、来賓席の最前列にいた池田が立った。

「当時、私は『矢矧』の第四分隊長兼測的長という立場でありました。海上特攻という出撃目的を聞いた時、マリアナ、レイテの時とは全く異なった誠にさわやかな気持で、はっきりと自らの死に場所を得たという平穏な心境になったことを今でも鮮明に記憶しています」

びゅう、と風が吹く。

池田は背筋をぴんと伸ばし、声を張った。

「全滅を前提とした特攻にあたり、なにゆえに平穏な心境になれたのか。今顧みれば、それは武人として大和民族の誇り高き魂の具現の機会ととらえたからであります。肉体は滅びても、永遠の生命を得る。それはちょうど楠木正成が討ち死にを覚悟し、湊川の戦いにのぞんだ故事に通じる心情だったと思います」

四月六日の出撃直前、駆逐艦「磯風」の煙突に純白のペンキで、楠木家の家紋である「菊水マーク」が描き上げられた。乗員総員の希望によるものだった。「大和」の司令部からは「消せ」という信号が来たが、先任将校の水雷長が艦長の許可をもらい、そのままにしたという。

「あれは、全艦隊の注目を浴びました。みな一様に共感をもって迎え入れたものです。私個人の心情ではありません。多くの将兵が同じ気持でした」

池田はあいさつを締めくくった。

「この特攻には、誇り高い大和民族の文化の象徴としての意義が根底にあるのだと、私は確信しています。大和民族の魂として永遠の生命を与えられた英霊が、私たち日本人を末永く照覧くださることを祈念するとともに、心からの冥福をお祈りします」

最後に、枕崎市長の神園征が、

「この歴史を後世に語り伝えたい」

と決意表明した。

ウグイスが、

「ホーホケキョ」

と鳴いた。

陸上自衛隊・国分ラッパ隊と地元のマリンコーラスが、「海ゆかば」「同期の桜」「荒城の月」「涙そうそう」を演奏、合唱した。参加者は静かに献花台に進み、白菊の花を供えていった。

「昭和二十年四月七日は私の命日。この日、僕は一度死んだ。それ以後の人生は余生に過ぎない」

池田は事あるごとにそう語ってきた。

戦後、建築家となり、超高層建築の第一人者となったことも、日本設計を設立し、社長となったことも、各地の都市計画にかかわり、ハウステンボス建設に携わったことも、すべて「余生」だと言う。

海上特攻の時、池田は二十一歳だった。物理的時間は戦後の「余生」の方がずっと長い。しかし、その中身は「戦時中」の方がはるかに濃密だった。

## 出撃

昭和二十年四月六日。

雲量八。南東の風十・五メートル、気温十度。

雲は低くたれこめている。風は強く、肌寒い。

一五二〇、各艦に「出航」の旗旒信号が上がった。

戦艦「大和」、巡洋艦「矢矧」、駆逐艦「冬月」「涼月」「磯風」「浜風」「雪風」「朝霜」「霞」「初霜」の計十隻。

海上特攻隊と名付けられた艦隊である。先頭は「矢矧」だ。

「舫《もやい》を離せ」

前甲板の艦長伝令が叫ぶ。艦上に出撃ラッパが鳴り渡り、錨が巻き上げられる。ガラガラという音が艦橋まで聞こえてきた。

「いよいよだ」

池田武邦は気を引き締めた。

測的長の池田は、艦橋全体の動きを的確に把握し、瞬時に伝令に指示を出さなければならない。

「測的長に定位置はありません。戦況を観察して即座に指示が出せるよう、司令官や艦長の後ろ、航海長と航海士の間あたりにいました」

原為一艦長は厳かに「出航」を下令した。

川添亮一航海長がドスのきいた声で、

「左前進微速」

を命じる。

十万馬力の出力を持つ四基のタービンがうなる。

艦長も航海長も池田も「矢矧」の艦橋にいる者は皆、戦闘服（第三種軍装）に身を固めている。

「矢矧」は、艦尾に渦をつくり、前進を開始した。

海面を二つに裂き、波浪による上下動を繰り返しながら突き進む。スクリューがつくる白い波が帯状に長々と尾を引いている。

「矢矧」の後には、八隻の駆逐艦が続く。しんがりが「大和」の縦陣だ。間もなく、速力二十ノットが下令された。

呉在泊の艦が「帽振れ」で見送っている。送る者も送られる者も、二度とこの艦隊が呉に姿を現わすことはあるまい、との思いを胸に秘めての「帽振れ」だ。

この艦隊は、どんな幸運に恵まれても、生還することはないだろう。世界の常識からすれば、まったくナンセンスな死の行進、生きた大葬列だった。

この中には、一人の報道班員も、一人のカメラマンも含まれていない。彼らの死を伝えてくれるものは誰もいない。彼らは、多くの同胞を救うために、誰の目も届かないところで死ぬのだった。

しかし、その生命は滅びることはない。子孫の中で生き続けるのだ。

近代戦争としての勝敗は、すでに決している。いまは、日本人の根性だけが、連合軍の前に大手を広げて立ちはだかっているに過ぎない。不徹底な敗戦ぶりで、由緒ある大和民族の将来に汚点を残してはならない。

「敗れるのにも負け方がある。われわれは潔く死ぬ。ここで、「大和」以下の艦隊を残したまま、国が滅べば、それこそ永遠の恥辱となる」

池田らの胸中にはそういう思いがあった。

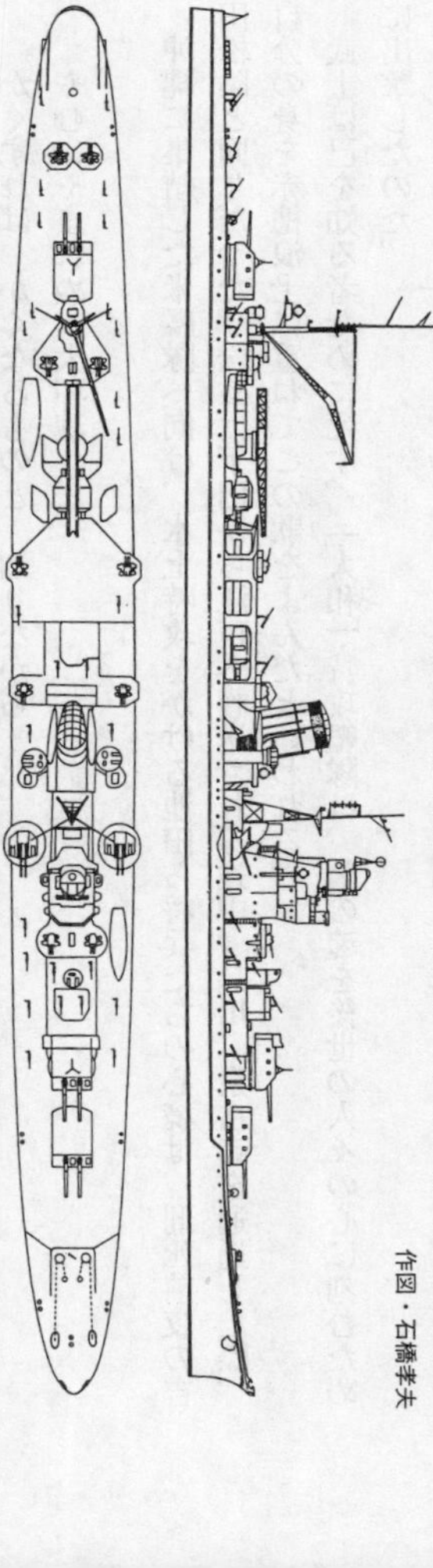

**軽巡洋艦「矢矧」**（昭和20年、沖縄海上特攻作戦時）

作図・石橋孝夫

かくすれば　かくなるものと　知りながら
やむにやまれぬ　大和魂

沖縄に集結した米艦隊へ向け、水上特攻をかける池田ら将兵たちの心境は、刑死前夜の吉田松陰と同じだった。松陰は下田から江戸へ護送される途中、品川・泉岳寺を通過した際、自分の身を赤穂浪士に重ねてこの歌をよんだといわれる。

武士は己を知る者ために死す。「大和」特攻艦隊は、その魂を後世の人々の心に刻むために出撃したのだ。

## 最後の訓示

一六一〇、戦艦「大和」に座乗する伊藤整一司令長官の訓示が信号灯で各艦に伝達された。

「神機将ニ動カントス　皇国ノ隆替繋リテ此ノ一挙ニ存ス　各員奮戦敢闘会敵ヲ必滅シ　以テ海上特攻隊ノ本領ヲ発揮セヨ」

「矢矧」では、この訓示が艦内放送され、池田らはそれぞれの持ち場で厳粛に耳を傾けた。

一六二〇、対潜水艦警戒にあたっていた誘導駆逐艦三隻が散開、微速のまま登舷礼式で海上特攻隊十隻を見送った。

一六三〇～一七〇〇、十隻のうち「矢矧」以下、第二水雷戦隊の九隻はさっと展開し、「大和」を標的として襲撃訓練を実施した。

「矢矧」座乗の古村啓蔵戦隊司令官が、

「今度の出撃で日本海軍の水雷戦隊もなくなります。　出撃の時にはぜひ襲撃訓練をやらせてくださ い」

と申し出ていたものが実現した。

一七三〇、「矢矧」のスピーカーが再び鳴った。

「手空き総員、前甲板集合」

当直を残して全員が足音を交錯させて前甲板に集まった。

原艦長が整列した将兵を見渡して、最後の訓示を始める。

「ただいま特攻隊が編成された。この度の菊水特攻作戦の目的は、味方特攻機と協力して沖縄周辺の敵機動部隊を捕捉攻撃するものである」

艦は航進を続けているが、甲板は水を打ったように静まり、しわぶき一つない。

「嘉手納泊地にある敵艦船を徹底的に撃砕し、幸いに生き残れば敵前上陸を敢行して、わが沖縄守備隊と協力して敵陸上部隊を攻撃する。各員はよく全力を発揮して所期の目的を達成し、三千年の光輝ある歴史を一層光輝たらしめんことを期待する」

なんという超人的任務であろうか。一同は、原艦長の言葉を全身で受け止めた。

原は自分の信念を付言して訓示の結びとした。

「ことさら軽率に死を求めることなく、生命ある限り、強靱な闘魂を奮い起こし、精根の限りを尽くして敵を撃砕することこそ皇国に忠誠なるゆえんである」

訓示の後、原は、古田通信長の差し出す通信紙を受け取り、風にはためく紙を両手で伸ばして読み上げた。豊田連合艦隊司令長官からの激励電報である。

「各隊は決死奮戦、敵艦隊を随所に殲滅し、もって皇国の無窮の礎を確立すべし」

続いて、原は伊藤長官の訓示を読み上げ、壇を降りた。正面の下士官、兵、次いで左右に並んだ池田ら士官に挙手の礼を行ない、コッコッコッと靴音を響かせて艦橋に戻りかけた。

その時、池田の後任として発令所長となっていた八田謙二中尉（海兵七十三期）が、手を上げて原を呼び止めた。

「艦長、質問があります」

「む、何だ」

「軽率に死を求めることなくという お言葉は、艦と生死を共にするという日本海軍の伝統に矛盾するのではないですか」

原は微笑をたたえて、幼少のころ、祖父から寝物語に聞かされた戦国武将たちの美談などを引き合いに出しながら、八田を諭した。

「ミッドウェー海戦で、名将山口多聞少将以下、多年訓練された優秀な搭乗員を失ったことが今日、日本敗退の大きな原因だ。駆逐艦長一人の養成には少なくとも十年を要し、水兵ひとりの教育も並大抵のことではない。海軍軍人として貴重な艦を死をもって守る責任感を堅持することは当然だが、逆境にたって闘志を失い、自らを卑下して過早に死を求めたり、自責の念にのみとらわれて高所大局に立って将来を考えず、無用無益な死によって大切な人的資源を失ったりしてはならない。無駄死にはむしろ敵の欲するところであり、日本海軍にとって甚大な損失なのだよ」

原の懇切丁寧な説明を聞いた八田は、

「よく分かりました」

と言い、晴れ晴れとした面持で立ち去った。

八田はこの約二十時間後、主砲発令所で配置についたまま艦と運命を共にする。池田は、原と八田とのやりとりを直接は見聞きしたわけではないが、

「原さんは、『矢矧』に着任した当初から、人材がいかに大切かを語り、命を無駄にするなと言っていました」

と振り返る。

「だから、最後の訓示にも驚きはありませんでした」

同じころ、「大和」の前甲板では、有賀幸作艦長が訓示を行なっていた。

「出撃に際し、今さら改めて何も言うことはない。全世界が、われわれの一挙一動に注目しているであろう。ただ、全力を尽くして任務を達成し、全海軍の期待に添いたいと思う」

続いて、能村次郎副長が壇にのぼる。

「いよいよその時が来たのである。日頃の鍛錬を十二分に発揮し、戦勢を挽回する誠の神風『大和』になりたいと思う。解散」

発進時の「大和」の総員は三千三百三十二人。副長が解散を命じても、しばらく誰も立ち去ろうとしない。「君が代」を歌い、各自、脱帽し、姿勢を正して、それぞれの故郷の方に向き、両親、兄弟姉妹、妻子に別れを告げていたという。

巨艦「大和」の前甲板は、「矢矧」のそれと比べ、いささか物々しい。

「三千人が乗る『大和』と七百人の『矢矧』では自ずと雰囲気が違っていたようです」

と池田は話す。

## 燃料満載

「大和」特攻艦隊十隻は、「矢矧」を先頭にして一列縦隊で内海西部から太平洋に通じる速吸瀬戸に入った。佐多岬灯台を左舷に、別府の湯煙を右舷遠くに見て、狭水道に入る。白波の彼方に四国の連山が黒々と横たわっている。

日没近くに豊後水道を通過。対潜警戒を厳重にし、敵潜水艦の攻撃を避けるため、九州の陸岸寄りを航行する。別府湾の沖合を通過する時、「大和」艦橋の見張員は、

「桜だ、桜が咲いている」

と思わず声を上げたという。

部隊内通信は赤外線を使った信号機によることとされた。

次第に風が強まり、海上は荒れ模様となった。艦首が切り裂いていく潮が次々と岩場に砕け、浪の花を咲かせる。波濤を見つめる乗員たちは、明日の戦闘では全員がこの波のように

砕け散るに違いないと思った。

「後に知ったことですが、軍令部は片道分の燃料搭載を指示していましたが、実際には徳山のタンクから各艦満載したそうです。『矢矧』は千二百五十トンを搭載したことになります」

池田は回想する。

この時期、帳簿上の燃料はほとんど底をついており、片道分しかなかった。だが、第二艦隊の機関参謀や徳山の燃料補給廠関係者の努力で、簿外の燃料をありったけ積んだのだった。女房のへそくり、のようなものだった。

ここで、思い出していただきたい。池田が兵学校を卒業し少尉候補生になった直後、父武義に連れられて、軍令部にあいさつにいった時のことを。

その時、軍令部総長永野修身は、池田にこう言ったはずだ。

「油断大敵」

文字通り、いま日本には油がない。永野はいずれ、こういう時が来ると予想していたのだろうか。

永野が、サイレント・ネイビーを貫いてきた日本海軍を開戦に踏み切らせた張本人であることも、既に紹介した。永野の心底には、

「徹底的に戦った民族は、曖昧に要領よくその場を逃げ延びた民族に比べ、はるかに高い再興率を持つ」

という信念があったという。

自己滅却の犠牲的精神は、どの時代にあっても至高の価値である。「大和」特攻艦隊は、まさにそれを体現しようとしていた。

池田は言う。

「皆等しく、湊川に赴く大楠公の心境をかみしめていました」

## 敵潜水艦現わる

一九三五、艦隊は日向灘の敵潜水艦を警戒して針路を百四十度とした。

一九五〇、旗艦「大和」から第一警戒航行序列が令された。

先頭艦は「磯風」、その右後方に「浜風」「雪風」、左後方に「朝霜」「霞」と傘型に展開した。各艦の距離千五百メートル。「磯風」の後方六キロに「大和」、その左右三十度千五百メートルに「矢矧」と「冬月」。「矢矧」の左後方に「初霜」、「冬月」の右後方に「涼月」という陣形だった。

二〇〇〇、之字運動（ジグザグ航行）が発令された。敵潜水艦の攻撃を困難にするためである。

右後方には墨絵のように霞んだ九州の山々が連なっている。雲は一層濃く、各艦が漆黒の海を切り裂いて生ずる青白い波濤だけが、夜目にもはっきりと見える。

二〇一〇、電信員が敵潜水艦の電波を傍受。続いて、電波探知員が左後方七千メートルに浮上潜水艦らしきものを探知した。

「矢矧」の原為一艦長は、

「総員、配置につけ」

と下令した。

測的長の池田は、即座に探照灯員に命じて敵潜水艦の方向に探照灯を向けさせた。各砲塔は砲身を水平にし、命令があり次第、発砲できる態勢をとった。

池田は当時をこう回想する。

「あの日は、古村司令官や原艦長とずっと一緒に艦橋に立ち、対潜監視を続けながら夜を明かした。原艦長は、敵潜が撃ってきたら、こちらも撃てと命じていました」

敵潜水艦は複数で、無線電話で話していた。電信室にいる日系二世の山田重夫少尉が会話を翻訳して逐一、艦橋に報告する。敵は「大和」を「キング戦艦」と呼んでいた。

「航海士、この分じゃ艦位測定も必要ないなぁ。敵さんが的確に測定して報告してくれるぞ」

通信参謀星野清三郎お得意のジョークが艦橋の笑いを誘った。

「この敵潜水艦をどう始末するか」

第二水雷戦隊司令部の参謀たちは「矢矧」の艦橋で話し

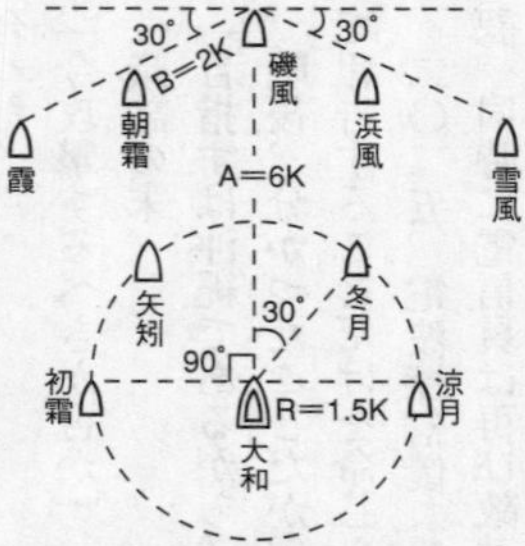


**第一警戒航行序列**

合った。

「今攻撃するべきか否か」

議論の末、

「目指すは沖縄であるから、このまま進撃を続けるべきだ」ということで落ち着いた。

戦後、分かったことだが、米側の記録によると、米潜水艦は二隻で、攻撃はせず、監視して報告することだけを命じられていた。

二〇二五、電波探信儀（レーダー）が五十度、七キロに目標を探知、その方向に白波を視認。同時に電信員は再び敵潜水艦の電波を大感度でとらえた。

第二水雷戦隊の古村啓蔵司令官は直ちに緊急左四十五度一斉回頭を命じた。後甲板にある爆雷投射員は、投射の命令を待っている。水中聴音機員からも、

「敵潜が追従中」

の報告があり、艦橋は息詰まるような緊張に包まれた。

二一〇〇、「大和」から「針路百八十度」が下令された。電信員はまたもや敵潜水艦がグアム基地あてに作戦緊急信を発したのを感度大で捕捉した。

二三三三、駆逐艦「霞」が「百二十度雷跡発見」を報じた。「大和」は直ちに「緊急右四十五度一斉回頭」、次いで、「二百十五度に一斉回頭」を下令。

二三四一、「霞」が再び報告。

「ただいまの雷跡はイルカの誤り」

二三五五、「大和」は「二百二十五度に一斉回頭」を下令した。
艦隊はこうして敵潜水艦に翻弄されながら、漆黒の日向灘を南下して行くのだった。

## 護衛零戦隊

春とはいえ、夜風はなお肌寒い。「矢矧」の排気甲板付近では、機銃兵たちが固まって仮眠をとっていた。

夜が明けると、四月七日。運命の日である。

この日、内地では終戦内閣となる鈴木貫太郎（海軍大将）内閣が成立。海軍大臣は、次官井上成美の尽力で米内光政が留任した。

四月二十八日には、イタリアのムソリーニが処刑され、三十日にはヒトラーが自殺、ドイツは五月七日、無条件降伏する。世界戦争が終わり、新しい歴史の扉が開かれる日は目前に迫っていた。だが、そこにたどり着くまで、日本国民は最後の苦難に立ち向かわなければならなかった。

四月七日。

〇二〇〇、「大和」「矢矧」以下十隻の特攻艦隊は速力を十六ノットにして大隅海峡に入った。距離一キロ、幅五百メートルの緊縮陣形を取る。

〇三四五、針路を二百八十度とした。

〇四〇〇、「大和」の司令部は連合艦隊司令部から「七日〇六〇〇から一〇〇〇までの間、第二〇三航空隊の零戦九機が上空直衛を行なう」旨の電報を受信した。

出撃以来、艦橋で立ち通しだった池田は、すぐ後ろの旗甲板に移り、戦闘に備えて仮眠をとることにした。

〇六〇〇、池田が艦橋に戻ると、ちょうど日の出の時間だった。

艦隊は大隅海峡を通過、対潜警戒の航行序列から対空警戒の輪形陣（第三警戒航行序列）に移行した。

先頭艦は「矢矧」。「大和」の前方千五百メートルに占位した。駆逐艦は、「矢矧」から右回りに、「磯風」「浜風」「雪風」「冬月」「涼月」「初霜」「霞」「朝霜」の順に「大和」を中心とした円を描いた。

艦隊は速力二十三ノットで東シナ海に向け、西進してゆく。「矢矧」の艦首で荒波が砕け、潮しぶきが噴き上がる。

朝食が配られた。握り飯に沢庵の戦闘配食だ。全員、配置についたままかぶりつく。

雲量十、雲高千メートル。南よりの風十二メートル。

〇六三〇、見張り員が、

「零戦九機、バンクしながら接近する。右六十度、高角四」

と報告。

見ると、九機編隊が次第に近づいてくる。友軍機の上空直衛である。

この時期、航空機はすべて特攻作戦に充てられ、艦隊護衛に出す余裕などなかった。しかも、死に赴く特攻艦隊である。本来、あり得ないことだった。
だれの配慮かは分からなかったが、全艦隊の将兵を奮い立たせるのには十分な効果があった。

「戦闘機の護衛がつくなんて、レイテ沖海戦の時でさえなかった。二、三時間のことでしたが、みんな有り難い思いで空を見上げていました」

と池田は振り返る。

この零戦隊は、三五二空（長崎県・大村基地）の所属だった。池田がそうと知ったのは、六十二年後のことだった。

「分隊会で、隊長の植松真衛（まもる）さんに会い、話をして判ったのです。なーんだ、そうだったのか、と思いましたよ」

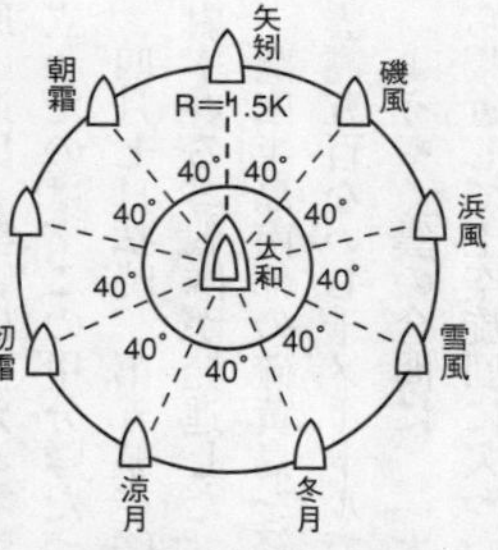

第三警戒航行序列

植松は海兵七十一期で、池田が四号生徒の時の三号生徒で、同じ分隊だった。

「入校時に一番親身になってくれた先輩なんですよ」

三五二空は、三〇二空（厚木基地）、三三二空（鳴尾基地）と並ぶ防空戦闘機航空隊で、昭和十九年八月一日に開隊した。「零戦」の甲分隊と「雷電」の乙分隊、「月光」の丙分隊があった。

このうち甲分隊は昭和二十年四月四日、鹿児島県の笠ノ原に進出。実戦に使える零戦二十四機は全機移動した。「大和」特攻艦隊の上空直衛に飛び立ったのは、この甲分隊だった。

四月七日払暁、第五航空艦隊司令長官宇垣纏から沖縄特攻艦隊直衛の命令を受け、植松大尉率いる零戦隊が発進した。植松大尉は先任隊長が戦死したため、隊長代理に就任していた。薩摩半島南部の硫黄島を経て、黒島を確認したが、視界不良で草垣島が見当たらぬまま、雲高五百ないし千メートルで付近海域の捜索を続けた。

ようやく雲の合間に、「大和」を中心にして輪形陣で西進する艦隊を発見、バンクしながら接近して上空旋回に入った。

植松機は、離陸時に増槽が脱落していたため、約三十分の直衛後、指揮を森一義中尉に託し単機帰投した。他の機は所定の直衛を終了。一一三〇に全機基地に帰投した。間もなく、「大和」以下敵機と交戦中との着信があり、「大和」の沈没を知った搭乗員たちは愕然としたという。

「植松さんの話では、直衛九機のうち三機は僕と同じクラス（海兵七十二期）だったそうです。全然知りませんでした」

上田清市、森一義、田尻博男の三人である。

上田は京都三中出身。「大和」直衛の五日後の四月十二日、零戦で沖縄に制空出撃、中城湾上空で敵戦闘機と交戦し、戦死。

森は馬山中出身。四月十六日、雷電で沖縄に制空出撃、敵戦闘機と交戦戦死。

田尻は横浜二中出身。同じく十六日、沖縄で戦死した。

植松大尉は四月十五日、零戦十機を率いて出撃、大隈半島上空でグラマンと交戦した。植松機は被弾し、植松は高度二百メートルから落下傘で脱出。海上で漁船に救助されたが、重傷を負い、霧島、大村両病院で加療の後、舞鶴海軍病院で療養、終戦を迎えた。

この対グラマン戦では、植松ほか未帰還、不時着五機を出した。

「植松さんを含め兵学校出身者が九機のうち四機も一度に出て、生き残ったのは植松さんだけ。この時期の海軍はもう末期症状を呈していました」

と池田は悔やむ。この時期、海兵七十二期の戦闘機乗りは分隊長として各隊にいたが、百五十六人中、終戦時の生存者は五十人だった。

「当時、戦闘機搭乗員は制空隊を含めすべて特攻要員だった。本来なら艦隊を護衛する余裕などなかった」

池田が明言するように、連合艦隊司令部には、零戦を護衛に出す計画などなかった。無理を押して命令を出したのは、先述した第五航空艦隊司令長官の宇垣纏中将である。

連合艦隊は日吉の地下壕にあり、宇垣は連日特攻機を送り出している最前線の鹿屋基地にいた。この「温度差」が影響したかもしれない。

宇垣は、「大和」特攻の報に触れ、

「無関心たり得ざるなり」

として連合艦隊の意志を無視。

「五航艦には迷惑はかけぬ」

と言って独断で掩護機を発進させた。

搭乗員の多くは他の「正規任務」を抱えていた。このため護衛時間は限定され、途中までの不十分な護衛しか出来ず、第二艦隊は零戦隊が引き上げた後、敵の猛攻撃を受けるのである。

## たれこめる暗雲

昭和二十年四月七日の夜が明けた。

「大和」特攻艦隊は運命の朝を迎えた。日の出は「〇六〇〇」だが、小雨模様の曇天で、太陽は見えない。雲量十、雲高は千メートルから二千メートル。全天を覆う雲は黒々として雨を孕み、波浪も高い。南よりの風が強く吹いている。

艦隊を追尾していた敵潜水艦は海中に姿を消し、代わって偵察機が上空からの触接を始めた。敵機は雲と雲の間を見え隠れしながら、わが方の監視を続けた。

今回予想される戦は、艦隊同士の砲戦でも水雷戦でもない。上空から来襲する敵艦載機との決戦だ。

「晴天下のレイテ沖海戦では、十分に照準を合わせて射撃し戦果を挙げることができたが、この雲ではそう都合良くいきそうもないな」

巡洋艦「矢矧」艦橋の測的長池田武邦は、分厚くたれ込める雲を恨めしげににらみつけた。期待される「大和」の主砲も威力を発揮できそうになかった。

世界に誇る「大和」の四十六センチ主砲には、三式弾という散弾銃と同じ原理の弾があり、うまく命中すると、一つの編隊が一度に吹き飛ぶ威力があった。出撃にあたり、この三式弾を一つの砲塔に九十発、合計二百七十発を搭載していた。

好天に恵まれていれば、ごま粒ほどの敵機を発見すると同時に三式弾を撃ち込み、艦隊上空に敵機を寄せ付けることなく、予定通り沖縄に突入できるかもしれない。しかし、雨雲が邪魔して照準を定めることができず、役に立ちそうもない。

「今回は、レーダー性能に勝る敵に分がある」

池田はそう判定せざるを得なかった。

〇六五七、「矢矧」の左後方にあった「朝霜」が、

「ワレ機関故障」

の旗流信号を掲げながら、次第に後落していった。海面には薄いもやが立ちこめている。

「矢矧」艦橋の古村司令官は、「朝霜」に対し、

「鹿児島に回航せよ」

と信号するよう命じた。しばらくして「朝霜」から、

「ワレ十二ノット可能、本隊ニ続ク」

の返信。しかし、「朝霜」の姿は遠ざかるのみで、もやの中に次第に姿を消してゆく。隊

列を離れた「朝霜」の運命はこの後どうなるのか。「矢矧」艦橋を沈黙が支配した。

「あの時の艦橋の異様な雰囲気は、今でも鮮明に覚えている」

と池田は振り返る。
○八一五、「矢矧」は一時隊列を離れ、風に向かって増速し、艦載の零式水上偵察機をカタパルトから射出した。航空燃料は可燃性が高いので決戦前はフネから離すのが通例だった。
○九一五、同機から、
「ワレ敵戦闘機ノ追跡ヲ受ケツツアリ」

の緊急電。艦長原為一ほか艦橋にいたものの顔が引きつる。前年十月のレイテ沖海戦では、発進した機が同様の無線を発したまま消息を絶ったからだ。艦橋は重苦しい空気に包まれた。

だが、後に判明したところによれば、機は無事、指宿基地に到着しており、杞憂であった。
○八四五、米機動部隊の艦上戦闘機グラマンF6Fヘルキャット七機が艦隊上空を遠巻きに一周して去った。
一〇〇〇、上空直衛の零戦隊が翼をバンクさせて九州方面へ去って行った。

一〇一六、零戦と入れ替わりに、米軍のPBM飛行艇二機が現われた。「大和」の二百三十度、四十五キロ地点で触接している。敵触接機は作戦緊急電を発信した。「大和」は直ちに妨害電波を発し、副砲と高角砲とで砲撃を開始した。

が、弾は届かない。敵機は憎らしいばかりにぎりぎりの射程外で、悠々と触接を続けた。

一〇二二、艦隊は三百二十度に一斉回頭。二十二分後、百六十度に一斉回頭した。接触機

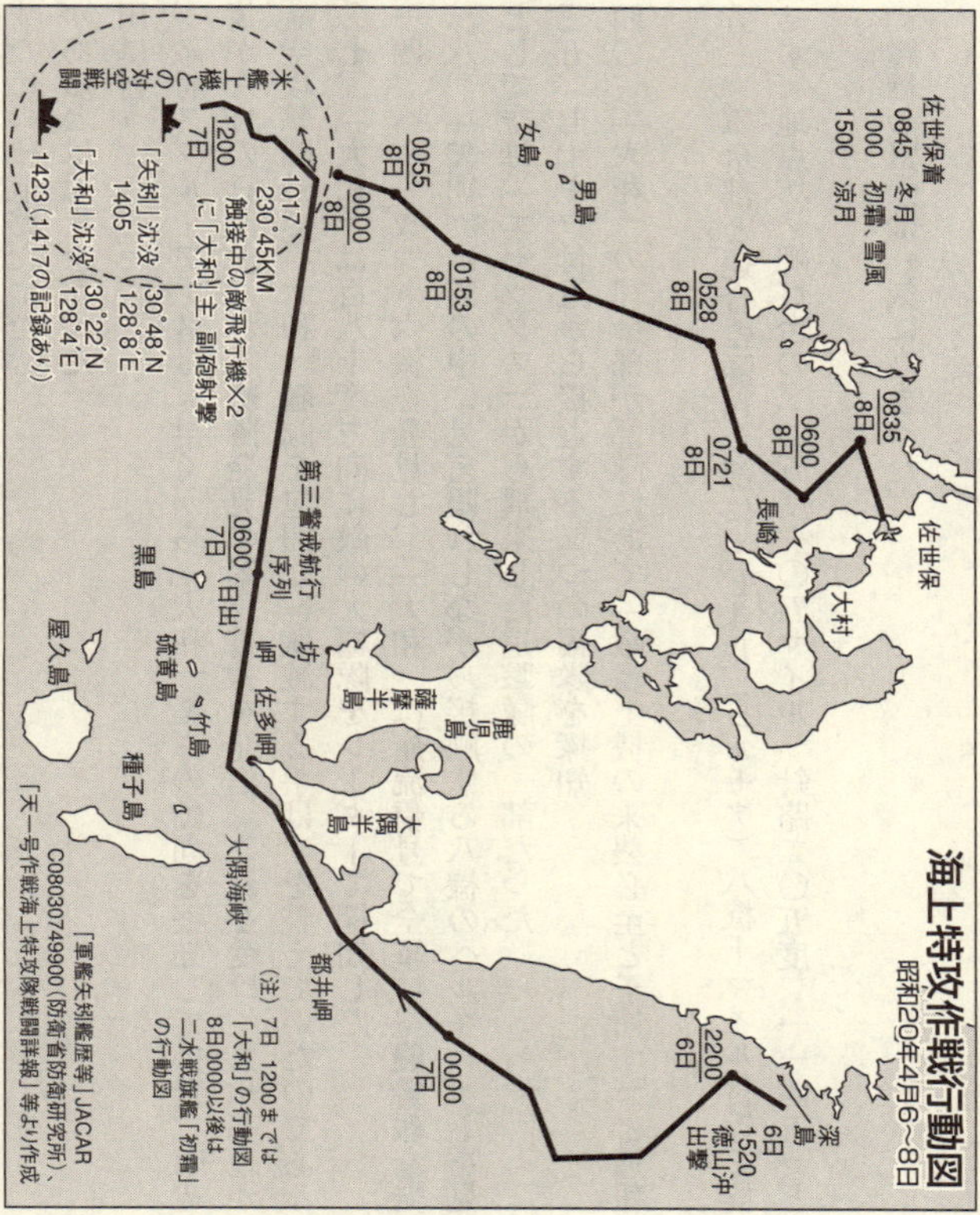
海上特攻作戦行動図
昭和20年4月6〜8日
佐世保着
0845　冬月
1000　初霜、雪風
1500　涼月
佐世保
大村
長崎
鹿児島
薩摩半島
大隅半島
坊ノ岬
佐多岬
大隅海峡
都井岬
深島
女島
男島
黒島
硫黄島
竹島
屋久島
種子島
6日 1520 徳山沖出撃
2200/6日
0000/7日
0600/7日（日出）
第三警戒航行序列
1017 230°45KM 触接中の敵飛行機×2に「大和」主、副砲射撃
1200/7日
米艦上機との対空戦闘
「矢矧」沈没 1405 (30°48′N 128°8′E)
「大和」沈没 1423（1417の記録あり）(30°22′N 128°4′E)
0000/8日
0055/8日
0153/8日
0528/8日
0721/8日
0600/8日
0835/8日
（注）7日 1200までは「大和」の行動図 8日0000以後は二水戦旗艦「初霜」の行動図
「軍艦矢矧戦歴等」JACAR C08030749900（防衛省防衛研究所）、「天一号作戦海上特攻隊戦闘詳報」等より作成

を迷わすための偽航路だった。

「効果があるとは思えなかった」

と池田は言う。

事実、敵将スプルーアンスは、早くから「大和」艦隊の動向を察知していた。哨戒中の潜水艦二隻が六日の日没前に日本艦隊発見の緊急警報を発信。これを受け、九州基地からの日本軍の航空攻撃圏外で「大和」艦隊を包囲し、殲滅する手はずを整えていたのである。

一一〇七、「大和」は百八十度方向に敵の大編隊をレーダーで探知した。

一一一四、ヘルキャット六機を発見し、「大和」は旗流信号で全軍に空襲警報を発令した。

一一二八、「矢矧」は雲の中に見え隠れしながら接触する八機のヘルキャットを見つけた。追跡隊として空母「エセックス」から飛来した追撃隊の一部だった。

一一三五、七十キロ付近から接近する二つの編隊を探知。

一一四〇、「大和」の司令部が部隊にあて「敵艦上機の来襲必至と予期す」と通報してきた。

一一五二、軍令部と連合艦隊司令部に「F4U（コルセア）八機十マイル付近を旋回、未だ来襲せず　地点坊ノ岬灯台の二〇五度一〇五マイル　針路二〇五度　一一四五」と打電した。

「矢矧」艦橋の緊張は一気に高まった。

駆逐艦「朝霜」。機関故障で落伍、消息を絶った

## 悲運の「朝霜」

先に機関故障で落伍した駆逐艦「朝霜」から四通の電報が次々と入った。

一一五九、一三〇〇修理完成の見込み

一二〇八、百三十度方向に艦上機見ゆ

一二一〇、われ敵機と交戦中

一二二一、九十度方向に敵機三十数機を探知す

この発信を最後に「朝霜」の消息は絶えた。池田は双眼鏡で、はるか後方の水平線上に「朝霜」の対空砲火が炸裂するのを望見した。

「それが私の見た『朝霜』の最後でした」

隊列から落伍したフネの運命は群れを離れた小動物と同じである。蝟集する敵機の餌食となり、血祭りに上げられたのだった。

駆逐艦「朝霜」は、「夕雲」型二十隻の十五番目の艦として昭和十八年一月に竣工した。

昭和十九年一月から、サイパン、トラック間の輸送作戦に従事、敵潜水艦一隻を撃沈している。この後しばらく、「矢矧」と行動を共にした。

六月、マリアナ沖海戦参加。

十月、レイテ沖海戦参加。

巡洋艦「愛宕」が敵潜水艦の魚雷で沈没した際には、「愛宕」の艦長以下四百七十二人を救助、さらに「高雄」を護衛してブルネイ基地に帰投した。続いて、オルモック輸送作戦に参加。

十二月には、サンホセ突入作戦に参加し、「清霜」の艦長以下百六十七人を救助した。

昭和二十年二月十日には、「北号」作戦に参加し、「伊勢」「日向」「大淀」を護衛して、航空燃料、ゴムなどの戦略物資を輸送、二十日、呉に帰投した。

そして三月二十八日、呉を出撃した第二艦隊は、その夜、広島湾の兜島沖に仮泊、二十九日朝、三田尻沖に向かった。

三田尻沖に入る直前、「響」がB29の敷設した機雷に触れて航行不能に陥った。「朝霜」はこれを曳航して呉の近くまで送り届け、本隊に復帰した。

沖縄特攻命令があまりに唐突だったため、エンジンを十分に調整する暇もなく出撃しなければならなかった。これが「朝霜」の運命を決定づけた。

果たして四月七日朝、巡航タービンの着脱装置に不具合が生じ、スピードが落ち、輪形陣から脱落した。

第二十一駆逐隊司令小滝久男、艦長杉原与四郎、乗員三百二十六人全員が戦死した。

航海長は、池田と同期の深見茂雄だった。

「深見君とは兵学校時代、同じ班にいた。小柄で無口。無駄口をたたかず黙々と仕事をするタイプだった。同期は沖縄水上特攻に参加した十隻のうち九隻に乗っていたが、戦死したのは深見君だけ。全員戦死のため、その最後を語り継ぐ者は一人もいません」

池田が言うように、「朝霜」は十隻中で、最も悲劇的な最後を遂げたフネだったといえるだろう。

孤軍奮闘していた「朝霜」が力尽きて海中に没したころ、「矢矧」艦橋では昼食用の握り飯が運ばれた。乗員たちは配置についたままかぶりついたが、池田は食べる機会を逸したまま、やがて始まる修羅場を迎える。

## 魚雷投棄

池田が昼食をとれなかったのは、一二二〇に「大和」が左艦首三万七千メートルに敵編隊を発見し、一二三四に池田が握り飯に手を出す前に対空戦闘が開始されたからだった。

一二四一、艦隊は二十八ノットとした。「大和」の最大戦速である。

「矢矧」は、敵艦載機が殺到してくる前に、魚雷発射管を舷側に突き出し、魚雷への誘爆を防ぐ処置を取った。「矢矧」は駆逐艦よりはるかに図体が大きいので、「大和」と同様、敵機の空襲の矢面に立たされるに違いなかった。このため、魚雷への誘爆防止には細心の注意を払う必要があった。前年十月、レイテ沖海戦の戦訓によるものである。

「沖縄特攻で、『矢矧』は『大和』に負けないくらい奮戦した。それは原さん（艦長）の指揮によるところ大だ」

と池田は言う。原はいわゆる「水雷屋」で、ミッドウェー海戦時は「天津風」艦長を務めた。

「原さんは『矢矧』が沈むことを前提に、応急指揮官の大坪寅郎中尉（海兵七十三期）に指示し、後甲板に材木を大量に積ませた。フネが沈んだ時に木が浮かんで、人がつかまれるようにしていた。米軍が空撮した『矢矧』沈没時の写真には、艦の周囲に角材がたくさん浮いているのが写っています」

こうした周到な準備があってこそ、将兵はいかんなく戦うことができ、それが「矢矧」の強靱な防戦ぶりにつながったのだ。

さて、空襲が始まると、水雷長亀山健（海兵六十七期）は機を失することなく、かねての原の指示通り、魚雷十二本の艦外射出を命じた。

沖縄に到達できれば、敵船団に大被害を与えるであろう魚雷をみすみす捨てるのは忍びないことではあったが、やむを得ない。

中部甲板で、水雷士中本正義（七十三期）が魚雷員を督励し、発射管から魚雷を抜き出して次々に投棄していく。

ところがどうしたことか、一本が発射管から半分飛び出した状態で引っかかった。敵弾が命中すれば大変だ。中本は、飛行甲板のチェーンブロックで頭部をつり上げ、魚雷を水平にして発射管から引き抜こうと試みた。同期の大坪が応援に駆けつけた。悪戦苦闘の末、なんとか魚雷投棄は完了した。

中本、大坪をはじめ「矢矧」乗艦の七十三期は機関科を含め六人。これに対し、一つ上の七十二期は池田ただ一人。

「七十三期はもう乗るフネがなくて、たくさん乗り組んでいたのです」

「矢矧」沈没後、大坪は助かった。中本は総員退艦後、泳いでいるのを確認されているが、救助はされていなかった。

## 敵機来襲

「敵さん、どうせ来るなら早く来い。いつまでもじらすなよ」

せっかちな性格の「矢矧」艦長原為一は、幕僚たちと握り飯を食べながら冗談まじりに話していた。

ちょうど昼の十二時半ごろのことだ。艦橋の見張り員が叫んだ。

「飛行機、左二十度、二万メートル！」

原は大型双眼鏡に取り付いた。じっと見つめる雲間から、二機。続いて五機。さらに十機、二十機、三十機……。百機を超す堂々たる編隊、数え切れないほどの艦載機の大群だ。

わが水上特攻部隊はたちまち数百機の敵機の中に包囲された。右に左に、上に下に、空を覆い、海を圧する銀翼。しかし、いまさら驚くことはない。すべて覚悟の上だ。

艦隊は、開距離五千メートルの疎開隊形を作った。

敵はみるみる高度を下げ、艦隊に迫って来る。距離一万五千メートル。

「まだまだ」

後甲板では、第五機銃群指揮官の安達耕一少尉が右手に指揮棒を握りしめ、股を開いて仁王立ちして空をにらんでいる。学徒出身の熱血漢だ。

敵はまだ遠い。

「対空戦闘、砲撃開始！」

原の号令とともに、海戦はまずはわが主砲の砲撃で火ぶたを切った。

ドドーン、ドドドーン。

耳をつんざく轟音とともに、足元がグラグラと揺れた。続いて高角砲も撃ち始める。

が、敵は砲撃をものともせず、勇猛果敢に押し寄せる。その距離は一万メートル。

「あっ、急降下だ」

池田が思った瞬間、真上に数十機が殺到して来た。安達が指揮棒を振り、叫ぶ。

「撃ち方始め」

各機銃は一斉に射撃を開始した。

十五センチの主砲六門、八センチの高角砲四門、二十五ミリ機銃五十八梃すべてで応戦する。

ダダダダダダッ。

ダッダッダッ、ドドーン。

敵は、グラマンF6F戦闘機「ヘルキャット」、カーチスSB2C急降下爆撃機「ヘルダイバー」、グラマンTBF雷撃機「アベンジャー」。いずれもレイテ沖海戦でおなじみの機である。それに今回は、ボートF4U戦闘機「コルセア」も加わっている。

測的長としての池田の仕事は、敵の艦艇、航空機までの的確な方位、距離を艦長、砲術長、航海長らに報告することだ。敵編隊の電波探知にも神経を注がなければならない。

しかし、積雲が厚く、敵機の捕捉は困難を極めた。方位盤射撃装置でも確実にとらえることができない。

敵機はまっしぐらに急降下して爆弾を投下しては、機首を翻して雲上へと消え去る。爆撃かと思えば、突如、水平線から近づいての雷撃も仕掛けてくる。次から次へ、間髪入れない攻撃だ。

仰角が取れない主砲に代わって、高角砲と機銃が撃ちまくる。だが、いくら撃っても、蜜蜂の大群のように押し寄せる敵を阻止することはできない。

二十五ミリ機銃の銃身は焼けただれ、冷やすための水をかけるとジュージューと音を立てて湯気を発した。雷爆撃に対する回避運動も激烈だった。

4月7日朝、対空戦闘中の特攻艦隊。中央が旗艦「大和」、左は護衛の防空駆逐艦「冬月」、右は駆逐艦「初霜」

回避のための操艦は、航海長川添亮一の仕事である。川添は、原艦長とともに艦橋の上の「天蓋」と呼ばれる露天の指揮所にあり、伝声管から艦橋の操舵員に号令をかけている。レイテ沖海戦で航海士を務めた池田は、川添の操艦ぶりに畏敬の念を抱いていたが、きょうも見事に爆弾、魚雷をかわしていた。

不気味な雷跡は一条、二条、三条と矢のように襲って来る。それを転舵いっぱいかろうじて逃れる。

水柱、水煙の中の面舵、取り舵。駆逐艦が急傾斜しながら、衝突をかわす。海水がしぶきを上げながら艦首から艦尾へと甲板上を走る。戦闘は熾烈を極めてきた。

だが、「矢矧」はまだ無傷だ。

## 「浜風」沈没

爆弾は、「矢矧」の周辺に至近弾としてすさまじいしぶきを浴びせかける。機音、爆音は轟々、砲声、銃声は殷々として耳をつんざき、胸を圧する。焼き付くような火炎に目がくらむ。

池田のすぐ近くに立っていた若い伝令兵がへなへなと倒れた。

「やられたかッ」

と思って見たが、どこもけがをしていない。十八歳。初めての戦闘体験で腰を抜かしたらしい。

池田も初陣のマリアナ沖海戦ではずいぶん上がっていた。レイテ沖海戦では、第三者の目で的確に判断できるようになった。いまは、まるで映画を見ているように冷静だ。

「恐ろしい、という気持は微塵もない。ただ、恥ずかしくない死に方をしたいというだけだった」

ドドドドドーン。

池田の耳栓が吹き飛び、鼓膜が破れた。難聴に陥る。電波探信儀室から、

「至近弾の衝撃で、真空管が切れ、電探が使えなくなった」

と報告が入った。

しかし、池田にはよく聞こえない。パクパク口が動いているのしか分からない。何度か聞き返して、了解する。

敵機は機銃掃射も加え始めた。カンカンカンカン、と銃弾が艦橋外壁の鉄板をたたく。艦橋の中をびゅんびゅんはね回る。

固定式の高角望遠鏡についていた見張り兵曹が弾を受けて崩れ落ちるように倒れた。

「敵機は目の前に見えている。レーダーも何もなかった」

もはや測的長としての仕事はなくなった。フネが止まると、航海士はやることがないのと同じだ。池田は応急指揮官として火災の処置に当たるなど臨機応変に動くことにした。

米軍記録によると、敵艦載機の第一波は約二百機で、攻撃は一二四〇から一三〇〇まで続いた。主目標は「大和」と「矢矧」だった。

このうち十五機余りが、「矢矧」の左にいた駆逐艦「浜風」を「矢矧」と誤認して攻撃した。

一二四五、「浜風」の後甲板に爆弾が命中、火柱が上がって、火災が拡大していくのが見えた。「矢矧」艦橋から、

「『浜風』がんばれー」

の声が上がる。それに応えるように、「浜風」から「矢矧」へ手旗信号が返ってきた。

「ワレ火災鎮火」

が、それも束の間だった。

敵雷撃機が「浜風」の左舷側から魚雷を投下、「浜風」は直ちに取り舵をいっぱいに取って回避した。そのため、艦尾が右に振れ、外れるはずの爆弾が艦尾に命中してしまった。この一発で、両舷の推進器が破壊され、航行不能に陥り、海に浮かぶ砲台と化した。

一二四七、再び火炎に包まれ、船体が二つに折れた。

一二四九、「浜風」沈没。鰹節がまっすぐに沈んでいくように見えた。轟沈というより瞬沈という表現がぴったりだった。

「浜風」は昭和十六年六月、浦賀ドックで竣工した。「陽炎」型十八隻の十三番艦だった。呉鎮守府に所属し、緒戦以来めざましい活躍ぶりを見せた。

参加作戦を列記すると――。

ハワイ空襲、ラボール攻略、ポートダーウィン空襲、ジャワ南方機動、インド洋セイロン島機動、ミッドウェー攻略、ガダルカナル挺身輸送、ラビ攻略、南太平洋海戦、マダン・ウエワク攻略、ラエ輸送、ルッセル島攻略、第一～第三次ガダルカナル撤収、ナウル島輸送、クラ湾夜戦、コロンバンガラ島輸送、ニュージョージア方面出撃、コロンバンガラ沖夜戦、ベララベラ沖夜戦、イザベル島撤収、マリアナ沖海戦、レイテ沖海戦、戦艦「武蔵」乗組員救助、戦艦「金剛」乗組員救助、新鋭艦「信濃」護衛と乗組員救助……。

まさに、全太平洋をほとんど一日も休まず走り続けて、最後に力尽きたのだった。

池田は振り返る。

「『浜風』の沈没時はこちらも必死の状態だったので、よくは覚えていない。ただ、弟がやられたというような気持だった。当時、僚艦は肉親のようなもので、『武蔵』や『大和』が親父で、重巡は兄貴、駆逐艦は弟という感じだった」

## 魚雷命中

「朝霜」「浜風」が海中に没した今、戦闘を続けているのは、「大和」「矢矧」以下八隻となった。

数百機の大群が雲間から突然出現し、急降下爆撃を加える。水面すれすれに迫って来て雷撃する機もあれば、不意に反転して銃撃してくる機もある。繰り返される反復攻撃に、各艦は必死の回避行動を取った。高角砲、機銃は、間断なく火を噴き、敵機に猛射を浴びせた。

一二四八、「矢矧」の左隣にいた「浜風」が轟沈した次の瞬間だった。雷撃機三機が低くたれ込めた雲間から急旋回し、「矢矧」めがけて突進してきた。

三機は高度二百メートルまで降下し、次々に魚雷を投下した。三本の魚雷はまっすぐに「矢矧」に向かって来る。

ズドーン。

一本が右舷真横に命中、火炎が噴き上がった。缶室付近への直撃だった。

一三〇〇、さらに別の二機が左舷後方から雷撃態勢に入った。

「左舷後部魚雷近い！」

左舷見張員が叫ぶ。「矢矧」は右旋回に入ったばかりだった。

航海長の川添亮一は間髪を入れず、

「取り舵いっぱい、急げ」

と転舵を命じた。が、間に合わなかった。

「しまった」

艦長の原為一が舌打ちをした瞬間、艦尾にドスンという震動。池田は、激しい衝撃で全身が揺さぶられるのを感じた。

「爆弾か。いや、この激しい横揺れは魚雷に違いない」

すさまじい水柱が立ち上り、艦はグーと停止した。舵、推進器が損傷したらしい。

後甲板の機銃群指揮官安達耕一は、当時の様子をこう記している。

〈大音響とともに衝撃を受けた。一瞬気を失ったような気がする。頭から海水をかぶって、我に返り、体が流されないよう慌ててその辺にあった突起物をつかんだ。部下もずぶぬれになったが、二人が軽傷を負ったものの、あとの三人は無事であった。艦は左に傾き、左舷側の機銃は損傷を受け、射撃ができなくなった〉

安達は「矢矧」沈没後、池田と同様、奇跡的に生還し、戦後は商社マンとして活躍した。

艦橋には、原艦長以下七人の士官、古村司令官以下司令部の士官五人に加え、伝令員、見張員など計二十人がいた。

「応急班、後甲板急げ！」

の命令が飛ぶ。しかし、魚雷の命中で、「矢矧」の電話、伝声管は不通となり、機関室との連絡も途絶した。

まったく手の下しようがないまま、艦は右舷に傾斜していく。右旋回のまま惰性で走り続けていたが、やがて洋上に停止し、波のうねりに揺られるままとなった。傾斜は大きくなり、ついに陣形の外に落伍してしまった。

洋上真っただ中に取り残されたフネは、動かぬ標的、格好の餌食だ。敵機は死肉に群がるハゲタカの如く、襲いかかってきた。

「自分は何をすべきか」

池田は冷静に周囲を観察していた。

「鼓膜が破れていたため、口がパクパク動いているのしか分からない。まるで無声映画を見ているようだった」

敵艦載機による雷爆撃と機銃掃射は容赦なく続き、至近弾の水柱がマストより高く上がる。煙突と舷側からは、蒸気が噴出していた。

三番主砲の後方三メートルに爆弾が命中。続いて、右舷後部と艦首前方にも各一発の直撃弾。鉄片とともに将兵の鉄兜、肉片が宙を舞う。

硝煙のにおいの中に、死傷者から流れる生臭い血のにおいが混じり、鼻をつく。内臓物が排水口を塞ぎ、甲板によどむ。艦の動揺に合わせ、血潮が泡をたてて右舷へ左舷へと流れては戻る。

誰も彼も、自分の生命の危険などは全然顧みることはない。生死も超越し、硝煙と血のにおい中で、ただ、ひたすら戦っていた。彼我の砲爆撃、銃撃によるすさまじい喧騒の中で、死者だけが血だまりに静かに寝ていた。

「こちらが撃っている限り、敵も攻撃してくる。もう、早く沈んだ方がいいのではと、居直った感じにもなった」

と、池田はその時の心境を回想する。

レイテ沖海戦の時は全神経を動かしていたが、今はもう、腕組みをしているしか、なすべがなかった。

四機編隊の戦闘機が八発の爆弾を投下、一発が艦橋を直撃した。さらに、別の四機が投下した三発のうち二発も命中した。撃ち込まれた機銃弾は二千発に達した。

修羅場の中で、降旗武彦少尉も負傷した。降旗は長野県出身。京都大学に入学後間もなく、予備士官となり、「矢矧」の第一機銃群指揮官として前部上甲板三連装の機銃二基の指揮をとっていた。主砲の轟音、敵機の爆撃音に負けないよう声をからして号令をかけていたが、頭部に重傷を負う。

敵機の激しい雷爆撃を受け、ついに洋上に停止した「矢矧」

降旗は手記にこう記している。

〈全く突然、後ろから棍棒のようなもので頭を強打され、めまいがして意識を失い、前へ倒れた。その直前、瞬間的に私の育った長野の山河が鮮明に頭をよぎった。どれくらい時間が経過したのか。意識が戻って自分の倒れていることが分かり、体じゅうを触って負傷箇所を探した。鉄兜に触った時、左頭頂部がささくれ立って、中へめくり込んでおり、左手に鮮血がついていた。頭がやられた！　と思った瞬間、もう助からないという絶望感が頭をかすめ、戦慄が体中をかけめぐった〉

艦橋に呼ばれた甲板士官大坪寅雄中尉は、内務長から命じられて前甲板に駆け下り、応急班を指揮して左舷の主錨と錨鎖とを海中に投棄した。艦の傾斜を少しでも直すためだ。

中部甲板では、水雷士の中本正義中尉が魚雷員を指揮して発射管から魚雷を抜き出して投棄した。

こうした臨機応変の措置によって、「矢矧」は轟沈を逃れ、大傾斜・転覆することもなく、闘い続けることができたのである。

攻撃は一刻途絶えたが、一時過ぎにまた百機以上が来襲した。

航行不能の「矢矧」は、なお南に向かっている「大和」から二十キロほど離れてしまった。

一番連管塔から全身焼けただれた二人の姿が水雷甲板に現われた。手を挙げて艦橋に何かを報告し、そのまま力尽きて倒れた。

見張員長の豊村時信兵曹長が短剣を腹に立て、二番砲塔下に飛び降り自決した。

「陛下の御艦に敵機魚雷を命中せしめたるは、見張指揮官の責任であります。ここに腹かっ切って、この責任をとり、お詫び申し上げる」

伝声管を通して艦橋に響きわたった豊村の声は、池田には聞こえなかった。

川添亮一航海長は、

「血気にはやるな。軽挙妄動は慎め」

と戒めたが、後の祭りだった。

「大和」を含む各艦にも爆弾や魚雷が命中して火柱が上がり始めた。

この時点における「大和」座乗の伊藤整一長官の判断は、

一、大和　当面の戦闘航海に支障なし

二、被害増大の状況において突入期日時期変更を要す
三、損傷艦　特に水戦旗艦「矢矧」の状況確認のため「矢矧」の方向に向かう
以上の三点であった。

が、激闘中の「矢矧」艦上で、池田はそのような全体状況を知る由もなかった。

**断末魔の「矢矧」**

「矢矧」座乗の古村啓蔵司令官は、一三〇〇の時点で「矢矧」の沈没は間近とみて、旗艦を変更することを決意した。指揮下にある駆逐艦「雪風」「磯風」「初霜」などは依然健在である。

古村は、

「たとえ『矢矧』を失おうとも、わが水雷戦隊は『大和』とともにあくまで沖縄突入を敢行すべし」

と判断。機を見て駆逐艦に移乗し、初志を貫徹しようとしたのである。

「矢矧」は、近くにいた「磯風」に信号を送った。

しかし、次から次へと敵機が来襲するので、「磯風」はなかなか「矢矧」に横付けできない。近くには来たものの、雷爆撃を回避しなければならないため、停止することができないのだ。

先任参謀が、

「カッター（短艇）を降ろして『矢矧』を離れましょう」

と進言した。

そのためには、左舷にある短艇の固縛をほどき、デリックで下ろさなければならない。電探を破壊され、測的長としての仕事もなくなった池田が艦橋を駆け下り、作業を指揮した。傾いた甲板での作業は、困難を極めた。

参謀が、「御真影を」と叫ぶ。

原艦長の命により、航海士の松田幸夫中尉が御写真を背負い、短艇が下りるのを待っていた。敵機来襲の合間にどうにか海面に下ろすことに成功、と思った瞬間、爆弾が短艇を直撃した。短艇は、艦上の将兵ともども木っ端微塵に飛び散った。

「あと一息というところをやられた。この後、御真影のことを口にするものはだれもいなかった。ネイビーはそれほどコチコチではなかった」

上空にはさらに約百五十機が襲来。命中弾が高角砲、機銃を架台、人員もろとも空中高く、吹き飛ばす。

一番火薬庫から黄色い煙が漏れ出した。

「危ない！」

原が叫ぶ。間髪を入れず、発令所長の八田謙二中尉が、

「艦長、火薬庫危険、注水します」

と報告。注水弁が全開され、自爆を免れた。

動けなくなった第二水雷戦隊旗艦「矢矧」(下)。傷ついた船体から漏れた燃料の重油が広がる中を、駆逐艦「磯風」が司令部移乗のため接近しようと試みている

「主砲発令所は八田中尉以下六名、暗黒」

「脱出できないか」

「外は満水状態で水浸しだ」

八田以下発令所員十五人は退艦できず、艦と運命を共にする。

傾斜は刻々大きくなり、ついに注水の限度に達した。機銃群指揮官安達耕一が当時の状況を手記に残している。

〈雷撃機は魚雷庫の腹を開けたまま、艦の上空を縦横無尽に飛び回っていた。艦は傾斜が激しくなり、ついに左舷の上甲板まで海水につかってしまった。いつの間にか押し流された多くの部下が左舷近くの海中で泳いでいる……〉

大砲も機銃も将兵も、無傷のものはほとんどない。多くの勇敢な乗員が戦死し、「矢矧」は今、穴だらけとなった巨体を水面に浮かべ、貪婪な敵の攻撃にさらされている。

視覚聴覚の全神経が寸断され、まさに満身創痍。被爆、被雷の激震、爆風、爆音は絶え間なく、いても立っても、伏してもおれない。

艦橋の原は機銃弾で左腕の肉を焼かれていた。火箸を突き刺されるような苦痛に歯を食いしばり、羅針盤に抱きついている。

一三四五、数十機が来襲。爆弾と魚雷が命中して傾斜が増大、左舷が水面近くなり、皆、本能的に右舷側によじ登るような姿勢になった。

その時、大きく艦腹を出した右舷側中央部に魚雷が命中した。

激しい爆風。

左舷側甲板にいた池田は熱風を避けようと、反射的に手で顔を覆った。手袋が燃えた。手の陰にならなかった部分の皮膚が焼け、顔面に「手形」状のやけどを負った。眉は跡形もなく焼失していた。

池田は、司令部移乗のため苦心して降ろした短艇が爆撃された後、艦橋に戻ろうとしたが、ラッタルが吹き飛ばされて戻れず、やむなく甲板に残っていたのだった。

「やけどには全く気づかなかった。後で人に言われて気づき、さわって見ると、皮がベロリとむけた。戦場では、けがをしても痛く感じない。レイテでは、左腕を失った部下が自分で止血し、医務室に歩いて行ったこともあった。平時では考えられないことです」

## 驚異の粘り

「矢矧」は、銃身を真っ赤にして機銃を撃ち続けていた。「大和」の盾となって敵を引き受け、「槍ぶすま」になる決意なのだ。

記録によると、この時、既に魚雷七本、直撃弾十二発を受けているはずだ。甲板は海水で洗われるほど沈んでいる。それでもなお、雲霞の如く押し寄せる敵機に猛射を浴びせている。

敵機は、飛行メガネをつけたパイロットが風防ガラス越し見えるほど接近して機銃を撃ってくる。パイロットたちは「矢矧」甲板の炎の中に鬼神を見たに違いない。

「実際の戦闘は、映画などとは全く違う」

と池田は言う。

「物欲的なものは微塵もなく、全員一丸となって精根を傾けて一心不乱に戦闘する姿は、人間の一面の極致だと思う」

「矢矧」は自艦搭載の魚雷投棄、火薬庫への注水など臨機応変の対応により、最後まで爆発を起こさなかった。さらに、巧みな注水でバランスを取り、沈まないようにした。

「沈まない限り爆撃も続く。もう早く沈んでくれと思うくらい沈まなかった」

池田は当時を思い出して苦笑する。

救助に当たった駆逐艦「冬月」の乗組員は、

「『大和』と『矢矧』の乗組員は、すぐに区別がついた」

と証言する。

「大和」の乗組員は、重油で真っ黒になっていたが、「矢矧」の乗組員はやけどを負いながらも最後まで応戦し続けたので、顔が赤く腫れ上がっていたというのだ。

池田も顔面に大やけどを負った。幸い完治したが、

「しばらく眉が生えてこなかったので鉛筆で書いていた」

と言う。

思えば、レイテ沖海戦の時は、何隻もの大型艦と一緒だった。戦艦「大和」「武蔵」「長門」「金剛」「榛名」に加え、重巡も六隻いた。敵機はこうした大型艦を狙い、「矢矧」は主目標ではなかった。

しかし、今回、「矢矧」より大きいフネは「大和」だけ。敵が群がるのは当然のことだった。

新鋭艦である「矢矧」は防御力を犠牲にして、スピードと攻撃力を上げた。戦艦や重巡には、浮力を増やし復元力を良好にするとともに魚雷の被害を軽減する「バルジ」がついていたが、これも軽巡である「矢矧」にはなかった。

このため、池田は、

「『矢矧』も魚雷一発でやられるだろう」

と覚悟していた。事実、池田は魚雷一発で沈んだフネを「矢矧」の艦橋からたくさん見てきた。

「『愛宕』や『鳥海』、『矢矧』と同型の『能代』も簡単に沈んだ。客観的に見ても、『矢矧』が一番しぶとかったと思います」

防御力のもろさが逆に幸いしたこともあった。

「敵はレイテ沖海戦の時に使っていた着発弾を徹甲弾に変えてきていたのです。徹甲弾使用は『大和』などの分厚い甲鈑を貫くためのものですが、『矢矧』の鉄板は薄いので、スポンと抜けていった。このため、甲板にいた将兵も結構助かったのです」

いずれにせよ、軽巡洋艦としては驚くほどのタフさで、戦艦クラスの抵抗力を見せた「矢矧」の奮戦ぶりは、特筆大書すべきだろう。

「大和」副電測士吉田満の『戦艦大和ノ最期』は、「矢矧」の奮闘をわずか一行で片づけている。

〈「矢矧」魚雷数本の巣と化し、ただ薄黒き飛沫となって四散〉

これではいかにも寂しい。「矢矧」の生き残りは「まるで『大和』だけが戦ったみたいな書き方だ」と言って、少なからず憤慨している。

「矢矧」は、戦後も池田の誇りであり続けた。池田は、米側が撮影した「死闘を続ける断末魔の『矢矧』」の写真を入手し、引き伸ばして自宅の玄関に掲げた。戦後の苦しい時期、毎日、写真を眺めては、

「自分はこの現場にいたんだぞ」

と、自らを叱咤してきたのだった。

**「矢矧」沈没**

一四〇五、「矢矧」はついに力尽きた。右舷から渦を巻いて沈み始めた。海中に滑り込むような格好だった。

「もはやこれまで」

原艦長は総員退艦を命じた。乗組員は艦長の命を受けて初めて持ち場を離れ、海に飛び込んだ。

池田は左舷側の甲板にいた。したがって艦橋にいた首脳部の最後の様子を見ていない。

池田は海に投げ出された。

「フネが沈んだというより、海水がドーッと押し寄せてきて、のみ込まれたという感じでした」

古村司令官とともに最後に艦橋を離れた原は、手記『愛する矢矧との別れ』にこう記した。

〈この世ながらの地獄の底に二時間余。目も耳も頭の中も脊髄もすべての神経はただボーッとして分からなくなってしまった。艦は右舷に三〇度以上も傾斜して艦尾から沈み始め、生き残った乗員は次々と海中に飛び込んでいった。ああ、もう終わりか！　不肖未熟の身をもって矢矧艦長となり、忠誠なる乗員一千名とともに勇戦敢闘のかいもなく、ついに敗れた。ひとえに不徳のいたすところ誠に申し訳ない……〉

最上甲板の一角には、古村と原の二人だけが取り残されていた。海面がグウッともり上がって来て、靴が水に浸った。二人はやつれた顔を見合わせた。今さら、交わす言葉もない。

「さあ行こう」

「行きましょう」

無言で靴だけを脱ぎ、同時に濁流の中に飛び込んだ。空には爆音なお轟々――。

〈「矢矧」沈没地点〉
鹿児島県坊津の南南西九〇カイリの東シナ海
北緯三〇度四八分
東経一二八度八分

動かぬ標的となった「矢矧」に、米第二波攻撃隊の爆弾が降り注ぐ。艦の周囲の海面は至近弾の爆発で沸きたち、１弾が艦尾に命中して爆煙を吹き上げている。このとき、池田は艦橋にいて、この瞬間を目撃している。戦後、池田はこの写真を引き伸ばして自宅の玄関に掲げ、自らを鼓舞したという

戦死　副長内野信一大佐以下、四四六名
戦傷　一三三名
確認戦果　撃墜一九機
兵器の消耗
▽主砲　二一八発
▽高角砲　三六五発
▽機銃　三万二九八〇発

## 「大和」轟沈

池田は近くを漂っていた小さな木箱に手をかけて、立ち泳ぎを続けた。昼夜の哨戒、二時間の激闘、さらに漂流。九州南方とはいえ、四月上旬の海水は冷たい。細雨は降りしきる。

冷たい海に長時間いる時は、着衣はそのまま、靴も脱がないのが基本だ。編上靴の重み、水面厚く層をなす重油。まるで飴の中をのたうち回るような感じだ。寒さと疲労で意識ももうろうとしがちだった。

池田はしばらくして、突然吐き気をもよおし、吐いた。考えてみれば、昼食を取りそこなっていた。空腹のままのところに重油まみれの海水をたらふく飲んでしまったらしい。

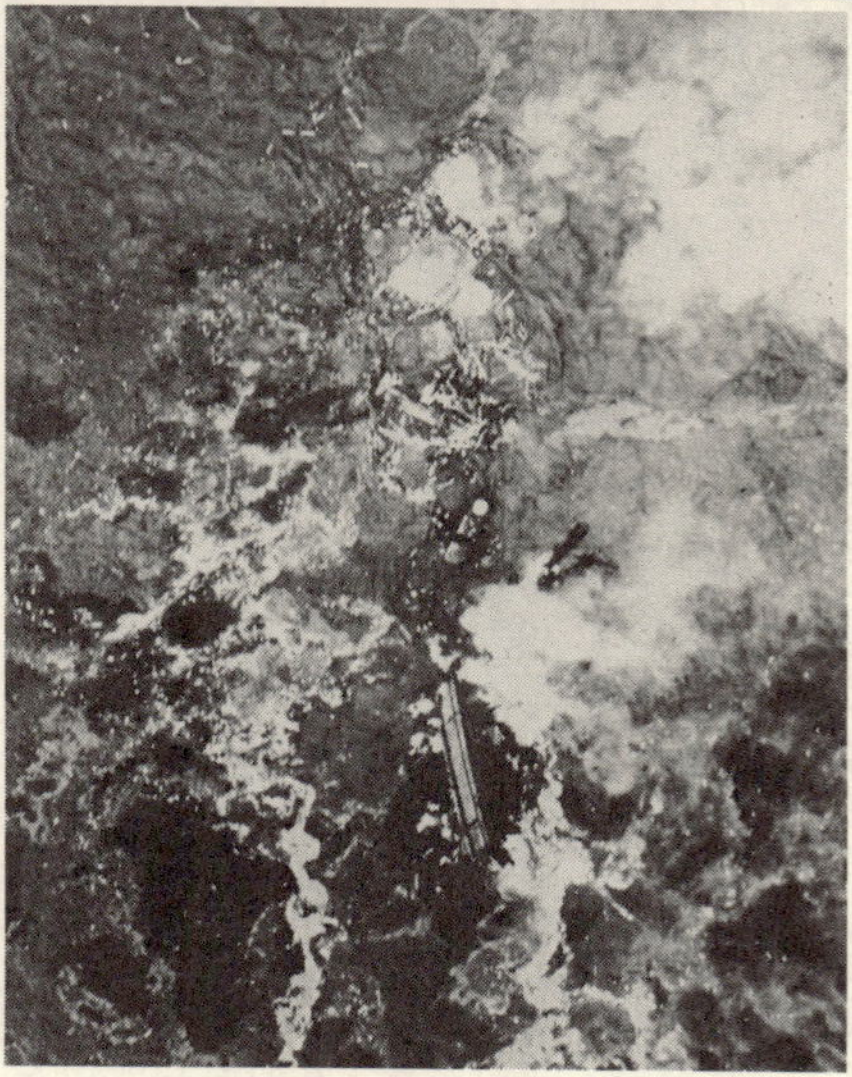

〔上〕浸水し、大きく傾いた「矢矧」。断末魔の巡洋艦に、なおも敵機の攻撃は続く。午後1時40分頃の撮影。〔右〕午後2時5分、ついに「矢矧」は最期の時を迎えた。写真は、沈み始めた同艦を真上から捉えたもので、艦尾部と後檣の一部がまだ海面に見えており、原艦長が積み込ませた「浮き」代わりの角材が浮いているのがわかる

海に入って十数分たっただろうか。約二千メートル先にいた戦艦「大和」に異変が起きた。

「水平線に敵機の急降下だけが見えていた。そこからものすごい煙が上がったのです」

真綿のような白い煙の塊がムクムクとわき上がったかと思うと、七万トンの巨体が完全にこの白雲に覆われた。その姿は、あたかも白雪をかぶった霊峰のようにも見えたが、その白雪が頂上から麓に向かって拭うように消え去った時には、「大和」は跡形もなくなっていた。

「あっ、『大和』が」

そう思った瞬間、ドシーンという不気味な大音響が池田ら漂流者の胸を圧した。

池田は巨大なキノコ雲を見て、レイテ沖海戦での戦艦「武蔵」の姿を思い出した。この瞬間、池田は、日本が誇る二戦艦の最期に立ち会った数少ない証人となった。

将棋にたとえるなら、「武蔵」「大和」は王将である。

「これで連合艦隊は全滅、帝国海軍は終わりだ」

池田は、日本の完敗を実感した。

時に、「一四二三」。延べ三百機以上、二時間に及ぶ対空戦闘で満身創痍となった「大和」は、傾斜復元困難となり、ゆっくりと横転。艦底をさらけ出すと同時に誘爆、大轟音とともにその巨体を海中に没したのだった。

第二艦隊司令長官伊藤整一中将、「大和」艦長有賀幸作大佐以下、乗員約三千名戦死。

敵のPBMマーチン飛行艇が飛来、着水した。飛行艇は、撃ち落とされた敵機から流れ出た緑色のマーカーを目標に、搭乗員たちを拾い上げ、飛び去ってゆく。さすがは人命尊重の

爆発した戦艦「大和」。周囲の駆逐艦は左から「霞」「初霜」「冬月」。池田はこの時、重油の海を泳いでいた

国だ、と池田は思った。

「ここまで手厚い支援体制を取っていればこそ、搭乗員も安心して戦えたのだろう。しかし、われわれは海上特攻隊だ。味方に救助されることは到底ありえない……」

ところが――。


池田が漂流している間に、作戦は中止となったのである。後に次のような命令・報告が出ていたことを知る。

▽伊藤長官から第一遊撃部隊あて（「矢矧」沈没のころ）
「突入作戦は成立せず　生存者を救出　後図を策すべし　艦隊参謀は冬月に移乗　残存部隊の収拾に任ずべし」
▽吉田第四一駆逐隊司令から豊田連合艦隊長官あて（一四四五）
「一一四一より数次にわたる敵艦上機大編隊の攻撃を受け、大和　矢矧　浜風沈没、磯風　霞　涼月航行不能　その他の各艦多少の損害あり　冬月

初霜　雪風は救助作業の後、再起を図らんとす」
▽豊田長官から伊藤長官あて（一六三九）
「第一遊撃部隊の突入作戦を中止す　第一遊撃部隊指揮官は乗員救助の上、佐世保に帰投すべし」


伊藤長官は、一億玉砕の先駆けとなることを課せられた海上特攻を独断で中止させたのである。終始、作戦に反対してきた素志を貫いたのである。

今引き返すならば、燃料がかろうじて帰路を満たすに足るというぎりぎりの段階での決断だった。

## 漂流五時間

池田は泳ぎ続けていた。

辺りの水深は五百メートルほど。水温は一年を通じて最も低い時期である。手を休めると沈む。実際、何人もが力尽きて沈んだ。

しばらくは言葉を交わし、あるいは軍歌をうたい、自らを元気づけようとしていた。が、次第に体力が衰え、声もなくなった。

近くに固まっていた者たちも、重油の広がりとともに次第にバラバラとなり、いつの間にか波間を遠ざかり、視野から消えていった。

「矢矧」乗り組みの水雷戦隊司令部員で予備士官出身の橋本昌太少尉は、出撃前、体調を崩し黄疸が出ていた。

「目が黄色だったので本来なら休養すべきところだった。しかし、本人が『大丈夫』と言って、この特攻に参加していたのです」

その橋本が、池田の目の前を泳いでいた。

「分隊長、元気ですか」

「おう、大丈夫か」

「大丈夫です」

橋本は元気に答えた。

「重油まみれながら、ニコニコしてすごく明るい顔だった。しかし、救助はされていなかった……」

長時間の漂流に恐らく体力がもたなかったのだろう、と池田は推測する。

「まだあどけない、昌太という名前がぴったりの真面目な好青年でした」

池田自身も、自分が助かるとは夢にも思っていなかった。

「やがて意識を失い、凍死するのだろう」

と観念していた。だからと言って、自ら命を絶とうとも思わない。ただ、自然に任せ、本能的に手足を動かし、「生」のエネルギーが尽きるのを待っている状態だった。

夕闇が迫り、どんよりとした雲は一層重くたれこめた。どこからか、

「フネが見えたぞー」

と声が上がる。希望的観測に過ぎなかった。

「何度もだまされました」

「矢矧」が沈んで何時間たったのだろう。五、六時間経過していると思われた。冷気が骨身にしみ、疲労が体中に広がっていく。

突然、近くにいた兵が暴れるように手足をばたつかせ、水没し、再び浮上しない、というケースが出てきた。

次第に思考能力が薄れ、体が冷え切ってくる。

「凍死とはこんな感じなのか」

もうろうとした頭で思った。

「もう、いい加減、ここらでいいだろう」

「もういいや」

と何度も思う。しかし、意識を失ったまま捕虜になるようなことがあってはならない。池田は、海中で襟章をもぎ取った。

「重油でべとべとしており、なかなか取れなかった記憶がある」

吉田満の『戦艦大和ノ最期』は、この死の漂流の模様を次のように表現している。

〈哀れ発狂して沈み行くものあり　重油の吸収は生理に異常を来す　笑う如き唱声、むしろ嬌声に近し

活動活発にすぐるものの瞬時に姿を没するは、その動きの標識故に、飢えたる鱶の餌食となるか

力つき沈みゆく兵多し　若き兵の多くは、母を恋うらしき断末の声をあげ、天をつかむ双手空しく突き上げたるまま、ズブと姿を消す〉

日が暮れかかる。波が高くなってきた。

「もはや、到底助かることはない」

池田は覚悟を決め、立ち泳ぎを続けた。寒い。冷たい。寒さと疲労で意識はもうろうとしている。このまま力尽きて意識をなくし、死ぬのだ。

その時、不意に藤沢の実家の風景が頭に浮かんだ。

「ああ、畳が恋しい。乾いた畳の上で大の字になりたい」

そう思った。

## 生と死のはざま

艦橋にいた古村司令官と原艦長は、渦巻く濁流に吸い付けられ、ちりぢりになって海中深く沈んだ。以下、原の手記をもとに、漂流の模様を再現してみる。

原は目をつむったまま無意識にもがいた。そのまま暗闇の中に数分。

次第に明るさを感じ、目を開く。鼻孔から漏れる息が青白い玉となってブクブクと目の前を上昇している。

「もうだめだ」

息苦しさを覚え、ガブッと海水を飲み込んでしまう。腹の中にしみ込む海水。ヒヤッと冷たく感じてブルブルッと身震いした途端、下から押し上げられたようにポコンと水面に浮き上がった。

原の頭はボーッとしていた。延々二時間の雷爆撃の焦熱地獄から急転直下、暗黒寂寞の冷凍地獄へ突き落とされ、完全に正気を失っていた。

一体ここはどこなのだ。真っ黒い顔の人間が大勢泳いでいる。
五、六メートル先で声がした。
「おい、艦長」

ふっと我に返り、声の主を見た。古村だ。

「司令官！」

心身が蘇生してくるのが分かった。さては、周辺に浮かぶ見知らぬ黒い顔の面々は、皆、「矢矧」の乗員だったのか。彼らは、海面に漂う角材や円材などの浮遊物に亀の子のように取りすがっていた。

原は自分の顔をなでてみた。ペロッと黒い重油が手についた。

隣り合って材木につかまっている男が原に向かって言った。

「おまえはだれだ。も少し向こうに寄れ」

原は少し左に避けながら問い返した。

「おれは『矢矧』の艦長だが、お前はだれか。重油で顔が分かりにくいが」

男はしげしげと原の顔を見て、言葉を改めて答えた。

「私は二等主計兵の千葉です」

顔も赤らんでいたことと推測されるが、真っ黒なので判然としない。

「どうだ、苦しかったか」

「はい。死ぬかと思いました。助かるでしょうか」

「そいつは分からぬ。まあしっかり頑張っておれ」

そうこうするうち、一時間余りが過ぎた。付近にかたまっていた流木は、風か、潮流のいたずらにより、バラバラになり、原は古村とも離れ、一人になった。遥か遠くで、「海ゆかば」を合唱しているのが聞こえた。
二、三時間が過ぎた。軍服の上に雨着を付けたままの体は重く、胃腸は冷え、手足の筋は硬くなり、ひきつる。小便を出すと、ズボンを通って上昇し、いくぶん腹部が温まった。
目の前に一枚の罫紙が流れてきた。

「だれかの遺書か」

と思い、拾ってみる。白紙だった。

しかしながら、孤独な自分の所に縁あって流れ着いた一片の紙。そのまま捨てるに忍びず、雨着のポケットに収めた。すると、ポケットの底に触れるものがある。

「何だろう？」

取り出すと、一メートルほどのロープだった。

「そうだ、おれはやはり生き抜かねばならないのだ」

原は、このロープで体を流木に結びつけ、

「この流木とともに天の命ずるままに流れていこう」

と決意して静かに両眼を閉じた。心も体も楽になった。今日の戦を振り返り、おのれを恥じたり、悔やんだりした。

「今日の回避行動はまずかったな。どうせやられるのなら、キャビエン沖での血闘のように直進し、一機でも多く撃墜すればよかった……」

「爆撃機はやりっぱなして、雷撃回避に専念すればよかった。爆撃はさほど恐れるに足りない。魚雷が致命傷だったのだ……」

「それにしても巡洋艦は駆逐艦と違って鈍重で操縦が難しかった。まして、おれは『矢矧』艦長として、ほんとの飛行機を使って対空訓練を一度もやっていないのだ。うまくいかなかったのは無理もない……」

辺りは暮色を濃くし、風波が加わってきた。ロープでつないだ材木にぶつかる波が時折、パシャッ、パシャッと音をたてる。腹は空き、体は冷え切り、手足の筋肉は力ない。だるい。眠たい。長い年月のように思われた四十年の生涯が一瞬のうちに縮小され、思い出や懺悔や雑念が脈絡なく浮かんでは消える。

「ああ、寒い。ウイスキーを一杯飲みたいなあ。いや、贅沢は言うまい。今までおれは飲みたいだけ飲んだ。遊びたいだけ遊んだではないか」

「世界も一通り見て回った。地球は大きいように思ったが、永遠の宇宙に比べれば小さいものだ。その地球の一隅の水の中で、小さい人間が瞬間の生命と永遠との境を彷徨っているのだ」

「司令官はどうしただろう。内野副長ら士官室の人たちはどうなったのか。池田中尉たちガンルームの士官たちの運命は如何？」

千メートルの彼方に艦影が現われた。

「おお、駆逐艦だ。日本の駆逐艦だ。まだ交戦中なのか。しっかりやれ！」

励ますような気持で眺めていると、今度は内火艇がこちらに向かって来るではないか。五十メートルくらいのところまで近づいた時、初めて、救助に来てくれたのだ、と気づいた。

「オーイ」

とっさに叫んだのは生への本能であろう。だが、エンジンの騒音で聞こえないようだ。

この薄暗い海面で、真っ黒な頭は見えないのか。内火艇はそのまま素通りするようだった。

原は、ふっと思いついて、先程拾った罫紙を雨着のポケットから取り出し、手のひらにあてがって内火艇を招いてみた。だが、近寄る気配はない。

内地で訓練中は河童とか海豚と呼ばれた原も、もはやこれまでか――。

## 容赦なき掃射

敵機はなお上空に残り、洋上に漂う池田や原ら生存者に対し、執拗に機銃掃射を浴びせた。この無抵抗の乗組員に対する攻撃で非業の死をとげた乗組員は数知れない。

山田重夫少尉はこの機銃掃射で、かけがえのない親友、倉本重明少尉を失った。

青年士官のまとめ役であるガンルーム室長の池田は、山田と倉本に対して、特別に配慮しながら、「教育」してきた。二人が米国国籍を持つ二世で、偏見を持たれていたからだ。山田は慶應大、倉本は明治大に留学中、召集を受け、ともに「矢矧」に乗艦。米軍の無線解読任務についていた。

「矢矧」沈没後、二人は、池田らと同様、真っ黒な顔で波間を漂っていた。敵の飛行艇が着水して近づいて来た時には、池田と同じように、襟章をもぎ取り、「死んでも捕虜にはならぬ」という帝国海軍士官の武士道精神を見せた。

「大和」が轟沈してしばらくしてからのことだ。上空に群がっていた敵機は、編隊を整え、帰り支度を始めた。二人は同じ材木につかまって、漂うに任せていた。

「おい、やつらは引き上げるようだぜ」

山田が言った。その途端、思わぬ方向から敵戦闘機が接近してきた。

「ジョー（倉本の愛称）、危ない」

山田が首をすくめた瞬間、銃弾が激しく海面をたたき、飛沫が飛んだ。

ダダッ、ダダッ、ダダッ、ピシッ、ピシッ。

山田はしばらく、海中に頭を沈めていた。息苦しくなって、顔を上げると、そこには、もう倉本の姿がなかった。

「ジョー、どこにいるんだ」

山田は狂ったように叫んだ。

片手で周囲の海水をかき回す。一メートルほど先に、頭の半分を吹き飛ばされた無残な倉本の遺体があった。

「大和撃沈」の戦果を収めた敵機は、次々と編隊を組んで南の空へ去っていく。

「ジョー、おまえはどうして死んだんだ。せっかく助かったのに」

倉本の亡骸が波間に消えていく。山田は腹立たしさと悲しさで気が狂いそうだった。材木につかまったまま、天を仰いだ。重油と波と涙でどろどろになった顔に、雨が降り注いだ。

それにしてもなぜ、泳いでいる「大和」「矢矧」の乗組員たちを敵は銃撃し続けたのだろう。米軍パイロットの心情は理解しがたい。

原は手記にこう書いている。

〈敵戦闘機のわが溺者に対する掃射は熾烈を極めた。

「艦を撃つより人を撃て」

これが敵のモットーであった。

やっと免れたかと思うと、次ぎの戦闘機が来る。その次ぎが来る。前のが反転して再び来襲する。

こちらは意識的に、また無意識に水に潜って難を避ける。

これまでわれわれ日本人は、お互いに国のために戦ってはいても個人と個人に恨みはない。沈んだ艦の無力の溺者を掃射したり、狙撃したりすることは、わが武士道の精神に反すると信じていた。

現にわれわれもまた、スラバヤ沖海戦で、米英蘭豪の多数の溺者を救い上げたのだ。

憤慨にたえないが、彼らの思想はわれと異なり、傷ついた無抵抗の敵、非武装の工場だとか輸送船など、勝ちやすい敵に勝つことが戦勝の秘訣であり、戦術の常道と考えているのだ〉

元海軍中尉の阿部三郎（海兵七十三期）は著書『特攻大和艦隊』にこう記している。

〈戦後、アメリカのパイロットが泳いでいる「矢矧」や「浜風」の乗組員を銃撃している報告を読んだが、彼らには無抵抗な人間を殺すことに何の良心の呵責も感じていないようで、ハンターが逃げまどう獲物を楽しみながら撃ち殺しているのと、まったく同じ心境としか思えない。

彼らの頭には戦時国際法などなく、目に映っていたものは、人間ではなく、黄色い猿としか映っていなかったのではあるまいか〉

## 「冬月」現わる

こぼしたインクが広がるように夕闇が濃くなっていく。海上は風が強まり、波が荒立ち始めた。

四月七日夕、鹿児島県坊津沖の東シナ海。巡洋艦「矢矧」が海中に没して既に五時間。立ち泳ぎを続ける池田中尉は、生と死の境にいた。

寒さが骨身にこたえる。このまま夜を迎えたら、恐らく命は持たないだろう。

「フネが来たぞう」

だれかが大声で叫ぶ。

「来るはずないさ」

とあきらめていた池田は、声の方を見もしなかった。漂流者の一群から異様なざわめきが起こった。

「フネだ」

「フネだ」

短い言葉が波頭に乗って口伝えされていく。池田はまだ半信半疑だ。どこからやって来るのか確認しようにも、目が開けられなかった。まぶたを厚い重油が覆っていたからだ。

両手を海中に入れ、手のひらの重油を拭い落とす。拳を握り、手のひらが重油層で汚れないようにして海面から出し、顔をぬぐう。ようやく、目を開けることができた。

うねりで上体が持ち上げられるのを待つ。体が持ち上がった瞬間、彼方からこちらへ向かってくる駆逐艦が見えた。マストの形から味方だと分かった。

信じられなかった。また、だれかが叫ぶ。

「『冬月』だッ」

煙突の隊番号の識別もはっきり見えるまでに近づいてきた。われ先にどんどん泳いでいく兵の姿が見えた。

「冬月」の舷側から命綱が降ろされた。ところが、兵は、ロープにつかまると、ずるりと滑ってそのまま海中に没し、そのまま浮上して来なかった。体じゅうにまとわりついた重油の重みでロープを持てず、力尽きたのだろう。

「海中にいる時は浮力があるので体も動くが、海上に肩くらいまで出ると、自らの重みで沈んでしまい、そのままになった兵も二、三人いた」

池田は、部下たちが上がるのを待ち、最後にロープをつかんだ。重油でぬるぬる滑った。なかなか上がれない。ローリングするうえ、腕に力が入らない。

「冬月」の乗員がロープに結び目をつくり握りやすくしてくれた。それでも、ずるずる落ちてしまう。

「それでは」と、今度はロープに棒切れを結わえてもらい、それを足に挟み、ロープにしがみついた。その状態で、甲板から引き上げてもらった。

この後しばらく、池田は意識もうろうとしていた。士官なんだからシャンとしなければ、と思いつつも、体は思うに任せなかった。立とうにも立てない。

「やっとの思いで引き上げられた時、五本の指は、親指を別にして四本ひっついたままの形で思うように動かなかった」

水兵が服をナイフで切り裂いてくれた。スローモーな動きで長い時間をかけて靴を脱ぎ、褌一つになった。体を温めるため、機関室に行くよう指示された。ヨロヨロと歩いていく。水兵の白い作業衣が与えられた。初めて着るものなので、前、後ろが逆だったらしく、「逆ですよ」と指摘されてしまった。

池田ら「矢矧」乗組員の救助にあたった駆逐艦「冬月」

「しかし、乾いた体に乾いた服を着て、とても気持よかった」

顔には大やけどを負っていた。佐世保帰投まで何の治療もなされなかったが、後遺症もなく、治癒した。入院先の佐世保海軍病院の軍医は、

「応急処置が良かった」

と言った。池田は、

「何もしていないのに」

と不思議に思った。

やけど治療には、空気を遮断することと患部を冷やすことが求められる。その双方が顔を覆い尽くした重油の層によってもたらされた。重油まみれで、冷たい海に五時間も漂流したのが良かったのだ。

池田は、こうした度重なる幸運によって「生かされた」のだっ

た。

## 壮絶、降旗少尉

周辺を漂流していた「矢矧」生存者の一群は、約三時間がかりで駆逐艦に収容された。

予備士官出身の第一機銃群指揮官降旗武彦少尉、第五機銃群指揮官安達耕一少尉も「冬月」に救助された。救出時の模様を、それぞれ手記に残している。

「ロープが下ろされ、それで体を縛ろうとしたが、なかなかうまくいかず、上からは怒鳴られるし、大変であったが、なんとか甲板までたどり着いた途端、それまでの張りつめていた気持ちがゆるんだのであろうか、意識不明に陥った」（降旗）

「ロープを握ったが、腕の力がなく、何回も海中に落下した。輪のロープを首から通して脇に入れ、やっと甲板に引き上げてもらった。緊張で張りつめていた気持ちが一瞬ゆるんで、これで助かったと思った瞬間、立ち上がれなくなった」（安達）

駆逐艦「初霜」の内火艇に救助された矢矧艦長原為一の手記にはこうある。

「私はひとりで一生懸命舷梯を登ろうとしたが、両足も腰も抜けたようにふらふらして思うように動かない。助けられてやっと上甲板に上がった時はもうとっぷり日は暮れていた」

九死に一生を得た状況はいずれも、池田と同じだったようだ。

降旗は意識を失ったまま佐世保海軍病院に運ばれた。

「敵弾は鉄兜を突き破り、頭蓋骨を破り、脳漿に達していた。降旗君はその状態で何時間も泳いだらしい」

池田はその気力をたたえる。

降旗は戦後、京大に戻り、後遺症と闘いながら経済学を究め、助教授、教授と上り詰めた。

「学生運動ではずいぶん（学生に）やられたらしいが、降旗君が沖縄特攻の話をすると、学生たちは黙りこくって何にも反論できなくなったそうです」

と池田は言う。

池田には、海兵七十三期の池田清が『最後の巡洋艦・矢矧』を出版した折、長野の降旗宅で、池田清を交えて歓談した思い出がある。

その時、降旗がフルブライト留学生に選ばれ、渡米したという話が出た。乗船したのは「氷川丸」だったという。戦時病院船だった船だ。

池田は、華やかな戦後の旅とは対照的に、戦時中の「氷川丸」には数々の逸話があったことを語った。

「レイテ沖海戦で負傷した『矢矧』の浅田善一看護兵曹をシンガポールに運んだのも、ブルネイ湾で僕と同期の伊藤比良雄中尉（レイテ沖海戦で戦死）の遺髪を託したのも『氷川丸』だった、という話をしました」

降旗は、

「そうでしたか、知らなかった……」

と、感慨深げだったという。

降旗は平成十四年に逝去した。享年八十。

## ひげの航海長

池田や降旗を救った駆逐艦「冬月」の航海長中田隆保中尉は、池田と同期（海兵七十二期）だった。しかも、一号（最上級生）の時は同じ三十五分隊で寝食を共にした仲。三十五分隊の一号は九人で、伍長が池田、伍長補が中田、三席が小灘利春。（筆者注・小灘は人間魚雷「回天」隊に赴いた七十二期十四人のうちただ一人の生き残りとなり、後に全国回天会会長を務めた）

「中田君が下級生を殴ってくれるので、僕はやらずにすんだ」

と池田は懐かしむ。

中田の父も海軍軍人で、池田の父、武義が駆逐艦長時代の部下だったという縁もあった。

「冬月」に救助された池田は、この級友の所在を真っ先に尋ねた。

「航海長はどこにいる？　艦橋か」

「冬月」の下士官は、

「いえ、負傷され休んでおられます」

と答えた。

池田は、航海長室へと足を運んだ。中田はベッドに横たわっていた。

「大丈夫か」

声をかけても、ウーンウーンとうなるばかりだった。

「中田君は小柄ながら鍾馗ひげをはやした熱血漢で、ひげの航海長と呼ばれていた。『冬月』の前は空母の甲板士官をしていて、ひげの甲板士官と恐れられていたらしい」

だが、この時は、ただ呻吟するしかなかったようだ。

「苦しそうで、長くはおれなかった」

と池田は振り返る。

中田は最初の敵機来襲時に十三ミリ機銃弾を受け、両手首に貫通銃創を負っていた。被弾の時、すぐそばにいた主計長は、

「航海長の両手首が吹き飛び、私の軍服に血しぶきがかかった。私は近寄ろうとしたが、ひざがガクガクして歩くことが出来ない。このことが腰が抜けたということかと、あとで恥ずかしい反省をした」

と述懐している。

中田は大出血にもかかわらず配置についていたが、間もなく出血多量のため意識不明となった。主計長が何とか中田を抱えて、下部士官室の応急治療室に運び込んだ。

主計長によると、士官室は足や手をもがれた兵たちで埋まっていた。床は血の海で、天井からは白煙が上がり、機銃弾が入ってくる有様だったという。

中田は、命に別条はなかったが、右手に後遺症が残り、戦後も、大好きな酒を飲むのに杯をうまくつかめない状態になった。

話は脇道にそれるが、中田のいとこは、日本を代表する作曲家の一人、中田喜直である。「小さい秋見つけた」「夏の思い出」「めだかの学校」などの唱歌を数多く作り、夏の甲子園の歌「君よ八月に熱くなれ」も彼の曲だ。中田中尉も歌好きで、酒が入ると、美声を響かせるのが常だったという。

その中田は昭和四十三年八月二十一日未明、福島市の国道四号線交差点で、ひき逃げされ即死した（容疑者は二十七日逮捕）。

単身赴任中、酒を飲んでの帰りだった。戦争では生き残ったのに、戦後の交通戦争で無念の死を遂げてしまった。

「後輩たちをぶん殴っても、すごく慕われていた。感激屋で涙もろく、情の深い男だった」

ひと言でいうと、中田はそんな人間だった、と池田は振り返る。

## 奇跡の生還

「大和」が沈み、米軍機が引き上げた後、生き残っていたのは駆逐艦「初霜」「雪風」「冬月」「涼月」の四隻だった。

「初霜」は「浜風」と「矢矧」の、「雪風」は「大和」「矢矧」「磯風」の、「冬月」は「大和」「矢矧」「霞」の生存者をそれぞれ乗せ、米潜水艦を警戒しながら佐世保に向かった。

その「冬月」の艦上に話を戻そう。

池田ら救助された「矢矧」の乗組員たちは、疲れ切った身体を邪魔にならぬよう艦内の狭い通路の片隅に横たえた。すでに外は漆黒の闇。フネがどこに向かっているのか、さっぱり分からない。負傷していたのは、池田や降旗だけでなかった。むしろ、けがをしていない者の方がまれだった。

池田は「矢矧」の測的長兼第四分隊長。通路に寝ている兵隊の中には、第四分隊員の顔もあった。

「おお、君も助かったか。よかったね」

下士官の一人に声をかけた。しばらく、昼間の戦闘のことを話すうち眠ってしまった。

翌朝、その下士官を

「おい、朝だぞ」

と揺り起こす。ごろり、としたまま起きない。すでに冷たくなっている。

「軍医、軍医！」

駆けつけた軍医は、

「これはもうだめだ」

と言った。こうして目覚めてみると、骸になっているという光景はあちこちで見られた。

「爆風が肛門から入り、腸をやられるのです。外傷はないのに亡くなってしまう人が何人もいた」

と池田は言う。

佐世保帰港までに息を引き取った乗員は、上甲板左舷の狭い倉庫に積み重ねられた。元気な兵隊が遺体を運んだ。敵の重囲の中、水葬をするゆとりはない。

「冬月」は、池田が眠っている間に高後崎から佐世保湾に入ったようだ。佐世保沖に碇泊。陸上から大量の釘箱が運び込まれた。「矢矧」や「冬月」の乗員たちの遺体を収容するためだった。

箱はとても、人間が一人、入る大きさではなかった。死後硬直した手足を無理やり折り曲げられて窮屈な箱に収められ、「物資」を装って陸揚げされた。

「三千人以上の戦死者が出たことを隠さなければいけない。機密保持のため遺体搬出を物資輸送に擬装したのです」

祖国日本のため艦上で戦死した英霊たち。その最後はあまりにむごいものだった。

思えば、「矢矧」は誕生の時から秘密にされてきた。「矢矧」は戦時下の昭和十七年十月に進水、翌年十二月二十九日に竣工し、艦隊に配備された。平時と異なり、機密保持上、国民の目には一切触れない措置が取られた。

進水祝いに配られた酒杯にも、「矢矧」の文字はなく、矢と萩の花の絵が描かれ、暗黙のうちに艦名を伝えるという配慮がなされていた。「矢矧」の生涯は、誕生から終焉まで、国民に知らされることなく、秘密のまま終わったのである。

さて、池田を救出した「冬月」は最も健脚で、四月八日の「〇八四五」に佐世保に入港した。

「二〇〇一」には、「初霜」「雪風」も帰着した。しかし、「涼月」だけは大破したまま漂流し、行方がつかめなくなっていた。

「涼月」は昭和十七年、秋月型四番艦として三菱長崎造船所で建造された新鋭の防空駆逐艦だった。航空戦隊直衛用として設計されており、長砲身の十センチ連装高角砲四基の威力は自他ともに認めるところだった。

普段の天候ならば、敵機の五機や十機は寄せつけなかったはずだ。だが、四月七日は天気が最悪だった。雲は低く、その隙間を縫って敵大編隊に襲われた。

不意を突かれた「涼月」は戦闘開始後間もなく、百五十キロ大型爆弾一発を右舷前部に許した。一、二番砲塔が大破し、火災発生。同時に、艦橋より前方が大破、切断。さらに右舷後部に至近弾二発を受け、浸水。

三つある機関室のうち、一、二号缶が破裂、前進航行不能となった。残った三缶室では、応急員が誘爆と浸水を防ぐため円材を隔壁に押し当てたまま黒こげになって死んでいた。

戦死者は五十七人に達し、戦傷者も三十四人にのぼったが、平山敏夫艦長は健在で、懸命に指揮を執った。

「ワレ、後進ニヨリ鹿児島ニ向フ」

「冬月」に信号を送る。しかし、これ以後は通信機器も爆発のショックで用をなさなかった。

「冬月」は何度も、

「涼月、イズコニアリヤ」

と打電したが、返事はない。

「涼月」は、微速後進の必死の操艦を続けた。敵潜水艦の攻撃に備え、魚雷の迎撃態勢も解かない。乗組員たちは、

「薩摩半島まで戻って、海上砲台として本土決戦に備えよう」

と励まし合った。

一睡もせぬまま夜が明けた。九州の山々が薄墨色に浮かび上がってきた。潮の流れもあってか、九州北部西岸にたどり着いた。

「なんとか長崎まで帰れそうだぞ」

「佐世保まで行けるかもしれない」

一四五〇、全員が死力をつくして応急修理につとめた「涼月」がついに佐世保湾口・高後崎にかかった。

鎮守府の建物が見え、裏山の桜が見えてくると、爆煙と重油まじりの水柱を浴びて真っ黒になった乗組員たちは、ハラハラと涙を流した。うれしいのか、悲しいのかも分からない。ただ、泣けてきて、桜のピンクがかすんで見えた。

佐世保湾内の在泊艦船の乗組員たちは、湾内に出現した鉄塊を指さし、

「あ、あれは何だ」

と驚きの声を上げた。

艦首は水につかり、艦尾が持ち上がった異形のフネが後ろ向きにゆっくりと近づいてくる。

それが「涼月」と分かった時、

「ワーッ」

という歓声が湾内に広がった。手の空いている者は、甲板に駆け上がり、帽子をちぎれんばかりに振って、

「オー」

「ワー」

と言葉にならない声を上げた。

「沈むなー、がんばれー」

「冬月」「雪風」「初霜」から、万歳が起こった。

「涼月」の手空き総員は、バランスを取るため艦尾に集まっていた。彼らは、軍歌を絶叫して、歓声にこたえた。

「四面海なる帝国を守る海軍軍人は――」

報告のために降ろした内火艇は、たちまち浸水して沈んだ。敵機の機銃掃射で穴だらけになっていたのだ。

「涼月」本体も錨を入れた直後に沈み始め、着底。乗組員は泳いで岸壁にはい上がった。

まさに奇跡の生還であった。

艦橋直前に被弾した「涼月」。各所から白煙が噴き出している

この、「涼月」は今、「冬月」とともに、北九州市若松区の洞海湾口に沈んでいる。若松区の「響灘臨海工業団地」の埋め立て地の一角に「軍艦防波堤」と呼ばれている場所がある。昭和二十三年九月、「冬月」「涼月」「柳」の三駆逐艦を沈め、響灘の荒波から市民を守る防波堤の代わりとしたものである。

「冬月」は昭和十九年、「涼月」と同じ「秋月」型の七番艦として舞鶴工廠で建造された。海上特攻戦では、ロケット弾二発、魚雷五本以上の攻撃を受けたが、いずれも不発、艦底通過などの幸運により、沈没を免れた。

佐世保帰投後、門司港で対空砲台となり、無傷で終戦を迎えたが、港内で機雷に接触し航行不能になっていた。

一方、「涼月」は終戦まで佐世保に身を置いていた。

「柳」は大正六年に佐世保工廠で進水。第一次世界大戦で、日英同盟に基づいて僚艦七隻とともに地中海に遠征し、ドイツ潜水艦と戦った功績艦だ。昭和十五年に退役し、佐世保で旧制中学の軍事教練に使われていた。

戦後、残存艦船の多くは「戦利品」として戦勝国に引き渡された。しかし、この「冬月」「涼月」「柳」の三艦は、賠償艦としては状態が悪く、国内の港湾整備に再利用されることになった。

三艦は上部構造物を撤去され、若松港船溜りに曳航された。砂州の上に陸側から、「柳」「涼月」「冬月」の順で一列に並べられ、土砂を詰め込んで沈められた。こうして長さ四百メートルほどの急造の「防波堤」が出来上がった。

沈設当初は、喫水線上の船体が見えていたが、昭和三十七年、「冬月」「涼月」はコンクリートで被覆され、護岸の中に埋没。現在は「柳」の船体の一部しか見えない。

現在、周辺の埋め立てが進み、防波堤としての役目は終えた。しかし今なお、洞海湾口に鎮座して、無言のまま戦後日本の歩みを見守っているのである。

筆者には、この防波堤がどんな平和モニュメントより、尊いものに思える。艦に宿る霊魂は平和日本建設のツチ音を、どんな気持で聞いているだろうか。

**英霊三千七百二十一柱**

坊ノ岬沖海戦に参加した十隻の戦死者数は次の通りである。

戦艦「大和」 二七四〇柱
巡洋艦「矢矧」 四四六柱
駆逐艦「朝霜」 三二六柱
駆逐艦「浜風」 一〇〇柱
駆逐艦「磯風」 二〇柱
駆逐艦「霞」 一七柱
以上、沈没

駆逐艦「涼月」　五七柱
駆逐艦「冬月」　一二柱
駆逐艦「雪風」　三柱
以上、損傷

駆逐艦「初霜」　被害なし
合計三七二一柱

池田武邦ら海兵七十二期生は、「涼月」以外の九隻に乗艦、それぞれ要職についていた。階級はいずれも中尉である。所属艦と名前を記す。

「大和」甲板士官　国本鎮雄
「矢矧」測的長兼第四分隊長　池田武邦
「冬月」航海長　中田隆保
「磯風」航海長　郡重夫
「浜風」航海長　磯山醇美
「雪風」航海長　中垣善幸

「朝霜」航海長　深見茂雄
「霞」航海長　大谷友之
「初霜」航海長　松田清

このうち、戦死したのは海戦劈頭に轟沈した「朝霜」の深見中尉だけだった。各艦の戦死者数と見比べると、池田を含め七十二期の九人中、八人が生き残ったのは「奇跡的」と言えるだろう。八人のうち六人は乗艦が沈没した。「朝霜」の深見以外の五人は漂流後に救助され、生還した。池田と大谷は「冬月」に、国本と郡は「雪風」に、磯山は「初霜」に救助された。

## 「大和」の最期

「矢矧」以外の艦と「同期の桜」たちの奮闘を記しておこう。

まずは、「大和」。

「大和」甲板士官の国本鎮雄は室蘭中学出身。戦後は北海道に戻り、北大医学部を卒業、地元で開業した。

「大和」には、出撃前のガンルームで、海兵出身者と予備学生出身者が特攻の意義について議論となり、殴り合いとなったところを、ケップガンの臼渕磐大尉が諫めたという逸話がある。「大和」副電測士吉田満が『戦艦大和ノ最期』で書き、映画「男たちの大和」にも出てきて話題になったシーンだが、真偽不明と言われている。

池田は、この事実について国本に尋ねたことがある。国本は仕事が忙しいためか、クラス会には余り顔を出さないので、電話で聞いた話だ。国本の答えは、

「おれはもう忘れたよ」

だった。

「忘れたってどういうこと?」

と聞いたが、それ以上はただ笑うだけで、何も言わなかったという。

以下、国本の手記をもとに大和の最期を振り返ってみる。

午後零時二十分。

「対空戦闘配置につけ」

「敵大編隊群続々と、南方から近づく」

「砲撃始めーッ」

四十六センチ主砲九門が真っ先に三万メートルあたりへ弾幕射撃を開始する。続いて十五・五センチ副砲六門、十二・七センチ高角砲二十四門が一斉に火を吐き、二十五ミリ機銃約百五十梃は至近の敵機をなぎ払う。

国本は副長補佐として、司令塔内で防御総指揮に当たっていた。敵は雷撃機、爆撃機半々で、百ないし二百機編隊。第八波まで延べ千数百機。魚雷攻撃はすべて左舷に集中された。

被害は続々報告された。

「中部左舷に魚雷命中、浸水」

「後部副砲に爆弾命中、火災」

「後部副砲射撃指揮所に爆弾命中、全員戦死」

「注排水指揮所に爆弾命中、注排水不能」

「五番機銃砲塔に爆弾命中、全員戦死」

「左舷後部に魚雷四命中」

艦は次第に左へ傾斜し、艦内通信網は寸断。防御指揮所でさえ、艦内外の状況が次第にわからなくなった。

戦闘開始後一時間、第四波の攻撃を受けたころには、傾斜二十度、速力十五ノット、主副砲が傾斜のため発射不能に陥った。傾斜復元の方法がなくなり、ついに右舷の機械室と缶室に注水せざるを得なくなった。国本は嘆いた。

「ああ、悲惨。数百の戦友が汗みどろに働いているところへ、脱出させる方途も暇もないまま、艦底から注水し、水攻めに全滅させても艦の攻撃力を回復しなければならないとは」

ようやく傾斜を直し、全砲火を開いて第五波、第六波を迎え撃つ。左スクリュー三本のみの航行。速力十ノットが限界だ。しかも、右へ右へと回るため、傷ついた左舷を常に敵にさらして戦わなければならない。

「舵故障」

「左舷中部に魚雷三命中」

さらに左へ八度以上傾斜。砲は発砲不能となり機銃のみでの応戦となる。下部防御指揮所から最後の連絡が入った。

「浸水間近　天皇陛下万歳！」

能村次郎副長が艦橋へ上がってきた。防空指揮所で奮闘していた有賀幸作艦長の生死が確認できなくなったのだ。艦長が戦死すれば、副長が指揮権を継承するのが海軍のルールだ。

最後の時が迫った。壮途半ばにして刀折れ矢尽き、ここに総員、艦と運命を共にするのか。

午後二時を過ぎ、「大和」は大きく左へ傾いた。中央部から後部へかけて大火災を起こし、漂流に近い状態となる。不気味な静けさがやってきた。

傾斜三十五度。机にしがみついて立っているのがやっとになり、国本は「最後の元気づけ」にと、部下三人に羊羹とサイダーを配った。

その時、「大和」は転覆し始めた。

「いよいよか」

司令塔前部の操舵室から、十人ほどの操舵関係者が鉄の扉を開いてどっと出てきた。

「総員退去！」

号令が操舵室の伝声管から流れてくる。

国本は司令塔のハッチから全員を降ろした。

艦の傾斜は六十度に達し、床は壁となり、壁は天井に近い状態になっていて、這うのがや

特攻作戦で奮戦中の「大和」。船体後部は煙に包まれている

っとだ。高角砲塔へ出るハッチが開き、疲れ果てた水兵が一人ひっかかっていた。国本は水兵を押し出し、一緒に艦橋外に出た。

艦はすっかり横倒しになった。海面が持ち上り、国本は海中に放り込まれた。覆いかぶさってくる「大和」の巨体に押しつぶされまいと、バタ足で逃げようとする。

が、時すでに遅し。大きな渦に巻き込まれてしまった。「大和」は横転し、水面下に没していく。弾火薬庫が一斉に大爆発を起こす。

数分後——。

死んだものとすっかりあきらめていた身体がぽっかりと海面へ浮かび上がった。

すでに巨艦の姿はない。よごれた海面のところどころに、重油を浴びて真黒になった戦友たちの戦闘帽の頭が、漂っていた。

国本は弾火薬庫爆発時に水中で受けた衝撃で、後頭部が割れるように痛んだ。痛みをこらえ、周囲を見渡す。

近くに能村副長、清水副砲長がいた。少し離れて比島沖海戦当時、「大和」艦長であった艦隊参謀長森下信衛少将も泳いでいた。

国本はようやく、われに返った。副長補佐としての仕事が始まった。負傷者を集める。人の輪を作ってみると、二百人ほどが生き残っていた。水は冷たく、歯がガチガチ鳴った。

駆逐艦が水平線の彼方に現われ、見る間に全速力で近づいて来た。

「『雪風』だ」

ボートをおろして負傷者の救助が始まり、元気なものは助け合って縄ばしごを上った。艦上では、寒さ止めにコニャックが配られた。

沈没時の水中爆傷で耳が遠くなった国本は佐世保帰投後、海軍病院に入院した。半月後、大分県別府市に移り、さらに半月間、治療を受けた。だが、快方には向かわず、発熱、耳痛、耳漏が加わり、ついに専門家である室蘭の父のもとへ自宅療養に帰ることになった。

五月中旬、一緒に療養していた多くの戦友に別れを告げ、室蘭へ。途中、呉で一泊した。呉周辺勤務のクラスメートが集まって同期会を開いた。潜水学校の教官をはじめ、潜水艦、特殊潜航艇、人間魚雷「回天」で明日にも出撃してゆく友の姿もあった。

そのうちの一人が封を切っていない月給袋を国本に差し出した。

「貴様、家へ帰るのに金は持っているのか。これで土産でも買って行ってくれ」

## 「磯風」涙の別れ

駆逐艦「磯風」航海長の郡重夫は、徳島県・麻植中出身。

「カラッとしていい男だった」

と池田は振り返る。

艦船勤務一筋に、戦艦「山城」、空母「翔鶴」「雲鷹」、駆逐艦「磯風」「潮」に乗艦して転戦また転戦。三度海上を漂流しながら生き抜いた強運の持主だった。

戦後は長らく日産自動車に勤めていたが、病に倒れ、平成四年六月二十一日に鬼籍に入った。

「磯風」は、真珠湾攻撃以来、太平洋、インド洋の広い戦域をくまなく駆け巡り、鍛えに鍛えられた殊勲艦だった。郡をはじめ乗員たちは歴戦の精鋭ぞろいで、沖縄出撃の際、「特攻」と聞いても、毎回の出撃の時と何ら変わらなかったという。池田乗艦の「矢矧」と同様、「平常心」で戦に臨んだようだ。

四月六日朝、先任下士官は乗員総員の希望として先任将校の水雷長にうかがいをたて、煙突に「菊水マーク」を描いた。

「大和」の司令部からはすぐに、「消せ」という信号が来たが、水雷長はそのままにしておいたという。

輪形陣では、左側先頭に占位し、「大和」の援護に徹した。

一三〇〇、「大和」を目標にした魚雷が八本、立て続けに「磯風」の艦底を通過。

一三三〇、約一万メートル離れて炎上中の水雷戦隊旗艦「矢矧」から、

「近寄れ」

の信号。損傷した「矢矧」からの移乗を試みる古村啓蔵司令官の命令であった。接近中、さらに、

「横付けせよ」

と命じてきた。いったんは「矢矧」の舷側六メートルまで接近したが、司令官移乗の目的を果たせないまま、二次、三次攻撃と敵機の雷爆撃を受け、至近弾多数のため、ついに機械室に浸水。航行不能となったところを、前後左右よりハチの巣のごとく撃ち抜かれ、満身創痍となった。二十名戦死。

この被害を見て、素潜りで破損箇所を調査せん、と果敢にも海に飛び込んだ者がいた。甲板士官の西銘登中尉である。西銘は池田や郡の一期下の海兵七十三期。沖縄出身で、兵学校時代、泳ぎは特級の腕前だった。故郷を救おうとする西銘の熱意が郡たちの胸を打った。彼の兄は後に沖縄県知事となる西銘順治である。

この後、火災続発。だが、総員力を合わせて消火に努め、かろうじて沈没は免れた。

一九一〇、軍艦旗降下、総員上甲板集合。郡ら生き残った乗員は整然と「雪風」に移乗した。

二二四〇、ズドーン、と「雪風」の砲声が響く。砲弾は「磯風」の一番連管に命中、魚雷が誘爆して炸裂し、閃光を放つ。

暗雲の海に没する「磯風」。その最期の姿を、郡たちは「雪風」の甲板から涙と共に見送

った。

## 不沈艦「雪風」

「大和」の国本鎮雄や「磯風」の郡重夫を救助した駆逐艦「雪風」は不沈艦、幸運艦として、その名を知られている。

航海長の中垣義幸（平成九年十二月十二日死去）は府立一中出身。池田によると、「小柄でいい男だった。余り話をしたことはなかった。おとなしいタイプだった」という。

「雪風」は昭和十五年一月二十日、佐世保工廠で竣工。性能、要目は「磯風」「浜風」と同じ「陽炎」型で、その八番艦だった。

開戦当時から連合艦隊の第一線にあり、比島攻略戦、スラバヤ沖海戦、ミッドウェー海戦、南太平洋海戦、第三次ソロモン海戦、ガダルカナル撤収作戦、ビスマルク海戦、コロンバンガラ島沖夜戦、マリアナ沖海戦、比島沖海戦、「金剛」「長門」「大和」護衛戦、空母「信濃」護衛戦と、死線を越えつつも武運めでたく生還している。

坊津沖では、米機大編隊乱舞のど真ん中で、戦闘開始から終わりまで二時間以上にわたり、「大和」に襲いかかる敵機を追い払うかの如く撃ち続け、戦い抜いた。

戦歴を列記していたら、紙幅がいくらあっても足りない。ここでは中垣の手記をもとに、沖縄特攻での勇戦の模様を再現するにとどめる。

四月七日、坊津沖。

先に落伍した「朝霜」は、米機の集中攻撃を受けて爆沈、乗員は一名の生存者もなくすべて艦と運命を共にした。残る他艦もいずれも大小の損害を受けて、黒煙を吹き上げたり、傾いたりしている。

健在なのは、「大和」の右の「冬月」、左の「初霜」の二艦だけ。

「雪風」は林立する水柱の中を、突破疾走しつつ、

「ワレ、異常ナシ」

「ワレ、異常ナシ」

と「大和」に報告し続ける。その颯爽たる雄姿は、苦闘する友軍を大いに励ました。この勇戦力は、上は艦長寺内正道中佐から下は一兵に至るまでの闘魂と錬度のたまものだった。

「大和」が後部に集中魚雷をこうむり、左舷に傾斜を始めた。「大和」の周囲を旋回警戒に当たる「雪風」。優速なので、「大和」はまるで停止しているように見え、被害状況が手に取るように分かった。

後部の飛行甲板は完全に破壊され、探照灯台、後部艦橋は痛ましい惨状だった。ついに舵をやられた「大和」は、ゆるやかに右旋回を始めた。

第八波、第九波の猛攻で「大和」の傾斜はついに四十五度に達した。「雪風」が真横近くに来た時、「大和」は急傾斜して巨大な赤腹を見せて横倒しとなった。

常に最前線で戦い続け、不沈艦と呼ばれた駆逐艦「雪風」

数百人の生存者が艦底の赤腹の上に這い上ってしがみついていたが、突如パッと閃光がきらめいたかと思うと物凄い大爆発が起き、実に百五十メートルから二百メートル上空にはね上げられて四散した。

二番砲塔付近のキール線のあたりから鯨の吹く潮のように、細い煙が真っ直ぐに高く噴き上がり、続いて太い炎がメラメラと空をなめ尽くすがごとく広がった。上空の煙は原子雲の様相を呈した。

時に午後二時二十三分。

第二艦隊司令長官伊藤整一中将、艦長有賀幸作大佐は艦と運命をともにした。

戦闘力を保有する残存艦はわずかに「雪風」「冬月」「初霜」の三艦。「涼月」は艦前部に壊滅的損傷をこうむって傾斜し、火災もまだ消えず、わずかに後進のみ可能という惨状。「磯風」「霞」の二艦は大破して漂流するのみだった。

「雪風」艦橋の寺内艦長は、「大和」の最後を見届けるや、直ちに残存艦の先任指揮官である第四十一駆逐隊司令吉田正義大佐の乗艦「冬月」に対し、

「イカガセラルルヤ」

と信号を送り、その決意を促した。自らは早くも沖縄に向け艦首をたて直して進撃を開始せんとする。折返し吉田司令から、

「生存者を救助して再起を計らんとす」

との指示。寺内艦長はさらに、

「イカガセラルルヤ」

「速カニ行動ヲ起サレタシ」

との信号を送る。まさに不退転、火の玉の如き闘志であった。しかし、間もなく、

「作戦中止。人員を救助の上帰投すべし」

との連合艦隊命令。

「雪風」は小艇を動員し、くまなく波間を探し求めて生存者を救助した。この後、「磯風」に横付けして乗員を収容した後、砲撃によりこれを処分した。

「雪風」の損害は、わずかに至近弾と機銃掃射を受けて機銃一梃と方位盤を破損したのみ。戦死三名、戦傷十五名だった。沈没各艦の生存者を甲板一杯に乗せて戦場を引き揚げる「雪風」の姿は、頼もしい限りであった。

四月八日朝、佐世保帰投。

「雪風」は太平洋戦争開戦当初も第二艦隊第二水雷戦隊の花形であったが、「帝国海軍海上部隊の栄光を後世に伝える最後の戦闘」においても、水雷戦隊の華だった。

戦いは終わり、「雪風」は昭和二十年八月二十六日付で第一予備艦籍に入り、十月五日、

帝国海軍駆逐艦としての艦籍を除かれた。

その後、特別輸送艦に指定され、二十一年二月より同年十二月まで外地にあって、軍人、邦人の引揚業務に従事した。

昭和二十二年一月、旧海軍艦艇の米、英、ソ、中国の四ヵ国への引き渡しが決まり、「雪風」はその第一回分として中国に引き渡された。

引き渡しにあたり、乗組員たちは自棄になって手を抜く事をせず、最後まで入念に整備した。連合国側は、

「連合国の軍艦でも、かくも見事に整備された艦を見たことがない。驚異である」

と感嘆したという。

七月一日、佐世保出港。同三日、上海江南ドックに横付け、同六日、マストに掲げられた日章旗は中華民国旗に変えられ、軍艦「丹陽（Tan Yang）」と命名された。

伊藤正徳氏は著書『連合艦隊の栄光』に次のように書き残している。

「私はもし蔣介石氏が、雪風を日本に返してくれるなら、それを記念艦三笠の隣につなぎ、第二記念艦として永久に保存したいと夢みることさえある。奮戦と好運と、そして世界に優越した造艦技術の記念として」

昭和四十一年除籍、同四十五年、台湾の地で解体された。

## 「浜風」破断沈没

磯山醇美が航海長を務めた駆逐艦「浜風」は、「雪風」と同じ「陽炎型」十八隻のうちの一隻である。

昭和十六年六月三十日、神奈川県・浦賀ドックで竣工して以来、全太平洋をほとんど一日も休まず動き回り、走り続け、沖縄特攻で力尽きた。陽炎型で終戦まで生き残ったのは「雪風」だけなのだ。

沖縄特攻で、「浜風」は「大和」の左正横付近に占位した。艦隊の左側より、なだれの如く押し寄せた第一波攻撃、敵大編隊の襲撃を真正面に受けた。艦長前川万衛中佐以下、全乗員は全力を傾けて反撃に努めた。

しかし、敵編隊は気象条件を巧みに利用し、低い雲間から現われたかと思うとすかさず、急降下爆撃に転じた。その見事な早業に翻弄されるかのように、右舷艦尾付近に直撃弾一発命中、舵機故障、艦はたちまち航行不能となった。

航行不能の艦は、爆撃標的と同じだ。敵はこの機会を逃さず猛爆、第二缶室に致命的な破口を生じ、続いて魚雷一本右舷中部に命中し、船体破断。

一二四八、沈没。戦死百名。海上に投げ出された生存者百数十名は、漂流五時間の後、僚艦「初霜」に収容された。

さて、磯山醇美である。大阪・八尾中学出身。沖縄特攻の後は、同じく乗艦を失った

「霞」航海長の大谷友之らとともに小型有翼の潜航艇「海龍」の突撃部隊長となり、終戦を迎える。戦後は、海上自衛隊に入った。最終ポストは自衛艦隊の首席幕僚だった。一時、懐かしの江田島で、第一術科学校第一部長の任にあった。

「昔の砲術学校の校長みたいなものだ」

と話していたという。

この時期、磯山は江田島のコートでテニスを覚え、生涯の趣味となった。退官後は甲種船長の免許を取り、民間の船長となって世界の海へ雄飛した。テニスのほかに、ネービー仲間とのトランプや盆栽、オートバイも愛した。

「オートバイが好きで、クラスのみんなは八十歳も過ぎて乗るのは危ないからやめとけ、と注意していたのに、ついに事故を起こして死んでしまった」

と、池田は残念がる。

平成十四年一月二日逝去。

## 「霞」と海龍

駆逐艦「霞」航海長大谷友之は姫路中学出身。池田によると、

「戦後は京大法学部を出て三菱化成に勤務し、クラス会の世話役だった」

という。

「霞」もまた、歴戦の強運艦であった。沖縄特攻では、当初、輪形陣右側の二番手を努めて

いたが、「朝霜」の落伍に伴い、先頭に占位して艦隊右側の防備を固めていた。

「磯風」同様、第三波の中ごろより連続して被害を受ける。右舷中部に直撃弾、至近弾各一発。第一、第二缶室浸水使用不能、続いて舵機故障を起こした。

応急処置により、ある程度の航行は可能になった。松本正十艦長は爆撃回避の見地から、わざと右左に盲進し、蛇行航行を続けた。

右舷艦尾に至近弾二発、連続して炸裂、第三缶室浸水。ついに航行不能となった。

しかし、全乗員で防水に努め沈没は免れた。上甲板が水につかった程度で、艦は浮いている。近づいてきた「冬月」に曳航を依頼する信号を送った。すると、「冬月」の山名寛雄艦長はメガホンを手に大声で叫んだ。

「その艦は捨てろ。とても曳航はできん」

山名は二月下旬まで「霞」の艦長だった。正確には「前艦長」だが、「冬月」が「霞」に横付けすると、乗員たちは、「艦長が助けに来た」と喜んだ。

一六五七、乗員は「冬月」に移乗した。「冬月」は魚雷を発射し、見事に「霞」の船体中央に命中させた。乗員がかたずをのんで見守る中、「霞」は一瞬間をおいてから轟然と爆発、水煙が収まった時には、海面には何も残っていなかった。

「霞」の人的損害は戦死十三名、戦傷四十七名だった。損傷の割に死傷者が少なかったのは艦長指揮の下に奮戦した乗員全体の連携プレーが功をなしたのだろう。

さて、大谷は佐世保帰投後、「浜風」の磯山たちとともに特攻兵器「海龍」部隊に配属され、終戦まで横須賀突撃隊の隊長として搭乗員の養成に当たった。航海学校の一部に間借りのような形で発足した「横突」は、みるみるうちに大部隊となり、航海学校の大部分を占め、一部は砲術学校へもはみ出すように拡大した。

隊の充実と共に海龍は全国各地の基地に展開。終戦時には二百隻以上となり、蛟龍、回天、震洋などと共に本土決戦に備えた。しかし、実戦に参加する機会なく終戦を迎えた。

戦争末期、忽然と現われ、何の戦果も挙げることなく消滅してしまった海龍の思い出を、大谷はこう記している。

「海龍の潜望鏡から望む東京湾の景色のすばらしかったことは忘れられない」

日本海軍の末期に狂い咲いた特攻兵器も、体験者にとってはかけがえのない青春の一コマなのだろう。

## 「初霜」と「朝霜」

「『初霜』は沖縄特攻の時、無傷だったので威張っているんだ」

池田は、朋友だった「初霜」航海長松田清についてそう言う。

「初霜」は「陽炎」型よりやや旧式の「初春」型の四番艦。他艦に比べて小型ながら、「雪風」同様、最後まで旗艦「大和」の護衛に専念しつつ敵大群と闘った。被害を受けた「大和」に代わり艦隊の通信代行を行ない、作戦遂行にも寄与した。

戦傷二名のほか被害皆無。この輝かしい記録は、松田をはじめ全乗員の奮戦のたまものにほかならない。

また、戦闘後、暗くなるまで漂流者の救助や看護にあたり、小さな艦にあふれるほどに積み込んで危険海面を突破した功績は特筆大書すべきだろう。

松田は大阪・八尾中出身。

「兵学校では分隊伍長をしていた。戦後は阪大医学部を出て医師になった。お互い家に遊びに行くなどとても親しくしていた。酒飲みの豪傑だったが、数年前に亡くなった」

池田は振り返る。

松田は阪大付属病院勤務を経て、八尾市に外科医院を開業。池田は、この「松田クリニック」を設計した。超高層ビルの草分けだった池田は、「吹雪の夜」の体験以降、設計思想をがらりと変えていた。

「松田君の病院を設計する時も、江戸時代に建てられた旧家をそのまま復元する形にした」という。

池田たちのクラスは毎年二回、東京に集まっていた。六月に靖国神社で慰霊祭、十二月に忘年会。松田は戦後荒廃の中、家の離れを利用して同期生の初会合を催したことから、関西の同期生仲間の中心的存在となっていた。

面倒見がよく、公職追放令を受けた仲間の就職の世話もしたという。自分の部屋には、軍艦旗と「五省」の額を掲げた。心の中には常に海軍が生きていたようだ。

平成十二年四月十九日、病に倒れ死去。告別式には阪神地区のクラスメートのほとんどが参列し、軍艦旗に巻かれた「松田元海軍大尉」を見送ったという。

「冬月」航海長の中田隆保、「朝霜」航海長の深見茂雄については既に紹介した。深見乗艦の「朝霜」は松田乗艦の「初霜」と艦名は似ているが、その運命には天と地の差があった。「初霜」は一人の戦死者も出さなかった幸運艦だったのに対し、「朝霜」はただ一人の生存者もなく、最後を見届けた日本人はだれもいない不運艦だった。

改めて、深見大尉の冥福を祈りたい。

## 国破れて……

「矢矧」が沈み、「大和」が沈んだ昭和二十年四月七日――。

東京では、小磯国昭内閣に代わって、海軍出身の鈴木貫太郎を首相とする新内閣の親任式が行なわれていた。

「大和」沈没の報が届いたのは、親任式を終えた大臣たちが控室に参集した時だった。海軍大臣米内光政は直ちに参内し、天皇陛下に第二艦隊の戦況を奏上した。

「陛下、連合艦隊はもはや存在しません」

米空母「バンカーヒル」の飛行甲板では、第五十八機動部隊司令官ミッチャー中将が、「大和」を沈めたパイロットたちの凱旋を出迎えた。ひとり一人と握手を交わす。

艦内で、「大和」撃沈の模様を撮影したフィルムが現像され、上映された。陽気な歓声と拍手が渦巻く中、ミッチャーだけが沈痛な表情を見せていた。

不審に思ったパイロットの一人が聞いた。

「提督、どうされましたか」

ミッチャーは、

「ヤマトは、海底に沈めるには、あまりに惜しいフネだった」

とつぶやいた。

「自分が死ぬしかない」

そう思って出撃した沖縄特攻。それが「大和」の沈没で、「作戦中止」「佐世保帰投」という形で終わろうとはまったくの想定外であった。

四月八日、佐世保港に帰って来た池田は二十一年の命を燃やし尽くし、抜け殻のようになっていた。今回の海上特攻で、わが海軍はなけなしの「第二艦隊」を失い、池田にはもう乗るフネさえなかった。死に場所をなくし、前途への希望も持てなかった。

当時の国力の基準は、国民総生産（GNP）や国内総生産（GDP）ではない。七つの海にどこにでも出動して紛争ににらみを効かせ、兵力を運ぶことのできる海軍力がイコール国力であった。

国民の血と汗で築かれた努力の結晶ともいえる日本海軍は今、七十七年の幕を閉じようとしていた。ほんの三年前まで、米英と並ぶ世界三大国の一角を占めていた大日本帝国も、頼みの海軍力を失っては風前の灯であった。

駆逐艦「冬月」は佐世保港沖合に停泊し、池田たちは、作戦失敗、「大和」沈没の「機密保持」のため上陸を許されなかった。

池田たちの目を引いたのは、佐世保港を囲み、ひな壇状になった市街地にけんらんと咲き誇る桜であった。血みどろの戦いを繰り広げ、多くの戦友を失って帰投した者にとっては、あまりに美しすぎ、異様にさえ思われた。

池田の海兵同期で「大和」の甲板士官だった国本鎮雄中尉は、

「徳山沖で特攻を命じられた時に見た桜と、生き残って見た時の桜は違っていた」

と述懐する。国本は沈没時の水中爆発により耳をやられ、口をきく元気もなく、ただ悄然として、その桜を眺めていたという。

生存者はその日のうちに、佐世保海軍病院・浦頭消毒所の一角に監禁収容された。ごった返す兵舎で、分隊ごとの残務整理が行なわれた。

池田は「矢矧」の第四分隊長であった。しかし、救助された時のまま水兵の夏服を着ていたため、

「邪魔だ、邪魔だ」

「そこのけ」

と追い立てられた。混雑した兵舎の中で、池田はただ苦笑するしかなかった。

やけどと疲労で発熱していた池田は、内火艇で海軍病院に移り、入院することになった。

病院は二階建てのバラックだった。

一週間ほどして、外出の許可が出た。傷は癒え、次第に気力も充溢してきたが、新配置は決まらない。帝国海軍に、もはや池田の乗る艦船は残っていなかった。

ぶらり、と大村湾に散歩に出た。

「今の西海橋近く、針尾の辺りだったと思います」

緑の山々、澄んだ水、山桜――。

目の裏が痛くなるようなまぶしい光景だった。

「日本はなんと美しい国なんだろう」

心から思った。これまでも同じ風景を見ていたはずなのに、まったく違って見えた。なくなったはずの命が助けられて、国土の美しさに改めて感じ入ったのだった。

「国破れて山河あり、か……」

そんな言葉が自然と口からこぼれ出た。

「もし、平和な時代が来て、生きていたら、こんなところに住みたいな」

と夢のようなことを考えた。しかし、それも一瞬のことだった。そんなことは百パーセントあり得ないと、すぐに打ち消した。戦争はまだ続いているのだ。今回は奇跡的に助かったが、いずれ死ぬ。その気持に変わりはなかった。

「生き残ってはいても、『助かった』という感覚はなかった。司令官以下、皆、同じだったと思う」

いずれ、どこかでいく。池田はそういう思いで、次の命令を待っていた。

## 指揮官たちの苦悩

海軍病院に入院中だった池田が外出できるようになったころ、佐世保市内の海軍御用達の料亭で、第二艦隊首脳部の最後の集まりがあった。池田も古村啓蔵第二水雷戦隊司令官に誘われて参加した。

「確か、佐官級が利用する『山』（万松楼）だったと思います。艦長とか参謀とか佐官クラスの集まりで、出席者の中では、僕が一番若かった。たぶん、『矢矧』のケプガン（ガンルーム室長）だったので、若手士官代表として呼ばれたのでしょう。第二艦隊解散式のような催しで、食事をしたり酒を飲んだりしました」

古村司令官、二水戦の板谷隆一砲術参謀、星野清三郎通信参謀、原為一艦長ら「矢矧」座乗のなじみの顔もあった。

「『大和』に乗っていた森下信衛第二艦隊参謀長は負傷して顔と手に包帯をぐるぐる巻いた痛々しい姿でした」

古村と森下は、戦死した「大和」の有賀幸作艦長と海兵同期（四十五期）だった。一人は死に、一人は大けがをし、一人は生き残った。

「なんだか、合戦の後の破れ武士の集まりのようで、しんみりとして意気の上がらない会合でした」

宴席で、生き残った首脳たちは、

「連合艦隊の命令が無謀だった。自分たちは犠牲者だ」

という話をしていた。

池田はそれを冷めた目で見ていた。その時初めて、

「首脳部はこの作戦に不満だったんだ」

と思った。

古村と森下は四月十六日、軍令部における報告で、

「突入作戦は周到な準備を必要とし、かつ成算のある計画でなければならない」

と述べている。さらに、第二水雷戦隊の戦闘詳報でも、

「作戦はあくまで冷静にして打算的であるを要する。いたずらに特攻隊の美名を冠して強引な突入作戦を行うと、失うところが大きく、得るところははなはだ少ない。(中略)目的完遂の道程においては合理的、自主的となるよう綿密なる計画の下に極力成算ある作戦を実施する必要がある。貴重な作戦部隊を犬死にさせないことが特に肝要である」

と厳しく批判している。原もまた同様の心境だったようだ。

四月八日夜、「雪風」に救助されて佐世保港に入港し、潜水艦基地隊に収容された際、連合艦隊司令部から事情聴取に来ていた三上作夫参謀に対し、激しい怒りの声を発していたという。その声を、たまたま廊下を通りかかった「矢矧」の大迫健次主計中尉が聞いている。

数千名の命を預かった艦隊の責任者たちが、その責務を果たすには、あまりにも過酷な作

戦計画だったことは、以上のような話から十分に推察できる。

想像を絶する数の部下を一度に失った古村や原たちの発言が、切実な重みを持って胸に迫るのも事実だ。

「だが、しかし……」

池田は首をひねる。

一体、あの時点で、どんな作戦だったら満足がいったのか。燃料はなく、瀬戸内海でも満足に訓練ができない状態で、何ができたのか。どんな作戦も五十歩百歩だったのではないか。既に沖縄に上陸を開始している何十倍もの敵に対して、当時の状況下で、指揮官を満足させる如何なる作戦が考えられたであろうか。連合艦隊の首脳部と特攻艦隊の首脳部とがそっくり入れ替わったとして、果たしてどのような作戦が可能だったのであろうか。

「昭和十六年十二月八日、開戦に踏み切ったその時点で、『大和』の運命、海上特攻の悲劇は分かっていたのではないか」

池田はきっぱりと言う。

「古典的な戦争は日露戦争までで終わっていた。近代戦が総合戦であることは、日本も第一次世界大戦に参加して分かっていたはず。第一次大戦では海軍も地中海に行って立派なリポートを書いている。それなのに、その後の戦略に反映させることができなかった」

最初から無理と分かって始めた戦争。その末期における海上特攻戦。敗れることは百も承知。今さら何も言うことはない。池田は、自分が下級士官の一人として特攻に参加することは抗うことのできない運命、と自覚していた。

「特攻」と聞いた時も、意外なほど冷静だった。

「武人として、いい死に場所ができたと、実にさわやかな気持だったことをはっきり覚えている」

人は与えられた使命に生きる時、最大の喜びを感じる。封建時代は、お家のために生きる(死ぬ)のが至上の幸福だった。明治・大正・昭和においては、国家、国民のために身命を尽くすことが誇りだった。

無私の行動。そこに、我々は、美を感じる。

死を決した人間は、右往左往しない。右顧左眄もない。ただ、一筋に最善を尽くす。迷いなく、徹底して、全身全霊を打ち込んで目的を遂行する。

池田は、そういう覚悟で沖縄に向かった。

「軍事的にあれこれ批判するのはナンセンス。『大和』特攻は大和魂の行動美学の実践、日本文化の発露だった」

と池田は言う。そのうえで、

「心すべきは、日本が戦争に突入してしまった歴史的真実の究明と、そこから世界平和への道を学び取る叡智ではないか」

と訴えるのである。

## 洋上慰霊の旅

平成十八年四月三日、池田武邦は六十一年前と同じ海にいた。

「第二艦隊（沖縄海上特攻部隊）洋上慰霊祭」の慰霊団長としてチャーター客船「ふじ丸」（二万三千二百三十五トン）に乗り、坊ノ岬沖海戦の現場に向かっていた。戦艦「大和」、軽巡洋艦「矢矧」以下六隻が眠る海域だ。

慰霊祭参加者百二十六人のほとんどは八十歳以上で、遺族が中心だった。生存者は最も若い人でも八十歳を超えている。

池田自身が洋上慰霊の船旅をするのは四度目である。最初は昭和六十二年。続いて平成六年、平成七年。最後の洋上慰霊から十年が経過した平成十七年、鹿児島県枕崎市の火之神公園での追悼式で、集まった遺族、生存者から、

「来年もう一度洋上慰霊祭をやって最後にしたい」

という話が出て、今回の運びとなったのである。

「戦死者の多くは二十歳代前半の若者だった。新婚一、二ヵ月で亡くなった人もいた。二十歳前後で夫を亡くした夫人のその後の苦労も並大抵ではなかった。遺族のことを考えると、何が何でも実現させたかった」

池田は、

「戦争を知らない若い人にも参加してほしい」

と、新聞紙上などを通して全国に呼びかけた。

「いまだにどこで死んだのかも分からない人がたくさんいる。死が生かされていない。国は何もしない。自分たちがやらなければ」

そういう思いもあった。

午後三時、「ふじ丸」は、山口県・徳山港を出港した。これから、六十一年前の特攻艦隊と同じ時刻に同じ航路をたどり、各艦の沈没地点で慰霊祭を行なう予定だ。

船上から眺める島々や本土の野山は、あの日と同じだった。桜も同じように満開だった。空模様や海況もそっくりだった。どんよりとして重たげな雲に覆われ、波は高い。「ふじ丸」は絶えず左右に揺れた。

そんな中、船内の大ホールで、艦隊合同慰霊祭が営まれた。祭壇には、灯明や各艦の写真とともに、小泉首相からの花輪も飾られている。慰霊団長の池田は祭壇に向かって祭文を奉読した。

「多くの御霊が最後まで心残りであったご両親や奥様、お子様や兄弟姉妹の方々も皆、年を取られ、中には既に他界された方も少なくない年月を経ました。しかし、私たち残された者の心の中に、御霊は当時の姿のまま生き続けておられます。

その御霊が静かに眠っておられる海上で慰霊申し上げることは、ご遺族を始め私共残された者の心からの願いでありました。

御霊が自らの生命に替えて護ろうとされた祖国への思い、また、何ら対抗する手立てもないまま犠牲になられた無念の想いを、私共は決して忘れることは出来ません。祖国の繁栄と世界の真の平和の為に御霊のご遺志を無にしないことを誓い、ご参列の方々と共に心からご冥福をお祈り申し上げます。どうか安らかにお眠り下さい」

切々胸に迫る朗読だった。

続いて、遺族代表のあいさつ、生存者による追悼の吟詠、最後に戦後仏門に入った生存者の読経があった。

午後七時、「ふじ丸」は豊後水道を抜けた。参加者は夕食をとりながら、故人、戦友、戦中戦後の苦労を語り合った。池田はダイニングルームに一人残り、コーヒーをもう一杯飲んでから客室に戻った。

ソファに身を沈めると、当時は、若く、疲れをほとんど感じることもなく艦橋に立ち詰めだったことが思い出された。

「ふじ丸」が日向沖を通りかかったころ、池田は客室で、同行した新聞記者のインタビューを受けた。室内のテレビには、六十一年前、第二艦隊が通った航路上を進む「ふじ丸」の航跡がGPSによって刻々と映し出されている。

池田はその画面を見ながら、「矢矧」艦橋の様子を記者に語った。

一日たりとも忘れたことのない、多くの戦友が亡くなった海。「ふじ丸」は、当時のような対潜警戒のジグザグ航行をする必要はない。快適なエンジン音を響かせ、まっすぐに、各艦の沈没地点を目指した。

池田は、「矢矧」艦橋の張りつめた空気の中にいたことを思い出していた。

## 英霊眠る海

四月四日の夜が明けた。

依然、全天を雲が覆い、強い南風が吹いている。この日午前中、祭壇が設けられた船内ホールで、慰霊団参加者を前に、生還者たちが体験談を語った。池田が最初にマイクを取った。

「『矢矧』には、兵学校の次のクラス（一期後輩）の海軍中尉が五人乗っていました。そのうちの一人に八田中尉という発令所長がいました。今日、お兄さん、妹さんが参加しておられます」

八田謙二中尉。京都一中出身、海兵七十三期。池田の後任の発令所長だった。

「発令所は、大砲の弾をどういう角度でどう撃てばいいか計算するところです。重要な所で頑丈に造られていました。そこは、安全だが、船が沈む時は脱出できない。八田中尉以下十数名はそのまま、艦と運命をともにされました」

もし、池田が測的長にならず、そのまま発令所長に留まっていたら、池田が戦死していただろう。池田は声を落とした。

「今思い出しても、胸が痛くなります……」

八田の兄は陸士五十七期で、当時、ビルマ戦線で行軍中だった。仮眠をとっていた時、弟が夢に現われた。ちょうど八田中尉が戦死した時刻だったという。

池田は続けた。

「八田中尉と同期の大坪中尉は甲板士官でした。甲板士官は戦闘が始まると、応急指揮官となり、火災の措置などに当たります。この大坪中尉の働きがすばらしくよくて、「矢矧」は直撃弾十一発、魚雷七本が当たっても沈まず、あの「大和」が沈むわずか十数分前まで耐えたのです。

巡洋艦でこれだけ耐えたというのは、応急措置が良かったからに他なりません。一番活躍したのは大坪中尉です。これから話されます。一番生々しい話をします。では大坪さんよろしく」

池田は自分自身のことは話さず、大坪のお膳立てをしてマイクを置いた。

元「矢矧」甲板士官の大坪寅郎は現在、八十三歳。東京・世田谷区在住。大坪は、「矢矧」の原為一艦長が出撃前から沈没後のことを考えて指示を出していたこと、そのおかげで多くの人命が救われたことを証言した。

出撃前の昭和二十年四月五日、指揮官会議から戻った原艦長は副長と大坪を呼び、こう言ったという。

「水上部隊としてこのような任務（特攻）を付与されるとはまったく想定していない。必ず沈む覚悟で奉公しなければならない。これから私が言うことを急速に準備せよ」

原は大坪に、艦内にある応急用の角材を甲板に揚げ、すぐほどけるように細いひもで結びつけておくように、と命じた。そして、厳然と言ってのけた。

「乗員をできるだけ助けるのだ」

角材は言うまでもなく、乗員がつかまるための「浮き具」だった。

命を捨てることを求められた特攻作戦で、遮二無二生き抜くことを前提とした艦長の命令を、大坪は意外に感じ、角材を人目につかないように後部甲板に置いたという。結果は、乗員九百四十九人中、半数以上の五百三人が救助された。

大坪は、

「『矢矧』の生存者が多かったのは、角材のおかげだと思います」

としみじみと語り、マイクを置いた。

続いて、「浜風」の機関科兵曹、「磯風」の主計科兵、砲術科兵曹、「浜風」の砲術科兵曹、「朝霜」から出撃直前に転出した元航海長らが次々に登壇し、自らの貴重な体験を語った。時間を忘れて聞き入る参加者たち。「ふじ丸」は、「朝霜」の沈没地点に到着しようとしていた。

「朝霜」の追悼式は、四日午後一時半から後部デッキで行なわれた。「朝霜」は航行不能となって本隊から落伍し、

「われ敵機三十機と交戦中」

の一電を残して第二十一駆逐隊司令小滝久男大佐、艦長杉原与四郎中佐以下、乗員三百二十六名全員が戦死した悲劇艦だ。最後の奮闘を後世に伝える者は唯一人もいない。

出撃に際し、杉原艦長は、

「自分は死んでも男の子が二人ある。七生とまではいかないが、三生報国は大丈夫」と微笑して語ったという。追悼式には、その艦長の遺児らも参列した。池田は団長として祭壇わきの席についた。

司会を務めたのは、新婚四ヵ月で夫を亡くした藍原マサ（八十四歳、東京都世田谷区在住）。「矢矧」乗組員だった野田文男（二十六歳で戦死）と結婚したのは昭和十九年十二月。文男はほとんど艦上生活だったため、夫婦が一緒に暮らしたのはわずか二十八日間だった。しかし、文男のことを、

「一日たりとも忘れたことはない」

と言う。靖国神社や鹿児島県枕崎市での慰霊祭には欠かさず参加。今回の洋上慰霊でも発起人に名を連ねた。

船上では、読経、黙とうが続く。そして海への献花。そこは、一片の陸地も見えない大海原だった。

「こんなところで死んだのか」

「生き残ってしまって、すまんかった」

「すまん、すまん」

と海面を見つめながらわびる生還者たち。

「会いに来たよー」

「大勢で来ましたよー」

風に飛ばされる遺族たちの叫び。

皆一様に涙を流し、船縁から身を乗り出すようにして、菊の花と一緒に古里のお酒やお菓子、千羽鶴や「父への手紙」などを海に投じ、戦友や肉親を弔った。

「ふじ丸」はゆっくりと一周してから次の海域に向かった。「矢矧」「霞」の沈没海面である。

追悼式はこの後、次の順序で挙行された。

一五一〇　「矢矧」「霞」

一六〇〇　「浜風」

一六五〇　「磯風」

一七五五　「大和」

「矢矧」の追悼式。

池田は、「海ゆかば」が流れる中、デッキをしっかりとした歩調で進み、船縁から海へ花束を投げ入れた。さらに、コップに入れた清酒を海にまき、じっと海を見つめていた。

参列者は「海ゆかば」を唱和したが、池田は歌っていなかった。同行の新聞記者が、

「歌ってませんでしたね」

と尋ねると、

「心の中で歌ったから」

とつぶやいた。

「浜風」の生存者、斎藤憲（八十八歳、山口県柳井市在住）は車いすで参加した。

「あの日もこんな天気だった。同じだ」

薄暗い空を指さして言った。船縁の手すりのぎりぎりまで車いすを寄せ、海をのぞき込む。

斎藤は「浜風」沈没後、六時間漂流した。その時の寂しさが、ありありと目に浮かぶ。斎藤は、「初霜」の内火艇に引き上げられて助かった。沖にはまだ二人が救助を待っていたが、この後、内火艇のエンジンが故障。

「機関かかりません」

の報告に、「初霜」はその二人を置いて、現場を去った。

「戦場では運不運が生死の境を分ける」

斎藤は、瞑目した。

様々な思いを乗せた「ふじ丸」は、「大和」を最後に全艦の沈没海域を回り終えた。

「『大和』のみなさん、さようなら」

マイクを握りしめる藍原の声が海に吸い込まれていった。

## 魂の交流

翌五日午前六時。

「ふじ丸」後部デッキでは、戦時徴用船「富山丸」の洋上追悼式が行なわれた。

「富山丸」は昭和十九年六月、沖縄に向かう途中、米潜水艦によって撃沈された輸送船で、今回、沖縄特攻艦隊（第二艦隊）の慰霊祭に合わせて洋上慰霊が催行されたのだった。

一隻の被害としては、翌年の戦艦「大和」の戦死者よりも多く、日本軍にとって最悪の惨事となった悲劇の船である。概要を記して、紙上の墓碑銘としたい。

「富山丸」は第一次世界大戦で、ドイツから戦利品として得た船で、当時、日本に残存していた輸送船の中で、最大の積載量があった。

昭和十九年六月二十七日、沖縄防衛のため、鹿児島、都城の歩兵連隊、熊本で編成された砲兵隊、工兵隊からなる独立混成第四十四旅団と、四国で編成された独立混成四十五旅団の兵士を乗せ、鹿児島港を出港した。

旅団主力の四千人余りの将兵に、ドラム缶千五百本分のガソリン、トラックなどの車両、火砲、弾薬が満載されていた。

船団は十数隻で、「富山丸」が中心になり、偽装のため甲板に空のドラム缶を乗せた輸送船が周囲を取り囲み、駆逐艦二隻が護衛に当たっていた。

こうした偽装工作にもかかわらず、六月二十九日午前七時、徳之島の亀徳港の沖合四キロの地点で、米海軍の潜水艦「スタージョン」の魚雷攻撃を受けた。

一発目と二発目の魚雷が左舷船首と、ガソリンを積んだ船倉に命中し、大火災が発生。続いて、三発目が機関室に命中し、積み荷の弾薬が誘爆、船は真っ二つに裂け、一分半で沈没した。

この攻撃で、重装備のまま、すし詰め状態で船室にいた兵員たちは大半が船とともに沈んだ。運よく海上に逃れた兵士も、流れ出たガソリンによる火災に巻き込まれた。将兵、船員会わせて三千八百七十四人が死亡した。

この後、「ふじ丸」の慰霊団は徳之島に上陸して、犬田布岬にある「戦艦大和慰霊塔」で慰霊祭を行なう予定だったが、荒天のため上陸は中止となった。

「ふじ丸」は沖合いに碇泊し、「大和」沈没の午後二時二十三分に合わせて黙とうをささげた。岬には島民約三千人が集まり、「ふじ丸」を見守った。

船は帰途につく。鉛色に暮れていく東シナ海。

池田は、六十一年前に漂流した時と同じような、うねりのある海原を眺め、感慨に耽った。

昭和十八年年九月に兵学校を卒業した同期生は六百二十五人。昭和二十年八月、終戦時に生き残った者は二百九十人……。

最終日の六日朝、「ふじ丸」は鹿児島・谷山港に入港した。一行はフェリー定期便で大隅半島の垂水港へ。そこからバスに乗り継ぎ、鹿屋航空史料館に立ち寄った。

史料館の入り口横に「矢矧」の模型が展示してあった。慰霊祭参加者には、池田をはじめ「矢矧」乗組員が多く、

「あっ、『矢矧』だ」

と声が上がった。長い夢から覚めたような瞬間だった。

「来てよかった。あの海は六十一年たってなお、全然変わっていなかった。つい昨日戦争が終わったような、戦争が終わった後の時間を感じないくらい、昨日のことのように、すべてを思い出した」

慰霊祭を終えた池田は満足そうだった。

「生還者と遺族による手づくりの慰霊祭。その真心があったから、霊魂と心の交流ができた。戦後生まれの人も、あの場所に来て、霊気が漂っているのを感じたのではないか。形式じゃない、本当の慰霊って、こういうものではないですか」

# 終章　魂は死なず

平成18年4月、慰霊船から「矢矧」の眠る海を見つめる池田

## 廃墟の東京

昭和二十年四月末、池田武邦中尉は広島県の大竹潜水学校教官を拝命した。潜水学校とは名ばかりで、実際には特攻隊員養成の教官であった。気の重い任務で、心中は依然、暗たんとしていた。

池田は佐世保から大竹に移る前に一度、藤沢の実家に帰ることにした。佐世保帰投から二週間しかたっておらず、体中の毛穴にはまだ重油が残っている。周囲から、

「池田、油くさいぞ」

と言われていた。焼けてなくなった眉毛も生えておらず、鉛筆で描いていた。

両親に会うのはレイテ沖海戦後の十九年十二月以来だった。何も通知せず、いきなり帰った。玄関に立った時、母、登志はきょとんとしていた。まるで幽霊でも見るかのように。

「実は、父（武義）が『大和も矢矧もやられた。武邦も戦死しただろう』と話していたらしいのです」

後に金婚式のお祝いの席で、登志は、

「これまで一番悲しかったのは関東大震災の後、避難先で武彦が赤痢にかかったこと。一番うれしかったのは、武邦が戦地から帰ってきたこと」

と述懐した。

武彦は池田家の三男で、池田のすぐ上の兄。大正十三年秋、赤痢にかかり、三歳で死亡した。池田はその年の一月に生まれたばかりだった。登志は口には出さずとも、ずっと子供の無事を祈ってきたのである。

池田が帰省した時、長兄武一、次兄武信は、いずれも出征しており、不在だった。当時、武信は陸軍大尉で兵器廠にあり、米大陸を襲う風船爆弾の製造に当たっていた。

武一も昭和十七年七月、召集を受け、陸軍二等兵として四国・善通寺の砲兵連隊に入隊。以来、十九年一月まで一兵卒として軍隊生活を送った。その後、幹部候補生となり、技術将校を養成する兵器学校に入学。同年九月に卒業し、見習い士官として立川航空廠に赴任、少尉に任官していた。

池田はその長兄武一と連絡を取り、実家に二晩泊まって大竹に向かう前に、東京駅で落ち合うことにした。

東京はこの年三月十日、B29の大空襲を受けて焼け野原になっていた。東京駅周辺は廃虚と化し、丸の内も宮城前も、人っ子一人いない。

「死んだはずの人間が生き返ったからか、無声映画の世界にいるような不思議な感じだった」

約束の時間を過ぎても兄は来なかった。一時間ほどポツンと一人、待ち続けていると、陸軍尉官の旗を立てた乗用車がフルスピードでやってきた。

「事故で遅れた」

武一は言った。急いで飛ばしすぎ、途中で事故を起こしたらしい。駅舎の下で、十分ほど立ち話をした。

「あの時、何を話したか、はっきりとは覚えていない。ただ、特攻隊の教官になることを報告し、親父とお袋をよろしくお願いします、とだけ言ったと思う」

池田の心中もまた、大空襲の後のように虚ろだったのだろう。

## 特攻隊教官

五月初め、池田は広島県・大竹駅に降り立った。

軍都広島から三十キロ余り。赴任先の潜水学校は、瀬戸内海沿岸の海兵団などの海軍施設が並ぶ一画にあった。大正九年、呉で開校。昭和十七年十一月、大竹に移転していた。目の前に、宮島がどっしりとした島影を見せ、隣には岩国航空基地があった。飛行場建設は昭和十三年四月に始まり、昭和十八年十一月には兵学校岩国分校も開設されていた。現在、潜水学校があった場所は三菱化成のコンビナートに、岩国航空隊跡地は米海兵隊岩国基地になっている。

潜水学校の教官は、池田を含め七人。生徒は、一般大学、師範学校出身の海軍兵科第六期予備学生約二百人。すぐに少尉か少尉候補生になる青年たちだった。

彼らを、特攻兵器「特殊潜航艇」の搭乗幹部として育てるのが、池田たちに与えられた任務だった。

「当時、僕は二十一歳で、生徒たちとほぼ同年齢でした。中には年上の生徒もいました」

池田には、戦局がもはや挽回できる段階ではなく、今さら特攻をやっても勝てないということが実感として分かっていた。それだけに、「お国のために」と目を輝かせる同世代の生徒たちに接すると胸が締めつけられた。

五月十日、入校式があり、基礎訓練を行なうため六つの班が設けられた。池田は一班の班長となった。

「二班の班長はクラスメートの石上亨君（海兵七十二期、昭和五十三年に五十四歳で死去）。このほか予備学生出身の士官四人が班長になりました」

訓練は座学と体力づくりが中心だった。

「海に慣れなければどうしようもないのですが、フネがなかったのです」

その分、体育は充実していた。

「海軍体操に棒倒し……。まるで兵学校の小型版でした」

ある日、棒倒し中に虫垂炎になった生徒の手術に立ち会った。執刀した軍医中尉は手術が初めてで、途中で麻酔がきれた。当時は医薬品も十分ではなかったのだ。

池田は、わめき、暴れる生徒の腕を押さえ続けること三時間、ようやく縫合が終わった。

大竹海軍潜水学校教官時代の池田大尉（昭和20年6月）

入校から一ヵ月ほどが過ぎた六月初め、「特攻希望者を募る」というお触れが回った。

池田は一班の生徒全員に白紙を配り、

「一晩考えて記入し、明朝提出せよ」

と命じた。

選択肢は、「大熱望」「熱望」「望」「否」の四つである、と告げた。これは、特攻が強制ではなく、あくまでも志願であることを演出する「儀式」だった。

教室内は重苦しい空気に包まれた。生徒たちは口をつぐみ、沈痛な表情で退出していった。

「この日は一晩中、校舎全体が異様な雰囲気でした」

沖縄特攻から生還してきたばかりの池田は、この特攻志望のランク付けに我慢がならなかった。

会議の席で上官に対し、

「望か否か、二者択一でいいのではないか」

と意見具申した。しかし、

「中央からの命令でそうなっている」

と、受け入れてもらえなかった。

「特攻をランク付けして何の意味があるのか。人の心をもてあそぶようなことはやめてほしかった」

池田は戦場と内地の落差を感じた。

「確かに、特攻は命令ではなく、自分の意志だった。しかし、それは半ば強制された意志だったと思います」

　翌朝、配布した紙が回収された。

「結果はずいぶんとバラバラでした。『否』と書いたのは二百人のうち三人でした」

　三人の中には、

「自分は理工系であり、技術で国のために報いようと思っている。命を落とすのは本意ではない」

　と、はっきりと理由を書いた生徒もいた。

　三人は即日、生徒を免じられ、荷物をまとめて郷里に帰った。

「あの雰囲気の中で、ノーと書くのは立派。サムライだ。戦後どういう活動をしたのか知りたい」

　と池田は言う。

　三人は一班の生徒ではなかった。予備士官出身教官受け持ちの生徒だった。その教官は、自分の班から「否」が出たことを怒り、生徒を殴りつけた。脇で見ていた池田は、

「それは違うだろう」

　と思った。

## 襲撃訓練

六月一日、池田は大尉に昇進した。同二十三日、沖縄戦の組織的戦闘が終了した。沖縄が敵の手に落ちるころから、敵艦載機は瀬戸内にも悠々と飛んで来た。潜水学校での訓練中も、敵襲は日常茶飯事だった。

敵機は定期便のようにやってきては、まるでスポーツを楽しむかのように機銃掃射を加えて去っていった。敵を追い払う味方戦闘機は、どこにも見当たらなかった。

そんな七月のある日、呉から来ていた参謀が言った。

「呉で敵艦襲撃訓練を行なう。潜水学校教官にも参加してもらいたい」

内火艇を使って、夜間の魚雷発射訓練を計画したのだという。それは、まだ飛行機のない時代の、日露戦争のころの訓練スタイルだった。

「夜間襲撃？　なんだそれ」

池田はあぜんとした。マリアナ、レイテ、沖縄と実戦を積んできて、近代戦の威力を嫌と言うほど味わってきた池田には、参謀の命令が時代錯誤に思えてならなかった。

既に連合艦隊は消滅している。戦闘機の援護もなく、内火艇で敵機動部隊に立ち向かうなど、竹やりでB29に立ち向かうのと同じではないか。

「今さらどうするつもりなんだ」

しかし、この時期の海軍は他に為す術を知らなかった。よりによって参謀は、池田に教官を代表して参加するよう命じた。池田は兵隊数人を連れ、呉に赴いた。

「こんな子どもだましみたいな訓練に何の意味があるか」

池田は草履ばきで内火艇に乗り組んだ。水虫を患っていたので草履をはいていたのだが、戦場を知らない陸上勤務ばかりの上官への反発もあった。

訓練終了後、参謀たちが仰々しく並ぶ中での「講評並びに訓示」。整列した参加者を前に、参謀は言った。

「ある艇の艇長は草履ばきであった。遺憾である」

「僕に直接言ってくれれば、こんな訓練がどういう役に立つのか言い返してやったのに」

池田は、ここでも内地と戦場の温度差を痛感した。

「海軍も末期症状だったんですよ。優秀な人材は第一線で戦死し、陸にいる人間には海のことが分かっていなかった」

実戦を経験している人間にとって、昔の考え方に固執し、机上でこねくり回した計画ほどナンセンスなものはない。池田は辟易していた。

教官在任期間は五月から八月までの四ヵ月だった。

「肉体的には楽な状態だったはずなのですが、内面的には将来像がまったく描けず、暗く、つらい毎日でした。『矢矧』に乗っていた時の方がずっと充実感がありました」

休日、大竹の町に出ると、幼い子どもたちが無心で遊ぶ姿をよく目にした。

「この子たちはこの先どうなるのだろう。あと何年生きられるか」

池田はそう考えて暗い気持になった。

「日本が降伏するなんてことは、イメージできなかったから」

池田は日本の前途を憂いながら、潜水学校の生徒たちの将来も気にしていた。

「敵は年内には九州に上陸するかもしれない。特殊潜航艇の搭乗訓練には最低三年はかかる。それまで日本はとても持たないだろう……」

そうした池田の胸の内とは裏腹に、生徒たちの表情は明るかった。彼らは、厳しい食糧事情の中にあって、それなりの食事が支給され、体を鍛え、規則正しい生活を送っていた。池田は、兵学校時代を思い出させるような生徒たちの意気揚々とした姿に励まされることも多かった。

彼らは結局、卒業（昭和二十一年三月の予定だった）することなく、終戦を迎えた。

「元生徒」たちは、戦後も明るかった。八十歳を超えた今も当時を懐かしみ、

「海軍の飯を食わせてもらってよかった」

と言っているという。

戦後、有志は「竹潜会」という会をつくり、年に一回、入校式のあった五月十日に合わせて京都に集まり、旧交を温めてきた。

会では、年上の元生徒も池田のことを、

「教官」

「教官」

と呼んだ。

池田は、彼らにこう語ってきた。

「君たちは出撃しなかった。しかし、いったん死を覚悟した。そこに重い意味がある。だから堂々としてていい。戦後生まれにはそういう経験もチャンスもない。君たちは本当に貴重な経験をした。それを生かすべきだよ」

池田自身、兵学校に入ったころは、

「切腹しなければならない時が来たら、おれは本当にやれるかな」

と思っていた。それが戦闘を何度か体験すると、

「あ、おれは切腹できる」

という気持になれた。生も死も同じこと、と自然に思えるようになり、

「責任を取る」

という言葉がごく普通に、何も気張らないではっきり言えるようになったという。

池田は戦後世代の問題点として、

「死を覚悟した経験がないこと」

を第一に挙げる。

「戦後、命がけでやってきたことを、あまりに粗末にしてきた。みんな人のせい、にしてしまった。社会現象を見たらはっきりしている。何が本当に大事なのかがまるで分かっていな

い。命の大切さを説きながら、命を大切にしていない」

大和民族の全滅は、戦場にあった全将兵の血みどろの肉弾戦や特攻によって食い止められた。食い止めた力の根源は、透明度の高い捨て身の心と、日本人の根性だった。

戦い抜いた池田らは戦後も奮闘した。

「アメリカなんかに負けねえぞ」

と、猛烈ながんばりを見せて日本国を復興させた。その結果、われわれは多くのモノを手に入れた。

しかし、得るものが大きければ、失うものも大きい。われわれは、モノを得た代償に「心」や「精神」を失ったようだ。

**原子爆弾**

昭和二十年八月六日、晴れ。

午前八時十五分、大竹潜水学校の事務所の電話が鳴った。池田は電話を取ろうと手を伸ばす。

と、その時――。

何かが「ピカーッ」とスパークし、一瞬目がくらんだ。続いて、ズシーンというものすごい地響き。

それは、マリアナ諸島テニアン基地から飛来したB29「エノラ・ゲイ」号が投下した核爆弾「リトルボーイ」の核分裂爆発であった。しかし、当時の池田にそんな知識はない。

「呉の火薬庫が爆発したに違いない」

と思った。

大竹は爆心地から三十キロ余り。真っ黒な遺体は次々と川を伝って瀬戸内海に流れ出た。池田たちは内火艇を出して遺体収容作業に当たった。瀬戸内じゅうを走り回り、鈎のついた棒で遺体を引き揚げていく。遺体の腹はふくらんで、いわゆる「土左衛門」化し、手先は骸骨のようだった。

「地獄でした」

と池田。収容作業は来る日も来る日も、延々と続いた。一体どれくらいの人間が死んだのか分からなかった。

大竹にもたくさんの被爆者がいた。池田たちは治療の手伝いにもかり出された。熱傷の患部にわいたウジ虫を割り箸を使って取り除いてやるのも仕事の一つだった。

クラスメートで、第二班班長だった石上の母親も被爆した。石上は新婚で、郷里から母親も呼んで同居していたのだが、広島で勤労動員に出ていて被爆したのだった。

「かなりひどいやけどを負って、それがもとで亡くなりました」

八月九日には長崎に原子爆弾が投下され、十四日、御前会議においてポツダム宣言の受諾が決定された。

八月十五日、晴れ。

「教官は教官室に集合しろ」

潜水学校のヘッドだった中佐が招集をかけた。池田は、

「内火艇の整備が残っているから」

と理由をつけて集合しなかった。もはや佐官級の命令、指示に従う気持がなかった。

「第一線」を知らず、臨機応変の対応ができないお役所仕事に愛想を尽かしていたからだ。

心配した同僚が港に呼びに来た。

池田は、

「まァ、君が聞いておいてくれ」

と答えて、戻らなかった。終戦の詔勅は、その間に放送されたのだった。

間もなく、下士官兵が港にやって来て、

「負けたらしいです」

と伝えた。池田は教室に駆け戻った。生徒たちは、

「敗戦……なぜだ」

「どうしたらいいんだ」

と口々に話し、動揺している。池田はそういう光景を見てなぜか、ホッとした。

「ああ、これでこの若者たちは大丈夫だ。町の子どもたちも大丈夫だ」

そう思った。

池田は「敗戦」の報に接して初めて、自分が気鬱になっていた理由がわかったような気が

した。

「特攻で成果が上がるならいい。（レイテ沖海戦の時、フィリピンで散った）関大尉の時ならまだよかった。しかし今、この潜水学校の二百人の生徒たちに何ができるというのか。結果は見えていたではないか」

世界最強だったはずの戦艦「大和」や最新鋭の巡洋艦「矢矧」が最大限の能力を発揮してもやられてしまうほど、もうこの戦争の勝負はついてしまっていたのだ。

「若者たちの命を生かす方向でならいくらでも協力できる。しかし、まったく成果が期待できない中で特攻要員を養成するのがいかにむなしいことか。

池田は、若者たちの命を預かる責任が持てないことに悶々としていたのだった。

「目先のことに追われ始めると、状況に対する判断力が失われ、行動を誤る。逆に、明確なポリシーを持ち、腹がすわっていたら、いくらでも臨機応変の対応がとれる」

池田武邦、二十一歳。

戦場を駆け巡り、国が滅びんとする中で体得した真理だった。これが池田の戦後の生き方につながってゆく。

## 敗戦

昭和二十年八月十五日、大日本帝国は崩壊した。

ペリー提督率いる米艦隊の恫喝によって開港させられ、明治維新を断行して、わずか七十八年。よくぞここまで戦ったことだ。明治の指導者たちは、まさか、自分たちの子や孫たちが米英の世界二大国を相手にこれほどの全面戦争を繰り広げることになろうとは、思いも及ばなかっただろう。

敗戦の責任を取り、自決した軍人は、陸相阿南惟幾、軍令部次長大西瀧治郎以下一千人にのぼった。池田のクラスメート（海軍兵学校七十二期）の中にも自ら命を絶つ者がいた。

橋口寛（鹿児島県・鹿児島二中出身）と畠中和夫（高知県・土佐中出身）。

橋口は昭和十九年十月、山口県・大津島の人間魚雷「回天」の基地に着任、大竹潜水学校の池田より一足先に特攻隊員の教官となっていた。その後、同じく回天基地が置かれた同県・平生基地に移った。横山秀夫の小説『出口のない海』の舞台となった所である。

橋口は自ら出撃することを嘆願しながらも、後進指導のため教官として残され、教え子たちが次々と出撃していくのを無念の思いで見送っていたという。

そしてついに、昭和二十年八月二十日ごろを期して出撃することになった。その喜びもつかの間の敗戦。死に赴いた多くの部下、同僚たちに遅れることを恥じ、涙し続けてきた橋口に、もはや生の選択はあり得なかった。

八月十八日、第二種軍装に身を正した橋口は、自分が乗るはずだった「回天」の前で、拳銃自決した。純白の制服が真紅に染まった。享年二十一。

同じ十八日、鹿児島県・佐多岬沖。

畠中は「蛟龍」艇内で拳銃自決した。「蛟龍」は五人乗りの特殊潜航艇。本土決戦の「切り札」として最優先で建造されていたが、「回天」や「海龍」の増産によって生産数が抑えられ、終戦時には約百五十隻が配置についていた。

畠中は大分県・佐伯基地で敗戦を知った。十七日、艇長だった畠中は部下に命じた。

「今夜、最後の夜間訓練をする。食糧、燃料、水をいっぱい積んでおくように」

畠中は、いぶかしがる部下四人を率い、他艇の戦友の見守る中を出発した。魚雷二本を抱いての無断出撃だった。

「これは訓練ではない。もしかして……」

宮崎沖を通過するころ、部下たちも腹を据えた。

十八日早朝、艇は佐多岬の沖にあった。畠中は部下たちに、沖縄に突入する予定だったことを初めて告げた。そのうえで、

「コンパスが故障したため、攻撃はほとんど成功の可能性がなくなった。今さら艇長としては生きて帰ることはできない」

と言い、責任を取って自決することを伝えた。ふだんと変わらぬ落ち着いた口調だった。

畠中は部下が制止するのを振り払い、司令塔に立ち拳銃を握った。一発目を鹿児島に向けて発射、続いて二発目を沖縄の方角に向けて発射、三発目を右こめかみに当てて発射したという。

弾は頭部を貫通し、畠中の体は前のめりに倒れ、辺りは血の海となった。部下たちの搭乗

服にも血しぶきが飛んだ。即死。享年二十一。

この時の乗員の一人、藤川正視（十三期予科練）は次のように回顧している。

〈日本遂に敗れた――の衝撃は艇長にとっては我々以上に大きかったことと思います。当時の特潜隊員の海軍魂を永久に残し伝えるためとも思えるような立派な最期でした〉

橋口と畠中。二人の置かれた立場、自決直前の状況、心情はひじょうに似通っている。

割腹して果てた阿南陸相は、

「一死をもって謝し奉る」

と書き残した。

自決した多くの軍人の意識を象徴した言葉だと思う。

## 同期の桜

海軍兵学校は明治二年（一八六九年）の創立以来、七十七年間に一万千百八十二人の海軍士官を輩出した。

戦没者数は四千十二人で、全卒業生の三十三パーセントに達している。

池田ら七十二期生は六百二十五人中、三百三十五人、実に五十三・六パーセントが戦没している。

戦没者の比率が五十パーセントを超えるクラスを列挙すると次のようになる。（卒業期、

卒業者数、戦没者数　戦没者比率の順）

| | | | |
|---|---|---|---|
| 六十一期 | 一一六人 | 六〇柱 | 五一・七％ |
| 六十二期 | 一二五人 | 六六柱 | 五二・八％ |
| 六十三期 | 一二四人 | 七〇柱 | 五六・五％ |
| 六十四期 | 一六〇人 | 八一柱 | 五〇・六％ |
| 六十五期 | 一八七人 | 一〇六柱 | 五六・七％ |
| 六十六期 | 二二〇人 | 一一九柱 | 五四・一％ |
| 六十七期 | 二四八人 | 一五五柱 | 六二・五％ |
| 六十八期 | 二八八人 | 一九一柱 | 六六・三％ |
| 六十九期 | 三四三人 | 二二二柱 | 六四・七％ |
| 七十　期 | 四三三人 | 二八七柱 | 六六・三％ |
| 七十一期 | 五八一人 | 三二九柱 | 五六・六％ |
| 七十二期 | 六二五人 | 三三五柱 | 五三・六％ |

数字を見ているだけで、難関を突破し、最高レベルの教育を受けた人材が、なぜこうも命を散らさなければならなかったのか、と考え込んでしまう。

「わずか二年足らずの間に、クラスメートの過半数が二十歳前後の若さで戦死してしまった。

うち特攻隊員六十一柱。命日は一年の間に百八十八日もあり、なかにはレイテ沖海戦時の昭和十九年十月二十五日のように、同日に二十二柱が海、空に散華した日もある」

と池田は言う。

七十二期は最も多くの戦死者を出した期である。なかでも、「回天」隊に赴いた十四人は、十二人が出撃、戦死している。残った二人のうち橋口寛大尉は先述の通り、終戦の二日後、山口県・平生基地で自決した。

唯一の生存者は、戦後、全国回天会会長を務めた小灘利春（平成十八年九月二十三日逝去。享年八十三）である。

広島県呉市出身。最上級の一号生徒の時、池田と同じ三十五分隊に所属し、文字通り寝食を共にした仲だった。三十五分隊の一号生徒は計九人。伍長が池田で、伍長補が沖縄特攻で池田を救った駆逐艦「冬月」の航海長中田隆保、三席が小灘だった。

「三十五分隊は昭和四十年ごろから、毎年のように分隊会を開いて、旅行に行ったり、宴を張ったりしてきました。ハウステンボスで分隊会をしたこともありましたよ。その中にあって小灘君は、『回天』の搭乗員としてトレーニングを受けた同期生のうち、ただ一人生き残りということで、戦後も『回天』一筋だった。仕事上もいろんなことがあったのでしょうが、おべんちゃらや陰口など一切言わない。誠実一路、実直な男でした」

池田は振り返る。

「まさしく『回天』の生き字引で、映画化されるたびに時代考証など監修に引っ張り出されていましたが、気にくわないことが多かったようです」

市川海老蔵主演の映画「出口のない海」にも不満だったという。

「主人公（海老蔵）が死ぬ前の最後のせりふが違う、これでは歴史の真実が伝わらないと憤り、招待された試写会にも行かなかったそうです」

小灘は生前、繰り返し次のように語っている。

「私たちは機械のように命令に従っただけのロボットではない。自殺志願者でもない。戦士ではあっても生命を軽々しく考える異常者ではない。自分たちの持てる力で敵を防ぐ。それしか考えていなかった。親兄弟を守り、山河を守る。自分一人で手足のごとく操縦できる一艇をもって、親や山河をつぶそうとする千倍の敵を倒す。その精神の昂揚で明るく輝いていた」

また、「回天」のハッチが内部から開かず、脱出不可能だったというのは事実と違うことを訴え続けた。小灘は「出口のない海」がこうした回天の事実を伝える作品となることを期待していたのだろう。

「小灘君は時流に乗り、時代におもねって台詞をつくるなど唾棄すべき、と考えていたのです」

鎌倉市の葬祭場で営まれた小灘の告別式で、池田は弔辞を読んだ。

海上特攻の池田と回天特攻の小灘。

二人の間には、命の捨て所を得、死をもってこそ自分を「生かす」ことができるのを知った者同士の強く、深い絆があったと、筆者は思う。

## 台風下の救援

大竹潜水学校に話を戻す。

八月十五日以降、生徒は即刻解散となったが、池田ら教官たちは学校にとどまった。

「ワインがたくさんあったので、みんなで毎晩のように飲みました」

そのうち、下士官、予備士官たちは一人また一人と郷里へ帰って行った。しかし、職業軍人である池田には残務整理が山積していた。原爆の遺体収容、倉庫の整理、機密文書の処分……。

「結局、僕だけが最後まで残り、十月まであちこちにかり出されました」

九月十七日、鹿児島県枕崎市付近に台風十六号が上陸し、日本を縦断した。「枕崎台風」である。死者二千四百七十三人、行方不明者千二百八十三人。このうち二千十二人、被害の大半は広島県下に集中した。原爆投下から一ヵ月余、まさに踏んだり蹴ったりの惨禍だった。

ＮＨＫ広島放送局が初任地で、後に作家となった柳田邦男は、この台風を題材にノンフィクション小説『空白の天気図』を書いた。作品では、山津波に襲われた大野陸軍病院の悲劇について詳細に記している。病院の建物は全壊、患者や医療関係者ら百五十人以上が土砂に埋まった。

柳田は、この時の池田たちの救援活動に触れている。

〈一夜明けると、大竹の潜水学校の兵隊たちも加わって、大がかりな行方不明者の捜索と遺体の収容作業が続けられた〉

当時、池田は当直勤務についていた。

「救助要請の電話があり、学校を出発したのは夜中の十二時ごろでした。裏の貯水池が決壊して病院が土砂で埋まり、原爆研究に訪れていた京大の先生や学生ら多くの人が生き埋めになっているという情報でした」

士官は池田一人。自ら隊長となり、部下二十人で救援部隊を編成した。

ロープを準備し、子どもの「電車ごっこ」のような形で一列となってロープを握りしめ、暴風雨の真っ只中に飛び込んだ。バケツをひっくり返したような雨。道路は「川」と化していた。

「行けども行けども到着しなかった。陸軍病院まで約十キロの道のりをこれほど遠いと感じたことはなかった」

東の空が白み始めた。風がぴたりとやんだ。

午前五時三十分、現地着。五時間半もかかった計算だ。しかし、警察や消防もよりも到着は早かった。

「なんとか一人の事故者も出さずに現地入りできた」

とホッとする間もなく、救助活動に入った。目を凝らすと、土砂の下に建物が埋まっている様子が浮かび上がって来る。惨たんたる有り様だ。

女性の声を頼りに障害物を取り除いていく。泥の中から手だけが出て、動いている。

「助けてー」

「おーい、生きてるぞ」

体を傷つけてはいけないので、スコップは使わず、すべて手作業で掘り出していく。看護師、学生、京大の先生……。救出作業は難航したが、何十人も命を救うことができた。

一段落したのは夕方だった。疲労困憊していたが、夢中だったので時間がたつのも忘れていた。

「原爆に水害、ほんとうに地獄ばかりでした」

池田は、要救助者が誰もいないことを再確認し、病院長にあいさつして帰途についた。

柳田は、陸軍病院の医務課長水野宗之軍医大尉の証言として、

〈大竹の潜水学校に救援依頼を出したのですが、途中道路が山崩れや出水でずたずたになっていたため、突破するのに難航し、潜水学校から船で救援にやって来たのは明け方近くになってからでした〉

と書いている。しかし実際には、池田は陸路やってきた。

「海軍だから船、と思ったのでしょうが、ものすごい風雨と真っ暗闇の中、とても船を出せるような状況ではありませんでした」

池田は誤りを正すために柳田に手紙を送ったが、返事はなく、著作の訂正も行なわれていない。

## 姉妹艦「酒匂」

潜水学校での残務整理を終えた池田は、呉鎮守府に立ち寄った後、東京に戻った。敗戦によって、大日本帝国の広大な版図には、六百万人以上の軍人、軍属、一般邦人が取り残された。それらの人々を日本へ帰還させるのが焦眉の急となっていた。

池田は海軍省に出向き、尋ねた。

「何かやることはないですか」

「『酒匂《さかわ》』に乗り組むのがいいのではないか」

「酒匂」とは、沖縄海上特攻で沈んだ池田の乗艦「矢矧」の姉妹艦だった。終戦間際、阿賀野型軽巡洋艦の四番艦として「矢矧」と同じ佐世保工廠で完成。舞鶴港で無傷で生き残っていたところを「捕獲」され、復員船としてかり出されることになったのだ。

池田は快諾した。艦船勤務に戻るのが何よりうれしかった。しかも、「矢矧」と同型の艦に乗れるのだ。

復員業務には客船が最適だが、当時、日本の商船は壊滅状態だった。そこで、航行可能な海軍の艦艇が米軍指定の「特別輸送艦」として総動員されることになったのだ。中でも、「新品」の「酒匂」は最も優れた艦だった。

復員輸送は昭和二十年十月に始まり、二十一年の春から夏にかけてピークとなり、二十二年夏まで続いた。

なお、海軍省は昭和二十年十一月三十日に解体。改組されて第二復員省となり、鎮守府は地方復員局となった。海軍病院は国立病院、水路部、灯台部は運輸省の外局として存続した。昭和二十一年六月には、第一復員省（旧陸軍省）と第二復員省が統合して復員庁となり、その後、厚生省復員局に移行する。

昭和二十年十一月、池田は、舞鶴へ赴いた。

「酒匂」は、兵装をすべて外し、上甲板の空いた場所に仮設の居住区やトイレが設けられていた。帝国海軍時代の軍艦とはずいぶん違って見えた。

「大砲が撤去され、ちょっと寂しい格好でした。でも船に戻れてうれしかった」

池田は分隊長という肩書で、一室を与えられた。水雷長が使っていた部屋だった。久しぶりの艦との「再会」に胸が弾んだ。

### 復員航海

十一月二十六日　〇八〇〇舞鶴港出港
　　二十七日　一五〇〇佐世保入港
　　二十八日　一三〇〇燃料補給
　　二十九日　一一三〇佐世保出港

「冬の日本海を函館に行け、というのが最初の出動命令でした」

池田の記憶によれば、途中、富山沖で、猛吹雪となった。大荒れの海で、日本漁船が操業していた。

「すごいなーと思いましたよ」

十二月二日、「酒匂」は、荒天を突いて函館港に入った。

「大勢の人が小旗を振っていて、日の丸だと思ってよく見たら韓国旗。まるで戦勝国の雰囲気でした」

港には二千六百人の韓国人が集まっていた。釜山へ帰る炭鉱労働者たちだった。彼らは「酒匂」に乗艦するや否やドヤドヤと艦橋に上がってきた。

「我々は戦勝国民である、士官居住区を我々に開放せよ」

士官室での団交となった。すったもんだの騒然たる雰囲気の中、「酒匂」は汽笛を鳴らして出港した。

港を出た途端、艦は激しくがぶり出した。猛烈なしけだ。韓国人たちは急に黙りこくり、だれ一人、士官室に上がって来なくなった。

十二月七日、釜山港に入港した時には、皆、船酔いで憔悴し、よろめくようにして上陸していった。「酒匂」の後甲板は彼らの排泄物で覆われていた。

「汚物処理に三日かかりました。においを取るのが大変で……」

敗戦の悲哀を感じさせる航海だった。

昭和二十一年元日、佐世保は一面の雪となった。池田は「酒匂」艦上で新年を迎えた。デッキの上も真っ白になった。

池田は神奈川県藤沢市御所ケ谷の実家へ賀状を書き送った。文面はわずか二行。毛筆で、大書きした。

賀正

誓　新日本之再建

於　佐世保

酒匂分隊長　池田武邦

次の出動先は灼熱の島ニューギニアだった。正月早々の出港となった。

一月二日　〇八〇〇佐世保出港

一月八日　二三四五赤道通過

一月九日　一六三〇ウエワク入港

「この航海が何とものんびりしたものでした」

戦後、兵装を撤去された「酒匂」。「矢矧」と同じ阿賀野型軽巡の最終艦で、池田は同艦で復員輸送に当たった。写真は復員輸送終了後、横須賀に停泊中の姿

池田にとって対敵警戒不要の航海は、実に気楽なものだった。

「敵がいない、平和な海ってこんなに素晴らしいものなのかと思いました」

艦は、対潜警戒の之字運動（ジグザグ航行）もせず、太平洋をまっすぐに南下してゆく。

「『矢矧』には九百人乗っていましたが、『酒匂』の乗組員は三百人くらいで、ガランとしていました」

勝手知った艦内で、池田は退屈した。士官室でトランプのブリッジに明け暮れた。

従兵が舷窓にタマネギを置いてくれた。緑の葉が出て、だんだん大きくなっていった。植物の成長力に感動した。

「鉄の塊のような船の中で、慰められました。気の利く従兵でしたね」

下士官兵の中に器用なのがいて、鱶釣り用の釣り竿をつくり、巨大な鱶を釣り上げた。

「それから毎日鱶料理でした」

赤道を越えるころ、乗組員たちは「赤道まつり」と称

して隠し芸大会を開いた。その時、「リンゴの唄」を初めて聞いた。

「兵隊さんが歌うのを聞いて、内地ではこんな曲が流行しているんだと知りました」

ウエワクはニューギニア北岸の港。昭和十八年、陸軍はここに軍司令部を置き、総兵力十万人を配備して陣地を敷き、南方攻略の軍事拠点としていた。一時期、港は輸送船、海軍艦艇でひしめき、飛行場には数百機の戦闘機、爆撃機が常駐していた。

しかし、敵の猛反撃によって制空、制海権を奪われ、補給が途絶。将兵たちはジャングルの中で息を潜め、飢餓と闘う日々を送っていた。

「酒匂」がウエワク港外の入り江に姿を見せると、豪州海軍の軍艦が内火艇を出して「酒匂」に近づいてきた。

少尉の階級章を付けた男がメガホンで、「酒匂」の艦長に向かって怒鳴る。

「敬礼しろ」

「何ッ、こっちは大佐だぞ」

と、甲板上から怒鳴り返す。

「酒匂」と同じような特別輸送艦（復員船）の中には、指揮命令系統が機能せず、混乱をきたした船もあったという。

「空母『葛城』では下剋上があったらしい。その点、『酒匂』は良かった。艦長の人柄が良くて、海軍時代と変わらず、艦内秩序が維持され、和気藹々としていました」

「酒匂」は、豪州海軍とのすったもんだの末、千七百十人の陸兵を収容、即日出港した。

池田のメモによると、復員兵には台湾本省人七百二人、高砂族四百二十五人が含まれていた。

「十万人上陸し、ほとんど戦闘もないまま病に倒れ、残ったのは一万人。そのうち自力で歩ける者だけを運ぶことになったのです」

全員が栄養失調で餓死寸前の病人だった。陸軍大尉が甲板に上がって来て、池田にあいさつした。大尉は、

「出征直前に妻が妊娠し、満州にいる時に子どもが生まれた。その子はもう五歳。でも、まだ一度も見たことがないんです」

と言い、無聊を慰めるためにつくったという椰子の葉のたばこを池田に手渡した。

池田は、

「ご苦労さまでした」

とねぎらいの言葉をかけた。

「戦闘をやってきた我々とは全然別の、陸軍さんの苦労の一端を垣間見た気がしました」

一月十二日にウエワクを出港した「酒匂」は、台湾を経由して一月二十四日に広島・宇品港に到着した。この間にも、五、六人の兵士が衰弱死した。

「一番かわいそうだったのは、宇品港に入り、さあ上陸という時に息を引き取った兵士がいたことです」

夢に見たであろう故国の土を踏む直前に落命した兵士の無念は、いかばかりであったろう

か。

## 屈辱の日

復員業務にフル稼働していた軽巡洋艦「酒匂」は昭和二十年十二月の就役からわずか三ヵ月で突如、任務を解除された。

昭和二十一年二月二十五日、「酒匂」は横須賀に回航された。連合国への「引き渡し」の日が訪れたのである。

横須賀港には、戦艦「長門」も停泊していた。マストも煙突もなく、変わり果てた廃艦の姿であった。「長門」と「酒匂」はこの後、同じ運命をたどることになるのだが、池田ら乗組員には当然ながら何も知らされていなかった。

沖合には、「戦勝国」であることを誇るかのように多数の米海軍艦船が停泊していた。

戦艦「アイオワ」からランチが出され、兵隊たちがドヤドヤと「酒匂」に乗り込んで来た。帝国海軍が誇った最新鋭巡洋艦の艦上に星条旗が翻る。彼らは野戦用のオーブンを食堂に持ち込んで炊事をし、艦内居住を始めた。

池田は通訳を命じられた。

「兵隊相手に機関の操作について通訳をさせられた。士官室に戻ってみると、私物の腕時計がなくなっていた」

池田は屈辱感でいっぱいだった。

「細かなことは覚えていない。嫌な時間だったという思いだけが残っている」

池田らが退艦した後の三月初め、「酒匂」は再び外洋に出た。行く先は中部太平洋のマーシャル諸島。最期の航海だった。「長門」も一緒だった。

米国は「クロスロード作戦」と称する核実験を計画していた。「酒匂」「長門」はその標的艦、つまり、実験台に選ばれたのである。

昭和二十一年七月一日、ビキニ環礁。

B29から投下された核爆弾は、高度百五十八メートルで爆発した。昭和二十年七月のトリニティ実験、同年八月の広島、長崎への原爆投下に続く人類史上四番目の核爆発だった。

「酒匂」は強力な爆風により艦橋より後方の構造物がすっかりなぎ倒され、丸一日炎上した後、翌二日沈没した。

「『矢矧』に続いて『酒匂』――僕の乗っていたフネは二隻ともアメリカに沈められた。負けた国だから仕方ありませんが……」

池田は愁いに満ちた表情で言う。

この時、「長門」は爆弾投下位置のずれにより、ほとんど無傷だった。しかし、史上五番目となる七月二十五日の同海域での核実験で損傷、右舷側に五度傾斜した。それでも、「長門」は浮かんでいた。

四日後の七月二十九日朝、実験関係者が確認に行ったところ、「長門」の姿は海面から消えていたという。深夜、浸水が増し、だれにも看取られることなく、静かに水没したのだろう。

ここに、昭和十六年十二月八日の真珠湾攻撃で始まった太平洋の嵐は、終息した。太平洋に一応の平和は戻った。

しかしそれは、恥辱にまみれた平和であった。

池田はこの屈辱を胸に刻んで臥薪嘗胆の戦後を歩み始め、超高層ビル・都市開発の先駆者として奇跡の戦後復興の一翼を担っていくのである。

## 海軍士官から建築家へ

乗艦を米軍に接収され、陸に放り出された池田は、藤沢の実家に戻った。そこから浦賀の復員局に通い、外地から続々と引き揚げてくる復員者の受け入れ業務に就いた。

昭和二十一年二月。

復員船は毎日のように入港した。

「検疫業務から切符の手配まで。復員者を早く郷里に帰さなければと、朝から晩まで働いた。僕にとってはまだ戦争の続きだった」

マラリアなどの重い病気にかかり、すぐに入院という人も多かった。

そんなある日——。

机に向かって事務を執っていると、父、武義が「ぬっ」と現われた。武義は手に書類を抱えていた。

「武邦」

「はい」

同居しているのに、なぜ浦賀までわざわざ出てきたのだろう……。不審げに顔を上げ、父を見つめる。武義はぶっきらぼうに言った。

「武邦、大学に行きなさい。手続きは済ませてある」

「えっ？」

池田は父の言っている言葉の意味が飲み込めなかった。当時の状況を、池田は、

「僕はまだ、戦争の傷跡の中にどっぷりとつかっていた」

と振り返る。

「大学に入って何か新しいことをやろうなどという考えは、まったく頭になかった」

池田は父の提案を断った。

「とんでもありません。目の前にはこんなに大勢、戦地から帰って来る人がいるんですよ。僕は外地の人が全部日本に帰るまでは、この仕事を続けるつもりです」

「それはよく分かっている。だが、お前はもう十分国のために尽くした。受けるだけ受けてみなさい」

そう言う父の顔が急に年老いて見え、切なくなった。

「しかし、士官は大学を受けられないのではないですか」

「それが、マッカーサーの通達で、元軍人でも一割の範囲内であれば、入学を許可されるこ

とになったんだ」

「そうなんですか、そんな話は知りませんでした」

「いいから、受けてみなさい」

武義は言うだけいって、さっさと部屋を出て行った。机上に目を落とすと、東京帝国大学の入学願書が置いてあった。

「まいったなあ」

ふっ、とため息を漏らしつつ、願書に目を通す。

「あれ、試験まであと一ヵ月しかないじゃないか。こりゃ無理だ。受かるわけないよ」

父も気がせいていたのだろう。職場まで足を運んできた父の気持を考えると、そのまま放っておくわけにもいかなかった。池田は戸惑いを吹き飛ばすようにつぶやいた。

「よし、これも親孝行だ。ともかく受験だけはしよう」

入試まで約一ヵ月。池田は、兵学校時代の物理、英語、国語の教科書を引っ張り出して寝る間を惜しんで勉強した。兄二人（いずれも早大理工学部卒）が「短期決戦」に向けてアドバイスしてくれた。

長兄、武一は、

「英語はジャパンタイムスの社説を読んだらいい」

と勧めた。英語の勉強はこれだけに的を絞った。

次兄、武信は化学が得意で、虎の巻の要諦を伝授してくれた。

「僕は化学が苦手でしたが、兄のヤマはことごとく当たり、確実に点が取れた。英語もジャパンタイムスとほぼ同じ内容の問題が出た。戦争ばかりやってきて、とても受かるとは思っていなかったのですが……」

受験票に志望学科を記入する欄があった。その時初めて頭に浮かんだのが、建築家山本拙郎の名前だった。

山本は母方の三十三歳年上の従兄。創設間もない早稲田大建築学科に進み、住宅設計・施工専門会社「あめりか屋」入社。後に代表取締役となった。日本で最初の住宅専門の建築家と言われ、雑誌「住宅」主筆として住宅改良の啓蒙にも尽くした。昭和十九年没。池田は、従兄の顔を思い浮かべつつ、「第一志望」欄に「建築」と記した。

そして合格発表の日——。

建築学科の板塀に合格者の名前が張り出された。

「池田武邦」の名はすぐに見つかった。

「まだ勉強どころではない時代のどさくさ紛れの合格でした。翌年、翌々年だったら競争率が高くて、恐らく不合格だったでしょう」

池田は苦笑する。

「あの時、受験していなければ、自分がどんな道を歩んでいたかまったく分かりません。僕は商売もできませんし……。後になって父や兄たちに感謝しました」

昭和二十一年四月、東京帝国大学第一工学部建築学科入学。

海軍士官から建築家へ。ちょうど一年前、沖縄特攻から奇跡的に生還した池田の人生航路は、自分の意志とは無関係に百八十度変針した。

進学を勧めた父武義は、武邦が建築家として成長し、霞が関ビル、京王プラザホテルなどの設計に携わって日本の超高層建築時代を切り開いたのを見届け、昭和五十年、九十三歳で天寿を全うした。

## 日本人の弱点

「これで本当にいいのだろうか」

合格発表の帰り道、池田は自問しながら歩いた。

焼け野原となった東京。御茶ノ水駅から東大医学部のコンクリートの建物が見えたほどだ。

外地ではまだ多くの兵士が復員船を待っていた。卒業時六百二十五人だった兵学校七十二期のクラスメートは二百九十人になっていた。

このうち大学に進学したのは約四分の一。内訳は東大十七人、九大八人、京大八人、阪大六人、北海道四人、東北四人、一橋三人、慶応七人、早稲田三人、明治三人。

異境の地で戦犯として捕らえられたクラスメートもいた。

鏡政二（富山県・氷見中出身、平成十二年十月二十日没）。陸戦隊員としてフィリピンで終戦を迎え、「デス・バイ・ハンギング（絞首刑）」の判決を受け、ルソン島のモンテンルパ収容所に入っていた。

　鏡は八年間もの獄窓生活を経て、「恩赦」を得て帰国する。池田ら東京近郊に住むクラスメートたちは全員集合して、クラス最後の帰還者を出迎えたのだが、それは昭和二十八年の話である。

　昭和二十一年四月の池田は、「東大合格」にも、晴れやかな気持にはなれなかった。

「まだまだ、自分だけの世界に入ることに抵抗感がありました」

　敗戦後のあまりに変わり身の早い戦争批判と、官民あげて占領政策に迎合していく風潮にもなじめないでいた。

「白手袋に短剣」の颯爽とした姿で、あこがれと尊敬のまなざしを受けていた海軍士官が、今では「特攻くずれ」だった。

「昭和二十二年か二十三年ごろ、靖国神社で慰霊祭をやろうとした時、『旧軍人に宿は提供できない』と断られたこともありました」

　命をかけて戦った同胞の慰霊さえできないとは。祖国のために、と洋上にあって常に死と向き合ってきた人間にとって、そうした人々の住む国はまるで異国だった。

　話は少し飛ぶ。一九六〇年代のことだ。

　出張から帰宅した池田が居間でくつろいでいたところ、小学校二年生の息子（邦太郎）が帰って来て、言った。

「お父さんはなぜ戦争になんか征ったの！」

いきなりの詰問調だった。恐らく学校で、先生から「戦争は悪いこと」と教えられ、戦時中に軍人だった父親は悪いことに加担した人間だと、子供心に植えつけられたようだった。

こうした風潮から池田は「貝」になっていく。

「僕はいつの間にか、世間と自分の間に隔たりをつくり、離れた所から社会を見つめる習慣が身についてしまった」

「危機管理」という言葉を日本に広めたことで知られる初代内閣安全保障室長・佐々淳行は、こう指摘する。

「終戦直後の米占領軍に対する卑屈な迎合、戦犯裁判における責任のなすり合い、シベリア抑留中、大勢の日本人捕虜を虐げた一部日本兵捕虜の同胞相剋などは、日本人の精神構造の弱点である」と。

佐々は『危機管理のノウハウ』などの著書でたびたび、「内ゲバ」指向型の民族性に警告を発している。

池田は、この日本の「大衆」をいまだに信用していないという。

「戦前、戦争回避の道を模索する軍人たちを、大衆は『弱腰』となじった。新聞も『弱腰』とかき立てた。そうした世論に抗しきれず、戦争に突っ走っていった面もある」

## 平和の実感

戦後しばらく、日本の物不足は深刻だった。池田は、

「建築の勉強をするにも図面を書く紙がなく、神田のどこそこの店に戦前のケント紙があるらしいぞ、とうわさを聞きつけて探しに行ったり、戦前の古い製図用具を宝物のように使ったりしていました」

と振り返る。

東大でも学生服姿の学生はほとんど見かけず、戦時中の軍服や国民服を着ている者が多かった。ただ、帝大生のシンボルである角帽だけは皆かぶった。池田も海軍大尉の軍帽を帽子屋で仕立て直してもらい、東大の校章を付けていた。

こうした大学生活でも、戦闘・訓練に明け暮れ、常に死と向き合ってきた池田にとっては、夢のような毎日だった。そこは、海軍とはまったく別の世界だった。

兵学校では、毎朝整列し、「オイチニ、オイチニ」と決められた教室へ移動し、勉強が終わると、また整列して戻って来る。

しかし、大学では、だれとも一緒に行動する必要はない。勝手に好きな教室に入り、勝手に講義を聴いて帰っていく。

「食うや食わずの時代だから、普通に高校から入ってきた連中は勉強にはあまり熱心でなく、サボってばかりいた。でも、僕は逆だった」

池田は、

「大学というところは、こんなにも自由に自分の好きな講義を聴くことができるのか」

と胸を弾ませ、キャンパスをぐるぐる歩き回ってはいろんな教室に顔を出した。当時の建築学科の教師陣は錚々たるメンバーだ。

東大安田講堂、東大図書館を設計した岸田日出刀、中尊寺の整備や中山道宿場の研究などに尽くした藤島亥治郎、日本人として戦後いち早く海外で活躍し、数多くの国家プロジェクトを手がけた丹下健三、日本における建築計画学の創始者で、病院・学校・集合住宅などの研究に業績を残した吉武泰水……。

池田は、専門分野以外の教室ものぞき、時にはフランス文学の講義も聴いた。新しい知識は吸い取り紙に吸い取られるように染み込んでいった。特攻から奇跡的に生還した「余生」を楽しむような心境だった。

一番印象に残っている教授は、建築史の伊東忠太。築地本願寺、明治神宮、平安神宮、靖国神社などを建築設計。日本で初めて建築学を科学として仕立てあげ、昭和十八年に文化勲章受賞。当時八十四歳。

「伊東先生は黒板の端から世界地図を描くのですが、その時、アジアからヨーロッパまで一筆でスーッと描く。そして時折、懐中時計を取り出して、ちらりと見る。そういう先生の姿を見ているだけで、戦争は終わり、僕もこういう教室でこういう話を聞けるようになったんだ、と実感したものです」

池田は授業の内容よりも、平和な時代が訪れて大学の教室に座っている自分の境遇に感心するのだった。

ところが、この名物教授の講義でさえ、サボる者は後を絶たなかった。

「土曜日の午前中の講義だったのですが、夏休み近くなると、出席者が減り、ついに僕一人になったのです」

池田は製図室にいたクラスメートを、

「おまえ来いよ」

と引っ張ってきた。しかし、彼は建築史に全然興味がないらしく、すぐに居眠り。池田はハラハラしながら、講義を聴く。

「それでも伊東先生はまったく意に介さないふうで、何十人もいるのと同じ調子で淡々と講義を続けるんです。申し訳ないと思って一生懸命聞きましたよ」

もう一人、池田が忘れられないのは堀口捨己。日本の伝統文化とモダニズム建築の理念との統合を図った人物だ。

「堀口先生は教室ではほとんど講義をしなかった。教室の前に大きなイチョウの木があって、『ここでやりましょう』というのです」

クラスは二十人ほどだが、例によってまじめに出てくるのは五、六人。学生たちは木の下に円陣になって座る。堀口はおもむろに口を開く。

「建築は土です。一番大事なのは土に接するところです」

そしてイチョウの根っこを指さし、

「こう、大地から立ち上がるところが大事なのです」

と学生たちに語りかけるのだった。

「大地に立つ」——六十一年前、東大キャンパスで堀口が発した言葉は後に池田の建築哲学となった。池田は堀口の言葉に導かれるように、環境未来都市ハウステンボスを設計し、自然への畏れを失った日本に警鐘を鳴らし続けている。

### 「矢矧」の力

「兵学校のクラスメートの半数以上が戦死した戦争で、アメリカの圧倒的な技術力を知った。それゆえ、建築家として便利な生活の実現を技術力に求めた。そのひとつの結果が超高層でした」

池田は振り返る。

仕事に大きなストレスを抱えていた時期もある。眠れない夜もあった。克服できたのは、「矢矧」の存在があったからだ。

「なんとかしなければ、自分がつぶれてしまう」

池田は、自宅玄関に一枚の写真を貼った。沖縄海上特攻で、沈没寸前の「矢矧」である。米軍機が撮った記録写真を引き伸ばしたものだった。

あの日、「矢矧」は鹿児島県・坊津沖で「大和」とともに阿修羅の如く闘い、見事な最期をとげた。

「そうだ。あの日、おれは一度死んだんだ」

帰宅してその写真を見ると、気持がスーッと楽になった。天空から世間を眺めているような気分だった。それ以降、うまく気持の切り替えができるようになり、会社のドタバタなど屁でもなくなった。

「晩ご飯も食えるし、ぐっすり眠れるようになりました」

ちょうどそのころ、銀座の街角で、兵学校時代の仲間とぱったり出会った。

「おおっ」

「あっ」

「亀井じゃないか」

「伍長！」

池田が最上級の一号生徒の時、最下級の三号だった亀井睦雄（七十四期）だった。同じ三十五分隊。池田は、分隊の先任である「伍長」だった。

「みんなどうしとるか」

「どうしとるんでしょうかね」

「懐かしいな」

「伍長、分隊会をやりましょう」

「ようし、貴様、幹事になってやってくれ」

といった経緯で、新橋の料理屋で分隊会を開くことになった。

そして、分隊会当日。池田は、指定された部屋へ。

すらり、と障子を開ける。見知らぬ「おっさん」がずらっと並んで座っている。

少尉。

「あ、部屋を間違えた」

と、障子を閉めかけた。

が、思い直し、もう一度、会場を見渡した。

「卒業後、二十年以上たっていたんですから、分からないはずです」

三十五分隊会は、一号九人、二号十一人、三号十五人で構成されていた。このうち1号は五人が戦死、二号、三号も半数が亡くなった。終戦時は、一号が大尉、二号が中尉、三号が少尉。

おっさんたちは酒を酌み交わし、それぞれ戦時中の体験や近況を語り合ううち、次第に昔の顔になってきた。

仲間たちは、池田のことを兵学校時代のままに、

「伍長」

「伍長」

と呼んだ。

会には、担当教官だった「分隊監事」の青木厚一（六十六期、終戦時少佐）も出席していた。

「青木さんは六年上の兄貴分で、当時は二十四、五歳。結婚したばかりで、奥さんが僕らと同じ年だった。官舎にもよく遊びに行きましたよ」

青木は重巡洋艦「鈴谷」の水雷長としてレイテ沖海戦に出陣、終戦時は駆逐艦「初桜」の艦長だった。

戦後は、織物会社の社長や信用金庫の理事長をした。

「六十四個分隊の中で、監事、伍長とも健在なのは、僕らの分隊くらいではないか」

と池田は言う。

以来、平成十五年まで三十五年間、毎年、分隊会を続けてきた。開催地は函館から与那国島まで、各地を回った。ハウステンボスでも開催した。

二十五回目までは男だけでやっていたが、金沢での会で、池田が妻久子を同伴して以来、家族、遺族も出席するようになった。三十五回目は南紀・白浜で開いた。

「これだけ続けて来られたのは僕らだけだろう。幹事役の七十四期がよかったからです」

いくら年をとっても三号は三号、だった。

「三号は八十歳の白ひげとなっても、かわいい。姓名申告の時の、田舎から出てきたばかりのイメージが抜けない」

と言う池田は、伍長なので、いつも上座。永久伍長だった。

## ベストパートナー

池田が初めてヨットに乗ったのは中学生のころだ。父武義に連れられて湘南の海に遊んだ。

セーリングを体で覚えたのは、江田島（海軍兵学校）での帆走訓練だった。

「日曜日、クラスメートたちと十人くらいで無人島に出かける。羊羹など食糧をたくさん積み込んでね。楽しい思い出です」

海軍時代は、生活のすべてが海上だった。潮風を浴びない日はなかった。

「戦後は、兵学校の後輩の福永昭君がヨットを始め、二人でよく出かけました。三浦半島沖をまる二日間セーリングしたこともあります」

福永は、湘南中、兵学校、海軍、東大と、池田と同じ道を進んだ。兵学校では池田の二期下の七十四期だが、東京大学で同級生となり、同じ建築家の道を選んだ。

「終戦時は僕が大尉、福永君が少尉。東京湾にはまだ機雷の防潜網が残っていて、僕らはその間から出入りした。海軍の延長のような感じでした」

福永のヨットの艇名は、日本海軍の重巡洋艦の艦名「古鷹」だった。

余談になるが、福永の父は、元海軍軍人で作家・翻訳家の福永恭助。仮想戦記『日米戦未来記』などで知られる。神風特攻第一号、関大尉の媒酌人を務めた人でもある。関大尉は慰問袋で知り合った女性と結婚したとされるが、池田が聞いたところによると、慰問袋を渡したのは妹で、結婚相手はその姉だったという。

福永のヨットは「Y15」という全長十五フィートの小型艇だったが、昭和五十年代に入ると、「J24」という二十四フィートのヨットが売り出された。もとは米国製だが、日産がライセンス生産した。その国産第一号が、かつての池田の愛艇「矢矧1号」である。

現在乗っている「矢矧2号」は、「どんがめ」の愛称で呼ばれた日本海軍の潜水艦の設計者・渡辺修治の作品。

「渡辺さんは戦後、むだのない質実剛健のヨットを設計した。彼の最後の作品が『矢矧2

号』艇です」

「矢矧2号」は今、ハウステンボスのマリーナに係留されている。

週末に家族を誘ってヨットで海に出かけるようになったのは、昭和四十九年の吹雪の夜の体験の後のことだ。超高層ビルのオフィスでバリバリ働いていた池田がハッと我に返り、自然に対する感性を取り戻し始めた時期と重なる。

「海は、忘れていた大切なことを思い出させた」

池田は、現代人の感覚の鈍さを痛感した。

「雲の動き、山の様子、海の様子を見る習慣がなくなり、何もかも人頼みで、漁師すら天気予報をあてにしている」

池田さん夫妻。自らが設計したハウステンボスのシンボルタワー・ドムトールン前で

漁船が遭難し、理由を聞くと、

「天気予報では警報は発令されていなかった」

という始末。池田は、ライフスタイルの急変に危機感を覚えた。

「海軍時代、僕らは地元の漁師に天候を尋ねたものです。どんなデータより、確実でした」

便利さの落とし穴。安く効果を上げ

るものへの警戒。人間社会にどっぷり浸っていては分からないことを、海は教えてくれた。

洋上で最も信頼できるのは妻久子だった。久子は元来、水を怖がる「お嬢様」だったが、池田との出会いを機に自己変革した。

結婚したのは昭和二十八年。NHKのテレビ放送が始まった年だ。

武邦二十九歳、久子二十三歳。

「仲睦（六つ）まじい、六つ違いです」

と池田は言う。

馴れ初めは、お見合いである。池田は昭和二十四年に東京大学を卒業した直後から「お見合い」攻めに遭っていた。

「適齢期の男性の多くが戦死し、男性一人に対し、女性はトラック二台分といわれた時代でした」

会社から帰ると、机の上に、見合い写真が山積みされていた。

「食欲がないのに料理を並べられるのと同じで、苦痛でした。あんまり周りがうるさく言うので、抜け出すために一度だけの約束で受けました」

気の進まない、一度きりの見合い。その相手が中条徳三郎の長女久子だった。もともとやる気のない見合いである。池田はすぐに、久子とのお付き合いを断わった。

「しかし後で、相手の人（久子）ががっかりしたという話を聞いて、傷つけてしまったんだと思い、かわいそうになってしまって……」

池田は、それから見合いするのがつらくなり、その後も、他の女性との見合いを勧められたが、断わり続けた。

「それから一年くらい、ずっと気になっていて、前に断わったあの人が今も一人なら、もう一度会って見たい、と」

久子はその後、何人かの男性と見合いをしていたが結婚には至っておらず、再び会うことになった。

池田は土佐の血を引く旧海軍軍人。一方、江戸っ子の久子は、小さな水たまりにもおびえるような、かよわき女性だった。

久子は一念発起し、まず洗面器に顔をつけることから始め、連日プールに通って水泳の練習を重ねた。今では、池田とともに、神奈川県・三浦半島から佐世保までヨットで行き来するベストパートナーである。

「土佐沖で嵐に遭った時も家内と二人で切り抜けた。いい女房に恵まれました」

池田とともに激動の戦後を歩んできた久子は、まさに糟糠の妻であろう。

平成十三年、大村湾の岬に茅葺きの庵が完成した時、池田は、武邦の「邦」と久子の「久」を一文字ずつとって「邦久庵」と命名した。その名は空間の無限の広がりと時間の永遠の流れを想起させる。

鳥のさえずりで目覚め、潮騒に抱かれて眠る。すべての役職を退いた今、池田は、久子と二人、邦久庵の炉辺で多くの時間を過ごすようになった。

## 親から子へ

平成二十年二月二十五日、陽光うららかな午後、筆者は長男（当時二十一歳、大学四年生）を連れて邦久庵を訪ねた。庵には、池田の長男邦太郎（当時五十三歳）もちょうど東京から遊びに来ていた。

二組の親子で囲炉裏をかこむ。池田は、文明と文化の違いを説き、

「文化は、親から子へ、子から孫へと伝承されていかなければならない。一番伝承できるのは幼年期から青年期にかけてだね」

と強調した。

「と、口では簡単に言うけれど、実際には難しい。僕自身、息子に何一つ語って来なかった」

池田は述懐した。

「そうなんですよ」

邦太郎が相槌を打つ。

「五十歳を過ぎて今、やっと親父との関係は理想的になったけど、二、三年前まではそうじゃなかった。親父は近寄りがたい存在で、打ち解けた会話なんてまったくありませんでした」

池田は、邦太郎とヨットで海に出かけるようになっても、昔話は一つもしなかった。

「海に出ると、沖縄特攻のことを思い出した。でも、息子には言わなかった」

敗戦を境に、日本社会の価値観は逆転し、「軍人イコール悪」という風潮が蔓延した。元海軍士官で、特攻隊の生き残りである池田など、まるで罪人扱いだった。時勢が過ぎ去った後の世間の風の冷たさを嫌というほど感じた池田は、

「若い人には何を言ってもむだ。若者には若者の考えがあるだろう。好きにやればいいさ」

という気持を強くし、口をつぐんでしまったのである。

「僕らの世代がいくら伝えようとしても、社会はそれを拒絶した。何千年もかけて伝承されてきた文化が紙くずのように捨てられたのです」

それほど、池田の絶望感は大きかった。

付和雷同、という言葉がある。自らの見識を持たずして、ただわけもなく他説に乗って賛同の声をあげることだ。

「日本人には昔からそういうところがあった。確固たる人生観、信念といったものが希薄なんだ。戦争へのめり込んでいった時の状況も同じ」

と池田は指摘する。

「一方で、織田信長、徳川家康、西郷隆盛など、立派なリーダーがいると、すごい時代をつくるのですが……」

ともかく、池田は一心不乱に戦後復興に力を尽くした。その分、息子たちへの伝承のエネルギーはそがれた。一方、息子邦太郎の側から見ると、

「池田家は典型的な元軍人の家庭で、父親の存在は大きく、気軽に雑談できるような雰囲気ではなかった」

という。邦太郎が池田に何か聞きに行くと、

「お前はどう思う?」

と問い返され、それで会話は止まった。リラックスして話しかけても、じっと目を閉じたまま聞き、

「それで?」

とひと言。

「世間話なんかとてもできない。スキがまったくないんですよ」

邦太郎は最近まで小学校の音楽教諭をしていたが、帰宅して池田に、きょう職場でこういうことがありましたという話をすると、

「それで?」

「君の意見はどうなんだ」

と、ぶすっとした答えが返ってくるだけ。怖くて、それ以上話が続かなかった。

「親父は僕がどこの高校に通って、どこの大学を受験したかも知らなかったはずですよ」

邦太郎は、腕組みをしたまま沈黙している池田の方を見て笑った。視線が合うと、池田は毅然として答えた。

「口もつぐんだし、耳もふさいだ。僕はやる時は徹底してやるから」

邦太郎が頭を抱えたのも無理はない。

## 「矢矧」が眠る海で

世代間のギャップ、池田と邦太郎のギクシャクした父子関係を正したのは、あの海だった。

「矢矧」が沈んだ海である。

平成十八年三月、邦太郎は学校と意見が合わないことがあり、池田に、

「仕事を辞めようと思います」

と報告した。

「やっと決断したか」

池田は、あっさりしたものだった。

「三十年も一つの組織にいるとおかしくなる」

辞めるのが当然のように言った。

その年の四月、鹿児島県坊津沖で、沖縄海上特攻部隊・第二艦隊の洋上慰霊祭が開かれることになっていた。池田が慰霊団長だった。

「お前も行かないか」

池田の方から声をかけられて、邦太郎は驚いた。慰霊祭に誘われるなど、初めてのことだ。

しかし、仕事をやめたばかりで「毎日が日曜日」の邦太郎に、断わる理由は見つからない。

こうして決まった邦太郎の慰霊祭参加が、父子関係の一大転機になるのである。

「矢矧」の沈没地点で行なわれた追悼式で、池田は慰霊団長として終始冷静に祭事を務めた。対照的に、邦太郎は船縁の手すりをつかみ、いつまでも号泣していた。

「『矢矧』が眠る海から、ただならぬ霊気を感じ、雷に打たれたようになって、涙がドーッと出てきたのです」

邦太郎は、平和の礎となった人々に心の中で手を合わせ、

「ごめんなさい、ごめんなさい」

と謝っていたのである。

「もう、部屋へ帰れ」

池田は邦太郎を促した。邦太郎はよろめきながら船室へ戻った。

「これまで数十年の親子関係のことが一気に吹き出して、大泣きしてしまった。親父に対して、なぜ戦争したのか、なんて無責任に聞いたことや、教師として子供たちに戦争のことを何一つ伝えてこなかったことなど、何もかも申し訳ない気持でいっぱいでした」

それは、父や戦友たちの過去を知ろうとしなかったことへの大いなる反省と、大悟の涙であった。

追悼式を終えた慰霊船は「戦艦大和慰霊塔」がある徳之島・犬田布《いぬたぶ》岬の沖に投錨した。黙とうの後、池田は船縁で、テレビ局の報道番組の取材を受けた。

「吼えてるよ」

邦太郎は苦笑しながら見守った。

「特攻に反対することはできなかったのですか」

報道記者の質問に、池田は、

「そんなことを言って、君は自分の上司に反対できるのか、命をかけて反対しようとしたことがあるのか」

と切り返した。

「わかったふうなことを言ってはいけない。自分は安全なところにいて、戦争はいけない、話し合いで解決できなかったのかなんて、言うもんじゃない。批判は命をがけでしないといけない。君は全然口先でしか言っていない」

記者を叱り、諭す池田。

「戦後六十年なんていうけれど、僕にとっては、戦争中の五年間に比べると全然薄い。戦後もいろいろなことをやったが、命がけではなく、楽々とできた。命がけでやることが人生の重みですよ。六十年なんて瞬間ですよ」

さらに、自省をこめて語る。

「戦前と戦後は社会がガラリと変わってしまって、僕は、戦後はずっと話してこなかった。聞こうとしない人には、伝えることはできない。ところが今、聞こうとする人が出てきた。だから、僕は真剣なんだ。前はこんな取材も受けなかった」

洋上慰霊の最終日、鹿児島・谷山港に上陸した一行は、鹿屋航空史料館へと足を運んだ。史料館の入り口近くには、「矢矧」の模型が飾ってあった。

邦太郎は模型をのぞきこみ、池田に説明を求めた。池田は、あれは、これはと、解説した。

「もうバスに乗って下さい」

しきりにガイドが促していたが、二人は模型の前を動こうとしなかった。

鹿屋航空史料館で「矢矧」の模型に見入る池田さん父子

# あとがき

池田武邦さんと初めて会ったのは、平成十四年の暮れだった。

当時、池田さんはハウステンボス代表取締役会長、私は読売新聞佐世保支局長だった。ハウステンボスは長崎県佐世保市の埋立地に建設された「街」（モナコ公国とほぼ同規模）である。池田さんはその設計者であり、経営責任者の一人でもあった。

会社としてのハウステンボスは平成十五年二月二十六日、会社更生法の適用を申請し、経営破たんした。メーンバンクが小泉・竹中改革のあおりを受けて不良債権処理を急ぎ、その犠牲になった面が大きかった。池田さんはこの日、代表取締役を辞任した（関係者は「2・26事件」と呼んだ）。

私はこうした一連の取材をしていたのだが、関心の方向は次第に、経営問題から、池田さんの戦争体験の方に移っていった。

本書でも触れたように、池田さんは長い間、次世代の人間に戦時を語ることを忌避してき

長崎・大村湾に臨む池田さんの自宅「邦久庵」

た。特攻を「犬死」だと言い、軍人を侮蔑することがあたかも「民主的」であるように教えてきた戦後の風潮に失望していたからだ。

インタビューを始めたころ、池田さんはこう語っていた。

「僕らの世代には、いくら言っても伝わらないというあきらめがある。明日は死ぬかもしれない、ああ今日は生きていた。そういう毎日を体験したことのない人に、実感を伝えるのは無理だ」

「敗戦後、何千年も続いてきた伝統文化が紙くずのように捨てられた。現代の日本人は、日本人の顔はしていても、日本人ではない」

それでも私はしつこく池田さん宅（長崎県西海市西彼町）に通った。平成十五年八月には佐世保を離れて沖縄へ、平成十七年四月には福岡へと異動になったが、休暇を利用して取材を続けた。

池田さんも根負けされたのだろう。いつしか、「こういう話をするのは初めてだよ」と言って、たくさんの逸話を聞かせてもらえるようになった。戦闘詳報の写しや手紙の類も見せていただいた。封印が解けると、取材はぐんぐん進んだ。

私は、池田さんのこの言葉に思わず膝を打った。

「戦後、僕は、超高層ビルにチャレンジしたり、ハウステンボス建設に携わったり、いろいろとやってきた。けれど、その前の兵学校入学から（「矢矧」沈没まで）の五年間の方がずっと深みがあるんだ。特にその後半の二年足らずの戦争は、僕の人生にとって、戦後の六十数年よりずっとウエートが大きい」

人生は時間の長さではなく、質、というわけだ。世代の壁を越えて心を通わすことができたのは、こういう人生観、死生観が合致していたからだろう。

ある時、池田さんは棚から小さな木箱を取り出して見せてくれた。包み紙を開くと、有田焼の盃が出てきた。

「あ、これですね。『矢矧』の進水式で祝いの品として配られた引き出物……」

「そう、そう」

盃のどこを見ても、「矢矧」という文字は記されていない。ただ、「矢矧」を連想させる「矢」と「萩」の花の絵の刻印があるのみ。

極秘のうちに誕生し、忽然と歴史か

池田さん（右）と著者。邦久庵近くの海岸にて

ら消えていった巡洋艦「矢矧」。最後の出撃となった沖縄海上特攻は、勝敗を度外視し、全機特攻の「菊水作戦」を成功させるうえで障害となる米海軍勢力を一手に引き受けるというものだった。

「矢矧」は、特攻を成功させるための囮となり、祖国を守るための贄となったのである。掌中の小さな盃がその悲運の生涯を象徴しているように思え、胸がつまった。この時、私は、「矢矧」の生涯に池田さんの思いを重ねて次世代に書き残す決意をしっかりと固めた。

池田さんは、マリアナ、レイテ、沖縄海上特攻という太平洋戦争後半の三大海戦に参加し、最新鋭空母「大鳳」や超弩級戦艦「武蔵」「大和」の最期を看取った生き証人である。今、日本で、連合艦隊の終焉を物語るのに最もふさわしい人かもしれない。池田さんは語り継ぐために「生かされた」のであり、私はその橋渡しをしたに過ぎない。

拙著は、池田さんとの出会いがなければ存在し得なかった。池田さんには、長期にわたって貴重な時間を割いていただき、心より感謝している。インタビューの合間に心のこもった手料理を差し入れてくださった奥様の久子さんにも改めてお礼を申し上げたい。本当にお世話になりました。

原型は、九州公論社の文芸誌「虹」に小暮恵介の筆名で掲載した「山河あり　海兵七十二期池田武邦の航跡」（平成十六年一月から平成二十一年五月まで六十六回）である。主幹発行人の河口雅子さん、執筆を力強く励ましてくださったハウステンボス創設者の神近義邦さん、佐世保中央保育園理事長の梯正和さん、洋上慰霊祭の取材を助けてくれた読売新聞の大石健一記者にもこの場を借りてお礼を申し上げる。
出版を後押ししてくれたのは事件記者時代からの古い友人、ノンフィクション作家の木村勝美さんだ。さらに、戦後六十五年の記念すべき年に刊行できたのは、光人社第二出版部長坂梨誠司さんの卓見と的確なアドバイスのおかげである。重ねて感謝の意を表したい。

平成二十二年六月

脊振山を望む仮寓にて　　井川　聡

## 池田武邦　年譜

1924年（大正13年）　1月14日、関東大震災（1923）被災後の避難先・静岡で池田武義・登志の四男として誕生。1歳のころ佐世保、2歳のころ藤沢へ
1930年（昭和5年）　藤沢小入学
1935年（昭和10年）　湘南中入学
1940年（昭和15年）　海軍兵学校入校（72期）
1943年（昭和18年）　9月、兵学校卒業。海軍少尉候補生、「矢矧」艤装員として佐世保へ。12月、「矢矧」航海士を拝命し、南方進出
1944年（昭和19年）　3月、任海軍少尉。6月、「矢矧」航海士としてマリアナ沖海戦へ出撃。9月、任海軍中尉。10月、「矢矧」航海士としてレイテ沖海戦へ出撃
1945年（昭和20年）　4月、「矢矧」測的長として沖縄海上特攻へ出撃。5月、大竹海軍潜水学校教官。6月、任海軍大尉。10月、任復員官、「矢矧」の姉妹艦「酒匂」に乗り組み復員業務
1946年（昭和21年）　2月、「酒匂」、米軍に接収。3月、復員官を退官。4月、東京帝国大学第一工学部建築学科入学
1949年（昭和24年）　3月、東京帝国大学卒業。4月、（株）山下寿郎設計事務所入社
1953年（昭和28年）　中条久子と結婚
1965年（昭和40年）　山下寿郎設計事務所取締役
1967年（昭和42年）　日本設計事務所創立、取締役
1974年（昭和49年）　日本設計事務所代表取締役副社長
1976年（昭和51年）　日本設計事務所代表取締役社長

1985年（昭和60年）　小笠原ヨットレースに参加、優勝
1989年（昭和64年）　建築審議会委員（1995年3月まで）
1989年（平成元年）　オランダ国王家より叙勲。日本設計事務所から日本設計へ社名変更
1993年（平成5年）　世界都市開発協会副会長（2002年まで）。4月、日本設計代表取締役会長。
12月、日本設計名誉会長（1998年まで）
1994年（平成6年）　日本建築家協会名誉会員
1995年（平成7年）　建築家協会都市災害特別委員会委員長（1996年まで）
1996年（平成8年）　池田塾開設。長崎総合科学大学教授（2004年まで）
1997年（平成9年）　樹木・環境ネットワーク協会理事長
2000年（平成12年）　ハウステンボス代表取締役会長（2003年まで）
2002年（平成14年）　日本建築学会名誉会員
2004年（平成16年）　長崎総合科学大学名誉教授

**【主な建築作品】**日本興業銀行本店（1952）、福島県庁舎（1954）、岩手県庁舎（1965）、NHK放送センター（1968）、霞が関ビル（1969）、京王プラザホテル（1972）、新宿三井ビル（1974）、筑波研究学園都市工業技術院（1980）、筑波研究センター（1980）、新橋演舞場（1982）、沖縄・熱帯ドリームセンター（1985）、長崎オランダ村（1987）、多摩動物公園昆虫生態園（1987）、かながわサイエンスパーク（1989）、東京都立大新キャンパス（1991）、ザ・ランドマークタワー（1991）、ハウステンボス（1992）、邦久庵（2001）

## 主な参考・引用文献

「山本五十六」阿川弘之　新潮社
「米内光政」阿川弘之　新潮社
「井上成美」阿川弘之　新潮社
「特攻大和艦隊」阿部三郎　光人社
「最後の巡洋艦・矢矧」池田清　新人物往来社
「太平洋戦争」児島襄　文藝春秋
「指揮官」児島襄　文藝春秋
「参謀」児島襄　文藝春秋
「帝国海軍士官になった日系二世」立花譲　築地書館
「帝国海軍の最後」原為一　河出書房
「反戦大将　井上成美」生出寿　徳間書店
「小説太平洋戦争」山岡荘八　講談社
「戦艦大和」吉田満　角川書店
「昭和史」半藤一利　平凡社
「レイテ沖海戦」半藤一利　PHP
「零戦燃ゆ」柳田邦男　文藝春秋
「空白の天気図」柳田邦男　新潮社
「悲しき太平洋」戸川幸夫　光人社
「男たちの大和」辺見じゅん　角川春樹事務所
「果断、寡黙にして情あり　最後の連合艦隊司令長官小沢治三郎の生涯」宮野滋　祥伝社
「ドキュメント戦艦大和」吉田満・原勝洋　文春文庫
「空母零戦隊」岩井勉　文春文庫

＊海軍兵学校72期生の動静については、兵学校72期、機関学校53期、経理学校33期の合同クラス会「なにわ会」ホームページも参考にしました。

単行本　二〇一〇年八月　光人社刊

# 文庫版あとがき

本書の主人公は、軽巡洋艦「矢矧」にその誕生から沈没まで乗り組んでいた海軍士官、池田武邦さんだ。現在、東京都内にお住まいで、今年、九十二歳になられた。

六月十八日、池田さんに文庫化をお伝えするため電話をかけると、潑剌としたお声が返ってきた。

池田「ほう、それはよかった。さらに多くの人に読み継がれるということだね。ところで、あなた、いくつになった？」

井川「はい、満五十七歳になりました」

池田「若いねぇ。最近、周りが皆若くなってしまって話にならない。でも、あなたとは話していてもぜんぜん違和感ないなぁ。あなたにはまだまだいっぱい書いてもらいたい」

井川「はい。私には池田先生のように建築物はつくれませんから、書くしかありません」

池田「文字で残すというのはすごいことだ。千年先まで残るんだから。エネルギーがいるだろうが、ぜひがんばってください」

池田さんは昭和二十年四月、「矢矧」に乗艦し、戦艦「大和」に随伴して沖縄海上特攻に出撃。「矢矧」の沈没後、海に投げ出されて五時間漂流し、駆逐艦に救助された。生還できたのは、「大和」座乗の第二艦隊司令長官伊藤整一中将が独断で、「突入作戦中止」を命じたからだ。池田さんは伊藤長官のことを「命の恩人」と呼んでいる。

伊藤長官は、この作戦が不合理で、無意味であることを百も承知で、特攻に殉じた。だれかが引き受けなければならない。ならば、自分がやろうという心組みだ。

ただし、道連れになる者は最小限にしたいと考えた。「大和」と「矢矧」には兵学校を卒業したばかりの少尉候補生七十三人が乗り組んでいたが、出撃直前に全員退艦させた。「君たちは足手まといになる」と言って。

そして坊津沖の海戦で、「大和」が沈み始めると、「残念だった」という言葉を残し、長官室にこもり、錠を下ろした。「お供します」と言う幕僚たちを制し、退艦させた。

その際に発した命令が池田さんら千七百名余の将兵の命を救った。

「突入作戦は成立せず、生存者を救出、後図を策すべし、艦隊参謀は『冬月』に移乗、残存部隊の収拾に任ずべし」

池田さんは戦後、建築家に転じ、霞が関ビルを手始めに、新宿副都心の超高層ビル設計を次々に手がけ、日本の超高層建築の先駆けとなった。長崎県佐世保市のハウステンボスなど自然と人間との共存をめざした建築物も数多く残した。

伊藤長官は、「大和」は沈めても、池田さんら若者たちを一人でも多く生かし、戦後の復興にその命を使ってほしいと考えたのだ。

池田さんは次のように話す。

「伊藤長官は政治に関与せず、無駄口をたたかないことを美徳とした、まさにサイレントネイビー、沈黙の提督だった。アメリカ駐在の経験があり、開戦前から軍令部次長という要職についていたから、日本の国力もアメリカの実力もすべて分かっていて、戦争をしちゃいかんという気持を強く持っていた。それだけに人一倍責任を感じており、実直に軍人の本分を貫く一方で、戦後復興に人材を残すための周到な用意もした」

池田さんと同様に作戦中止命令で生還した「大和」の副電測士吉田満氏（戦後、名著『戦艦大和ノ最期』を世に出した）は「陸海軍を通じて福岡県が生んだ最高の武人であった」と評している。

伊藤長官は、池田さんの命の恩人というだけでなく、長官の長男叡《あきら》さんと池田さんが海軍兵学校の同期（七十二期）という縁もある。

零戦搭乗員だった叡さんは父の後を追うように沖縄に出撃（特攻隊の直掩機）、「大和」が沈んだ三週間後の四月二十八日、伊江島上空で敵機と交戦、戦死した。享年二十一。

池田さんはこう振り返る。

「彼とは兵学校の一号時代、同じ教室で講義を受け、棒倒しも同じチームだった。ひじょうに真面目で誠実、寡言実行、まさに九州男児という感じだった。親父が偉いさんであることなどおくびにも出さなかったね。僕は知っていたけど、親父が海軍中将だなんて知らない生徒が多かったと思うよ」

伊藤長官は戦死後、福岡県出身者として唯一人の海軍大将に昇進した。享年五十四。私はすでにその年齢を超えてしまったが、与えられた運命、条件下で最善を尽くす長官の生き方は今、私の人生の手本になっている。

今年四月、長官の郷里、福岡県みやま市高田町を訪ねた。

長官は有明海に面した「黒崎開」と呼ばれる干拓地で生まれ育った。

生誕地周辺は広々とした田園地帯で、菜の花が風にそよいでいた。この風景は昔とさほど変わっていないのではないかと思われた。

母校の開《ひらき》小学校に足を運ぶと、校長先生が校長室に招じ入れてくれた。

「どうぞごらんください」

校長先生は執務机の脇にある木製の書棚を示した。

驚いたことに、そこには伊藤長官の遺影が飾ってあった。長官が実弟に宛てた直筆の手紙や遺書など数々の貴重な文献書類も収めてあった。

棚の上には、桜と錨のマークの入った、「伊藤文庫」と書かれた銘板が置かれていた。

「詳しい経緯は聞いておりませんが、歴代校長からの引継ぎでお預かりしております」

みやま市役所（みやま市瀬高町）の前庭には、長官が戦前、東京・杉並の旧宅の庭に手植したソメイヨシノの接木が植栽されていた。

長官のお墓はみやま市と大牟田市との境界になっている小川に架かった橋を渡り、大牟田市側の奥まった場所にある。敷地内には、掲揚台があって軍艦旗が翻り、海軍大将高橋三吉撰の顕彰碑が立っている。

墓碑の前で頭を垂れる。

伊藤長官の命日は池田さんらの「第二の人生」の始まりでもあった。失われた命があった一方で、生かされた命があった。そんな考えがふと頭に浮かんだ。

この七十一年間、日本は平和が続いている。それは、伊藤家の父子ばかりでなく、多くの

伊藤整一大将の遺影や直筆の遺書ほか文献を収めた母校・開小学校「伊藤文庫」

伊藤整一大将の墓所を訪ねた著者。掲揚台には軍艦旗が翻っている

人々の尊い犠牲の上に成り立っている。
そのことを忘れた瞬間に、私たちの平穏な暮らしはなくなるのだろう。

単行本の上梓から六年の歳月が流れた。
この間、池田さんは長崎県西海市の茅葺きの家から東京に転居された。直接お会いする機会は少なくなったが、電話では折々に話をさせていただいている。「僕らがやったことは何だったのか。太平洋戦争の実相をしっかりと後世に伝えてください」。最近、池田さんは繰り返し懇望されている。大正世代からの重たいメッセージであり、私たち戦後世代に課せられた宿題だと受け止めている。

単行本刊行後、読者から多くの意見を頂戴し、指摘を受けた。事実誤認があり、表現の重複や脱字があった。文庫化にあたり、可能な限り手直しをし、修正を加えた。潮書房光人社の坂梨誠司さん、今回も編集作業にご苦労をおかけしました。ありがとうございました。

平成二十八年六月十九日

七十一年前、大空襲があった日に、福岡市の仮寓にて

井川　聡

NF文庫

軍艦「矢矧」海戦記

二〇一六年八月十三日　印刷
二〇一六年八月十九日　発行

著　者　井川　聡
発行者　高城直一
発行所　株式会社潮書房光人社
〒102-0073　東京都千代田区九段北一-九-十一
振替／〇〇一七〇-六-五四六九三
電話／〇三-三二六五-一八六四㈹
印刷所　慶昌堂印刷株式会社
製本所　東　京　美　術　紙　工

定価はカバーに表示してあります
乱丁・落丁のものはお取りかえ
致します。本文は中性紙を使用

ISBN978-4-7698-2963-8　C0195
http://www.kojinsha.co.jp

## ＮＦ文庫

刊行のことば

第二次世界大戦の戦火が熄《や》んで五〇年——その間、小社は夥しい数の戦争の記録を渉猟し、発掘し、常に公正なる立場を貫いて書誌とし、大方の絶讃を博して今日に及ぶが、その源は、散華された世代への熱き思い入れであり、同時に、その記録を誌して平和の礎とし、後世に伝えんとするにある。

小社の出版物は、戦記、伝記、文学、エッセイ、写真集、その他、すでに一、〇〇〇点を越え、加えて戦後五〇年になんなんとするを契機として、「光人社ＮＦ（ノンフィクション）文庫」を創刊して、読者諸賢の熱烈要望におこたえする次第である。人生のバイブルとして、心弱きときの活性の糧《かて》として、散華の世代からの感動の肉声に、あなたもぜひ、耳を傾けて下さい。

＊潮書房光人社が贈る勇気と感動を伝える人生のバイブル＊

**ＮＦ文庫**

## 日本陸軍の知られざる兵器
兵士たちを陰で支えた異色の秘密兵器
高橋　昇
装甲作業機、渡河器材、野戦医療車、野戦炊事車……。表舞台には現われず、第一戦で戦う兵士たちの力となった〝兵器〟を紹介。

## 陸軍戦闘機隊の攻防
青春を懸けて戦った精鋭たちの空戦記
黒江保彦ほか
敵地攻撃、また祖国防衛のために、愛機の可能性を極限まで活かし全身全霊を込めて戦った陸軍ファイターたちの実体験を描く。

## 太平洋戦争の決定的瞬間
指揮官と参謀の運と戦術
佐藤和正
窮地にあっても戦機をとらえて、奇蹟ともいえる、難局を打開した一三人の指揮官・参謀に見る勝利をもたらす発想と決断とは。

## 波濤を越えて
連合艦隊海空戦物語
吉田俊雄
戦艦「比叡」副砲射撃指揮所。空母「瑞鳳」飛行甲板。夜戦、駆逐艦艦橋。それぞれの勇敢で崇高、そして献身的な兵士の姿を描く。

## 敵機に照準
弾道が空を裂く
渡辺洋二
過たぬ照準が命中と破壊をもたらし、敵戦力の減耗が戦況の優勢につながる。陸海軍航空部隊の練磨と努力の実情を描く感動作。

## 戦艦「大和」機銃員の戦い
証言・昭和の戦争
小林昌信ほか
名もなき兵士たちの血と涙の戦争記録！　大和、陸奥、加賀、瑞鶴——市井の人々が体験した戦場の実態を綴る戦艦空母戦記。